Haar rots

Julia Quinn bij Boekerij:

Bridgerton
De ongetrouwde hertog
De verliefde graaf
Een vorstelijk aanbod
Een nobel streven
De hand van de gravin
Een royale vergissing
De edele opdracht
Een man van stand
Voor altijd en eeuwig

Rokesby
De onuitstaanbare erfgenaam
Een officier en een heer
Haar rots in de branding

boekerij.nl

JULIA QUINN

HAAR ROTS IN DE BRANDING

BOEKERIJ

ISBN 978-90-225-9575-6
ISBN 978-94-023-1945-3 (e-book)
ISBN 978-90-528-6515-7 (audio)
NUR 302

Oorspronkelijke titel: *The Other Miss Bridgerton*
Vertaling: Karin Breuker
Omslagontwerp: Bij Barbara
Omslagbeeld: © Richard Jenkins Photography
Zetwerk: Mat-Zet bv, Huizen

Voor Emily.
Als ik zeg dat ik het zonder jou niet
had kunnen doen, bedoel ik dat letterlijk.

En ook voor Paul.
Vertel me nog eens...
Waar komt de wind vandaan?

1

Vroege zomer
1786

Voor een jonge vrouw die op een eiland was opgegroeid, in Somerset om precies te zijn, had Poppy Bridgerton opmerkelijk weinig tijd aan de kust doorgebracht.

Ze was niet onbekend met water. Er was een meer dicht bij haar ouderlijk huis, en Poppy's ouders hadden erop gestaan dat al hun kinderen leerden zwemmen. Of om precies te zijn: ze hadden erop gestaan dat al hun zoons leerden zwemmen. Poppy, de enige dochter van het stel, maakte zich er boos over dat zij als enige Bridgerton bij een schipbreuk zou komen te verdrinken en ze zei dat in precies dezelfde bewoordingen tegen haar ouders. Waarna ze samen met haar vier broers naar de waterkant marcheerde en zichzelf in het water stortte.

Ze had het sneller geleerd dan drie van haar vier broers (het was niet eerlijk haar te vergelijken met de oudste, die het natúúrlijk sneller onder de knie had) en tot op de dag van vandaag was ze naar haar idee de sterkste zwemmer van de familie. Dat ze dit doel misschien evenzeer had bereikt uit rancune als uit natuurlijke aanleg deed er niet toe. Het was belángrijk om te leren zwemmen. Ze had het ook gedaan als haar ouders haar aanvankelijk niet hadden opgedragen geduldig op het gras te blijven wachten.

Waarschijnlijk.

Maar vandaag zou er niet gezwommen worden. Dit was de oceaan, of in ieder geval het kanaal, en het koude, onstuimige water was heel wat anders dan het kalme meer thuis. Poppy mocht dan eigenwijs zijn, ze was niet dom. En ze was alleen, dus ze hoefde niets te bewijzen.

Bovendien vermaakte ze zich uitstekend met het verkennen van het strand. Het zachte gevoel van het zand onder haar voeten, de karakteristieke geur van de zoute zeelucht – ze waren voor haar net zo exotisch alsof ze plotseling ergens diep in donker Afrika was beland.

Nou, misschien ook niet, dacht Poppy, terwijl ze knabbelde van de zeer vertrouwd smakende Engelse kaas die ze op haar wandeling had meegenomen. Maar hoe dan ook, het was nieuw, en het was eens iets anders, en dat was ook wat waard.

Vooral nu, terwijl de rest van haar leven hetzelfde was als altijd.

Het was bijna juli, en Poppy's tweede seizoen in Londen – aangeboden door haar adellijke tante, lady Bridgerton – was onlangs tot een einde gekomen. Poppy had het net zo afgesloten als ze eraan was begonnen: ongetrouwd en zonder uitzicht op een huwelijk.

En een beetje verveeld.

Ze had waarschijnlijk wel in Londen kunnen blijven om nog de laatste graantjes van het drukke sociale leven mee te pikken, in de hoop dat ze misschien iemand zou ontmoeten die ze nog niet kende (niet erg waarschijnlijk). Ze had de uitnodiging van haar tante kunnen accepteren om naar het platteland van Kent af te reizen, waar ze misschien een van de ongetrouwde heren die daar toevallig voor het diner zouden worden uitgenodigd aardig zou vinden (nog minder waarschijnlijk). Maar dan zou ze natuurlijk op haar tanden moeten bijten en haar mond moeten houden wanneer tante Alexandra wilde weten wat er mankeerde aan de laatste kandidaat (het minst waarschijnlijk van allemaal).

Haar keuzemogelijkheden waren saaier dan saai geweest, maar gelukkig was ze gered door haar lieve jeugdvriendin Elizabeth, die enkele jaren geleden met haar echtgenoot, de innemende, enigszins stijve George Armitage, naar Charmouth was verhuisd.

Maar George was vanwege een of andere dringende familiekwestie, waarvan Poppy nooit het fijne had gehoord, naar Northumberland geroepen, en Elizabeth, die zesenhalve maand zwanger was, was alleen achtergebleven in haar huis bij het strand. Verveeld als ze was door het opgesloten zitten, had ze Poppy uitgenodigd om een poosje te komen logeren en Poppy had dit blij aanvaard. Het zou voor de twee vriendinnen weer net zo zijn als vroeger.

Poppy nam nog een hap kaas. Nou ja, behalve de enorme omvang van Elizabeths buik. Dat was nieuw.

Het betekende dat Elizabeth haar niet kon vergezellen op haar dagelijkse wandeltochtjes naar het strand, maar dat was niet erg. Poppy wist dat ze niet bepaald bekendstond als een verlegen meisje, maar ondanks haar spraakzame natuur, genoot ze van haar eigen gezelschap. En nadat ze in Londen maandenlang over koetjes en kalfjes had gepraat, vond ze het wel fijn om lekker uit te waaien in de frisse zeelucht.

Ze had geprobeerd om elke dag een andere route te nemen, en tot haar grote vreugde had ze ongeveer halverwege Charmouth en Lyme Regis een klein netwerk van grotten ontdekt, verscholen op een plek waar de schuimige golven tegen de kust sloegen. De meeste grotten liepen bij vloed vol met water, maar nadat ze het landschap had overzien, was Poppy ervan overtuigd dat er een paar bij moesten zijn die droog bleven, en ze was vastbesloten er eentje te vinden.

Alleen om de uitdaging, natuurlijk. Niet omdat ze behoefte had aan een eeuwig droog blijvende grot in Charmouth, Dorset, Engeland.

Groot-Brittannië, Europa, de wereld.

Een mens moest elke uitdaging in zijn leven aangrijpen. Ze wás nu tenslotte in Charmouth, Dorset, Engeland, en dat leek werkelijk een heel klein uithoekje van de wereld.

Terwijl ze de laatste happen van haar lunch naar binnen werkte, tuurde ze omhoog naar de rotsen. Ze had de zon in haar rug, maar het was zo'n zonnige dag dat ze verlangde naar een parasol, of op zijn allerminst naar een grote, schaduwrijke boom. Het was heerlijk warm, en ze had haar wandelkostuum thuisgelaten. Zelfs haar fichu, het dunne linnen halsdoekje dat ze om had gedaan om haar huid te beschermen, begon warm aan te voelen en te kriebelen op haar borst.

Maar ze ging nu niet meer terug. Ze was nog niet eerder zo ver gekomen, en dat was haar pas gelukt nadat ze Elizabeths mollige dienstmeisje, dat als chaperonne/gezelschapsdame met haar was meegestuurd, ervan had overtuigd in het dorp achter te blijven.

'Zie het als een extra vrije middag,' had Poppy met een innemende glimlach tegen haar gezegd.

'Ik weet het niet, hoor.' Mary keek bedenkelijk. 'Mevrouw Armitage heeft duidelijk gezegd...'

'Mevrouw Armitage heeft sinds ze zwanger is geen heldere gedachte meer gehad,' onderbrak Poppy haar, terwijl ze Elizabeth in stilte haar verontschuldigingen aanbood. 'Ik heb gehoord dat alle vrouwen daar last van hebben,' voegde ze eraan toe, om het meisje af te leiden van het onderwerp waar het eigenlijk om ging, namelijk om het al dan niet chaperonneren van Poppy.

'Nou, dat is zeker zo,' zei Mary. Ze hield haar hoofd een beetje schuin. 'Toen de vrouw van mijn broer zwanger was van haar jongens, kon ik geen verstandig woord uit haar krijgen.'

'Dat is precies wat ik bedoel!' riep Poppy uit. 'Elizabeth weet dat ik me prima alleen kan redden. Ik ben tenslotte geen groentje meer. Eerder een hopeloze ouwe vrijster, zoals ze zeggen.'

En toen Mary haar ervan wilde verzekeren dat dat beslist niet het geval was, voegde Poppy eraan toe: 'Ik ga alleen maar een wandelingetje maken langs het strand. Dat weet je. Je bent gisteren met me mee geweest.'

'En de dag daarvoor,' zuchtte Mary, die overduidelijk niet uitkeek naar weer een middag vol lichamelijke inspanning.

'En de dag dáárvoor,' merkte Poppy op. 'En de hele week daarvoor ook, als ik het goed heb.'

Mary knikte somber.

Poppy glimlachte niet. Ze wist wel beter. Maar het succes lag duidelijk binnen handbereik.

'Hier,' zei ze, terwijl ze het meisje naar een gezellige theesalon dirigeerde, 'ga anders hier even zitten om uit te rusten. God weet dat je het hebt verdiend. Ik heb je compleet uitgeput, of niet?'

'U bent alleen maar heel vriendelijk geweest, juffrouw Bridgerton,' zei Mary snel.

'Vriendelijk maar uitputtend,' zei Poppy. Ze gaf Mary een klopje op haar hand terwijl ze de deur naar de theesalon opende. 'Je werkt zo hard. Je hebt wel een paar minuten voor jezelf verdiend.'

En zo was Poppy, meteen nadat ze had betaald voor een pot thee en een schaal koekjes, ontsnapt – met twee van de eerdergenoemde koekjes in haar zak – en nu was ze verrukkelijk, zalig alleen.

Als er nu alleen nog maar damesschoenen waren die geschikt waren om over rotsen te klimmen. Haar laarsjes waren de meest praktische exemplaren die er voor vrouwen werden gemaakt, maar ze waren lang niet zo onverslijtbaar als het soort schoenen dat bij haar broers in de kast stond. Ze lette goed op waar ze haar voeten zette, om te voorkomen dat ze haar enkel zou verzwikken. Op dit gedeelte van het strand kwamen weinig wandelaars, dus als ze zich bezeerde, kon het heel lang duren voordat er iemand naar haar zou komen zoeken.

Ze floot onder het lopen, volop genietend van de gelegenheid zich aan dit soort ongemanierd gedrag over te geven (haar mama zou ontsteld zijn als ze haar hoorde!), en toen besloot ze de overtreding nog een graadje te verergeren door over te stappen op een liedje waarvan de woorden niet voor vrouwenoren geschikt waren.

'O, de barmeid die liep naar de o-oceaan,' zong ze vrolijk, 'onderweg naar haar... Hé, wat is dit?'

Ze bleef staan en tuurde naar een vreemde rotsformatie rechts van haar. Een grot. Dat kon niet anders. En ver genoeg van de waterkant om bij vloed niet vol te stromen.

'Mijn geheime schuilplaats, makkers,' zei ze, met een knipoog tegen zichzelf, terwijl ze van richting veranderde. Het leek inderdaad een perfecte plek voor een piraat, ver buiten de platgetreden paden, en met drie grote zwerfkeien die de ingang aan het zicht onttrokken. Het was werkelijk een wonder dat haar oog erop was gevallen.

Poppy wurmde zich tussen de keien door, waarbij ze terloops opmerkte dat een van de drie niet zo groot was als ze aanvankelijk had gedacht, en liep de ingang van de grot binnen. Ik had een lantaarn mee moeten nemen, dacht ze, terwijl ze wachtte tot haar ogen zich aan het donker hadden aangepast. Hoewel Elizabeth vast en zeker had willen weten waar ze díé voor nodig had. Lastig uit te leggen waar men een lantaarn voor nodig had wanneer men halverwege de middag een strandwandeling ging maken.

Poppy deed een paar kleine stapjes naar binnen en schuifelde behoedzaam met haar voeten over de grond om oneffenheden op te sporen, aangezien ze die met haar ogen onmogelijk kon zien. Het was moeilijk met zekerheid te zeggen, maar de grot leek zich voorbij het licht van de opening ver naar achteren uit te strekken. Aangemoedigd door de opwinding van de ontdekking schuifelde ze langzaam verder naar voren. Langzaam... langzaam... tot...

'Au!' riep ze, en haar gezicht vertrok van pijn toen ze met haar hand tegen een hard, houten voorwerp stootte.

'Au,' zei ze nog eens, terwijl ze met haar andere hand over de pijnlijke plek wreef. 'Au, au, au. Dat was...'

Haar woorden stierven weg. Wat het ook maar was waar ze met haar hand tegenaan had gestoten, het was geen natuurlijk uitsteeksel van de grot. Het voelde meer als de splinterige hoek van een ruwe houten kist.

Met voorzichtige bewegingen stak ze haar hand weer uit, tot hij – zachter dit keer – contact maakte met een plat, houten vlak. Geen twijfel mogelijk, het was echt een kist.

Poppy giechelde opgetogen. Wat had ze gevonden? De

buit van piraten? Van smokkelaars? De grot rook muf en voelde niet alsof hij in gebruik was, dus wat dit ook maar was, het lag er waarschijnlijk al tijden.

'Bereid je voor op een schat.' Ze lachte en bracht zichzelf in het donker een saluut. Een snelle controle bevestigde dat de kist veel te zwaar was om op te tillen, dus ze liet haar vingers over de rand glijden, om erachter te komen hoe ze hem open kon krijgen. Verdorie. Hij was dichtgespijkerd. Ze zou terug moeten komen, hoewel ze geen idee had hoe ze zou moeten uitleggen dat ze een lantaarn én een breekijzer nodig had.

Hoewel...

Ze hield haar hoofd schuin. Als er in dit gedeelte van de grot een kist stond – of eigenlijk twee, boven op elkaar – wie weet wat er dan verderop nog te vinden was?

Ze liep langzaam de duisternis in, met haar armen voorzichtig voor zich uitgestrekt. Nog niets. Niets... niets...

'Kijk uit!'

Poppy verstijfde.

'De kapitein vermoordt je als je hem laat vallen.'

Poppy hield haar adem in en opluchting overspoelde haar toen ze besefte dat de ruwe uitbarsting niet tegen haar gericht was.

Opluchting die onmiddellijk plaatsmaakte voor doodsangst. Ze liet haar armen langzaam naar beneden zakken en sloeg ze stijf om zich heen.

Ze was niet alleen.

Met uiterst voorzichtige bewegingen schuifelde ze terug en kroop zo ver mogelijk weg achter de kisten. Het was donker en ze hield zich stil, en wie hier ook maar was zou haar niet moeten kunnen zien, tenzij...

'Doe verdomme die lantaarn aan!'

Tenzij ze een lantaarn hadden.

Een vlam lichtte op en bescheen het achterste gedeelte van de grot. Poppy fronste haar wenkbrauwen. Waren de mannen achter haar binnengekomen? En als dat zo was, hoe hadden ze dat dan gedaan? Waar kwam de grot op uit?

'We hebben niet veel tijd,' zei een van de mannen. 'Schiet een beetje op en help me met zoeken.'

'En wat doen we met de rest?'

'Dat staat hier veilig tot we terugkomen. Het is trouwens toch de laatste keer.'

De andere man lachte. 'Dat zegt de kapitein.'

'Dit keer meent hij het.'

'Hij kapt er nooit mee.'

'Nou, als hij er niet mee kapt, kap ik ermee.' Poppy hoorde een zware kreun van inspanning, gevolgd door: 'Ik word hier te oud voor.'

'Heb je de kei voor de ingang geschoven?' vroeg de eerste man, terwijl hij met een zucht iets op de grond liet zakken.

Dus daarom had ze zich met zoveel moeite naar binnen moeten wurmen, besefte Poppy. Ze had zich al eerder moeten afvragen hoe zo'n grote kist door zo'n kleine opening had gepast.

'Gisteren,' klonk het antwoord. 'Met Billy.'

'Dat magere wurm?'

'Mmf. Volgens mij is hij nu dertien.'

'Dat zou je niet zeggen!'

Goeie god, dacht Poppy, hier zat ze dan, opgesloten in een grot met smokkelaars – misschien zelfs piraten! – en ze kwebbelden als een stelletje oude dames.

'Wat hebben we nog meer nodig?' vroeg de man met de laagste stem.

'De kapitein zegt dat hij niet vertrekt zonder een kist cognac.'

Poppy voelde het bloed uit haar lichaam wegtrekken. Een kíst?

De andere man lachte. 'Om te verkopen of om op te drinken?'

'Allebei, verwacht ik.'

Weer werd er gegrinnikt. 'Dan mag hij wel met ons delen.'

Poppy keek nerveus om zich heen. De lantaarn verspreidde zo veel licht in haar richting dat ze haar directe omgeving kon onderscheiden. Waar moest ze zich in hemelsnaam verstoppen? Er was een kleine holte in de rotswand waar ze in weg kon duiken, maar de mannen zouden blind moeten zijn om haar over het hoofd te zien.

Toch was het beter dan waar ze nu stond. Poppy schuifelde naar achteren en maakte zich zo klein mogelijk. Ze dankte god dat ze die ochtend niet haar felgele jurk had aangetrokken en deed tegelijkertijd haar eerste echte gebed in maanden.

Alstublieft alstublieft alstublieft.
Ik zal een beter mens zijn.
Ik zal naar mijn moeder luisteren.
Ik zal zelfs luisteren in de kerk.
Alstublieft alstublieft…

'Jezus, Maria en Jozef!'

Poppy hief langzaam haar hoofd op naar de man die boven haar uit torende. 'Vergeefse moeite,' mopperde ze.

'Wie bent u?' vroeg de man gebiedend, terwijl hij de lantaarn dicht bij haar gezicht hield.

'Wie bent ú?' vuurde Poppy terug, voordat ze bedacht dat dit misschien niet de meest verstandige reactie was.

'Green!' brulde de man.

Poppy knipperde met haar ogen.

'Green!'

'Wat?' gromde de andere man, die blijkbaar Green heette.

'Er is hier een meisje!'

'Wát?'

'Een meisje. Er is hier een meisje.'

Green kwam aanrennen. 'Wie is dit in duivelsnaam?' vroeg hij fel.

'Geen idee,' zei de andere man ongeduldig. 'Dat heeft ze niet gezegd.'

Green boog voorover en bracht zijn verweerde gezicht heel dicht bij dat van Poppy. 'Wie bent u?'

Poppy zweeg. Ze deed dat niet vaak, maar dit leek haar een slim moment om ermee te beginnen.

'Wie bent u?' herhaalde hij, en dit keer gromde hij het bijna.

'Niemand,' antwoordde Poppy, die zich een beetje bemoedigd voelde door het feit dat hij eerder vermoeid leek dan kwaad. 'Ik was alleen maar een wandeling aan het maken. Ik zal jullie niet lastigvallen. Ik ga gewoon weg. Niemand zal ooit weten...'

'Ik zal het weten,' zei Green.

'En ik trouwens ook,' zei de ander, terwijl hij zich op zijn hoofd krabde.

'Ik zeg geen woord,' verzekerde Poppy hen. 'Ik weet niet eens wat...'

'Verdomme!' vloekte Green. 'Verdomme verdomme verdomme verdomme verdomme.'

Poppy keek nerveus van de een naar de ander en probeerde te bepalen of ze er goed aan zou doen iets aan het gesprek toe te voegen. Het was moeilijk de leeftijd van de mannen te schatten. Ze hadden allebei het verweerde uiterlijk van mensen die te veel tijd in zon en wind hebben doorgebracht. Ze waren eenvoudig gekleed, in ruwe werkhemden en -broeken, en hun broekspijpen waren weggestopt in van die hoge laarzen die mannen graag dragen wanneer ze weten dat ze natte voeten gaan krijgen.

'Verdomme,' snauwde Green weer. 'Dat konden we er vandaag nog net bij hebben!'

'Wat moeten we met haar doen?' zei de andere man.

'Ik weet het niet. We kunnen haar hier niet achterlaten.'

De twee mannen zwegen en staarden naar haar alsof ze de grootste last op aarde was die op het punt stond zich op hen te storten.

'De kapitein vermoordt ons,' zuchtte Green ten slotte.

'Het is niet onze schuld.'

'Ik denk dat we aan hem moeten vragen wat we met haar moeten doen,' zei Green.

'Ik weet niet waar hij is,' antwoordde de ander. 'Jij?'

Green schudde zijn hoofd. 'Is hij niet op het schip?'

'Nee. Hij zei dat hij ons een uur voor vertrek terug zou zien aan dek. Hij had zaken af te handelen.'

'Verdomme.'

Het waren meer verdommes dan Poppy ooit in één gesprek had gehoord, maar het leek weinig nuttig hierop te wijzen.

Green zuchtte, sloot zijn ogen en trok een gezicht dat alleen maar als diep ongelukkig beschreven kon worden. 'We hebben geen keus,' zei hij. 'We zullen haar mee moeten nemen.'

'Wat?' vroeg de andere man.

'Wát?' gilde Poppy.

'Goeie god,' gromde Green, en hij wreef over zijn oren. 'Komt die herrie uit uw mond?' Hij zuchtte vermoeid. 'Ik ben hier te oud voor.'

'We kunnen haar niet meenemen!' protesteerde de andere man.

'Luister naar hem,' zei Poppy. 'Hij is duidelijk erg intelligent.'

Greens vriend richtte zich wat op en straalde. 'De naam is Brown,' zei hij, terwijl hij haar beleefd toeknikte.

'Eh, aangenaam kennis te maken,' zei Poppy. Ze vroeg zich af of ze hem misschien een hand moest geven.

'Denk je soms dat ik haar mee wíl nemen?' zei Green. 'Een vrouw aan boord brengt ongeluk. Vooral deze.'

Poppy's mond viel open bij het horen van deze belediging. 'Nou,' begon ze, maar Brown onderbrak haar en vroeg: 'Wat is er mis met haar? Ze zegt dat ik intelligent ben.'

'Dat maakt alleen maar duidelijk dat zíj dat niet is. En bovendien, ze praat.'

'Dat doet u ook,' vuurde Poppy terug.

'Zie je?' zei Green.

'Ze valt wel mee,' zei Brown.

'Net zei je nog dat je haar niet aan boord wilde hebben!'

'Nou ja, dat is ook zo, maar...'

'Er is niets ergers dan een praatzieke vrouw,' mopperde Green.

'Er zijn heel wat dingen erger,' zei Poppy, 'en u hebt veel geluk als u die nooit hebt meegemaakt.'

Green keek haar enkele seconden aan. Meer niet. Toen kreunde hij: 'De kapitein vermoordt ons.'

'Niet als jullie me niet meenemen,' zei Poppy snel. 'Hij komt het nooit te weten.'

'Hij komt het te weten,' zei Green onheilspellend. 'Hij komt altijd alles te weten.'

Poppy kauwde op haar onderlip en woog haar mogelijkheden af. Ze betwijfelde of ze hard genoeg zou kunnen rennen om te ontsnappen. Bovendien blokkeerde Green de weg naar de ingang van de grot. Ze zou kunnen gaan huilen en hopen dat haar tranen de zachtere kant van hun karakter naar boven zouden brengen, maar dat ging ervan uit dat ze een zachtere kant hádden.

Ze keek naar Green en glimlachte voorzichtig, om de stemming te peilen.

Green negeerde haar en wendde zich tot zijn vriend. 'Hoe laat...' Hij stopte. Brown was weg. 'Brown!' schreeuwde hij. 'Waar voor de duivel ben je naartoe?'

Browns hoofd dook op achter een stapel hutkoffers. 'Ik ben alleen touw aan het pakken.'

Touw? Poppy's keel werd droog.

'Mooi,' gromde Green.

'U wilt me toch zeker niet vastbinden?' zei Poppy, die ondanks haar droge keel blijkbaar nog steeds kon praten.

'Nee, dat wil ik niet,' zei hij, 'maar ik zal wel moeten, dus laten we het elkaar niet moeilijk maken, hè?'

'U denkt toch zeker niet dat ik me zomaar laat meenemen?'

'Dat hoopte ik wel.'

'Nou, u mag hopen wat u wilt, maar ik zal vechten...'

'Brown!' brulde Green.

Zo hard dat Poppy's mond dichtklapte.

'Ik heb het touw!' kwam het antwoord.

'Mooi. Pak het andere spul ook.'

'Welk andere spul?' vroeg Brown.

'Ja,' zei Poppy nerveus. 'Welk andere spul?'

'Het andere spul,' zei Green ongeduldig. 'Je weet wel wat ik bedoel. En een doek.'

'O, het andere spul,' zei Brown. 'Komt voor mekaar.'

'Welk andere spul?' vroeg Poppy weer.

'Dat wilt u niet weten,' zei Green tegen haar.

'Ik kan je verzekeren van wel,' zei Poppy, die op hetzelfde moment bedacht dat ze het misschien toch liever niet wist.

'U zei dat u ging vechten,' legde hij uit.

'Ja, maar wat heeft dat ermee te ma...'

'Weet u nog dat ik zei dat ik hier te oud voor ben?'

Ze knikte.

'Nou, daar valt vechten ook onder.'

Brown verscheen weer, met een groen flesje in zijn hand dat er vaag medicinaal uitzag. 'Alsjeblieft,' zei hij, terwijl hij het flesje aan Green gaf.

'Niet dat ik u niet aan zou kunnen,' legde Green uit, terwijl hij met een ploppend geluid de kurk van het flesje trok. 'Maar waarom zou ik het moeilijker maken dan nodig is?'

Poppy had hier geen antwoord op. Ze staarde naar het flesje. 'Gaat u me dwingen dit te drinken?' fluisterde ze. Het rook smerig.

Green schudde zijn hoofd. 'Heb je een doek?' vroeg hij aan Brown.

'Sorry.'

Green kreunde weer vermoeid en wierp een blik op de linnen fichu die ze om had gedaan tegen de zon. 'We zullen uw halsdoek moeten gebruiken,' zei hij tegen Poppy. 'Stilzitten.'

'Wat gaat u doen?' riep ze uit. Ze deinsde geschrokken achteruit toen hij de fichu losrukte.

'Het spijt me,' zei hij, en vreemd genoeg klonk het alsof hij het meende.

'Niet doen,' bracht Poppy met stokkende adem uit terwijl ze zo ver mogelijk bij hem vandaan schoof.

Maar dat was niet ver, omdat ze met haar rug tegen de rotswand aan zat, en terwijl ze ontzet toekeek, goot hij een flinke scheut van het stinkende goedje op de ragdunne zijde van haar fichu. De stof raakte al snel verzadigd en verschillende druppels zakten erdoorheen en verdwenen in de vochtige grond.

'Je zult haar vast moeten houden,' zei Green tegen Brown.

'Nee,' zei Poppy, toen Browns armen om haar heen kwamen. 'Nee.'

'Het spijt me,' zei Brown, en het klonk alsof ook hij het meende.

Green verfrommelde de doek tot een bal en drukte hem tegen haar mond. Poppy kokhalsde en hapte naar adem toen de smerige dampen haar neus bereikten.

En toen gleed de wereld weg.

2

Andrew Rokesby liep met grote stappen over het dek van de *Infinity* om het schip nog een laatste keer te inspecteren voordat ze om klokslag vier uur die middag de zeilen zouden hijsen. Alles leek in orde, van voor- tot achtersteven, en behalve Brown en Green waren alle manschappen aanwezig en klaar voor de reis die voor hen lag.

'Pinsley!' riep Andrew naar de jongeman in het want, die voor de tuigage zorgde.

'Ja, kapitein!' riep Pinsley naar beneden. 'Kan ik iets voor u doen, kapitein?'

'Heb jij Brown en Green gezien? Ik heb ze eerder op de dag naar de grot gestuurd om voorraden op te halen.'

'Voorraden, kapitein?' zei Pinsley met een brutale lach. Iedereen wist waarom Andrew Brown en Green echt op pad had gestuurd.

'Een klein rukje aan het stuurwiel en je hangt aan je vingertoppen,' waarschuwde Andrew.

'Ze zijn benedendeks, kapitein,' zei Pinsley met een grijns. 'Ik zag ze een kwartier geleden de trap af gaan.'

'Benedendeks?' Andrew schudde zijn hoofd. Brown en Green hadden werk te doen. Er was geen enkele reden waarom ze benedendeks zouden zijn.

Pinsley haalde zijn schouders op, dat dacht Andrew tenminste. Het was moeilijk te zien met de zon in zijn ogen.

'Ze hadden een zak bij zich,' zei Pinsley.

'Een zak?' echode Andrew. Hij had ze op pad gestuurd om een kist cognac te halen. Elke man had zijn zwakheden, en die van hem waren vrouwen in de haven en Franse cognac op zee. Hij dronk elke avond een glas, na het avondeten. Dat hield het leven beschaafd, althans zo beschaafd als hij het wilde hebben.

'Het zag er nogal zwaar uit,' voegde Pinsley eraan toe.

'Cognac in een zak,' mopperde Andrew. '*Madre de Dios*, er zullen intussen wel alleen maar scherven en dampen over zijn.' Hij keek omhoog naar Pinsley, die bezig was de touwen vast te zetten, en draaide zich toen om naar de smalle trap die naar beneden voerde.

Hij had de vaste gewoonte om voor de *Infinity* uitvoer een kort woordje te wisselen met elk bemanningslid, hoe laag of hoog in rang ook. Het zorgde ervoor dat iedereen voor de komende reis zijn taak kende, en de mannen waardeerden het blijk van respect. Zijn bemanning was klein, maar buitengewoon loyaal. Ze zouden allemaal hun leven voor hem geven, dat wist Andrew. Maar dat was zo omdat ze wisten dat hun kapitein bereid was hetzelfde voor hen te doen.

Andrew was ontegenzeggelijk de gezagvoerder, en er was geen man aan boord die het in zijn hoofd zou halen tegen zijn bevelen in te gaan, maar er was ook niemand die dat zou willen.

'Kapitein!'

Andrew keek achterom. Het was Green, die kennelijk via de andere trap naar boven was gekomen.

'Ah, daar ben je,' zei Andrew, en hij wenkte hem mee te komen. Green was het oudste bemanningslid, net iets ouder dan Brown, die een dag na hem had aangemonsterd. De twee hadden sindsdien gekibbeld als een stel oude wijven.

‘Kapitein!’ zei Green, die over het dek rende om hem in te halen.

‘Praat maar onder het lopen,’ zei Andrew, en hij keerde hem de rug toe terwijl hij met grote passen naar de trap liep die naar zijn hut leidde. ‘Ik moet wat zaken in mijn hut veiligstellen.’

‘Maar kapitein, ik moet u vertellen…’

‘En wat voor de duivel is er met mijn cognac gebeurd?’ vroeg Andrew, terwijl hij met twee treden tegelijk de trap afliep. ‘Pinsley zei dat jullie aan boord kwamen met een zak. Een zak,’ herhaalde hij hoofdschuddend.

‘Juist,’ zei Green, en hij maakte een vreemd geluid.

Andrew draaide zich om. ‘Voel je je wel goed?’

Green slikte. ‘Kijk, het zit zo…’

‘Hoorde ik jou nou net slikken?’

‘Nee, kapitein, ik…’

Andrew wendde zich van hem af en liep verder. ‘Je moet met die keel naar Flanders gaan. Hij heeft een of ander genezend drankje. Het smaakt afschuwelijk, maar het werkt, dat weet ik uit ervaring.’

‘Kapitein,’ zei Green, die hem volgde door de gang.

‘Is Brown aan boord?’ vroeg Andrew, terwijl hij zijn deurkruk vastgreep.

‘Ja, kapitein, maar kapitein…’

‘Mooi, dan kunnen we precies op schema vertrekken.’

‘Kapitein!’ schreeuwde Green bijna, terwijl hij zich tussen Andrew en de deur wrong.

‘Wat ís er, Green?’ vroeg Andrew, met nauwelijks bedwongen ongeduld.

Green opende zijn mond, maar wat hij ook maar wilde

zeggen, het ontbrak hem kennelijk aan de woorden om het tot uiting te brengen.

Andrew schoof zijn beide handen onder Greens armen, tilde hem op en zette hem opzij.

'Voor u daar naar binnen gaat...' zei Green met verstikte stem.

Andrew duwde de deur open.

En trof een jonge vrouw aan, die vastgebonden en gekneveld op zijn bed lag en hem aankeek met een paar ogen die, als dat anatomisch mogelijk was, vuur zouden schieten.

Andrew staarde haar een volle seconde aan en nam terloops haar dikke kastanjebruine haar en haar groenbruine ogen in zich op. Hij liet zijn blik over de rest van haar lichaam dwalen – ze was tenslotte een vrouw – en glimlachte.

'Een cadeautje?' murmelde hij. 'Voor mij?'

Als ze het zou overleven, besloot Poppy, zou ze elke man op dit vervloekte schip vermoorden.

Te beginnen met Green.

Nee, Brown.

Nee, absoluut Green. Brown zou haar misschien hebben laten gaan, als ze de kans had gehad om hem over te halen, maar Green verdiende niets minder dan een eeuwigdurende vloek op zijn huis.

En dat tot zijn laatste nakomeling aan toe.

Hmf. Dat veronderstelde dat die afschuwelijke vent een vrouw kon vinden die bereid was zich met hem voort te planten, wat Poppy oprecht betwijfelde. Sterker nog, dacht ze vals, het zou fysiek onmogelijk zijn tegen de tijd dat zij met hem had afgerekend. Vier broers konden een vrouw heel wat smerige vechttechnieken bijbrengen, en als ze er ooit in slaagde haar enkels los te krijgen, zou ze haar knie recht in zijn...

Klik.

Ze keek op. Er kwam iemand binnen.

'Voor u daar naar binnen gaat...' hoorde ze een bekende stem zeggen.

De deur zwaaide open, en de man die ze te zien kreeg was niet Green, of Brown, maar iemand die zeker tien jaar jonger was en zo oogverblindend knap dat Poppy zeker wist dat haar mond zou zijn opengevallen, als er geen prop in had gezeten.

Zijn haar had een warme, donkerbruine kleur, met hier en daar wat goudblonde lokken, gebleekt door de zon, en zat samengebonden in een brutale staart, achter in zijn nek. Zijn gezicht was gewoonweg volmaakt, met volle, fraai gevormde lippen die bij de mondhoeken omhoog krulden en zijn gezicht een permanent ondeugende uitdrukking gaven. En zijn ogen waren zo intens blauw dat ze hun kleur vanaf de andere kant van de kamer kon onderscheiden.

Die ogen namen haar op, van top tot teen en weer terug. Poppy was nog nooit op zo'n intieme manier bekeken en ze voelde god-nog-aan-toe dat ze bloosde.

'Een cadeautje?' murmelde hij, terwijl er een nauwelijks merkbare glimlach om zijn lippen verscheen. 'Voor mij?'

'Mmmf grrmf smmmmf!' gromde Poppy, terwijl ze worstelde met de touwen die haar vasthielden.

'Eh, dit is wat ik u wilde vertellen,' zei Green, terwijl hij naast de mysterieuze vreemdeling de kamer binnen glipte.

'Dit?' murmelde de andere man, met fluweelzachte stem.

'Haar,' verbeterde Green, en het woord bleef zwaar in de lucht hangen, alsof ze een kruising was tussen Bloody Mary en Medusa.

Poppy keek hem nijdig aan en gromde.

'Tjongejonge,' zei de jongeman, met peinzend opgetrokken wenkbrauw. 'Ik weet haast niet wat ik moet zeggen. Niet mijn gebruikelijke type, maar wel aantrekkelijk.'

Poppy sloeg hem behoedzaam gade terwijl hij verder de hut in liep. Hij had slechts een paar woorden gesproken, maar het was genoeg om vast te stellen dat hij geen gewone zeeman was. Hij sprak als een aristocraat en hij bewoog zich ook zo. Ze kende de soort. Ze was de afgelopen twee jaar druk (maar niet al te druk) bezig geweest om er een te strikken voor een huwelijk.

De man wendde zich tot Green. 'Is er een speciale reden waarom ze op mijn bed ligt?'

'Ze heeft de grot gevonden, kapitein.'

'Was ze daarnaar op zoek?'

'Dat weet ik niet, kapitein. Dat heb ik niet gevraagd. Ik denk dat het toeval was.'

De kapitein nam haar met een verontrustend kalme blik op voordat hij zich weer tot Green wendde en vroeg: 'Wat stel jij voor dat we met haar doen?'

'Ik weet het niet, kapitein. We konden haar daar niet zomaar achterlaten. Het stond er nog vol met onze vracht van de laatste reis. Als we haar hadden laten gaan, had ze er vast iemand over verteld.'

'Of ze had het zelf ingepikt,' zei de kapitein peinzend.

Poppy gromde bij deze belediging. Alsof zij zo immoreel zou zijn om haar toevlucht te nemen tot stelen.

De kapitein keek haar met opgetrokken wenkbrauwen aan. 'Daar lijkt ze een mening over te hebben,' zei hij.

'Ze heeft een boel meningen,' zei Green somber.

'Is dat zo?'

'We hebben de prop uit haar mond gehaald terwijl we op u wachtten,' legde Green uit. 'Na een minuut moesten we hem weer terug stoppen. Of eigenlijk al eerder.'

'Zo erg, hm?'

Green knikte. 'Ze sloeg me ook nog tegen mijn achterhoofd.'

Poppy gromde voldaan.

De kapitein draaide zich weer naar haar toe en leek bijna onder de indruk. 'Je had haar handen op haar rug moeten binden,' zei hij.

'Ik was niet van plan haar lang genoeg los te maken om het over te doen,' mopperde Green, terwijl hij over zijn hoofd wreef.

De kapitein knikte nadenkend.

'We hadden geen tijd om de grot leeg te halen,' vervolgde Green. 'Bovendien heeft niemand hem ooit eerder gevonden. Hij is waardevol, zelfs als er niets in ligt. Wie weet wat we daar nog eens moeten verstoppen.'

De kapitein haalde zijn schouders op. 'Hij is nu waardeloos,' zei hij, terwijl hij zijn machtige armen over elkaar sloeg. 'Tenzij we haar vermoorden, natuurlijk.'

Poppy hapte naar adem, wat zelfs met de prop in haar mond hoorbaar was.

'O, maak je geen zorgen,' zei hij nonchalant. 'We hebben nog nooit iemand vermoord tenzij het echt nodig was, en zeker geen vrouw. Hoewel,' voegde hij eraan toe, terwijl hij achteloos over zijn kin wreef, 'er zijn er wel een paar geweest...' Hij keek op en schonk haar een oogverblindende glimlach. 'Nou ja, maakt ook niet uit.'

'Nu u het zegt, kapitein,' zei Green, en hij deed een stap naar voren.

'Hmmm?'

'Er was die vrouw in Spanje. Málaga?'

De kapitein keek hem niet-begrijpend aan, tot zijn geheugen hem te hulp schoot. 'O, díé. Nou ja, die telt niet mee. Ik weet niet eens zeker of het een vrouw was.'

Poppy's ogen werden groot. Wie wáren deze mensen?

En toen, net toen ze dacht dat de twee zouden gaan zitten om op hun gemak samen iets te drinken, knipte de kapitein met afgemeten, bijna militaire bewegingen zijn zakhorloge open en zei: 'We vertrekken binnen twee uur. Weten we eigenlijk wie ze is?'

Green schudde zijn hoofd. 'Dat wilde ze niet zeggen.'

'Waar is Brown? Weet hij het?'

'Nee, kapitein.' Het antwoord kwam van Brown zelf, die in de deuropening stond.

'O, daar ben je,' zei de kapitein. 'Green en ik waren net deze onverwachte ontwikkeling aan het bespreken.'

'Het spijt me, kapitein.'

'Het is niet jullie schuld,' zei de kapitein. 'Jullie hebben goed gehandeld. Maar we moeten wel haar identiteit vaststellen. Haar kleding is van uitstekende kwaliteit,' voegde hij eraan toe, met een gebaar naar Poppy's blauwe wandeljurk. 'Iemand zal haar missen.'

Hij liep naar het bed om de prop uit haar mond te halen, maar Green en Brown sprongen allebei naar voren, waarbij Green hem bij zijn arm greep en Brown zelfs zijn lichaam tussen de kapitein en het bed wrong.

'Dat is een erg slecht idee,' zei Green onheilspellend.

'Alstublieft, kapitein,' smeekte Brown, 'haal de prop niet weg.'

De kapitein wachtte even en keek van de een naar de ander. 'Mag ik jullie vragen wat ze gaat doen?'

Green en Brown zeiden niets, maar ze deinsden allebei achteruit, tot ze bijna tegen de muur stonden.

'Goeie god,' zei de kapitein ongeduldig. 'Twee volwassen kerels.'

En toen haalde hij de prop weg.

'U!' barstte Poppy bijna spuwend van nijd uit tegen Green.

Green verbleekte.

'En u,' gromde ze tegen Brown. 'En u!' besloot ze, met een woedende blik naar de kapitein.

De kapitein trok een wenkbrauw op. 'Nu u uw uitgebreide vocabulaire hebt gedemonstreerd...'

'Ik vermoord jullie allemaal,' siste ze. 'Hoe durven jullie me vast te binden en hier urenlang achter te laten...'

'Het was maar een half uurtje,' protesteerde Brown.

'Het voelde als uren,' tierde ze, 'en als jullie denken dat ik dit soort wangedrag accepteer van een stelletje idiote piraten...'

Ze begon onbedaarlijk te hoesten. De kapitein had de prop weer in haar mond gestopt.

'Juist,' sprak hij. 'Nu begrijp ik het helemaal.'

Poppy beet hem in zijn vinger.

'Dat,' zei hij kalmpjes, 'was een vergissing.'

Poppy staarde hem woedend aan.

'O, en trouwens,' voegde hij er bijna achteloos aan toe, 'wij geven de voorkeur aan de term "kaper".'

Ze gromde en beet machteloos in de prop in haar mond.

'Ik zal die weghalen,' zei hij, 'als u belooft u te gedragen.'

Ze haatte hem. O, ze haatte hem zo. Er waren maar vijf minuten voorbijgegaan, maar nu al wist ze zeker dat ze nooit iemand met dezelfde intensiteit, dezelfde hartstocht, dezelfde...

'Prima,' zei hij, schouderophalend. 'Om exact vier uur hijsen we de zeilen, als het u interesseert.'

En toen draaide hij zich doodleuk om en liep naar de deur. Poppy gromde. Ze had geen keus.

'Kunt u zich gedragen?' vroeg hij, met een irritant zachte, warme stem.

Ze knikte, maar haar ogen stonden opstandig.

Hij liep terug naar het bed. 'Beloofd?' vroeg hij spottend.

Haar kin ging in een woedende benadering van een knik op en neer.

Hij boog voorover en haalde voorzichtig de prop uit haar mond.

'Water,' hijgde ze, nijdig dat ze moest smeken.

'Met alle genoegen,' zei hij, terwijl hij haar uit de grote aarden kruik op zijn tafel een glas inschonk. Hij hield het glas tegen haar mond om haar te laten drinken, want haar handen zaten nog steeds vastgebonden. 'Wie bent u?' vroeg hij.

'Doet dat er iets toe?'

'Niet op dit moment, maar misschien later,' zei hij, ' als we terugkomen.'

'U kunt me niet meenemen!' protesteerde ze.

'Anders zal ik u moeten vermoorden,' zei hij.

Haar mond viel open. 'Nou, dat kunt u ook niet doen.'

'Ik neem niet aan dat u een wapen in uw jurk hebt verstopt,' zei hij, terwijl hij met een schouder tegen de muur leunde en zijn armen over elkaar sloeg.

Haar lippen weken verbaasd uiteen, maar ze verborg haar reactie snel en zei: 'Misschien wel.'

Hij lachte, het mispunt.

'Ik zal u geld geven,' zei ze snel. Hij was vast wel om te kopen. Hij was een piraat, god-nog-aan-toe. Toch?

Hij trok een wenkbrauw op. ‘Ik neem niet aan dat u een zak met goud in die jurk hebt verstopt.’

Ze trok een lelijk gezicht bij het horen van zijn sarcastische toon. ‘Natuurlijk niet. Maar ik kan zorgen dat u wat krijgt.’

‘Wilt u dat we losgeld voor u eisen?’ vroeg hij met een glimlach.

‘Nee! Natuurlijk niet. Maar als u me vrijlaat…’

‘Niemand laat u vrij,’ onderbrak hij haar, ‘dus hou maar op met…’

‘Ik weet zeker dat als u er goed over nadenkt…’ begon ze.

‘Ik heb genoeg nagedacht om…’

‘… u in zult zien dat het…’

‘We laten u niet…’

‘… echt geen goed idee is om…’

‘Ik zei dat we u niet…’

‘… me te gijzelen. Ik loop vast en zeker in de weg en…’

‘Kunt u nu eens even uw mond houden?’

‘… ik eet ook een heleboel, en…’

‘Houdt ze ooit wel eens haar kop?’ vroeg de kapitein, terwijl hij zich tot zijn mannen bij de deur wendde.

Green en Brown schudden hun hoofd.

‘… ik zal echt alleen maar tot last zijn,’ besloot Poppy.

Er viel een korte stilte, waar de kapitein van leek te genieten. ‘U hebt een aardig pleidooi gehouden om u te vermoorden,’ zei hij ten slotte.

‘Helemaal niet,’ bracht ze ertegenin. ‘Het was een pleidooi om me te laten gaan, als u het weten wilt.’

‘Kennelijk wil ik dat,’ mopperde hij. Hij zuchtte vermoeid, zijn eerste teken van zwakte, en vroeg: ‘Wie bént u?’

‘Ik wil weten wat u van plan bent met me te doen voordat ik mijn identiteit prijsgeef,’ zei Poppy.

Hij maakte een lui handgebaar naar de touwen waarmee ze vastzat. 'U bent niet echt in een positie om eisen te stellen, vindt u wel?'

'Wat gaat u met me doen?' herhaalde ze. Het was waarschijnlijk onverstandig om zo koppig te zijn, maar als hij haar wilde vermoorden, zou hij dat toch wel doen, en dan zou het temperament dat ze toonde hoe dan ook niet de doorslag geven.

Hij ging op de rand van het bed zitten. Verontrustend dichtbij. 'Ik zal u tegemoetkomen,' zei hij, 'want ondanks uw scherpe tong kunt u er weinig aan doen dat u hier bent.'

'Helemaal niets,' mopperde ze.

'U leert het ook nooit, hè?' zei hij. 'En ik wilde nog wel aardig tegen u zijn.'

'Het spijt me,' zei ze snel.

'Niet erg oprecht, maar ik zal u maar geloven,' zei hij. 'En hoe vervelend ik het ook vind om u dit te moeten vertellen, u zult de komende twee weken onze gast zijn aan boord van de *Infinity*, tot we onze reis hebben voltooid.'

'Nee!' riep Poppy uit. De ontzette kreet ontsnapte aan haar lippen voordat ze haar gebonden handen tegen haar mond kon drukken.

'Ik vrees van wel,' zei hij grimmig. 'U weet waar onze grot is, en ik kan u niet achterlaten. Zodra we terugkomen, zullen we de grot leeghalen en u laten gaan.'

'Waarom haalt u hem nu niet leeg?'

'Dat kan niet,' zei hij eenvoudig.

'U bedoelt dat u het niet wilt.'

'Nee, ik bedoel dat ik het niet kan,' herhaalde hij. 'En u begint me te vervelen.'

'U kunt me niet meenemen,' zei Poppy, en ze hoorde haar

stem breken. Goeie god, ze wilde huilen. Ze hoorde het aan haar stem en voelde het aan het prikken van haar ogen. Ze wilde huilen zoals ze in geen jaren had gehuild, en als ze zich niet wist te beheersen, zou ze instorten voor de ogen van deze man – deze afschuwelijke man, die haar lot in zijn handen hield.

'Luister,' zei hij, 'ik ben echt begaan met uw lot.'

Poppy wierp hem een blik toe die duidelijk maakte dat ze daar geen woord van geloofde.

'Echt waar,' zei hij vriendelijk. 'Ik weet hoe het voelt om in het nauw gedreven te worden. Het is niet prettig. Vooral niet voor iemand zoals u.'

Poppy slikte, onzeker of zijn woorden als een compliment of als een belediging bedoeld waren.

'Maar de waarheid is,' vervolgde hij, 'dat dit schip vanmiddag moet vertrekken. De wind en het tij zijn gunstig, en we moeten opschieten. U moet uw schepper maar bedanken dat wij geen moordlustige types zijn.'

'Waar gaan we naartoe?' fluisterde ze.

Hij zweeg even om over haar vraag na te denken.

'Ik kom het vanzelf te weten als we er zijn,' zei ze ongeduldig.

'Daar hebt u een punt,' zei hij, met een goedkeurend glimlachje. 'We zeilen naar Portugal.'

Poppy voelde haar ogen bijna uit hun kassen rollen. 'Portugal?' echode ze, met verstikte stem. 'Portugal? Doen we daar echt twee weken over?'

Hij haalde zijn schouders op. 'Als we geluk hebben.'

'Twee weken,' fluisterde ze. 'Twee weken.' Haar familie zou zich geen raad weten. Haar reputatie zou te gronde gaan. Twee hele weken.

'U moet me een brief laten schrijven,' zei ze dringend.

'Pardon?'

'Een brief,' herhaalde ze, terwijl ze worstelde om overeind te komen. 'U moet me de gelegenheid geven om een brief te schrijven.'

'En wat bent u van plan daarin te vermelden, als ik vragen mag?'

'Ik logeer bij een vriendin,' zei Poppy snel, 'en als ik vanavond niet terugkom, zal zij alarm slaan. Mijn hele familie zal naar dit district komen.' Ze boorde haar ogen in de zijne. 'Geloof me als ik u vertel dat u niet wilt dat dat gebeurt.'

Hij wendde zijn ogen geen moment af. 'Uw naam, dame.'

'Mijn familie...'

'Uw naam,' zei hij weer.

Poppy tuitte haar lippen en zei toen: 'U mag me juffrouw Bridgerton noemen.'

Hij verbleekte. Hij verbléékte. Hij verborg het goed, maar ze zag het bloed uit zijn gezicht wegtrekken, en voor het eerst tijdens het gesprek voelde ze een golf van triomf door zich heen gaan. Niet dat ze op het punt stond vrij te komen, maar toch, het was haar eerste overwinning. Een kleintje maar, zeker, maar toch een overwinning.

'Ik zie dat u van mijn familie hebt gehoord,' zei ze liefjes.

Hij mompelde iets onverstaanbaars waarvan ze zeker wist dat het in beschaafde kringen niet door de beugel zou kunnen.

Langzaam en met zichtbare zelfbeheersing stond hij op. 'Green!' bulderde hij.

'Ja, kapitein!' De oudere man sprong in de houding.

'Wees jij zo vriendelijk om juffrouw Bridgerton van wat schrijfgerei te voorzien,' zei hij, en haar naam klonk als gif op zijn lippen.

'Ja, kapitein.' Green haastte zich de deur uit, met Brown in zijn kielzog.

De kapitein draaide zich met een vastberaden blik naar haar toe. 'U gaat precies schrijven wat ik u opdraag,' zei hij.

'Neem me niet kwalijk,' zei Poppy, 'maar als ik dat doe, zal mijn vriendin onmiddellijk weten dat er een probleem is. U zult namelijk niet zo klinken als ik,' legde ze uit.

'Uw vriendin zal ook weten dat er een probleem is als u vanavond niet terugkomt.'

'Natuurlijk, maar ik kan iets schrijven wat haar tevreden zal stellen,' antwoordde Poppy, 'en wat er op zijn minst voor zal zorgen dat ze de autoriteiten niet waarschuwt.'

Hij knarsetandde en zei toen: 'De brief wordt niet verzegeld zonder mijn goedkeuring.'

'Vanzelfsprekend,' zei ze stijfjes.

Hij keek haar dreigend aan, en op de een of andere manier was de blik in zijn o, zo blauwe ogen heet en koud tegelijk.

'Mijn handen moeten worden losgemaakt,' zei Poppy, terwijl ze haar polsen naar hem ophief.

Hij liep naar de andere kant van de kamer. 'Ik wacht tot Green terug is.'

Poppy besloot hier niet verder om te strijden. Op dit punt leek hij ongeveer zo flexibel als een gletsjer.

'Welke tak?' vroeg hij plotseling.

'Pardon?'

'Tot welke tak van de familie behoort u?' Zijn stem was scherp en elk woord werd met militaire precisie uitgesproken.

Het lag op het puntje van haar tong om iets beledigends te zeggen, maar het was duidelijk aan het gezicht van de kapitein te zien dat dit zeer onverstandig zou zijn. 'Somerset,' zei ze rustig. 'Mijn oom is de burggraaf. Zij wonen in Kent.'

Hij spande zijn kaakspieren en de seconden tikten in stilte voorbij, totdat Green eindelijk terugkwam met een vel papier, een ganzenpen en een klein potje inkt. Poppy bleef geduldig zitten terwijl de kapitein haar handen losmaakte, en ze hapte even naar adem van pijn toen het bloed naar haar vingers terugstroomde.

'Excuus daarvoor,' gromde hij, en ze keek verrast op bij de verontschuldiging.

'Gewoonte,' zei hij. 'Niet gemeend.'

'Ik kon me al moeilijk iets anders voorstellen,' kaatste ze terug.

Hij antwoordde niet en stak alleen maar zijn hand uit terwijl zij haar benen over de rand van het bed zwaaide.

'Moet ik naar de tafel huppen?' vroeg ze. Haar enkels waren nog samengebonden.

'Zo weinig galant zou ik nooit zijn,' zei hij, en voordat ze wist wat hij van plan was, tilde hij haar van de grond en droeg hij haar naar de eettafel.

En liet haar daar zonder plichtplegingen in een stoel vallen. 'Schrijven,' beval hij.

Poppy nam de pen tussen haar vingers, doopte hem voorzichtig in de inkt en kauwde op haar lip terwijl ze probeerde te bedenken wat ze moest schrijven. Welke woorden zouden Elizabeth ervan kunnen overtuigen de autoriteiten – en haar familie – niet te waarschuwen wanneer Poppy twee weken verdween?

Liefste Elizabeth, ik weet dat je je zorgen zult maken…

‘Waarom duurt het zo lang?’ snauwde de kapitein.

Poppy keek hem met opgetrokken wenkbrauwen aan en antwoordde: ‘Als u het weten wilt, dit is de eerste keer dat ik in de gelegenheid ben een brief te schrijven waarin ik uitleg – natuurlijk zonder het echt uit te leggen – dat ik ben ontvoerd.’

‘Gebruik niet het woord “ontvoerd”,’ zei hij scherp.

‘Precies,’ antwoordde ze, terwijl ze hem een sarcastische blik toewierp. ‘Dat verklaart waarom het zo lang duurt. Ik ben gedwongen drie woorden te gebruiken waar een redelijk mens er maar één nodig zou hebben.’

‘Een vaardigheid die u inmiddels allang onder de knie zou kunnen hebben, zou men denken.’

‘Maar,’ hernam ze luid, nog voordat hij uitgesproken was, ‘het maakt de boodschap wel wat ingewikkeld.’

‘Schrijf,’ beval hij. ‘En zeg maar dat u een maand wegblijft.’

‘Een maand?’ vroeg ze, met stokkende stem.

‘Ik hoop bij god dat het niet zo is,’ bromde hij, ‘maar als we u dan binnen twee weken terugbrengen, is dat reden voor vreugde.’

Poppy wist het niet zeker, maar ze meende hem te horen mompelen: ‘Voor míj.’

Ze besloot het te laten passeren. Het was de minst beledigende opmerking die hij tot nog toe had gemaakt, en ze had werk te doen. Ze haalde diep adem en vervolgde met:

... maar ik verzeker je dat het goed met me gaat. Ik blijf een maand weg, en ik moet je smeken mijn verdwijning voor jezelf te houden. Waarschuw alsjeblieft niet mijn familie of de autoriteiten, want de eerste zullen zich alleen maar zorgen maken en de laatste zullen het verhaal zo

wijd verspreiden dat mijn reputatie voorgoed geruïneerd zal zijn.

Ik weet dat ik veel van je vraag, en ik weet dat je bij mijn terugkomst duizend vragen zult hebben, maar ik smeek je, Elizabeth: vertrouw me alsjeblieft en alles zal binnenkort worden uitgelegd.

Je zielsverwant,

Poppy

'Poppy, hè?' zei de kapitein. 'Dat zou ik nooit hebben geraden.'

Poppy negeerde hem.

'Pandora, misschien, of Pauline. Of zelfs Prudence, al was het maar vanwege de ironie...'

'Poppy is een volkomen acceptabele naam,' snauwde ze.

Zijn ogen hielden de hare gevangen in een verontrustend intieme blik. 'Lieftallig zelfs,' murmelde hij.

Ze slikte nerveus en merkte op dat Green was vertrokken, zodat ze helemaal alleen was met de kapitein. 'Ik heb ondertekend met "je zielsverwant", zodat ze weet dat ik niet ben gedwongen. Zo ondertekenen we altijd onze brieven.'

Hij knikte, terwijl hij de brief uit haar hand pakte.

'O, wacht!' riep ze plotseling, terwijl ze de brief terugpakte. 'Ik moet er een P.S. aan toevoegen.'

'Meent u dat nou?'

'Haar dienstmeisje,' legde Poppy uit. 'Zij was mijn chaperonne vanmiddag, en...'

'Was er nog iemand in de grot?' vroeg hij scherp.

'Nee, natuurlijk niet,' zei Poppy bits. 'Het was me gelukt om in Charmouth van haar af te komen.'

'Natuurlijk.'

Hij zei het op zo'n toon dat ze het niet kon laten hem van opzij een venijnige blik toe te werpen. 'Haar lichamelijke conditie was niet toereikend om mij te vergezellen,' zei ze op overdreven geduldige toon. 'Ik heb haar in een theesalon achtergelaten. Geloof me, dat was voor ons allebei het beste.'

'En toch bent u intussen ontvoerd en onderweg naar Portugal.'

Eén-nul voor hem. Verdorie.

'Hoe dan ook,' vervolgde ze, 'Mary kan voor moeilijkheden zorgen, maar alleen als Elizabeth haar niet kan waarschuwen voordat ze beseft dat er iets mis is. Als Elizabeth haar vraagt niets te zeggen, dan doet ze dat. Ze is verschrikkelijk loyaal. Mary, bedoel ik. Nou ja, Elizabeth ook, maar dat is anders.'

Hij wreef hard met zijn hand over zijn voorhoofd, alsof hij moeite had haar te volgen.

'Laat me alleen nog even het P.S. schrijven,' zei ze, en ze krabbelde er haastig bij:

Post Scriptum: Druk Mary alsjeblieft op het hart dat alles goed met me is. Vertel haar dat ik een van mijn neven ben tegengekomen en heb besloten een uitstapje met hem te gaan maken. Ze moet hier echt haar mond over houden. Koop haar desnoods om. Ik betaal je terug.

'Uw neven?' murmelde hij.

'Ik heb er een heleboel,' zei ze, op onheilspellende toon.

Hij trok alleen zijn wenkbrauwen een beetje op en gaf verder geen enkele reactie. Poppy stak hem haar nu voltooide brief toe en hij pakte hem aan, wierp er nog een laatste blik op en vouwde hem toen netjes dubbel.

De beweging was vastbesloten en verschrikkelijk definitief. Poppy ademde uit, want het was óf dat, óf huilen. Ze wachtte tot hij weg zou gaan – hij zou nu toch zeker wel vertrekken – maar hij stond daar alleen maar nadenkend te kijken, tot hij zei: 'Uw naam is erg ongewoon. Hoe komt u eraan?'

'Zo ongewoon is hij niet,' sputterde ze.

Hij boog zich naar haar toe, en ze leek haar blik niet af te kunnen wenden terwijl zijn ogen vrolijk twinkelden. 'U bent geen Rose of Daisy.'

Poppy was niet van plan te antwoorden, maar toen hoorde ze zichzelf zeggen: 'Het had niets met bloemen te maken.'

'O, echt niet?'

'De naam komt bij mijn broer vandaan. Hij was denk ik vier. Mijn moeder liet hem aan haar buik voelen toen ze van mij in verwachting was, en hij zei dat het voelde alsof ik alle kanten op floepte. Het gaat van pop, pop, pop, zei hij.'

Hij glimlachte, en hij zag er zo mogelijk nog knapper uit. 'Dat zal hij u nog wel regelmatig onder de neus wrijven.'

En dat verbrak de betovering. 'Hij is overleden,' zei Poppy, en ze wendde haar blik af. 'Vijf jaar geleden.'

'Dat spijt me.'

'Gewoonte of gemeend?' vroeg ze scherp, voordat ze de kans had over haar woorden – of haar toon – na te denken.

'Gemeend,' zei hij rustig.

Ze zei niets, hield haar ogen alleen maar op de tafel gericht, en probeerde iets te begrijpen van de vreemde werkelijkheid waarin ze plotseling verzeild was geraakt. Piraten die hun excuses aanboden? Bandieten die net zo keurig spraken als een hertog? Wie wáren deze mensen?

'Waar zal ik deze laten bezorgen?' vroeg de kapitein, terwijl hij haar brief omhoog hield.

'Briar House,' zei Poppy. 'Dat is dichtbij...'

'Mijn mannen zullen het wel weten te vinden,' onderbrak hij haar.

Poppy keek toe terwijl hij naar de deur liep. 'Meneer!' riep ze plotseling. 'Eh, kapitein,' verbeterde ze zichzelf, woedend dat ze hem respect had getoond door hem met 'meneer' aan te spreken.

Hij trok vragend een wenkbrauw op.

'Uw naam, kapitein.' En het gaf haar veel voldoening dat het haar lukte het als een eis te brengen en niet als een verzoek.

'Natuurlijk,' zei hij, met een hoffelijke buiging. 'Kapitein Andrew James, tot uw dienst. Welkom aan boord van de *Infinity*.'

'Geen "Het is ons een groot genoegen u te mogen ontvangen"?' vroeg Poppy.

Hij lachte terwijl hij zijn hand op de deurknop legde. 'Dat valt nog te bezien.'

Hij stak zijn hoofd om de hoek van de deur en brulde een naam, en Poppy keek naar zijn rug terwijl hij een van zijn mannen instructies gaf en hem de brief overhandigde. Ze dacht dat hij daarna wel zou vertrekken, maar in plaats daarvan sloot hij de deur en leunde er tegenaan, terwijl hij haar met een gelaten blik opnam.

'Tafel of bed?' vroeg hij.

Wát?

Dus zei ze dat. 'Wat?'

'Tafel' – hij knikte in haar richting en vervolgens naar de hoek – 'of bed.'

Dit kon niets goeds betekenen. Poppy probeerde snel na te denken, om binnen een seconde te achterhalen wat zijn bedoelingen waren en hoe ze hierop zou moeten reageren. Maar het enige wat ze uitbracht was: 'Ehhh...'

'Bed dus,' zei hij kortaf.

Poppy gaf een gil toen hij haar oppakte en op het bed gooide.

'Het is voor ons allebei het beste als u niet tegenstribbelt,' zei hij waarschuwend.

Haar ogen werden groot van angst.

'O, godalle...' Hij brak de krachtterm af en mompelde er iets nog veel ergers achteraan. Hij nam even de tijd om zichzelf onder controle te krijgen en zei toen: 'Ik zal u niet onteren, juffrouw Bridgerton. U hebt mijn woord.'

Ze zei niets.

'Uw hand,' zei hij.

Ze had geen idee wat hij van plan was, maar ze stak toch haar hand uit.

'De andere,' zei hij scherp, waarna hij haar linkerhand vastgreep – de hand waarmee ze schreef, ondanks de inspanningen van haar gouvernante om haar te dwingen haar rechterhand te gebruiken – en hem tegen de lange houten plank duwde die voor het bed langs liep. Voordat ze tot vijf kon tellen, had hij haar eraan vastgebonden.

Ze keken allebei naar haar vrije hand.

'U kunt het proberen,' zei hij, 'maar u krijgt hem niet los.' En toen glimlachte hij, de ellendeling. 'Niemand kan zo goed knopen leggen als een zeeman.'

'Zou u in dat geval mijn enkels los willen maken?'

'Niet voordat we ruimschoots op zee zijn, juffrouw Bridgerton.'

'Ik kan heus niet zwemmen, hoor,' loog ze.

'Zullen we u in het water gooien om te controleren of dat

waar is?' vroeg hij. 'Net zoals ze een heks in brand steken. Als ze brandt, is ze onschuldig.'

Poppy knarsetandde. 'Als ik verdrink...'

'Dan bent u te vertrouwen,' besloot hij, met een brede glimlach. 'Zullen we het eens uitproberen?'

'Ga weg,' zei ze kortaf.

Hij lachte schaterend. 'We zien elkaar weer als we op zee zijn, kleine leugenaarster.'

En toen, nog voordat ze er zelfs maar over kon denken iets naar zijn hoofd te smijten, was hij verdwenen.

3

'Bridgerton,' gromde Andrew, terwijl hij woedend over het voordek van de *Infinity* beende. 'Bridgerton!' Van alle vrouwen op de hele wereld moest uitgerekend de vrouw die zijn grot binnen kwam vallen – die trouwens een volle drie jaar onopgemerkt was gebleven – een Bridgerton zijn.

Het had verdorie alleen erger kunnen zijn als ze een Rokesby was geweest.

Goddank had hij aan boord nooit zijn familienaam gebruikt. Zijn hele bemanning kende hem alleen als Andrew James. Wat technisch gezien niet onwaar was: zijn volledige naam was Andrew James Edwin Rokesby. Toen hij het commando over de *Infinity* had gekregen, had het hem verstandig geleken om niet te koop te lopen met zijn adellijke achtergrond, en hij was daar nog nooit zo blij mee geweest als nu. Als het meisje in zijn hut een Bridgerton was, zou ze weten wie de Rokesby's waren, en dat zou een stortvloed van ellende over hem afroepen.

'Bridgerton,' kreunde hij bijna, wat hem een nieuwsgierige blik van een van zijn dekknechten opleverde. Het was onmogelijk te overschatten hoe goed Andrew de Bridgertons kende, althans het deel van de familie dat in Aubrey Hall in Kent woonde, op slechts geringe afstand van zijn eigen voorouderlijk huis. Lord en lady Bridgerton waren nagenoeg tweede ouders voor hem, en ze waren echt familie geworden toen hun oudste dochter Billie zeven jaar geleden was getrouwd met Andrews oudere broer George.

Eigenlijk verbaasde het Andrew dat Poppy Bridgerton en hij elkaar nooit hadden ontmoet. Lord Bridgerton had verschillende jongere broers, en voor zover Andrew wist, hadden ze allemaal kinderen. Er moesten tientallen Bridgerton-neven en -nichten over het Engelse platteland verspreid zijn. Hij herinnerde zich vaag dat Billie hem had verteld dat ze familie had in Somerset, maar als die ooit op bezoek waren geweest, was Andrew op dat moment niet thuis geweest om hen te ontmoeten.

En nu was een van hen bij hem op het schip.

Andrew vloekte binnensmonds. Als Poppy Bridgerton zijn ware identiteit ontdekte, dan zou je de poppen aan het dansen hebben. Slechts dertien mensen wisten dat Andrew James eigenlijk Andrew Rokesby was, de derde zoon van de graaf van Manston. Van die dertien behoorden er negen tot zijn naaste familie.

En van die negen wist niemand de echte reden van het bedrog.

Het was allemaal zeven jaar geleden begonnen, toen Andrew door de marine naar huis was gestuurd om te herstellen van een gebroken arm. Hij had gepopeld om terug te keren naar zijn post op de HMS *Titania* – hij had verdorie keihard gewerkt voor zijn recente promotie tot eerste luitenant – maar de Geheime Raad van de koning had andere plannen.

In hun oneindige wijsheid hadden de leden van de raad besloten dat de beste bestemming voor een marineofficier een piepklein, volledig door land omgeven vorstendommetje in centraal Europa was. Andrew had te horen gekregen – en dit was letterlijk wat tegen hem was gezegd – dat hij zich 'charmant' moest gedragen. En dat hij ervoor moest zorgen dat prinses Amalia Augusta Maria Theresa Josephine van Wachtenberg-Molstein heelhuids en in maagdelijke toestand in Londen werd afgeleverd, als potentiële bruid voor de prins van Wales.

Dat ze tijdens het oversteken van het kanaal overboord was geslagen, was niet aan Andrew te wijten. Maar hij had haar wel in veiligheid gebracht, en toen ze vervolgens had verklaard dat ze alleen maar zou trouwen met de man die haar het leven had gered, was Andrew midden in een diplomatieke rel beland. Tijdens het laatste deel van de reis was de aanstaande bruid er in een koets vandoor gegaan, hadden twee subleden van de raad misnoegd hun ontslag ingediend en was er een po omgekeerd. (Boven Andrews hoofd, niet dat van de prinses, hoewel men het gezien haar gedrag andersom zou verwachten.)

Het was jarenlang het favoriete verhaal van zijn schoonzus, die het tijdens feestelijke etentjes graag uit de doeken deed. En Andrew had haar nog niet eens verteld over de fret.

Uiteindelijk trouwde de prinses noch met Andrew, noch met de Prins van Wales, maar de Geheime Raad was zo onder de indruk van Andrews onverstoorbare houding, dat men besloot dat hij zijn land beter zonder uniform kon dienen dan met. Maar niet officieel. Nooit officieel. Toen de ministers van Buitenlandse Zaken hem uitnodigden voor een gesprek, verduidelijkten ze dat ze waar ze 'diplomatiek' zeiden, 'onderhoudend' bedoelden. Ze wilden niet dat Andrew over verdragen zou onderhandelen, ze wilden dat hij met mensen ging praten. Hij was jong, knap, charmant.

Mensen waren dol op hem.

Andrew wist dit natuurlijk. Hij had altijd gemakkelijk

vrienden gemaakt, en hij had de zeldzame gave bijna iedereen van bijna alles te kunnen overtuigen. Maar het had vreemd gevoeld om opdracht te krijgen om zoiets ongrijpbaars te doen. In het diepe geheim.

Hij moest natuurlijk ontslag nemen als marineofficier. Zijn ouders waren verbijsterd. Drie jaar later, toen hij het commando kreeg over een kaperschip, waren ze buitengewoon teleurgesteld.

Een kaperkapitein beoefende geen nobel beroep. Als een heer van adel de zee op ging, droeg hij een uniform en zwoer hij trouw aan koning en vaderland. Hij voerde niet het bevel over een schip vol mogelijk ongure zeelui om voor eigen financieel gewin goederen te smokkelen.

Andrew vertelde zijn ouders dat dit de reden was waarom hij onder een valse naam voer. Hij wist dat ze zijn keuzes afkeurden, en hij wilde geen schande brengen over de familie. Wat zijn ouders niet wisten – omdat hij hun dat niet mocht vertellen – was dat hij niet zomaar kapitein was van een kaperschip. Sterker nog, dat was hij nooit geweest. Hij had op uitdrukkelijk verzoek van Zijne Majesteit het commando van de *Infinity* op zich genomen.

Dit was gebeurd in 1782, toen de regering werd gereorganiseerd en de Noordelijke en Zuidelijke Departementen werden hervormd tot de Ministeries van Binnenlandse en Buitenlandse Zaken. Nu buitenlandse kwesties eindelijk bij één departement waren ondergebracht, was de nieuwe minister van Buitenlandse Zaken op zoek gegaan naar vernieuwende manieren om diplomatie te bevorderen en Britse belangen te beschermen. Bijna meteen nadat hij zijn ambt had betreden, had hij Andrew naar Londen laten komen.

Wanneer Charles James Fox – de eerste minister van

Buitenlandse Zaken en voormalig leider van het Lagerhuis – een man vroeg zijn land te dienen, zei die man niet nee. Zelfs niet als dat betekende dat hij zijn eigen familie moest misleiden.

Andrew voerde niet op elke reis de bevelen van de kroon uit – daar waren simpelweg niet genoeg opdrachten voor, en het zou er vreemd hebben uitgezien als hij in de haven duimen zat te draaien tot iemand van Buitenlandse Zaken hem vroeg wat papieren naar Spanje te brengen of een diplomaat uit Brussel op te halen. Meestal was hij precies wat zijn bemanning dacht dat hij was: een gewone zeekapitein, met grotendeels legale vracht.

Maar niet dit keer. De huidige minister van Buitenlandse Zaken had een pakket papieren aan zijn zorg toevertrouwd en hem opdracht gegeven ze bij de Britse afgezant in Portugal af te leveren. Andrew wist niet precies waar het allemaal over ging, hij kreeg zelden iets te horen over de inhoud van de documenten die hij vervoerde. Hij vermoedde dat het iets te maken had met de lopende onderhandelingen met Spanje over de vestigingen op de Mosquito Coast. Het maakte niet echt uit. Het enige wat ertoe deed was dat hij opdracht had gekregen om de papieren zo snel mogelijk naar Lissabon te brengen, en dat betekende dat hij onmiddellijk moest vertrekken, nu de wind en het tij gunstig waren. Hij had beslist geen tijd om de grot die Poppy Bridgerton had ontdekt leeg te halen. Ook had hij niet genoeg mankracht om drie man achter te laten – het aantal dat hij nodig zou hebben om de goederen af te voeren en het meisje te bewaken tot de klus was geklaard.

Als het alleen om winst had gedraaid, had hij de vracht opgegeven en het financiële verlies genomen. Maar de grot werd ook gebruikt als afleverpunt, en in een van de kisten zat een brief voor de premier, die Andrew onlangs had meegekregen van een afgezant in Spanje. Iemand uit Londen zou hem over twee dagen komen ophalen. Het was van het grootste belang dat de grot in ieder geval tot die tijd ongemoeid zou blijven.

Dus hij zat opgescheept met Poppy Bridgerton.

'Kapitein!'

Andrew draaide zich om en zag Brown zijn kant op komen.

'Ik heb de brief afgeleverd, kapitein,' zei de zeeman.

'Mooi,' gromde Andrew. 'Heeft iemand je gezien?'

Brown schudde zijn hoofd. 'Ik heb hem door Pinsley aan een dienstmeisje laten afgeven. Niemand kent hem hier. En ik heb hem die zwarte pruik op gegeven die u aan boord hebt.'

'Mooi.'

'Ik wilde de brief niet op de stoep achterlaten,' voegde Brown eraan toe. 'Ik dacht niet dat u het risico wilde lopen dat hij niet gelezen zou worden.'

'Nee, natuurlijk niet,' zei Andrew. 'Je hebt het goed gedaan.'

Brown bedankte hem met een knikje. 'Pinsley zegt dat het dienstmeisje zei dat ze hem onmiddellijk aan de vrouw des huizes zou geven.'

Andrew knikte kort. Hij kon alleen maar hopen dat alles volgens plan zou verlopen. Ze zouden toch de poppen wel aan het dansen hebben wanneer juffrouw Bridgerton over twee weken werd teruggebracht, maar hij zou de situatie misschien nog enigszins in de hand kunnen houden als haar vriendin haar mond hield. En als die dat inderdaad deed, en niemand er ooit achter kwam dat Poppy vermist was geweest, zou Andrew heel misschien kunnen voorkomen dat hij met het wicht moest trouwen.

O, zeker. Hij was zich er wel degelijk van bewust dat dit een zeer reële mogelijkheid was. Hij was een heer, en hij had een dame gecompromitteerd, al was dat nooit zijn bedoeling geweest. Maar hij was ook pragmatisch. En aangezien er op zijn minst een kleine kans bestond dat ze haar beproeving met ongeschonden reputatie zou doorstaan, leek het hem het beste haar niet van zijn ware identiteit op de hoogte te stellen.

Dat hield hij zichzelf tenminste voor.

Het was tijd om te vertrekken, dus Andrew ging aan het stuurwiel staan en een golf van opwinding schoot door zijn lichaam toen ze het anker hesen en de met wind gevulde zeilen de *Infinity* voortstuwden. Men zou denken dat dit gevoel zou slijten, dat zo veel zeereizen hem immuun zouden hebben gemaakt voor de sensatie van de wind en de snelheid en het opspattende zeewater terwijl ze zich over de golven voortspoedden.

Maar hij werd er elke keer nog blij van. Zijn bloed bruiste door zijn lichaam, zijn longen vulden zich met de zilte zeelucht en hij wist dat hij op dit moment precies was waar hij moest zijn.

Wat ironisch was, veronderstelde hij, want hij bevond zich niet op één plek, maar bewoog zich over het water. Betekende dat dat hij in beweging moest zijn? Zou hij zijn hele verdere leven op het water slijten? Was dat wat hij moest doen?

Of was het tijd om naar huis te gaan?

Andrew schudde even zijn hoofd. Dit was geen moment om sentimenteel te worden. Filosofie was voor mensen die niets om handen hadden, en hij had werk te doen.

Hij speurde de lucht af terwijl hij de *Infinity* langs Lyme Regis manoeuvreerde en het Engelse Kanaal in stuurde. Het was een perfecte dag om te zeilen, met een frisse, heldere lucht en een stevig briesje. Als het weer zich zo hield, zouden ze binnen vijf dagen Portugal bereiken.

'Alstublieft, God,' zei Andrew, met de schaapachtige uitdrukking op zijn gezicht van iemand die niet vaak smeekbeden tot God richt. Maar als er ooit een tijd was geweest om te bidden, was het nu. Hij had er alle vertrouwen in dat hij Poppy Bridgerton de baas kon, maar toch wilde hij het liefst zo snel mogelijk van haar af zijn. Zoals het er nu voor stond zou haar aanwezigheid uiteindelijk het einde van zijn carrière betekenen. Er zou een moment komen dat ze zijn echte naam te weten kwam. Gezien zijn hechte band met haar neven en nichten leek het onmogelijk dat dat niet zou gebeuren.

'Kapitein?'

Andrew knikte naar Billy Suggs, met zijn dertien jaar het jongste bemanningslid op het schip.

'Kapitein, Pinsley zegt dat er een vrouw aan boord is,' zei Billy. 'Is dat waar?'

'Ja, dat is waar.'

Er viel een stilte. Toen zei Billy: 'Brengt dat geen ongeluk, kapitein? Een vrouw aan boord?'

Andrew bedwong met moeite de neiging zijn ogen dicht te doen en te zuchten. Dit was precies waar hij bang voor was. Zeelieden stonden bekend om hun bijgelovigheid. 'Allemaal kletspraat, Billy,' zei hij. 'Je zult niet eens merken dat ze hier is.'

Billy keek bedenkelijk, maar hij liep terug naar de kombuis.

'Ik zal het je nog sterker vertellen,' zei Andrew, hoewel er niemand dicht genoeg in de buurt was om hem te horen, 'met een beetje geluk merk ik zélf niet eens dat ze er is.'

4

Toen Poppy eindelijk de deur naar de kapiteinshut open hoorde gaan, was ze in een gruwelijk slechte bui.

Waar ze voor haar gevoel ook recht op had. Met handen en voeten vastgebonden zitten was niet bepaald bevorderlijk voor je humeur. Nou ja, met één hand en twee voeten. Ze veronderstelde dat kapitein James haar enige vriendelijkheid had betoond toen hij haar rechterhand vrij had gelaten. Niet dat ze er iets aan had. Hij had niet overdreven toen hij opschepte over de kwaliteit van zeemansknopen. Al na een minuut had ze geconcludeerd dat er geen schijn van kans was dat ze de knoop los kon peuteren. Ze nam aan dat een volhardender dame misschien had doorgezet, maar Poppy hield niet van geschaafde huid en gebroken nagels, en het was duidelijk dat dat het enige was wat ze eraan over zou houden als ze aan de knoop bleef prutsen.

'Ik heb honger,' zei ze, zonder de moeite te nemen om te kijken wie de hut was binnengekomen.

'Dat dacht ik al,' klonk de stem van de kapitein. Een warm, knapperig broodje landde naast haar schouder op het bed. Het rook hemels.

'Ik heb ook boter voor u meegebracht,' zei de kapitein.

Poppy dacht erover zich naar hem om te draaien, maar ze had allang gemerkt dat elke verandering van houding met een nogal onwaardig gesteun en gekronkel gepaard ging. Dus ze zei alleen: 'Zal ik uw bed dan maar vol kruimelen?'

'Er zijn zo veel interessante antwoorden mogelijk op deze vraag,' zei hij, en ze hoorde de trage glimlach in zijn stem, 'maar ik zal me daarvan onthouden.'

Eén-nul voor hem, alwéér. Verdomme.

'Als u wilt,' zei hij vriendelijk, 'kan ik uw touwen losmaken.'

Dat was voldoende reden om haar hoofd naar hem toe te draaien. 'Dus we zijn nu ver genoeg op zee?'

Hij stapte naar voren met een mes in zijn hand. 'Ver genoeg dat men veel dommer zou moeten zijn dan u bent om een ontsnappingspoging te wagen.'

Ze trok een rimpel in haar neus. 'Compliment?'

'Absoluut,' zei hij, met een ronduit dodelijke glimlach.

'Ik neem aan dat u dat mes gaat gebruiken om mijn touwen los te snijden.'

Hij knikte en sneed haar los. 'Niet dat de alternatieven niet verleidelijk zijn.'

Haar ogen schoten naar zijn gezicht.

'Ik maak maar een grapje,' zei hij, haast werktuiglijk.

Poppy kon er niet om lachen.

De kapitein haalde zijn schouders op en trok het touw onder haar enkels vandaan. 'Mijn leven zou een stuk eenvoudiger zijn als u hier niet was, juffrouw Bridgerton.'

'U had me in Charmouth achter kunnen laten,' herinnerde ze hem.

'Nee,' zei hij, 'dat had ik niet kunnen doen.'

Ze pakte het broodje op en nam er een weinig damesachtige, grote hap uit.

'U hebt inderdaad honger,' murmelde hij.

Ze wierp hem een blik toe die duidelijk maakte wat ze

vond van zijn zeer voor de hand liggende opmerking.

Hij wierp nog een broodje in haar richting. Ze ving het met één hand op en slaagde erin niet te glimlachen.

'Goed gedaan, juffrouw Bridgerton,' zei hij.

'Ik heb vier broers,' zei ze schouderophalend.

'Werkelijk?' vroeg hij vriendelijk.

Ze keek even op van haar eten. 'We zijn extreem competitief ingesteld.'

Hij trok een stoel onder zijn verbazend elegante eettafel vandaan, ging zitten en liet zijn enkel met luie gratie op zijn knie rusten. 'Allemaal goed in spelletjes?'

Ze beantwoordde zijn blik. Zij kon net zo nonchalant doen als hij. En als ze het niet kon, zou ze het tot het bittere einde blijven proberen. 'De een beter dan de ander,' zei ze, waarna ze het laatste stuk van haar eerste broodje naar binnen werkte.

Hij lachte. 'Met andere woorden: u bent de beste?'

Ze trok een wenkbrauw op. 'Dat zei ik niet.'

'Dat hoefde u ook niet te zeggen.'

'Ik vind het fijn om te winnen.'

'Dat geldt voor de meeste mensen.'

Ze was van plan hier een ad rem weerwoord op te geven, maar hij was haar voor. 'Maar ik stel me zo voor dat u het fijner vindt om te winnen dan de meesten.'

Ze tuitte haar lippen. 'Compliment?'

Hij schudde zijn hoofd, nog steeds met een ergerlijk lachje om zijn lippen. 'Dit keer niet.'

'Omdat u bang bent dat ik u zal verslaan?'

'Omdat ik bang ben dat u mijn leven tot een hel gaat maken.'

Poppy's mond viel een beetje open van verbazing. Ze had

niet verwacht dat hij dat zou zeggen. Ze bestudeerde het tweede broodje en nam een hap. 'Sommigen zouden zeggen,' zei ze, toen ze klaar was met kauwen, 'dat dat geen fatsoenlijke taal is in aanwezigheid van een dame.'

'We bevinden ons niet in een salon,' antwoordde hij, 'en bovendien, ik dacht dat u zei dat u vier broers had. Die hebben vast wel eens iets gezegd waar u rode oren van kreeg.'

Dat was natuurlijk zo, en Poppy was geen overgevoelig type dat bij de eerste de beste vloek flauwviel. Ze had de kapitein voornamelijk terechtgewezen om hem te irriteren en ze vermoedde dat hij dat wist.

Wat háár dan weer irriteerde.

Ze besloot van onderwerp te veranderen. 'Ik meen dat u zei dat u boter had meegebracht.'

Hij gebaarde galant naar een klein schaaltje op de eettafel. 'U wilt ondanks uw superieure vangtechniek vast niet dat ik dít naar u toegooi,' zei hij.

Poppy stond op en liep naar de tafel. Ze stond een beetje onvast op haar benen, maar ze wist niet of dat kwam door de deining of door het bloed dat naar haar voeten terugstroomde.

'Ga zitten,' zei hij, en het klonk meer als een verzoek dan als een bevel.

Ze aarzelde. Zijn hoffelijkheid was veel verontrustender dan als hij onbeleefd zou zijn geweest.

'Ik bijt niet,' voegde hij eraan toe, terwijl hij achterover leunde.

Ze trok de stoel onder de tafel vandaan.

'Tenzij u dat graag wilt, natuurlijk,' murmelde hij.

'Kapitein James!'

'O, in hemelsnaam, juffrouw Bridgerton, u bent uit harder hout gesneden!'

'Ik heb geen idee wat u bedoelt,' gromde ze tussen haar tanden.

Hij trok zijn mondhoek op. Niet dat hij zijn mond ooit stilhield, die verschrikkelijke man keek altijd alsof hij iets in zijn schild voerde. 'Als u echt aan mij gewaagd zou zijn,' sprak hij, op enigszins uitdagende toon, 'zou u zich door mijn woordenspel niet in het minst uit het veld laten slaan.'

Ze ging zitten en stak haar hand uit naar de boter. 'Ik maak over het algemeen geen grapjes over zaken die betrekking hebben op mijn eer of mijn leven, kapitein James.'

'Een wijze regel,' sprak hij, achterover leunend, 'maar ik hoef me er absoluut niet aan te houden.'

Ze pakte het botermesje en bestudeerde het aandachtig.

'Lang niet scherp genoeg om mij schade toe te brengen,' zei de kapitein glimlachend.

'Nee,' zei Poppy met een zucht, terwijl ze het mes in de boter stak. 'Jammer.' Ze smeerde een flinke laag boter op haar broodje en nam een hap. 'Bent u van plan me op water en brood te zetten?'

'Natuurlijk niet,' zei hij. 'Daar ben ik te veel heer voor. Het avondeten verschijnt binnen' – hij keek op zijn zakhorloge – 'vijf minuten.'

Ze nam hem even op. Hij zag er niet uit alsof hij van plan was te vertrekken. 'Bent u van plan hier met mij te eten?' vroeg ze.

'Ik ben niet van plan te verhongeren.'

'U kunt niet gaan eten met... met...?' Ze zwaaide een beetje machteloos met haar hand in het rond, zonder precies te weten wat ze wilde aanduiden.

'Met mijn mannen?' maakte hij de zin voor haar af. 'Nee. We zijn hier ruimdenkender dan op de meeste schepen, maar

het is geen echte democratie. Ik ben de kapitein. Ik eet hier.'
'Alleen?'
Hij glimlachte traag en ondeugend. 'Tenzij ik gezelschap heb.'
Ze beet op haar bovenlip. Ze weigerde zich door hem uit de tent te laten lokken.
'Geniet u van uw broodje?' vroeg hij, zijn woorden zorgvuldig afwegend.
'Het is verrukkelijk.'
'Als men honger heeft, smaakt alles goed,' merkte hij op.
'Toch is het echt lekker,' zei ze eerlijk.
'Ik zal uw complimenten aan de chef doorgeven.'
'Hebt u een chef aan boord?' vroeg ze verbaasd.
Hij haalde zijn schouders op. 'Hij verbeeldt zich dat hij Frans is. Ik heb hem er altijd van verdacht dat hij in Leeds geboren is.'
'Er is niets mis met Leeds,' zei Poppy.
'Behalve als men een Franse chef is.'
Er ontsnapte een klein lachje aan haar lippen, dat haarzelf totaal verraste.
'Kijk eens aan, juffrouw Bridgerton,' zei de kapitein, terwijl ze het laatste stuk van haar tweede broodje opat, 'dat was toch niet zo moeilijk?'
'Kauwen, bedoelt u?' vroeg ze onschuldig. 'Daar ben ik altijd aardig goed in geweest. Sinds ik tanden heb, tenminste.'
'Scherp, ongetwijfeld.'
Ze glimlachte. Traag. 'Als van een wolf.'
'Niet bepaald een aantrekkelijk beeld, en ik weet zeker dat u wist dat ik doelde op ons gesprek.' Hij hield zijn hoofd een beetje schuin, waardoor zijn scheve lachje nog wat ondeugender leek – en nog betoverender. 'Het is niet zo verschrik-

kelijk moeilijk om in mijn gezelschap te lachen.'

'Een relevantere vraag zou zijn: waarom wilt u dat ik dat doe?'

'Lachen, bedoelt u?'

Ze knikte.

Hij boog voorover. 'Het is een lange reis naar Portugal, juffrouw Bridgerton, en mannen zijn in wezen luie wezens. Ik ben gedwongen u zeker twee weken aan boord te houden, in mijn eigen hut zelfs. Het zal mij veel minder energie kosten als u niet al die tijd vuur spuwt.'

Poppy wist een scheef lachje tevoorschijn te toveren dat in niets voor het zijne onderdeed. 'Ik verzeker u, kapitein James, dat ik nooit spuw.'

Hij lachte hardop. 'Touché, juffrouw Bridgerton.'

Poppy bleef even stil zitten. Ze had haar twee broodjes opgegeten, maar het avondeten was nog niet gearriveerd, waardoor ze weinig had om zich mee bezig te houden. Het maakte de stilte ongemakkelijk, en ze verafschuwde het dat ze naar haar handen staarde om hém niet aan te hoeven kijken.

Het was moeilijk om hem aan te kijken. Niet omdat hij zo knap was, al was dat beslist het geval. En hoewel Poppy zich in het gezelschap van de meeste mensen doorgaans prima op haar gemak voelde, was zij de eerste om toe te geven dat sommige mensen gewoonweg té knap waren. Je moest bijna je blik afwenden, om te voorkomen dat je in hun bijzijn lamgeslagen werd en geen zinnig woord wist uit te brengen.

Maar dat was niet de reden waarom ze zich in kapitein James' gezelschap zo ongemakkelijk voelde. Ze was knap genoeg, maar ze was gewend mensen om zich heen te hebben die aantrekkelijker waren dan zij. In Londen wemelde het van de dames en heren die uren en uren aan hun uiterlijk besteedden. Poppy kon nauwelijks lang genoeg stil zitten om haar kamermeisje de kans te geven haar haar te doen.

Het probleem met kapitein James was niet zijn knapheid, maar zijn intelligentie. Om precies te zijn: hij had daar te veel van.

Poppy zag het in zijn ogen. Zij was het grootste deel van haar leven de slimste persoon in de kamer geweest. En dat was geen opschepperij, het was een feit. Maar ze was er niet zo zeker van dat ze deze man in dat opzicht de baas was.

Ze stond abrupt op, liep naar het raam en staarde uit over de eindeloze zee. Ze had nog niet echt de gelegenheid gehad om de hut te verkennen. Toen ze vastgebonden op het bed lag, had ze naar het plafond liggen staren. En toen ze de brief naar Elizabeth schreef, was ze veel te veel geconcentreerd geweest op haar taak – en op haar pogingen niet onder te doen voor de slimme kapitein – om goed op haar omgeving te letten.

'Dit zijn uitstekende ramen,' zei ze. Het glas was duidelijk van goede kwaliteit, misschien wat verweerd, maar niet krom of bobbelig.

'Dank u wel.'

Ze knikte, al stond ze van hem afgewend. 'Zijn alle kapiteinshutten zo gerieflijk?'

'Ik kan niet zeggen dat ik er uitgebreid onderzoek naar heb gedaan, maar te oordelen naar de hutten die ik vanbinnen heb gezien, ja. Vooral in marineschepen.'

Ze draaide zich om. 'Bent u aan boord van een marineschip geweest?'

Hij keek even opzij – nog geen seconde – maar Poppy had er genoeg aan om te weten dat hij zich dat detail niet had willen laten ontvallen.

‘Ik durf te wedden dat u bij de marine bent geweest,’ zei ze.

‘Zo, durft u dat te wedden?’

‘Ja, ofwel dat, ofwel u was daar als gevangene. En hoe vreemd het misschien ook lijkt dat ik dit zeg, want u hébt me ontvoerd, dat lijkt me niet waarschijnlijk.’

‘Omdat ik zo’n deugdzaam karakter heb?’

‘Omdat u te slim bent om u te laten vangen.’

Daar moest hij om lachen. ‘Ik zal dat als een groot compliment opvatten, juffrouw Bridgerton. Vooral omdat ik weet met hoeveel tegenzin het is gegeven.’

‘Het zou dwaas zijn uw intelligentie te onderschatten.’

‘Dat is zeker waar, en als u me toestaat u een compliment te geven, het zou van mij even dwaas zijn om u te onderschatten.’

Er schoot een trilling van opwinding door Poppy’s borst. Mannen onderkenden zo zelden de intelligentie van een vrouw. En het feit dat híj het deed...

...had er niets mee te maken, zei ze streng tegen zichzelf. Ze liep naar zijn bureau, dat aan de andere kant van de hut tegen de muur stond. Net als de tafel was het een prachtig meubelstuk. Eigenlijk straalde alles in de hut een vanzelfsprekende rijkdom uit. De boeken die strak tegen elkaar gedrukt op de plank stonden waren die van een ontwikkeld man, en ze was er vrij zeker van dat het tapijt uit het Oosten was geïmporteerd.

Of misschien was hij naar het Oosten gereisd en had hij het zelf meegenomen. Hoe dan ook, het had kwaliteit.

Ze had altijd gedacht dat scheepshutten klein en benauwd waren, maar deze was behoorlijk ruim. Niets vergeleken bij haar slaapkamer thuis, natuurlijk, maar toch, ze kon tussen de muren tien stappen zetten, en ze maakte altijd flinke passen.

'Hebt u last van zeeziekte, juffrouw Bridgerton?' vroeg kapitein James.

Ze draaide zich abrupt om, verbaasd dat ze hier nog niet over had nagedacht. 'Dat weet ik niet.'

Dit leek hem te amuseren. 'Hoe voelt u zich op dit moment?'

'Prima.' Ze rekte het woord wat langer uit terwijl ze haar innerlijke gesteldheid beoordeelde. Geen draaierig gevoel op haar maag, geen misselijkheid. 'Bijna normaal, lijkt me.'

Hij knikte traag. 'Dat is een goed teken. Ik heb mannen in wrakken zien veranderen, zelfs op deze kalme wateren van het Kanaal.'

'Is dit kalm?' vroeg Poppy. Het schip stampte en rolde misschien niet op de golven, maar de vloer was beslist onvast onder haar voeten. Heel anders dan de keren dat ze in een roeiboot een meer op was gevaren.

'Betrekkelijk kalm,' zei hij. 'U zult weten wat ruw water is wanneer we de Atlantische Oceaan bereiken.'

'Zijn we nog niet...' Ze onderbrak zichzelf. Natuurlijk waren ze nog niet op de Atlantische Oceaan. Ze kende haar geografie. Ze had alleen nooit reden gehad om haar kennis in praktijk te brengen.

Ze trok een onverstoorbaar gezicht, althans dat hoopte ze. 'Ik ben nog nooit op zee geweest,' zei ze stijfjes. 'We zullen snel genoeg weten hoe het me vergaat.'

Hij opende zijn mond om te reageren, maar op dat moment werd er op de deur geklopt en wat hij ook maar had willen zeggen, werd vervangen door: 'Daar zal het avondeten zijn.'

Poppy schoot snel opzij toen een vlasblonde jongen van een jaar of tien, twaalf binnenkwam met een dienblad vol afgedekte schalen en een karaf met wat eruitzag als rode wijn.

'Dank je wel, Billy,' zei de kapitein.

'Kapitein,' zei Billy kreunend, terwijl hij het zwaar beladen dienblad op de tafel zette.

Poppy glimlachte naar de jongen – er was geen reden om tegen iedereen onvriendelijk te zijn – maar hij deed overduidelijk zijn best om zelfs niet haar kant op te kijken.

'Dank je wel,' zei ze, misschien iets te luid.

Billy werd rood en gaf haar een krampachtig knikje.

'Dit is juffrouw Poppy,' zei de kapitein, en hij legde een hand op Billy's schouder, voordat hij kon wegvluchten. 'Behalve ikzelf ben jij de enige die in deze hut mag komen om haar te bedienen. Begrijp je dat?'

'Ja, kapitein,' zei Billy, nog steeds zonder naar haar te kijken. Hij zag er ronduit ongelukkig uit. 'Anders nog iets van uw dienst, kapitein?'

'Nee, dat is alles. Je mag over drie kwartier terugkomen om het dienblad op te halen.'

Billy knikte en rende bijna de hut uit.

'Hij is op de leeftijd,' zei de kapitein, terwijl hij ironisch zijn wenkbrauwen optrok, 'waarop niets zo beangstigend is als een aantrekkelijke vrouw.'

'Het is prettig om te weten dat ik iemand angst aanjaag,' mompelde Poppy.

De kapitein schoot bulderend in de lach. 'O, daar hoeft u zich geen zorgen over te maken. Brown en Green zijn als de dood voor u.'

'En u?' vroeg Poppy, terwijl ze ging zitten. 'Bent u ook bang voor me?'

Ze hield haar adem in terwijl ze op zijn antwoord wachtte. Ze wist niet welk dwaas duiveltje haar ertoe had aangezet zo'n vraag te stellen, maar nu ze het had gedaan, tintelde haar huid vol verwachting.

Hij nam de tijd voordat hij antwoord gaf, maar Poppy had niet de indruk dat hij dit deed om haar langer in onzekerheid te laten. Er verscheen een peinzende uitdrukking op zijn gezicht terwijl hij de deksel van het hoofdgerecht oplichtte. 'Konijn in wijnsaus,' murmelde hij, 'en nee, voor ú ben ik niet bang.' Hij keek op, en zijn ogen ontmoetten de hare in een verbluffende azuurblauwe gloed.

Ze wachtte op nadere uitleg, maar die gaf hij niet. In plaats daarvan schepte hij het geurige stoofgerecht op hun borden.

'Waar bent u wel bang voor?' vroeg ze ten slotte.

Hij kauwde. Slikte. 'Nou, ik ben niet zo dol op spinnen.'

Zijn antwoord was zo onverwacht dat ze in de lach schoot. 'Daar is toch niemand dol op?'

'Vast wel iemand,' zei hij schouderophalend. 'Bestuderen mensen dergelijke zaken niet op de universiteit? Naturalisten en dergelijke?'

'Maar als u een naturalist zou zijn, zou u dan niet liever iets liefs en pluizigs bestuderen?'

Hij keek neer op zijn bord. 'Een konijn bijvoorbeeld?'

Ze probeerde niet te glimlachen. 'Daar hebt u een punt.'

'Ik zal eerlijk zijn,' zei hij, terwijl hij de deksel van een schaaltje met peterselie besprenkelde aardappelen tilde. 'Volgens mij hadden we geen van beiden een punt.'

Dit keer kon ze er niets aan doen. Ze glimlachte. Maar ze rolde ook met haar ogen.

'Ziet u wel,' zei hij. 'Ik ben niet zo verschrikkelijk.'

'Ik ook niet,' vuurde ze terug.

Hij zuchtte.

'Wat betekent dat?' vroeg ze, meteen wantrouwig.

'Wat?'

Ze kneep haar ogen tot spleetjes. 'U zuchtte.'

'Mag dat niet?'

'Kapitein James!'

'Goed dan,' zei hij, weer met een zucht, en voor het eerst zag zijn gezicht er bijna vermoeid uit. 'Ik meende wat ik zei. U maakt mij niet bang. Maar ik zal u vertellen wat me wel bang maakt.'

Hij zweeg even, en ze vroeg zich af of dat was om het dramatische effect te vergroten, of gewoon omdat hij over zijn woorden moest nadenken.

'Ik ben als de dood,' zei hij langzaam en weloverwogen, 'voor alles wat u vertegenwoordigt.'

Even kon Poppy hem alleen maar aanstaren. 'Wat bedoelt u daarmee?' vroeg ze, en ze dacht niet dat ze verdedigend klonk. Ze dacht niet dat ze behoefte had óm zich te verdedigen. Maar ze was nieuwsgierig. Hoe kon dat ook anders, na zo'n opmerking?

Hij boog zich voorover en liet zijn ellebogen op de tafel rusten terwijl hij zijn vingertoppen tegen elkaar zette. 'U, juffrouw Bridgerton, bent een dame van hoge geboorte. Ik vermoed dat u al hebt begrepen dat ik enige ervaring heb met dat specifieke soort mensen.'

Ze knikte. Het was duidelijk dat kapitein James een heer van goede komaf was. Het was merkbaar aan alles wat hij deed en zei. Ze zag het aan hoe hij zich bewoog en hoe hij sprak en ze vroeg zich af of men zich ooit echt kon ontdoen van de gewoonten waarmee men was opgevoed.

Ze vroeg zich af of de kapitein dat zou hebben gewild.

'Eenvoudig gezegd, juffrouw Bridgerton,' vervolgde hij, 'schepsels zoals u horen niet op een schip.'

Poppy wierp hem een hooghartige blik toe. 'Volgens mij heb ik al duidelijk gemaakt dat ik dezelfde mening ben toegedaan.'

'Inderdaad. Maar zeer tot ons beider ongenoegen zijn er krachten in het spel die het mij onmogelijk hebben gemaakt u weer aan wal te zetten.'

'Wat voor krachten?'

Hij schonk haar een geforceerde glimlach. 'Daar hoeft u uw mooie hoofdje niet over te breken.'

Dit keer wist ze heel zeker dat hij haar op de kast probeerde te jagen. Maar zijn neerbuigende opmerking irriteerde haar lang niet zo erg als het feit dat hij had geweten dát hij haar ermee zou irriteren.

Ze vond het niet prettig om zo doorzichtig te zijn.

En ze vond het al helemaal niet prettig dat hij degene was die haar zo gemakkelijk doorzag.

Ze glimlachte dus vriendelijk en bedankte hem toen hij aardappelen op haar bord schepte. En toen ze hem betrapte terwijl hij haar nieuwsgierig opnam, alsof hij niet goed wist wat hij ervan moest denken dat ze niet reageerde, voelde ze een lichte voldoening. Maar ook niet meer dan dat, want eerlijk gezegd dacht ze niet dat ze het zou kunnen verbergen als ze zichzelf toestond volop van haar triomf te genieten.

Ze wilde er niet over nadenken wat het betekende dat dít nu voor een triomf doorging.

'Wijn?' informeerde de kapitein.

'Graag.'

Hij vulde haar glas en het was allemaal uitermate beschaafd. Ze aten in stilte en Poppy was redelijk tevreden zich in haar eigen gedachten te kunnen terugtrekken, tot de kapitein zijn laatste hap doorslikte en opmerkte: 'Het is een comfortabel bed. Wanneer men tenminste niet vastgebonden is.'

Haar hoofd schoot omhoog. 'Pardon?'

'Mijn bed,' zei hij, met een lichte hoofdbeweging in die richting. 'Het is erg comfortabel. Het heeft een plank die omhoog getrokken en vastgezet kan worden. Die voorkomt dat men er met slecht weer uit valt.'

Poppy voelde haar ogen groot worden van schrik terwijl ze zich omdraaide naar zijn kooi. Die was groter dan ze misschien op een zeilschip zou verwachten, maar hij was beslist niet groot genoeg voor twee personen. Hij dacht toch zeker niet dat ze... Nee, dat zou hij nooit denken. Maar hij zou daar niet gaan slapen. Hij had gezegd dat hij zijn kamer aan haar zou afstaan.

'Rustig maar,' zei hij. 'Het bed is voor u.'

'Dank u,' zei ze.

'Ik slaap wel op de grond.'

Ze hapte hoorbaar naar adem. 'Hier?'

'Waar stelt u anders voor dat ik ga liggen?'

Ze moest een paar pogingen doen voordat ze wist uit te brengen: 'Ergens anders?'

Hij haalde zijn schouders op. 'Geen plek.'

Ze schudde haar hoofd met snelle, kleine bewegingen, alsof ze zijn woorden daarmee de hut uit kon werken. 'Dat kan niet waar zijn.'

'Er is natuurlijk altijd het dek,' zei hij, 'maar mij is verteld dat ik een rusteloze slaper ben. Ik zou zomaar overboord kunnen rollen.'

'Alstublieft,' smeekte ze. 'Wees serieus.'

Zijn ogen ontmoetten de hare, en weer werd ze eraan herinnerd dat hij meer was dan zomaar een zorgeloze bandiet. Er was geen greintje humor in zijn blik. 'Ik bén serieus,' zei hij.

'Mijn reputatie...'

'Daar is niets aan te veranderen, wat we ook doen. Als ontdekt wordt dat u weg bent, zal uw reputatie onherstelbaar beschadigd zijn, waar ik ook ga slapen. Als niet ontdekt wordt dat u weg bent, zal niemand ergens van weten.'

'Uw mannen zullen ervan weten.'

'Mijn mannen kennen míj,' zei hij, op een toon die geen tegenspraak duldde. 'Als ik hun vertel dat u een eerzame dame bent, en dat ik bij de deur slaap om u te beschermen, zullen zij dat geloven.'

Poppy bracht haar hand naar haar mond, een nerveus gebaar dat ze zichzelf alleen toestond als ze verschrikkelijk nerveus was. Dat was tenminste wat ze zichzelf wijsmaakte, waarschijnlijk deed ze het wel voortdurend.

'Ik zie dat u me niet gelooft,' zei de kapitein.

'Ik zal eerlijk zijn,' zei ze. 'Ik weet niet wat ik moet geloven.'

Hij nam haar enkele seconden op. 'Begrijpelijk,' zei hij, en op de een of andere manier voelde het als een compliment. Hij stond op en liep naar de deur. 'Ik zal Billy opdracht geven de vuile borden op te halen. De arme jongen is totaal van slag, vrees ik. Ik heb hem ervan verzekerd dat hij niet eens zou merken dat u aan boord bent, en nu moet hij u al uw maaltijden brengen.'

'Moest hij ervan worden verzekerd dat hij mij niet zou zien? Ben ik echt zo'n monster?'

Kapitein James glimlachte, maar zijn ogen lachten niet mee. 'Op dit schip is elke vrouw een monster. Vrouwen brengen ongeluk.'

'Gelooft ú dat?' Vast niet. Dat was onmogelijk.

'Ik geloof dat het een groot ongeluk was dat u mijn grot hebt gevonden.'

'Maar...'

'Nee,' onderbrak hij haar op scherpe, autoritaire toon. 'Ik geloof niet dat vrouwen ongeluk brengen, op een schip of waar dan ook. Maar mijn mannen geloven dat wel, en daar moet ik rekening mee houden. Goed, ik heb werk te doen. Ik ben zeker drie uur weg. Dat geeft u genoeg tijd om u klaar te maken voor de nacht.'

Poppy's mond viel open. Ze keek toe terwijl hij de deurkruk pakte, en hij stond al bijna buiten toen ze schreeuwde: 'Wacht!'

5

Andrew haalde diep adem voordat hij zich omdraaide. Juffrouw Bridgerton stond met een nerveus gezicht naast het bed.

Nee, niet nerveus. Slecht op haar gemak was waarschijnlijk een nauwkeuriger beschrijving. Er was overduidelijk iets wat ze wilde zeggen.

Maar ze zei het niet, wat reden had moeten zijn voor ongerustheid.

'Ja?' drong hij uiteindelijk aan.

Ze schudde haar hoofd. 'Nee, niets.'

Hij had genoeg ervaring met vrouwen om te weten dat dát niet waar was. 'Weet u het zeker?'

Ze knikte.

Goed dan. Als ze het dan per se zo wilde. Hij accepteerde haar ontwijkende reactie met een korte knik en draaide zich weer om naar de deur.

'Ik heb alleen...'

Verdómme. Bijna had hij het gehaald. Hij draaide zich weer om, een toonbeeld van geduld.

'Ik heb niets om aan te trekken,' zei ze met een klein stemmetje.

Hij bedwong met moeite de neiging om vermoeid zijn ogen te sluiten, al was het maar een seconde. Hij had niet gedacht dat ze zo'n modepoppetje was. Ze vond het toch zeker niet nodig om tijdens de reis naar Portugal elegante jurken te dragen?

Toen voegde ze eraan toe. 'Iets waar ik in kan slapen, en nou ja, ook voor overdag.'

'Wat mankeert er aan wat u aan hebt?' vroeg hij, met een gebaar naar haar fraaie blauwe jurk. Het lijfje was gemaakt van een soort met grote patronen versierd kant, en de rok was gelukkig eenvoudig, zonder hoepels of queues die haar het leven aan boord nog moeilijker zouden maken.

Hij vond dat de jurk haar heel aardig stond. Voordat hij haar identiteit te weten was gekomen, had hij zelfs gespeeld met de gedachte hem van haar lichaam te pellen.

'Er mankeert niets aan,' antwoordde ze, 'maar ik kan hem niet twee weken achter elkaar aanhouden.'

'Mijn mannen hebben in die tijd ook meestal dezelfde kleren aan.' Hijzelf niet, maar zijn bemanning wel.

'Maar toch,' zei ze, en ze zag er eruit alsof ze heel erg haar best deed om niet te griezelen, 'ik denk niet dat mijn jurk erg praktisch zal zijn aan dek.'

Eindelijk een probleem met een eenvoudige oplossing. 'U komt niet aan dek,' zei hij.

'Nóóit?'

'Het is niet veilig,' zei hij eenvoudig.

'Ik zal stikken hierbinnen.' Ze zwaaide met haar arm om zich heen, wat eerder de indruk wekte dat ze een beetje getikt was dan dat ze de hut probeerde aan te duiden.

'Ach welnee,' zei hij, terwijl hij inwendig ineenkromp bij zijn laatdunkende toon. Ze zou niet stikken, maar ze zou zich wél ellendig voelen. Hij wist nu al dat Poppy Bridgerton niet iemand was die goed met verveling om kon gaan.

Maar hij kon niet toestaan dat ze het hele schip over ging

banjeren. Ze was een bron van afleiding die zijn mannen konden missen als kiespijn, en bovendien wist ze niets van veiligheid op zee. Om maar niet te spreken van het bijgeloof van zeelieden dat een vrouw aan boord ongeluk bracht. De helft van zijn bemanning zou waarschijnlijk elke keer dat ze haar zagen een kruisje slaan.

Juffrouw Bridgerton stond aan de andere kant van de hut en was nog steeds zichtbaar ontdaan. Ze stamelde: 'Maar... maar...'

Hij liep weer naar de deur. 'Het spijt me, juffrouw Bridgerton, maar het is niet anders. Het is voor uw eigen veiligheid.'

'Maar twee weken? Twee hele weken de zon niet zien?'

Hij trok een wenkbrauw op. 'U gaf me net nog een complimentje over mijn fraaie ramen.'

'Dat is niet hetzelfde, dat weet u best.'

Ze had gelijk, en hij voelde met haar mee. Dat deed hij echt. Hij kon zich niet voorstellen hoe het moest zijn om twee weken in een hut te moeten blijven, ook al was die zo luxueus als de zijne.

'Kapitein James,' zei ze, nadat ze diep adem had gehaald, kennelijk om haar moed bij elkaar te rapen. 'Ik vraag het u als heer.'

'Daar vergist u zich in.'

'Draait u er niet omheen, kapitein. U wilt het misschien verbergen, of misschien wilt u er zelf de ogen voor sluiten, maar u bent van goede familie. Dat hebt u al eerder toegegeven.'

Hij sloeg zijn armen over elkaar. 'Op dit schip ben ik geen heer.'

Ze sloeg ook haar armen over elkaar. 'Ik geloof u niet.'

En toen knapte er iets in hem. Zomaar ineens. Sinds het

moment dat hij haar voor het eerst had gezien, vastgebonden en gekneveld op zijn bed, was hij elke seconde van zijn tijd bezig geweest met haar en de talloze problemen die haar aanwezigheid op deze uiterst gevoelige missie met zich meebracht en nog met zich mee zou brengen.

'Godallemachtig,' barstte hij uit, 'hebt u dan geen greintje verstand?'

Haar mond ging open, maar hij gaf haar niet de kans om te antwoorden.

'Hebt u enig idee in wat voor hachelijke situatie u verkeert? Nee? Goed, dan zal ik het u uitleggen. U bent ontvoerd. U zit als enige vrouw gevangen op een schip, en de helft van die mannen daar' – hij maakte een woest gebaar naar de deur – 'denkt dat uw aanwezigheid betekent dat er een tyfoon onderweg is.'

'Een tyfoon?' herhaalde ze.

'Er zijn geen tyfoons in dit gebied,' gromde hij. 'Wat u enigszins een indruk zou moeten geven van hoezeer ze u níét aan boord willen hebben. Dus naar mijn bescheiden mening, waar u zich ongetwijfeld niets van aan zult trekken, kunt u in het vervolg uw woorden maar beter wat voorzichtiger kiezen.'

'Ik heb er niet om gevraagd om hier te zijn!' schreeuwde ze.

'Dat weet ik maar al te goed,' vuurde hij terug. 'En voor de goede orde, nogmaals: ik zou u hier ook liever niet hebben.'

Ze kneep haar lippen op elkaar, en een verschrikkelijke seconde lang dacht hij dat ze zou gaan huilen. 'Alstublieft,' zei ze. 'Dwing me niet om de hele reis in deze hut te blijven. Ik smeek het u.'

Hij zuchtte. Verdomme nog aan toe. Het was zoveel gemakkelijker haar bezwaren weg te wuiven wanneer ze tegen elkaar schreeuwden. 'Juffrouw Bridgerton,' zei hij, zo kalm mogelijk, 'het is mijn taak als heer uw veiligheid te waarborgen. Zelfs als dat voor u ongemak betekent.'

Hij verwachtte half dat ze zou zeggen: 'Dus u bent wél een heer.' Maar ze verraste hem door zich in te houden, en na een korte, beladen stilte zei ze: 'Dan zie ik u later op de avond weer.'

Hij knikte kort.

'U blijft drie uur weg, zei u?' Haar toon was formeel, zakelijk bijna, en het gaf hem een vreemd onbehaaglijk gevoel, bijna omdat het niet klonk als háár.

Wat ronduit belachelijk was. Hij kende Poppy Bridgerton niet. Tot vanmiddag had hij zelfs niet eens van haar bestaan af geweten, tenminste niet in persoonlijke zin. Ze was een van de vele vage neven en nichten Bridgerton geweest, volkomen naamloos en wat hem betrof irrelevant.

Dus hij hoorde niet te weten wanneer ze niet als zichzelf klonk.

En het hoorde hem niet te interesseren wanneer dat zo was.

'Ik zal zorgen dat ik klaar ben,' zei ze, op een trotse en ietwat hooghartige toon, die nog steeds niet helemaal leek te kloppen.

Maar het was ook weer niet zo dat er helemaal niets van klopte.

'Ik wens u een goedenavond, juffrouw Bridgerton,' zei hij. Hij maakte een snelle buiging ten afscheid en verliet de hut. Godallemachtig. Hij had een borrel nodig. Of misschien een goede nachtrust.

Hij keek achterom naar zijn deur, die hij achter zich op

slot had gedraaid. Hij zou vannacht op de vloer slapen. Een goede nachtrust was hoogst onwaarschijnlijk.

Dan werd het een borrel. Geen seconde te vroeg.

Juffrouw Bridgerton was nog steeds volledig gekleed toen Andrew drieënhalf uur later terugkwam, maar ze had haar haarspelden eruit gehaald, en haar haar lag nu in een vlecht over haar schouder. Ze zat rechtop in zijn bed, met de dekens over haar schoot getrokken. Tussen haar rug en de muur achter haar zat een kussen gepropt.

Zíjn kussen.

Andrew zag dat de gordijnen nog open waren, dus hij liep de hut door en trok ze dicht. Zijn hut bevond zich aan bakboordzijde, en hij dacht niet dat zij het prettig zou vinden als de felle opgaande zon 's morgens naar binnen zou schijnen. De zonnewende was nog maar net voorbij, en de zonsopgang was in deze tijd van het jaar oogverblindend vroeg.

'Bent u klaar om te gaan slapen?' vroeg hij. Een doodgewone vraag, maar toch vond hij het opmerkelijk dat hij hem op zo'n normale toon had weten uit te brengen.

Juffrouw Bridgerton keek op van het boek waarin ze zat te lezen. 'Zoals u ziet.'

'Zult u zich niet te oncomfortabel voelen in uw jurk?' vroeg hij.

Ze draaide zich langzaam naar hem toe en keek hem aan. 'Ik zie geen alternatief.'

Andrew had enige ervaring met het uittrekken van damesjurken, hij wist dat er een soort onderjurk onder moest zitten die veel comfortabeler zou zijn om in te slapen.

Maar veel te onthullend voor hun beider gemoedsrust.

Niet dat hij van plan was het bed met haar te delen. God

verhoede dat hij het meisje zelfs maar zou kussen. Maar objectief gezien was ze best aantrekkelijk. Haar ogen hadden een prachtige groene kleur, iets tussen blad- en mosgroen in, en ze had het typische Bridgerton-haar, dik en weelderig, met een warme kastanjebruine tint. Haar gezichtsuitdrukking zou nooit onverstoorbaar genoeg zijn voor de gebruikelijke schoonheidsmaatstaven, maar hij had nooit veel op gehad met uitdrukkingsloze vrouwen. Hij had ook nooit veel op gehad met uitdrukkingsloze mannen en god wist dat hij er daar genoeg van had ontmoet toen hij zich nog in societykringen bewoog. Andrew had nooit begrepen waarom het zo in de mode was om een verveelde indruk te maken.

Ongeïnteresseerd stond gelijk aan oninteressant.

Hij dacht hierover na. Een uitstekend nieuw motto. Volgende keer dat hij naar huis ging zou hij het bij zijn familie gebruiken. Waarschijnlijk zouden ze met hun ogen rollen, maar ze konden ook moeilijk anders. Daar had je familie voor.

God, hij miste ze. Hij had nu elf neefjes en nichtjes, en de laatste twee had hij nog nooit gezien. Van de vijf broers en zussen Rokesby waren alleen hij en zijn jongere broer Nicholas nog ongetrouwd. De andere drie waren zielsgelukkig en plantten zich voort als konijnen.

Niet met elkaar, natuurlijk. Met hun huwelijkspartners. Hij huiverde even, hoewel alleen hijzelf van zijn ingewikkelde gedachtegang op de hoogte was. Hij was zo moe. Het was een gruwelijke dag geweest, en het zou nog erger worden. Hij had geen idee hoe hij vannacht een oog dicht moest doen. Het feit dat hij op de grond moest liggen, en dat zij in dezelfde kamer zou zijn als hij…

Ze was onmogelijk te negeren. Misschien was het beter geweest als ze bang en gedwee was geweest. Dan zouden er tranen hebben gevloeid, maar dan zou ze zodra hij haar niet meer zag tenminste uit zijn gedachten zijn.

Hij liep naar een ingebouwde ladekast. Daar lag zijn nachthemd, samen met zijn tandpoeder en zijn tandenborstel. Billy liet meestal een kom water voor hem op tafel achter, maar de jongen was kennelijk zo doodsbang voor juffrouw Bridgerton dat hij de hut niet meer in had durven komen. Hij pakte de tandenborstel en bekeek hem zuchtend terwijl hij dacht aan het ontbrekende noodzakelijke water.

'Ik heb ook mijn tanden niet gepoetst.'

Hij glimlachte. Ze had dus wél naar hem zitten kijken. Ze had een beetje te ijverig haar best gedaan om te doen alsof ze verdiept was in haar boek, maar hij was er bijna zeker van geweest dat ze die schijnvertoning op zou geven zodra hij met zijn rug naar haar toe stond. 'We zullen morgenochtend allebei wel een slechte adem hebben,' zei hij.

'Een charmant vooruitzicht.'

Hij wierp haar een blik over zijn schouder toe. 'Ik ben niet van plan iemand te kussen. U?'

Ze was te slim om hierop in te gaan, dus hij stak zijn tandenborstel in zijn mond en gaf zijn tanden een poederloze poetsbeurt. Het was beter dan niets.

'U hebt er vast geen extra aan boord,' zei ze. 'Een extra tandenborstel, bedoel ik.'

'Ik vrees van niet, maar u mag gerust uw wijsvinger gebruiken, met een beetje van mijn poeder.'

Ze zuchtte maar knikte, en hij merkte dat het hem vreemd blij stemde dat ze niet moeilijk deed. 'Morgenochtend is er water,' zei hij tegen haar. 'Meestal staat er wel wat voor de nacht, maar ik denk dat u Billy hebt afgeschrikt.'

'Hij is wel binnen geweest om de borden op te halen.'

'Ja, dat is zo.' Hij vertelde haar niet dat hij de jongen bij zijn kraag had moeten grijpen en hem de juiste kant op had moeten duwen. Maar beter Billy dan iemand anders op het schip. Brown of Green was nog tot daaraan toe geweest – Andrew kende hen allebei lang genoeg om te weten dat ze haar veiligheid niet in gevaar zouden brengen – maar hij betwijfelde of een van de twee iets met haar te maken zou willen hebben.

Andrew wilde zijn nachthemd uit de la pakken, maar stopte halverwege. Verdomme nog aan toe, hij zou ook in zijn kleren moeten slapen. Hij kon zich niet uitkleden, tenzij hij eerst de lantaarns doofde, en het voelde op de een of andere manier onbehoorlijk om zijn nachthemd aan te trekken terwijl zij volledig gekleed bleef.

'Bent u klaar om te gaan slapen?' vroeg hij.

'Ik had gehoopt nog wat langer te kunnen lezen. Ik hoop dat u het niet erg vindt dat ik een paar van uw boeken heb geleend.'

'Helemaal niet. U zult gek worden als u niets hebt om u mee bezig te houden.'

'Wat ruimdenkend van u.'

Hij rolde met zijn ogen, maar nam niet de moeite om een weerwoord te geven. 'Het licht van één lantaarn is niet erg. Pas alleen op dat u niet in slaap valt terwijl hij nog brandt.'

'Natuurlijk.'

Hij voelde de behoefte het punt extra te benadrukken. 'Aan boord van een schip bestaat er geen grotere ramp dan brand.'

'Dat begrijp ik,' zei ze.

Hij had half verwacht dat ze snibbig zou antwoorden: 'Ik

zéí toch dat ik de lantaarn uit zou doen.' Dat ze niet…

Hij was er bizar blij mee.

'Dank u wel voor uw redelijkheid,' zei hij. Hij had gezien dat ze de plank voor het bed nog niet omhoog had getrokken, dus hij liep naar haar toe om het voor haar te doen.

'Kapitein James!' riep ze uit, terwijl ze zich nerveus tegen de muur drukte.

'U hoeft niet te vrezen voor uw eer,' zei hij met een vermoeide stem. 'Ik was alleen maar van plan om dít te doen.' Hij trok de plank omhoog en klikte hem op zijn plaats. Het was een degelijk stuk hout, dat bedoeld was om de gebruiker van het bed op zijn plek te houden als de zee ruw was.

'O, het spijt me,' zei ze. 'Het was… instinct, denk ik. Ik ben nogal gespannen.'

Hij voelde zijn wenkbrauwen samentrekken. Dat was geen werktuiglijk excuus. Haar toon was te uitdrukkingsvol geweest, te… hij wist niet wat. Hij draaide zich om en keek haar aan. Ze was niet uit haar hoek vandaan gekomen, en ze zag er zo klein uit – niet zozeer qua lichaamsgrootte, maar qua gezichtsuitdrukking, als dat ergens op sloeg.

Niet dat er vandaag ook maar iets was gebeurd dat ergens op sloeg.

Op rustige toon zei ze: 'Ik weet dat u me niet zult aanvallen.'

Dat ze vond dat ze zich moest verontschuldigen, of erger nog, dat ze hem op wat voor manier dan ook gerust moest stellen… hij werd er beroerd van. 'Ik zou een vrouw nooit kwaad doen,' zei hij.

'Ik…' Haar lippen weken uiteen, en er verscheen een vage, peinzende blik in haar ogen. 'Ik geloof u.'

Iets in hem vlamde op. 'Ik zou ú nooit kwaad doen.'

'Dat hebt u al gedaan,' fluisterde ze.

Hun ogen ontmoetten elkaar.

'Ik vrees dat dit mijn reputatie wél kwaad zal doen,' zei ze.

Hij vervloekte zichzelf dat hij niets meer te bieden had dan gemeenplaatsen, maar hij zei toch: 'Geen zorgen voor de dag van morgen.'

'En toch moet ik er steeds aan denken.'

Zijn borst kneep samen. Mijn god, het voelde alsof iemand zijn hart fijnkneep. Hij wendde zich af – laf, hij wist het, maar hij wist niet wat hij op haar kalme verklaring moest antwoorden en hij vermoedde dat hij dat ook nooit zou weten. Zijn stem was schor toen hij zei: 'Ik denk dat ik mijn bed maar klaar moet gaan maken.'

Hij haalde wat extra dekens uit de kast en legde ze op het tapijt. Hij had haar verteld dat hij bij de deur zou slapen, maar dat leek nauwelijks nodig, gezien het stevige slot en het feit dat hij zijn mannen volledig in de hand had. Het tapijt stelde als kussen weinig voor, maar het was beter dan de kale planken vloer. Hij blies een lantaarn uit en daarna nog een, tot alleen die bij het bed nog overbleef en het boek verlichtte dat open op juffrouw Bridgertons schoot lag.

'U kunt beter het kussen nemen,' zei ze. 'Ik heb het niet nodig.'

'Nee.' Hij zuchtte. Dit was zijn straf, veronderstelde hij. Hij had haar niet willen ontvoeren, maar hij kon niet aan de bittere waarheid ontkomen: deze vervloekte situatie was voor haar veel erger dan voor hem. Zonder de moeite te nemen haar aan te kijken, schudde hij zijn hoofd. 'Houdt u...'

Het kussen trof hem recht tegen zijn borst.

Hij glimlachte ironisch. Zelfs in haar gulheid was ze koppig. 'Dank u wel,' zei hij en hij ging op zijn rug liggen, de minst oncomfortabele houding op zo'n harde ondergrond.

Hij hoorde haar ritselen en toen werd de kamer donker.

'Ik dacht dat u ging lezen,' zei hij.

'Ik heb me bedacht.'

Maar goed ook. In het donker zou het gemakkelijker zijn haar aanwezigheid te vergeten.

Maar dat was niet zo. Zij viel als eerste in slaap, en toen lag hij in zijn eentje in de nacht te luisteren naar hoe ze bewoog in haar slaap, en hij hoorde haar stem in elke rustige ademhaling. En hij bedacht opeens dat hij nog nooit een nacht – een hele nacht – met een vrouw had doorgebracht. Hij had nooit geluisterd naar een slapende vrouw, hij had zich nooit voorgesteld hoe vreemd intiem dat zou zijn.

Het was merkwaardig fascinerend om daar te liggen en te wachten op elk geluidje dat zich door de lucht verplaatste. Hij kon zich er niet toe brengen zijn ogen dicht te doen, wat volkomen onlogisch was. Zelfs als de hut verlicht zou zijn, zou hij haar niet kunnen zien, want ze ging helemaal schuil achter de beddenplank. Hij had niet het gevoel dat hij moest blijven opletten, maar hij kon zich er niet van weerhouden wakker te blijven.

Wat had ze eerder gezegd? Ze was een beetje gespannen.

Hij wist precies wat ze bedoelde.

6

Toen Poppy de volgende ochtend haar ogen opendeed, was kapitein James al weg. Ze kauwde op haar onderlip terwijl ze zijn opgerolde beddengoed aan de andere kant van de hut in zich opnam. Hij kon onmogelijk goed hebben geslapen. Ze had hem het kussen gegeven, maar verder had hij alleen het tapijt gehad om de harde ondergrond iets te verzachten.

Maar néé. Ze was niet van plan zich schuldig te voelen over zijn ongemak. Hij kon doen wat hij altijd deed. Zij was degene naar wie waarschijnlijk een leger mensen op zoek was, mensen die vreesden dat haar dode lichaam op het strand zou aanspoelen. En haar familie – hemeltjelief, ze kon zich geen voorstelling maken van de angst die ze doormaakten als Elizabeth hen toch van Poppy's verdwijning op de hoogte had gesteld.

Haar ouders hadden al één kind verloren, en dat hadden ze bijna niet overleefd. Als ze dachten dat Poppy iets noodlottigs was overkomen...

'Alsjeblieft, Elizabeth,' fluisterde ze. Haar vriendin zou doodsangsten uitstaan, maar als ze haar mond hield, zou ze tenminste de enige zijn.

'Hij is een monster,' zei Poppy hardop, hoewel ze wist dat het niet waar was. Ze haatte kapitein James om talloze redenen, en ze geloofde hem niet als hij haar vertelde dat hij geen andere keus had gehad dan haar mee te nemen naar Portugal

– want serieus, dat kon toch niet waar zijn? Maar de kapitein behandelde haar met veel meer zorg dan ze dacht dat de meeste mannen in zijn positie zouden doen, en ze wist – want het was onmogelijk om dat niet te weten – dat hij een heer was, en een man van eer.

Wat hij in hemelsnaam op een piratenschip deed, daar had ze geen idee van.

Ze had opgemerkt dat er een kleine kom water op de tafel was gezet, en ze had even een onplezierig gevoel bij de gedachte dat Billy de hut binnen was gekomen terwijl zij lag te slapen.

Ze putte enige troost uit de gedachte dat hij het waarschijnlijk nog vervelender had gevonden dan zij.

Ze besloot zich ook daar niet schuldig over te voelen.

Ze had een paar pogingen nodig om de beddenplank naar beneden te krijgen, en toen ze op de grond stond, deed ze hem nog een paar keer omhoog en omlaag, tot ze begreep hoe het mechanisme werkte. Het was erg slim gemaakt en ze wenste dat ze het binnenwerk kon zien – de scharnieren en veren en noem maar op. Een van haar broers was als kind vaak uit bed gevallen. Een systeem zoals dit zou briljant zijn geweest.

Ze zette de beddenplank in zijn laagste stand en liep toen naar de kom, om haar gezicht nat te maken. Ze kon de dag maar beter goed beginnen, ook al hoefde ze er verder niet veel goeds van te verwachten. De hut was schemerig en er viel langs de rand van het gordijn maar een klein reepje licht naar binnen. Een blik op de klok vertelde haar dat het al half negen was, dus terwijl ze goed oplette niet haar evenwicht te verliezen – de kapitein had gelijk gehad: de zee was inderdaad ruwer nu ze zich op de Atlantische Oceaan bevonden – liep ze met onvaste stappen naar het raam om de zware gordijnstof opzij te trekken.

'O!'

Het geluid ontsnapte aan haar lippen zonder dat ze erbij nadacht. Ze wist niet wat ze had verwacht te zien – nou ja, om eerlijk te zijn had ze precies verwacht wat ze zag, en dat was de oceaan, die zich kilometers ver uitstrekte, tot hij de blauwe rand van de horizon kuste. Maar toch was ze niet voorbereid geweest op de pure schoonheid, de grootsheid, de oneindige uitgestrektheid van dit alles.

En hoe klein ze zich daarbij zou voelen.

Maar het was prachtig. Nee, het was meer dan dat. Het was weergaloos, en ze was bijna blij met de omstandigheden die haar hier hadden gebracht, zodat ze dit alles kon zien.

Ze leunde met haar voorhoofd tegen het koele glas. Tien minuten lang bleef ze daar staan en keek ze naar het spel van de golven en de schuimige punten die ze maakten, als schuimgebak. Zo nu en dan vloog er een vogel langs en ze vroeg zich af hoe ver ze van de kust verwijderd waren, en hoe ver een vogel kon vliegen voordat hij ergens moest gaan zitten. Ongetwijfeld konden sommige vogels verder vliegen dan andere – hoe kwam dat? Door hun gewicht? Door de spanwijdte van hun vleugels?

Er waren zo veel dingen die ze niet wist, en zo veel dingen waarvan ze nooit had geweten dat ze erover na kon denken, en nu zat ze opgesloten in deze hut, in plaats van op het dek, waar ze misschien een beter uitzicht zou hebben op de wereld om haar heen.

'Zó bijgelovig kunnen ze toch niet zijn,' mopperde ze, terwijl ze zich van het raam wegduwde. Werkelijk, het was bespottelijk dat zeelieden zich tegenwoordig nog aan dergelijke onzin vastklampten. Haar ogen vielen op het tandpoeder dat de kapitein voor haar had laten liggen. Ze had het nog niet gebruikt. Het zou die zeelui hun verdiende loon zijn als ze het zou laten voor wat het was, aan dek zou gaan en iedereen in zijn gezicht zou ademen.

Ze wreef met haar tong over haar gehemelte. Hemeltjelief, ze had een verschrikkelijke smaak in haar mond.

Ze maakte haar tanden schoon, stelde vast dat ze de muntsmaak van het poeder van de kapitein lekker vond en plofte in een stoel bij het raam met het boek waar ze de vorige avond in was begonnen. Het was een verhandeling over navigatie en ze begreep er eerlijk gezegd maar de helft van, maar het was duidelijk dat het niet was geschreven voor beginnelingen.

Ze had zich net door nog weer wat extra pagina's heen gewerkt toen er op de deur werd geklopt.

'Billy,' zei ze, want die moest het wel zijn. Ze stond op toen hij zichzelf binnen liet.

Zijn gezicht was weer net zo rood als altijd toen hij een dienblad met haar ontbijt erop naar binnen droeg.

'Goedemorgen,' zei ze, vastbesloten om hem aan de praat te krijgen. 'O, is dat thee?'

'Ja, juffrouw,' stamelde hij.

'Wat heerlijk. Ik had niet gedacht… nou ja, eigenlijk had ik helemaal niets gedacht.'

Billy keek haar verbijsterd aan. Nou, niet echt verbijsterd. Hij zag er nog steeds uit alsof hij overal liever wilde zijn dan in haar gezelschap, maar nu twijfelde hij bovendien zichtbaar aan zijn kansen om te ontsnappen.

'Ik had er niet over nagedacht of er thee zou zijn,' legde ze uit. 'Maar als ik er wél over had nagedacht, weet ik niet of ik had verwacht dat ik dat geluk zou hebben.'

Billy leek niet te weten wat hij met haar ingewikkelde verklaring aan moest. Hij zette het dienblad neer en begon de tafel voor haar te dekken. 'De kapitein staat erop. Hij zegt dat het ons beschaafd houdt. Thee én cognac.'

'Daar boffen we mee.'

Billy maakte een geluid dat een lachje had kunnen zijn, als hij zichzelf zou toestaan zich te ontspannen. 'De cognac deelt hij niet. Maar hij is gul met de thee.'

Poppy stond versteld van het aantal woorden dat zojuist uit de mond van de jongen was gestroomd. 'Nou, toch boffen we,' zei ze. 'Ik ben erg dol op thee.'

Billy knikte. 'U bent een echte dame.'

Poppy glimlachte vertederd. Hij was echt een lieve jongen. 'Hoe oud ben je, Billy?'

Hij keek verrast op. 'Dertien, juffrouw.'

'O. Ik had gedacht dat je jonger was.' Meteen kon ze zich wel voor haar hoofd slaan. Jongens van zijn leeftijd vonden het nooit leuk om voor kleine kinderen te worden aangezien.

Maar Billy haalde alleen maar zijn schouders op. 'Dat weet ik. Iedereen denkt dat ik nog niet eens twaalf ben. M'n pa zegt dat hij pas begon te groeien toen hij bijna zestien was.'

'Nou, ik weet zeker dat je snel de lucht in zult schieten,' zei Poppy bemoedigend. 'Ik zal je na deze reis waarschijnlijk niet meer terugzien, maar anders zou ik verwachten dat je net zo lang zou worden als de kapitein.'

Daar moest hij om glimlachen. 'U bent de kwaadste niet, juffrouw.'

'Dank je wel.' Het was een beetje belachelijk hoe blij ze was met zijn compliment.

'Ik heb nog nooit eerder een echte dame ontmoet.' Hij

wipte van de ene voet op de andere. 'Ik had niet gedacht dat u zo vriendelijk tegen me zou zijn.'

'Ik probeer tegen iedereen vriendelijk te zijn.' Ze fronste haar voorhoofd. 'Behalve misschien tegen de kapitein.'

Billy's mond viel open en hij zag eruit alsof hij niet wist of hij moest lachen of naar adem moest happen.

'Maak je geen zorgen,' zei ze geruststellend. 'Ik maakte maar een grapje.'

Nou ja, min of meer.

'De kapitein is de beste die er is,' zei Billy vurig. 'Echt waar. U zult nooit een betere tegenkomen. Ik weet dat ik heb gezegd dat hij zijn cognac niet deelt, maar met alle andere dingen is hij hartstikke aardig, en ik hou trouwens toch niet van cognac.'

'Ik weet zeker dat je gelijk hebt,' zei ze, met wat ze haar salonglimlach noemde. Het was de glimlach die ze gebruikte wanneer ze niet ónoprecht wilde zijn... maar ook niet helemaal eerlijk was. 'Ik vind het alleen een beetje vervelend om hier te zijn.'

'U bent niet de enige die dat vervelend vindt.' Billy sloeg zijn hand voor zijn mond. 'O, neemt u me niet kwalijk, juffrouw!'

Maar Poppy lachte al. 'Nee, je hoeft je niet te verontschuldigen. Het was erg grappig. En van wat ik heb gehoord is het ook waar.'

Billy trok zijn gezicht in een meelevende plooi. 'Het is niet normaal om een vrouw aan boord te hebben, juffrouw Poppy. Ik heb vreselijke rampenverhalen gehoord.'

'Rampen die zijn veroorzaakt doordat er een vrouw aan boord was?'

Billy knikte, misschien iets te heftig. 'Maar ik geloof het

niet. Niet meer. De kapitein heeft me verteld dat er niets van waar is. En hij liegt niet.'

'Nooit?'

'Nooit.' Billy zei dat zo vol overtuiging dat Poppy dacht dat hij er misschien ook nog bij zou salueren.

'Nou,' zei Poppy vastbesloten, 'dank je wel voor het brengen van mijn ontbijt. Ik heb erg veel trek.'

'Ja, juffrouw. Als u wilt, kunt u het dienblad voor de deur zetten. Dan hoef ik u niet te storen als ik het kom ophalen.'

Het ging Poppy te ver om tegen hem te zeggen dat hun gesprekken waarschijnlijk het hoogtepunt van haar dag zouden zijn, dus in plaats daarvan zei ze: 'Dat is geen probleem. Bovendien denk ik niet dat ik de deur open mag doen.'

Billy fronste zijn wenkbrauwen. 'Niet eens alleen maar opendoen?'

Poppy haalde haar schouders op en hield haar handen omhoog alsof ze wilde zeggen: wie zal het zeggen? 'De kapitein en ik hebben de details van mijn opsluiting niet besproken.'

'Dat lijkt me een beetje onredelijk,' zei Billy, terwijl hij op zijn hoofd krabde. 'Meestal is de kapitein niet zo.'

Poppy haalde weer haar schouders op, en dit keer hield ze haar hoofd wat schuin, met een ik-weet-ook-niet-wat-ik-erover-moet-zeggen-uitdrukking op haar gezicht.

'Nou,' zei Billy, met een lichte buiging, 'ik hoop dat uw ontbijt u zal smaken. Ik geloof dat de kok u bacon heeft gegeven.'

'Nogmaals bedankt, Billy. Ik...' Ze onderbrak zichzelf toen hij de deur opendeed. 'O, nog één dingetje!'

Hij bleef staan. 'Ja, juffrouw?'

'Mag ik heel even naar buiten kijken?'

'Pardon, juffrouw?'

Het was belachelijk dat ze erom moest vragen. 'Mag ik even door de deur naar buiten kijken? Ik heb zelfs de gang nog niet gezien.'

'Hoe bent u hier dan gekomen?'

'Ik zat in een zak.'

Alle uitdrukking verdween van Billy's gezicht. 'Maar u bent een dame!'

'Niet altijd, blijkbaar,' mompelde ze, en toen rende ze naar de deur om haar hoofd naar buiten te steken.

'Niet veel te zien,' zei Billy spijtig.

Maar ze vond het toch interessant. Het was duidelijk het fraaiste gedeelte van het schip, dat vermoedde ze tenminste. De gang was niet verlicht, maar door het trapgat viel een klein strookje zonlicht naar beneden en ze kon zien dat de houten muren geolied en glad gepolijst waren. Er waren nog drie andere deuren, allemaal aan de andere kant van de gang, en ze hadden alle drie een fraaie koperen deurknop. 'Wie slapen er in de andere hutten?' vroeg ze.

'Die daar is voor de stuurman,' zei Billy met een knikje. 'Hij heet meneer Carroway. Hij zegt niet veel, behalve wanneer hij stuurt.'

'En de andere?'

'Die hut is voor meneer Jenkins. Hij is tweede stuurman. En die andere' – Billy wees naar de verste deur – 'is voor Brown en Green samen.'

'Echt?' Poppy had gedacht dat die wel bij de andere zeelui benedendeks zouden slapen.

Billy knikte. 'Zij varen het langst met de kapitein. Hij zegt dat hij loyaliteit graag beloont.'

'Mijn hemel,' zei Poppy, die reikhalzend de gang door

keek, hoewel er verder niet veel te zien was. 'Wat ontzettend revolutionair van hem.'

'Hij is een goeie man,' zei Billy. 'De beste die er is.'

Poppy veronderstelde dat het in kapitein James' voordeel pleitte dat hij inspireerde tot zoveel toewijding, maar het gedweep kon wat haar betrof wel iets minder.

'Ik kom over een uur terug om het dienblad op te halen, juffrouw,' zei Billy, waarna hij knikte, wegrende en de trap op vloog.

De vrijheid tegemoet.

Poppy staarde verlangend naar het reepje zonlicht. Als het licht het trapgat bereikte, betekende dat dan niet dat men onder aan de trap de lucht kon zien? Het kon vast geen kwaad als ze snel een kijkje nam. Niemand zou het weten. Volgens Billy hadden maar vijf mannen iets in dit gedeelte van het schip te zoeken, en zij waren waarschijnlijk allemaal op hun post.

Voorzichtig trok ze de deur zo ver dicht dat hij licht tegen het deurkozijn rustte. Ze liep op haar tenen naar de trap, sterk doordrongen van het idiote besef dat dit waarschijnlijk het opwindendste was wat ze de hele dag zou meemaken. Toen ze aan het eind van de gang kwam, drukte ze haar rug tegen de muur, voornamelijk omdat ze het gevoel had dat het gepast was om een beetje stiekem te doen. Toen keek ze omhoog en draaide ze haar lichaam naar de trap, met het idee dat zelfs een klein streepje blauwe lucht al een overwinning zou zijn.

Nog een klein stukje verder, en dan...

Het schip helde naar één kant en ze tuimelde op de grond. Poppy wreef over haar heup terwijl ze zich mopperend overeind hees. 'Wel alle...'

Ze verstijfde.

De deur…

De deur die ze zo voorzichtig tegen het deurkozijn aan had getrokken…

Door de plotselinge slingerbeweging van het schip was hij dichtgevallen.

Poppy hapte naar adem en rende terug naar de hut, maar toen ze de deurkruk naar beneden duwde, maakte hij haar al na hooguit een halve centimeter duidelijk dat ze was buitengesloten.

Nee, nee, néé. Dit kon niet waar zijn. Ze leunde tegen de deur en liet zich naar beneden zakken, tot ze op haar hurken zat. Billy had gezegd dat hij over een uur terug zou komen om het dienblad op te halen. Ze zou hier blijven wachten, dan zou niemand er iets van afweten.

Toen dacht ze aan de thee. Die zou ijskoud zijn en zo zwart als de nacht tegen de tijd dat ze eindelijk naar binnen kon.

Op de een of andere manier leek dat nog het meest tragische van alles.

7

Het was een vreemde combinatie van uitputting, irritatie en schuldgevoel die Andrew ertoe bewoog het stuurwiel aan meneer Jenkins over te dragen en naar beneden te gaan om te kijken hoe juffrouw Bridgerton het maakte. Waar de uitputting vandaan kwam was overduidelijk: hij had de afgelopen nacht hooguit drie uur geslapen. De irritatie was tegen hemzelf gericht. Hij was al de hele ochtend in een gruwelijk slecht humeur en had bevelen gebulderd en gesnauwd tegen zijn mannen, die geen van allen zijn chagrijn verdienden.

Het schuldgevoel… nou ja, dat had zijn slechte humeur eigenlijk veroorzaakt. Hij wíst dat het in juffrouw Bridgertons eigenbelang was om in de hut te blijven, maar hij zag steeds weer haar gekwelde gezicht voor zich toen ze hem de vorige avond had gesmeekt haar op het dek toe te laten. Ze was oprecht van streek geweest, en dat zat hem enorm dwars, want hij wist dat hij zich in haar plaats precies hetzelfde zou voelen.

Dit onverwachte medeleven maakte hem razend. Er was geen reden waarom hij zich schuldig zou moeten voelen dat hij haar in de hut had opgesloten. Het was niet zíjn schuld dat ze die vervloekte grot in was gegaan. En het was misschien niet háár schuld dat de minister van Buitenlandse Zaken hem opdracht had gegeven een diplomatenkoffer naar Lissabon over te brengen, maar dat deed er niet toe. Ze zou het veiligst zijn in zijn hut. Zijn beslissing was juist en verstandig, en aan zijn bevel als kapitein viel niet te tornen.

Maar telkens wanneer hij zich aan zijn dagelijkse werkzaamheden wilde wijden, kwam Poppy Bridgertons verdrietige gezicht hem weer voor de geest. Hij begon een aantekening te maken in het logboek van het schip, maar zijn ganzenpen bleef net zo lang boven het papier zweven tot een dikke druppel inkt langs de punt naar beneden gleed en een vlek op de bladzijde maakte. Hij besloot dat hij er misschien meer aan had om wat zwaar handwerk te verrichten. Hij verliet dus de brug en liep het dek op om het want in te klimmen.

Eenmaal daar aangekomen leek hij echter niet meer te weten waarom hij was gekomen. Hij stond daar maar, met zijn hand op de weeflijn, en zijn gedachten sprongen heen en weer tussen juffrouw Bridgerton en zijn vervloekte onvermogen om níét aan juffrouw Bridgerton te denken. Uiteindelijk gooide hij er een reeks krachttermen uit, zo vulgair dat een van zijn mannen met grote ogen achteruit deinsde.

Hij was erin geslaagd een geharde zeeman te schokken. Onder andere omstandigheden zou hij daar trots op zijn geweest.

Uiteindelijk gaf hij toe aan zijn schuldgevoel en besloot hij te gaan kijken hoe ze het maakte. Waarschijnlijk verveelde ze zich dood. Hij had het boek gezien waarin ze de vorige avond had zitten lezen. *Zeenavigatie voor gevorderden*. Hij las er zelf af en toe in als hij moeite had om in slaap te komen en was dan geheid binnen tien minuten onder zeil.

Hij had iets veel beters gevonden: een roman die hij een paar maanden eerder had gelezen en aan meneer Jenkins had uitgeleend. Zijn zus vond hem mooi en zij had hem aan hem gegeven. Hij dacht dat het boek misschien wel bij juffrouw Bridgerton in de smaak zou vallen.

Hij liep de trap af en stelde zich al voor hoe dankbaar ze zou zijn.

In plaats daarvan…

'Wat voor de duivel?'

Juffrouw Bridgerton zat op de grond, met haar rug tegen de deur van zijn hut en haar benen voor zich uitgestrekt. In de gang, overduidelijk niet waar ze hoorde te zijn.

'Het was een ongelukje,' zei ze onmiddellijk.

'Sta op,' snauwde hij.

Ze deed het en schoot snel opzij toen hij zijn sleutel in het slot ramde.

'Het was niet mijn bedoeling,' protesteerde ze, en ze gaf een gil toen hij haar bij haar pols greep en haar zijn hut in sleurde. 'Ik ging alleen even een kijkje nemen in de gang toen Billy weg was en…'

'O, dus u hebt hem hier ook bij betrokken?'

'Nee! Dat zou ik nooit doen.' Haar stem kreeg plotseling een bedachtzame toon. 'Hij is echt een lieve jongen.'

'Wát?'

'Sorry. Wat ik wilde zeggen is dat ik nooit misbruik zou maken van zijn vriendelijke karakter. Hij is nog maar een kind.'

Hij wist niet waarom, maar hij geloofde haar. Maar dat maakte hem geen spat minder woedend.

'Ik wilde gewoon zien hoe het er buiten de deur uitzag,' zei ze. 'Ik ben namelijk in een zák gearriveerd, zoals u zich misschien nog herinnert. En toen maakte het schip een beweging – nou ja, het was meer een slinger, heel hard, en toen werd ik aan de andere kant van de gang tegen de muur gegooid.'

'En toen viel de deur dicht,' zei hij ongelovig.

'Ja!' riep ze uit. Het was duidelijk dat ze zijn toon niet begreep. 'Dat is precies wat er gebeurde. En ik heb niet eens mijn thee kunnen opdrinken!'

Hij staarde haar aan. Thee? Meende ze dat nou?

'Ik moest bijna huilen,' bekende ze. 'Dat heb ik ondanks alles nog niet gedaan, weet u, en u hebt er geen idee van hoeveel geluk u hebt dat ik geen vrouw ben die snel huilt. Maar toen ik daar buiten stond en besefte dat mijn thee koud stond te worden, moest ik bijna huilen.'

Ze sprak zo oprecht dat het moeilijk was kwaad te blijven, maar Andrew was vastbesloten het te proberen. 'U hebt me niet gehoorzaamd,' zei hij bars. 'Ik had u specifiek opgedragen de hut niet te verlaten.'

'Maar het schip bewoog!'

'Dat doen schepen,' gromde hij tussen zijn tanden. 'Misschien is het u opgevallen dat we op de oceaan zijn?'

Ze kneep haar lippen op elkaar in reactie op zijn sarcastische toon. 'Ik ben niet bekend met schepen,' bracht ze knarsetandend uit. 'Ik had niet zo'n heftige beweging verwacht.'

Hij boog zich dreigend naar haar toe en sprak op ijzige toon. 'U had niet buiten de deur moeten rondhangen.'

'Nou, dat spíjt me dan,' siste ze.

Het was de minst welwillende verontschuldiging die hij ooit had gehoord, maar vreemd genoeg dacht hij dat ze het meende.

'Laat het niet weer gebeuren,' zei hij scherp. Maar hij bespaarde haar de vernedering om antwoord te geven door zich af te wenden en naar zijn bureau te lopen. Hij zette de roman op zijn plank, om haar niet de indruk te geven dat hij naar beneden was gekomen om haar verblijf aangenamer te maken. Dit was een schip, en slecht gedrag mocht niet worden beloond. Ze had zijn uitdrukkelijke instructies genegeerd. Als een van zijn mannen dat had gedaan, had hij voor straf een hele week rattenvangstdienst moeten draaien. Of hij had een afranseling gekregen, afhankelijk van de ernst van de overtreding.

Hij wist niet zeker of juffrouw Bridgerton haar lesje had geleerd – haar kennende waarschijnlijk niet – maar hij dacht dat hij wel zo ongeveer alles had gezegd wat er over de kwestie te zeggen viel. Dus deed hij alsof hij iets zocht op zijn bureau. Maar hij kon de schijn niet eindeloos ophouden, en zij stond daar maar naar hem te kijken, dus hij zei, misschien iets ruwer dan nodig was: 'Eet uw ontbijt.'

En toen – godallemachtig, hij durfde te zweren dat het was alsof zijn moeder in de hut stond en hem aan zijn oor trok om hem aan zijn manieren te herinneren – hoorde hij zichzelf zijn keel schrapen en eraan toevoegen: 'Alstublieft.'

Poppy's mond viel open. Kapitein James veranderde zo snel van onderwerp dat het haar duizelde. 'Ik... goed.'

Ze keek hem even aan en liep toen voorzichtig – waarom wist ze niet, ze had gewoon het gevoel dat ze extra zachtjes moest lopen – terug naar de tafel. Nadat ze was gaan zitten, tilde ze de deksel van de schaal. Eieren, bacon en toast. Allemaal ijskoud.

Maar lieverkoekjes werden niet gebakken, en technisch gezien was het haar eigen schuld dat ze buiten was gesloten. Dus begon ze rustig en zonder klagen te eten. De eieren waren niet erg smakelijk, maar de toast en de bacon waren op lagere temperatuur nog best te eten.

Ze veronderstelde dat ze blij mocht zijn dat er geen pap op het menu had gestaan.

Het bureau van de kapitein stond aan de andere kant van de hut, dus ze had perfect uitzicht op zijn rug terwijl hij aan het zoeken was. 'Waar is dat navigatieboek?' vroeg hij ten slotte.

Ze nam even de tijd om te kauwen en door te slikken. 'Dat boek dat ik gisteravond zat te lezen?'

'Ja.'

'Dat ligt nog op het bed. Hebt u het nodig?'

'Voor meneer Carroway,' zei hij kortaf. 'De stuurman.'

'Ja, dat weet ik,' zei ze, terwijl ze opstond en naar het bed liep. 'Billy heeft me over hem verteld. Uw tweede stuurman is meneer Jenkins, klopt dat?'

'Inderdaad.'

'Ik denk dat het nuttig is om de namen van de officieren te weten, ook al zal ik waarschijnlijk nooit contact met hen hebben.'

Zijn kaak verstijfde. 'Het doet u genoegen dat punt te benadrukken, hè?'

'Een van de weinige genoegens die ik heb,' murmelde ze.

Hij rolde met zijn ogen, maar gaf verder geen antwoord, dus pakte ze de navigatiehandleiding van het bed en overhandigde deze aan hem. 'Men mag hopen dat meneer Carroway de vaardigheden die daarin staan al beheerst.'

De kapitein gaf er geen blijk van dat hij dit grappig vond. 'Ik kan u ervan verzekeren dat hij over alle noodzakelijke vaardigheden beschikt.'

En daar was het weer. Dat verbazingwekkende duiveltje op haar schouder dat haar opjutte om te bewijzen dat ze net zo slim was als hij. Ze tuitte haar lippen en mompelde: 'Beschikt ú over de noodzakelijke vaardigheden?'

Ze had er onmiddellijk spijt van.

Hij daarentegen leek enorm in zijn schik met de vraag. Hij glimlachte traag en een beetje neerbuigend, en de lucht tussen hen zinderde.

Hij boog voorover en even dacht ze dat hij zijn hand uit zou steken om haar aan te raken. Ze merkte dat ze onhandig een lok haar achter haar oor streek, alsof haar opgeheven arm haar ook maar in de verste verte tegen hem zou kunnen beschermen.

'O, juffrouw Bridgerton,' vroeg hij poeslief, 'weet u zeker dat u deze kant op wilt gaan met uw vragen?'

Dom, dom, dom. Waar was ze mee bezig? Zij maakte geen schijn van kans om dit spelletje te winnen, en al helemaal niet tegen hem. Kapitein James was totaal anders dan iedereen die ze kende. Hij sprak en gedroeg zich als een heer, en in veel opzichten was hij dat ook, maar hij schepte er overduidelijk genoegen in om de grenzen van de betamelijkheid op te zoeken. Toegegeven, ze bevond zich in een situatie waarin geen regels voor betamelijk gedrag bestonden, maar op de een of andere manier had ze het idee dat als ze hem in een balzaal zou ontmoeten, hij zich vrijwel hetzelfde zou gedragen.

Sommige mensen braken de regels.

Anderen zouden dit alleen maar graag willen doen.

Poppy wist niet tot welke categorie zij behoorde. Misschien tot geen van beide. Om de een of andere reden deprimeerde dat haar.

'Hoe oud bent u, juffrouw Bridgerton?' informeerde de kapitein.

Poppy was onmiddellijk op haar hoede. 'Waarom vraagt u dat?'

Hij gaf natuurlijk geen antwoord op haar vraag. Hij bleef

haar alleen maar met die lome blik aanstaren. 'Zegt u het nou maar. Om mij een plezier te doen.'

'Goed dan,' zei ze, toen ze geen enkele reden kon bedenken waarom ze haar leeftijd niet zou onthullen. 'Ik ben tweeëntwintig.'

'Oud genoeg om getrouwd te zijn, dan.'

Ergens lag daar een belediging in besloten, al wist ze niet goed welke. 'Ik ben niet getrouwd omdat ik dat niet wíl,' zei ze afgemeten.

Hij stond nog steeds te dichtbij, en zij voelde zich niet op haar gemak, zo dicht bij het bed, dus ze probeerde een eind te maken aan het gesprek door om hem heen te lopen. Ze liep naar het raam, maar hij volgde haar op de voet.

Zijn stem klonk even arrogant als geamuseerd toen hij vroeg: 'Wilt u niet getrouwd zijn, of wilt u niet getrouwd zijn met een van de mannen die om uw hand hebben gevraagd?'

Ze hield haar ogen strak op het azuurblauwe uitzicht gericht. 'Ik zie niet in wat u daarmee te maken hebt.'

'Ik wil het graag weten,' murmelde hij, terwijl hij nog iets dichter bij haar kwam staan, 'al is het alleen maar om me van úw vaardigheden te vergewissen.'

Ze deinsde achteruit en keek hem aan, hoewel ze dat niet van plan was geweest. 'Pardon?'

'In de kunst van het flirten, juffrouw Bridgerton.' Hij legde zijn hand op zijn hart. 'Mijn hemel, wat trekt u een voorbarige conclusies.'

Ze deed haar best om niet te knarsetanden. 'Zoals u vakkundig hebt gedemonstreerd, kan ik in dat opzicht niet aan uw maatstaven voldoen.'

'Dat zal ik als een compliment opvatten, hoewel ik er vrij zeker van ben dat het niet zo was bedoeld.' Hij deed weer een stap achteruit en keerde haar zijn rug toe terwijl hij naar zijn bureau slenterde.

Maar Poppy had nog niet eens de kans gehad om uit te ademen toen hij zich abrupt omdraaide en opmerkte: 'Maar u zult het ongetwijfeld met me eens zijn dat flirten een kunst is, geen exacte wetenschap.'

Ze had geen idee meer waar dit gesprek over ging. 'Daar ben ik het helemaal niet mee eens.'

'Denkt u dan dat het een exacte wetenschap is?'

'Nee!' schreeuwde ze bijna. Hij probeerde haar te provoceren, dat wisten ze allebei, en ze haatte het dat hij die idiote competitie tussen hen aan het winnen was. Maar ze wist dat ze kalm moest blijven, dus ze nam een seconde de tijd om zichzelf tot rust te brengen. Meerdere seconden, eigenlijk. Ze slaakte een diepe zucht. En toen hief ze met een naar haar idee bewonderenswaardige ernst haar kin een klein stukje op en zei: 'Volgens mij is het geen van beide, en het is beslist geen passend onderwerp van gesprek tussen twee ongetrouwde personen.'

'Hmmm.' Hij deed alsof hij hier diep over moest nadenken. 'Mij lijkt juist dat twee ongetrouwde personen precies het soort mensen zijn die zo'n gesprek zouden moeten voeren.'

Nu was het afgelopen. Ze had er genoeg van.

Als hij wilde praten, kon hij doorgaan tot de blaren op zijn tong stonden, maar zij was dit gesprek helemaal beu. Ze richtte haar aandacht op haar ontbijt en smeerde zo fanatiek boter op haar toast dat het mes door het brood in haar hand schoot. 'Au,' mopperde ze, meer van schrik dan van pijn. Het was maar een botermesje, te bot om haar huid mee open te halen.

'Hebt u zich bezeerd?'

Ze nam nijdig een hap toast. 'Praat niet tegen me.'

'Nou, dat is nogal moeilijk, gezien het feit dat we een hut delen.'

Haar handen belandden met een verrassend harde klap op de tafel en ze kwam met een ruk overeind. 'Probeert u me nou echt te sarren?'

'Weet u,' zei hij peinzend, 'ik denk van wel.'

Ze voelde haar mond openvallen, en even kon ze hem alleen maar aanstaren. 'Waarom?'

Hij haalde zijn schouders op. 'U irriteert mij.'

'Nou, u irriteert mij ook,' vuurde ze meteen terug.

En toen begon hij te lachen. Hij lachte alsof hij niet anders kon, alsof het de enige mogelijke reactie was op haar woorden. 'O, kom op, juffrouw Bridgerton,' zei hij, toen hij zag dat ze hem aankeek alsof hij gek was geworden, 'zelfs u moet toegeven dat we een nieuw dieptepunt hebben bereikt.' Hij grinnikte nog wat na en voegde er toen aan toe: 'Ik heb het gevoel dat ik terug ben in mijn jeugd en een kinderruzie aan het uitvechten ben met mijn broertjes en zusje.'

Ze voelde zich ontdooien, een heel klein beetje maar.

Hij wierp haar een samenzweerderige grijns toe. 'Ik heb de verbijsterende aanvechting u aan uw haren te trekken en te zeggen: "U irriteert mij nog meer."'

Ze kneep haar lippen op elkaar, want ze wilde niet zeggen wat ze bijna niet kon laten, namelijk: 'En u irriteert mij nóg meer.'

Hij keek haar aan.

Zij keek hem aan.

Ze knepen allebei hun ogen tot spleetjes.

'U weet dat u het zeggen wilt,' zei hij tartend.

'Ik praat niet tegen u.'

'Dat hebt u net gedaan.'

'Bent u dríé?'

'Volgens mij hebben we al vastgesteld dat we ons allebei gedragen als kinderen.' 'Prima. U irriteert mij nóg meer. U irriteert mij meer dan al mijn broers bij elkaar. U irriteert me zoals een wrat irriteert onder een voet, zoals regen irriteert tijdens een tuinfeestje, en zoals een verkeerd geciteerde tekst van Shakespeare mij irriteert tot in het diepst van mijn ziel!'

Hij keek haar met hernieuwd respect aan. 'Wel,' murmelde hij, 'van niets kan niets komen.'

Ze keek hem dreigend aan.

'Wát nou? Dat was perfect geciteerd. Uit *King Lear*, volgens mij.' Hij hield zijn hoofd opzij. 'Hebt u trouwens wratten?'

Ze wierp haar armen in de lucht. 'O, mijn god.'

'Want als dat zo is, zou het niet meer dan beleefd zijn om mij daarover te informeren. Ze zijn hoogst besmettelijk, ziet u.'

'Ik vermoord u,' zei ze, meer als een conclusie dan alsof ze een tirade wilde afsteken. 'Aan het eind van deze reis heb ik u gewurgd. Daar ben ik van overtuigd.'

Hij boog voorover en stal een stuk bacon van haar bord. 'Het is moeilijker dan u denkt om een man te wurgen.'

Ze schudde ongelovig haar hoofd. 'Mag ik informeren hoe u dat weet?'

Hij klopte op zijn borst en zei: 'Kapitein van een kaperschip,' alsof dat alles verklaarde. 'Dan belandt men vaak in onverkwikkelijke situaties. Niet dat ik zelf ooit iemand heb gewurgd, hoor, maar ik heb een poging daartoe gezien.'

Hij zei het zo achteloos alsof hij een onschuldig gerucht of een naderende weersverandering besprak. Poppy wist niet goed of het haar fascineerde of met ontzetting vervulde. Dit moest ergens op de lijst staan met Zaken Die Men Tijdens Het Ontbijt Niet Ter Sprake Hoort Te Brengen, maar toch…

Ze kon de verleiding niet weerstaan. 'Ik weet dat ik dit niet hoor te vragen, maar…'

'Ik greep in,' zei hij, terwijl hij de deksel van de theepot lichtte en een blik in de pot wierp. Hij keek op, en het blauw van zijn ogen glinsterde boosaardig tussen zijn wimpers. 'Ik neem aan dat u dat wilde vragen.'

Het was verontrustend hoe gemakkelijk hij haar gedachten raadde, maar iedereen met gezond verstand had zich ongetwijfeld hetzelfde afgevraagd. 'Inderdaad,' bevestigde ze, 'maar ik verzeker u dat ik de details niet wil weten.'

'Alstublieft, juffrouw Bridgerton. U weet dat u dat wel wilt.' Hij leunde met zijn heup tegen de rand van de tafel en boog kwajongensachtig naar haar toe. 'Maar ik zal u het verhaal niet uit de doeken doen. U zult me er later om moeten smeken.'

Poppy schudde haar hoofd, niet bereid om zich weer tot een kinderachtige woordenwisseling te laten verleiden. Als ze zo doorgingen zouden ze tot Portugal in een eindeloos welles-nietes-spel verwikkeld zijn. Bovendien had ze genoeg dubbelzinnigheden van hem gehoord om niet in te gaan op een bewering waar het woord 'smeken' in voorkwam.

'Is dat een pelikaan?' vroeg hij, en terwijl hij in de richting van het raam keek, ging zijn hand naar haar bord.

Ze gaf hem een tik op zijn vingers. 'Niet de bacon.'

Dus nam hij haar laatste driehoekje toast. 'Het was het proberen waard.'

'Kapitein James,' vroeg ze, 'hoeveel broers en zussen hebt u?'

'Vier.' Hij beet een hoek van de toast af. 'Drie broers en een zus. Waarom vraagt u dat?'

Ze wierp een cynische blik op de gestolen toast, die inmiddels een ietwat gehavende ruitvorm had aangenomen. 'Ik wist dat u er aardig wat moest hebben.'

Hij grijnsde. 'Wat bent u toch opmerkzaam.'

'Ik wed dat u niet de oudste bent.'

'Wel, dat ligt nogal voor de hand. Als ik de erfgenaam was, zou ik hier niet op het water zitten, nietwaar?'

Niet de erfgenaam... 'Interessant,' murmelde ze.

'Wat?'

'U sprak over uw broer als de erfgenaam. Daar moet men een specifiek soort achtergrond voor hebben.'

'Niet per se,' zei hij, maar ze wist dat hij zijn vergissing probeerde te verhullen. Hij had zich weer een detail van zijn achtergrond laten ontglippen, wat betekende dat ze nu twee dingen over hem wist: hij had bij de marine gediend, en zijn familie behoorde waarschijnlijk tot de lage landadel.

Natuurlijk had hij geen van beide details bevestigd, maar ze had vertrouwen in haar conclusies.

'Hoe dan ook...' Ze besloot er niet verder op in te gaan. Ze kon dit interessante feitje beter achter de hand houden voor toekomstig gebruik. 'U gedraagt zich niet als de oudste.'

Hij knikte buitengewoon hoffelijk, om haar opmerking te bevestigen.

'Maar ik wed...' – ze zette peinzend haar wijsvinger tegen haar mond – 'dat u ook niet de jóngste bent.'

Dit leek hij amusant te vinden. 'Maar...?'

'De op één na jongste. Absoluut.'

'Wel, juffrouw Bridgerton, u hebt gelijk. Mag ik vragen hoe u tot deze conclusie bent gekomen?'

'U bent niet verwend,' zei ze, met een taxerende blik, 'dus ik zou niet denken dat u de jongste bent.'

'Vindt u me niet verwend? Ik ben ontroerd.'

Ze rolde met haar ogen. 'Maar zoals u net zeer kundig hebt gedemonstreerd, bent u buitengewoon irritant. Irritant genoeg om de op één na jongste te zijn.'

'Buitengewoon irritant?' Hij schoot bulderend in de lach. 'Uit uw mond beschouw ik dat als een groot compliment.'

Ze knikte minzaam. 'Doet u dat vooral, als u daar troost uit put.'

Hij boog zich naar haar toe en murmelde met hese stem: 'Ik heb altijd behoefte aan troost.'

Poppy's wangen werden vuurrood. Weer een punt voor hem, verdorie.

Zijn grijns maakte duidelijk dat haar ongemak hem niet ontging, maar blijkbaar kreeg hij medelijden met haar, want hij wipte het laatste stukje toast in zijn mond en zei: 'En nu moet ik vragen welke plaats u in uw eigen familierangorde inneemt.'

'Precies in het midden,' antwoordde ze, opgelucht dat ze terug waren bij het eerdere gespreksonderwerp. 'Twee broers aan de ene en twee aan de andere kant.'

'Geen zussen?'

Ze schudde haar hoofd.

'Wel, dat verklaart veel.'

Ze rolde met haar ogen. Alweer.

Hij leek een beetje teleurgesteld dat ze hem niet vroeg zich nader te verklaren, maar hem kennende ging hij er waarschijnlijk van uit dat ze hem later ook om dit verhaal zou smeken. 'Dan ga ik maar weer eens,' zei hij. 'Het schip bestuurt zichzelf niet.'

'Maar dat kunnen ongetwijfeld meneer Jenkins en meneer Carroway doen.'

'Dat kunnen ze zeker,' gaf hij toe. 'Maar ik houd graag een oogje in het zeil. Ik breng overdag zelden veel tijd in mijn hut door.'

'Waarom bént u eigenlijk naar beneden gekomen?'

Hij keek haar even uitdrukkingsloos aan en zei toen: 'O ja, het boek.' Hij pakte het op, stak het even nadrukkelijk in de lucht en zei: 'Ik moet dit aan meneer Carroway geven.'

'Ik zou u anders vragen hem de groeten van me te doen, maar ik ken hem natuurlijk niet.'

Hij schonk haar een ironisch lachje. 'Uw grootste genoegen.'

'Nu althans.'

Hij beantwoordde haar sneer met een goedkeurend knikje. 'Goed gedaan, juffrouw Bridgerton.'

Hij liep de deur uit en liet haar achter met haar ontbijt en haar gedachten, die helaas voor een heel klein deel bestonden uit plezier over zijn compliment en voor het overgrote deel uit ergernis over het feit dat dat haar zoveel plezier deed.

Ze veronderstelde dat ze maar beter kon wennen aan dit soort innerlijke conflicten. Ze had het vermoeden dat die haar de rest van de reis zouden achtervolgen.

8

De rest van de dag ging zonder belangrijke gebeurtenissen voorbij. Poppy ontdekte een roman op de boekenplank die ze daar de vorige avond niet had opgemerkt en besloot daar maar eens in te beginnen. Zoals dat gaat wanneer men zich verveelt verplaatste ze zich van het bed naar een stoel, van die stoel naar een andere stoel en vervolgens weer terug naar het bed. Toen de lucht donkerder begon te worden liep ze naar het raam, maar ze keek blijkbaar naar het oosten, want de lucht ging van blauw over in donkerblauw en zwart, zonder ook maar een greintje oranje of roze.

Misschien dat er even ergens iets van indigo te zien was, maar dat was waarschijnlijk verbeelding.

Het sprak echter vanzelf dat als ze op weg naar Portugal op het oosten uitkeek, ze op de terugweg uitzicht op het westen zou hebben. Ze troostte zich met de wetenschap dat er op de terugweg zonsondergangen in overvloed zouden zijn. Ze veronderstelde dat ze vroeg op zou kunnen staan om de zonsopkomst te zien, maar ze kende haar eigen gewoonten goed genoeg om te weten dat dát niet ging gebeuren.

Iets na achten klonk Billy's verlegen klopje op de deur, en hoewel Poppy wist dat hij een sleutel had, stond ze op om hem te begroeten. Het leek niet meer dan beleefd, want ze nam aan dat hij een zwaar dienblad bij zich had.

'Goedenavond, juffrouw,' zei hij, toen hij haar zag.

Poppy stapte opzij om hem door te laten. 'Kom binnen. Het eten ruikt heerlijk.'

'Kip in saus, juffrouw. Ik heb er net al wat van gehad. Het was erg lekker.'

'Wat is het voor saus?'

Billy zette het dienblad op de tafel en fronste zijn wenkbrauwen. 'Dat weet ik niet precies. Volgens mij is hij een beetje bruin.'

'Bruine saus,' zei ze met een vriendelijke glimlach. 'Dat is een van mijn favorieten.'

Billy grijnsde terug en ze vermoedde dat hij dit gerecht, wat het ook maar was, de rest van zijn leven 'kip in bruine saus' zou noemen.'

'Dineert de kapitein hier vanavond?' vroeg ze.

'Dat weet ik niet, juffrouw. Ik heb genoeg eten voor twee meegenomen, maar hij heeft het erg druk aan dek.'

'Druk? Ik hoop dat er niets mis is.'

'O, nee,' zei hij geruststellend. 'Hij heeft altijd veel te doen. We dachten alleen dat u misschien wel honger zou beginnen te krijgen.'

'We?'

'Ik en Brown en Green,' zei Billy. Hij pakte een leeg bord van het blad en begon de tafel voor haar te dekken. 'We hebben het over u gehad.'

'Wil ik weten wat jullie zeiden?'

'Nou, ík alleen maar aardige dingen.'

Poppy kromp ineen. 'Met Brown en Green heb ik geen al te beste start gehad.'

'Nou, ze kunnen u moeilijk kwalijk nemen dat u kwaad was,' zei Billy loyaal.

'Dat is erg aar...'

‘En zíj deden gewoon hun werk.’

Poppy besloot het maar zo te laten. ‘Dat is waar.’

‘De kapitein zei dat ze naar u toe mogen. Als ik het druk heb, bedoel ik.’ Billy schonk haar een meelevende blik. ‘Hij zei wel: niemand anders. Maar hij zei het op een hele vreemde manier.’

‘Hoe bedoel je?’

‘Hij zei…’ Billy trok een frons in zijn gezicht. ‘Ik zeg dit vast verkeerd. Hij praat soms erg deftig.’

‘Wat zéí hij, Billy?’

‘Hij zei…’ Billie zweeg weer even en zijn hoofd ging op en neer terwijl hij de woorden geluidloos voor zichzelf herhaalde, voordat hij ze daadwerkelijk uitsprak. ‘Hij zei dat het hem een zeer groot genoegen zou doen als u niet de gelegenheid zou krijgen om de andere mannen te ontmoeten.’

Poppy sloeg haar hand voor haar mond, maar ze kon haar lach niet goed verbergen.

‘Ik denk dat het misschien betekent dat hij u leuk vindt,’ zei Billy.

‘O, nee,’ zei ze vol overtuiging, ‘ik verzeker je dat dat niet zo is.’

Billy haalde zijn schouders op. ‘Hij heeft nog nooit over een andere dame gepraat.’

‘Heel waarschijnlijk omdat ik de enige dame ben die reden had om aan boord te zijn,’ antwoordde Poppy, met gevoel voor ironie.

‘Ja, dat is waar,’ bevestigde Billy, ‘voor zover ik weet tenminste.’ Hij ging verder met tafel dekken, eerst voor haar en toen voor de kapitein. ‘Voor het geval hij komt eten. Dat wil zeggen, hij komt zeker. Hij moet eten, en hij eet altijd in zijn hut. Het zal misschien alleen niet op dezelfde tijd zijn als u.’

Hij deed een stap achteruit en gebaarde naar de afgedekte schaal, midden op de tafel. 'Het is een van zijn favoriete maaltijden. Kip in bruine saus. Hij is er dol op.'

Poppy onderdrukte een glimlach. 'Het zal vast heerlijk smaken.'

'Ik kom het dienblad halen om... Nee, dat kan ik nog niet zeggen,' zei Billy met een frons. 'Ik weet niet hoe laat ik het dienblad kom halen, want ik weet niet wanneer de kapitein gaat eten.' Hij dacht even na. 'Maakt u zich geen zorgen, ik bedenk wel iets.'

'Ik heb alle vertrouwen in je deductievermogen,' zei Poppy bemoedigend.

'Ik weet niet wat dat betekent,' zei Billy opgewekt, 'maar ik denk dat het goed is.'

'Het is erg goed,' zei Poppy met een lach. 'Echt waar.'

Hij gaf haar een vriendelijk knikje en trok de deur achter zich dicht. Poppy glimlachte alleen maar en schudde haar hoofd. Ze kon zich haast niet voorstellen dat dit dezelfde jongen was die haar een dag geleden nog niet eens aan durfde kijken. Ze beschouwde het als een persoonlijke overwinning dat ze hem zover had gekregen met haar te praten. Een prettige overwinning ook, aangezien Billy nu haar enige vriend op het schip was.

'Wees blij dat je een vriend hébt,' zei ze bestraffend tegen zichzelf. Het had veel erger kunnen zijn. Dat had ze de hele middag tegen zichzelf gezegd. In Engeland lag haar hele leven misschien al in puin – dat zou ze pas zeker weten als ze terugkwam – maar voorlopig was ze gezond, viel niemand haar lastig en – ze tilde de deksel van de schaal en snoof de geur van haar avondeten op – kreeg ze opmerkelijk goed te eten.

'Kip in bruine saus,' murmelde ze. Het was een uitstekende beschrijving. Ze nam een stuk kip op haar bord, deed er een schep van een onbekend rijstgerecht bij en plaatste de deksel weer terug, zodat het eten warm zou blijven voor kapitein James.

In tegenstelling tot haar eieren. En haar thee.

Dat was niet zijn schuld, herinnerde ze zichzelf. Er waren absurd veel andere dingen wel zijn schuld, maar ze kon hem geen verwijten maken over haar ontbijt.

Ze at in stilte en staarde door het raam uit over de onmetelijke zee. Er moest een maan zijn, want ze zag de ijle weerspiegeling ervan op de golven, maar het hielp niet veel om de nacht te verlichten. De lucht was inktzwart en eindeloos, met sterren die er als speldenprikken in oplichtten. De hemel voelde hier op het water onmetelijk groot, heel anders dan thuis. Of misschien was hij helemaal niet anders en kwam het alleen maar doordat ze zich nu zoveel eenzamer voelde.

Wat had deze reis anders kunnen zijn onder gunstigere omstandigheden. Ze probeerde zich voor te stellen dat ze met haar familie een zeereis zou maken. Het zou natuurlijk nooit gebeuren, haar ouders hielden allebei niet van reizen. Maar Poppy stelde het zich toch voor – hoe ze met haar broers op het dek zou staan, en hoe ze zouden lachen als de wind en de golven hen uit hun evenwicht brachten. Zou een van hen zeeziek worden? Richard, waarschijnlijk. Er waren talloze etenswaren waar zijn maag niet goed tegen kon. In hun jeugd had hij meer overgegeven dan de andere vier bij elkaar.

Poppy grinnikte in zichzelf. Wat gek om daar nu aan te denken. Als ze thuis zou zijn, zou ze het tegen haar moeder zeggen, al was het alleen maar om haar te horen gillen van ontzetting. Anne Bridgerton had gevoel voor humor, maar dat strekte zich niet uit tot lichaamssappen. Poppy daarentegen was te zeer beïnvloed door haar broers om zich daar druk om te maken.

Roger was de ergste geweest. En natuurlijk de beste. Hij had haar altijd fel beschermd, maar hij had een te groot gevoel voor humor en zat te vol kattenkwaad om ooit echt streng te zijn. Hij was ook slim, net zo slim als zij, maar hij was de oudste, en zijn extra jaren ervaring en scholing maakten dat hij de anderen altijd de baas was. Hij zou bijvoorbeeld nooit alleen maar een pad bij zijn broertje in bed stoppen. Dat zou hem veel te banaal zijn.

Nee, als Roger zijn toevlucht nam tot amfibieën, zorgde hij ervoor dat ze uit de lucht kwamen vallen. Of in ieder geval van het plafond, op Richards hoofd. Poppy wist nog steeds niet hoe hij dat zo precies had uitgekiend.

En dan was er wat hij zijn kroonjuweel noemde. Zes maanden lang had hij Poppy in het geheim allerlei onzinwoorden geleerd, en zij had plichtsgetrouw dingen in haar schriftje geschreven zoals:

tintie, zelfstandig naamwoord. de verrukkelijke korst van gebrande suiker op een toetje.

En

fiepel, bijwoord. bijna, zowat.

Hij verklaarde zijn leven geslaagd op de dag dat ze naar hun moeder liep en vroeg: 'Is de appeltaart al fiepel uit de zwarte doos? U weet hoe ik klingel als er een tintie op komt.'

Haar moeder had ter plekke een flauwte gekregen. Toen haar vader hoorde hoe grondig Roger de zaak had voorbereid, had hij gemompeld dat hij niet wist of hij zo'n weldoordacht plan wel wilde bestraffen. Hij vond zelfs dat een dergelijke toewijding wellicht beloond hoorde te worden. Roger had misschien zelfs de degen gekregen waar hij zijn zinnen op had gezet, als mevrouw Bridgerton hun gesprek niet had afgeluisterd. Met een kracht die niemand achter haar had gezocht, had ze haar man een tik tegen zijn achterhoofd gegeven en verontwaardigd gevraagd: 'Heb je je dochter wel gehóórd? Ze heeft het tegen de dienstmeisjes over froesel en farfar!'

'Vooral froesel vindt ze heel erg lekker,' zei Roger met een grijns.

Meneer Bridgerton zuchtte kreunend en keek hem aan. 'Je snapt toch dat ik je nu wel straf móét geven?'

Poppy was er nooit achter gekomen wat voor straf haar vader had uitgekozen, maar ze herinnerde zich dat Roger een aantal weken sterk naar het kippenhok rook, en om te bewijzen dat straf en vergrijp soms goed bij elkaar aansloten, liet haar moeder hem duizend keer in zíjn schriftje schrijven: 'Ik mag mijn zusje niet farfarren.'

Maar hij had het maar zo'n negenhonderd keer hoeven doen. Poppy was stiekem naar binnen geglipt om hem te helpen. Ze had zijn ganzenpen van hem overgenomen en honderd regels voor hem geschreven.

Hij was haar favoriete broer. Ze zou alles voor hem hebben gedaan.

Ze wenste dat ze dat nog steeds kon doen. Zelfs nu, na vijf jaar, was het nog erg moeilijk te geloven dat hij er niet meer was.

Met een zucht, en daarna nog een, en nog een, drentelde ze doelloos door de hut. Kapitein James had haar niet verteld hoe laat hij normaal gesproken dineerde, maar nadat de klok eerst zeven uur, toen acht uur en vervolgens negen uur had geslagen, besloot ze dat het geen zin had het toetje nog langer te bewaren. Ze pakte de grootste van de twee taartpunten en trok een stoel dicht naar het raam, zodat ze onder het eten naar buiten kon kijken.

'Mijn complimenten aan de chef,' murmelde ze, terwijl ze een blik op de tafel wierp, waar het andere stuk taart stond. 'Als hij om...'

Tien uur, besloot ze. Als de kapitein om tien uur nog niet terug was, zou ze zijn stuk taart ook opeten. Het was niet meer dan eerlijk.

Intussen zou ze heel kleine hapjes nemen. Misschien kon ze het rekken tot...

Ze keek neer op haar lege bord. Ach, wat gaf het. Het was haar nooit gelukt lang over haar toetjes te doen. Richard was precies het tegenovergestelde geweest. Hij genoot tot het allerlaatste moment van elke hap, en aan het eind kreunde hij van genot, niet omdat het toetje zo bijzonder lekker was (hoewel het dat wel was: hun kok had een speciaal baktalent) maar meer om zijn minder geduldige broers en zusje te pesten. Poppy had een keer evenzeer uit ergernis als uit honger een van zijn koekjes gepikt, en toen hij dat merkte, had hij haar een pets gegeven.

En toen had haar vader hém een pets gegeven.

Het was de moeite waard geweest. Zelfs toen haar moeder haar apart had genomen en haar ernstig had toegesproken over hoe een dame zich hoorde te gedragen, was het de moeite waard geweest. Het enige wat het nog beter zou hebben gemaakt was als Poppy zelf ook een paar petsen had kunnen uitdelen.

'Pets,' zei ze hardop. Ze hield van dat woord. Het klonk een beetje naar wat het betekende. Onomatopee. Nog een woord waar ze van hield.

Vreemd genoeg klonk dát woord niet naar wat het betekende. Een onomatopee zou een griezelig wezen met harige poten moeten zijn, niet een stijlfiguur in de taal.

Ze keek naar het bord in haar hand. 'Bord,' zei ze. Nee, dat klonk helemaal niet naar wat het was. 'Schaaltje?'

Goeie god, ze was aan het praten tegen serviesgoed.

Had ze zich ooit eerder zo verveeld?

Ze zat nota bene op een schíp. Op weg naar exotische oorden. Ze hoorde niet het gevoel te hebben dat haar hersens uitdroogden. Ze hoorde het gevoel te hebben...

Nou ja, het gevoel dat ze zou móéten hebben was doodsangst, maar dat had ze al gehad, dus had ze nu dan geen recht op een beetje opwinding? Dat had ze echt wel verdiend.

'Ja, zo is het,' zei ze vastbesloten.

'O ja?' klonk de geamuseerde stem van kapitein James.

Poppy gaf een gil en sprong bijna een halve meter de lucht in van schrik. Het was een wonder dat ze haar dessertschaaltje niet liet vallen. 'Hoe bent u zo stilletjes binnengekomen?' vroeg ze gebiedend.

Of eigenlijk klonk het meer beschuldigend.

De kapitein haalde alleen maar zijn schouders op. 'Hebt u al gegeten?' vroeg hij.

'Ja,' zei Poppy, die nog steeds wachtte tot haar hart weer tot bedaren zou komen. Ze maakte een gebaar naar de tafel. 'Ik heb wat voor u bewaard. Ik weet niet of het nog warm is.'

'Waarschijnlijk niet,' zei hij, terwijl hij regelrecht naar de tafel liep. Hij klonk niet alsof hij zich er druk om maakte.

'Ah...' Hij zuchtte waarderend. 'Kip in bruine saus. Mijn favoriet.'

Poppy draaide met een ruk haar hoofd naar hem toe.

Hij keek haar bevreemd aan. 'Is er iets mis?'

'Kip in bruine saus? Noemt u het echt zo?'

'Hoe zou u het dan willen noemen?'

Poppy opende haar mond en liet hem ongeveer twee seconden te lang open hangen. Uiteindelijk maakte ze een sussende beweging met haar handen en zei: 'Laat maar.'

De kapitein verdiepte zich niet verder in haar gedachtekronkels, haalde zijn schouders op en begon te eten met de snelheid van een man die de hele dag hard heeft gewerkt.

'Kip in bruine saus,' zei Poppy bij zichzelf. 'Wie had dat kunnen denken?'

De kapitein liet zijn vork halverwege zijn bord en zijn mond in de lucht hangen. 'Hebt u problemen met het eten?'

'Nee,' zei ze. 'Nee. Het is...' Ze schudde haar hoofd. 'Het is niets. Ik loop de hele dag al tegen mezelf te praten.'

Hij nam een hap en knikte. 'In plaats van tegen al die mensen die u nooit zult ontmoeten?'

Ze kneep haar lippen op elkaar en deed haar best om streng te kijken – waar ze waarschijnlijk niet in slaagde. 'Nu ontneemt u me al mijn plezier.'

Hij grijnsde zonder een spoor van berouw.

'Ik zie dat die gedachte u zorgen baart.'

'Juffrouw Bridgerton, u baart mij altíjd zorgen.'

Ze stond zichzelf een hooghartig knikje toe. 'Dan beschouw ik dit als een geslaagde dag.'

De kapitein nam een flinke slok van zijn wijn, waarna hij zijn mond bedekte om een boer te laten. 'Doet u dat vooral.'

Poppy tikte zachtjes met haar hand tegen haar bovenbeen

en deed haar best om niet te laten merken dat ze niets anders te doen had dan toekijken terwijl hij at (terwijl ze natuurlijk allebei wisten dat ze niets anders te doen had dan toekijken terwijl hij at). Ze voelde zich belachelijk ongemakkelijk, dus ze draaide zich weer om naar het raam en deed alsof ze naar buiten keek. Waarschijnlijk deed ze dat ook, maar het uitzicht was de afgelopen twee uur niet veranderd, dus eigenlijk stond ze meer naar het glas te staren. 'U bent nogal laat,' zei ze ten slotte.

Zijn stem klonk achter haar, warm, diep en verschrikkelijk uitdagend. 'Hebt u me gemist?'

'Natuurlijk niet.' Ze draaide zich om en deed haar best om een onverschillige indruk te wekken. 'Ik was alleen nieuwsgierig.'

Hij glimlachte, en het was een verpletterende ervaring. Poppy kon zich gemakkelijk voorstellen dat vrouwen bij bosjes voor deze glimlach bezweken. 'U bent altijd nieuwsgierig, nietwaar?' murmelde hij.

Ze was onmiddellijk achterdochtig. 'U zegt dat niet als een belediging.'

'Dat is het ook niet,' zei hij onomwonden. 'Als meer mensen nieuwsgierig zouden zijn, zouden we als mensheid een stuk verder komen.'

Zonder het zelf te beseffen deed ze een stap naar hem toe. 'In welk opzicht?'

Hij hield zijn hoofd nadenkend een beetje schuin. 'Moeilijk te zeggen. Maar ik vermoed dat we dan misschien wel met vliegende machines de wereld over zouden reizen.'

Nou, zoiets belachelijks had ze nog nooit gehoord. Ze liet zich dus tegenover hem in een stoel vallen en zei: 'Zoiets belachelijks heb ik nog nooit gehoord.'

Hij grinnikte. 'U bent duidelijk niet nieuwsgierig genóég.'

'Als u het weten wilt...' Poppy fronste haar wenkbrauwen terwijl ze zich een apparaat met vleugels, wielen en misschien wat vuur voorstelde. Het was genoeg om haar af te leiden van haar eerste reactie, namelijk om zichzelf te verdedigen.

Ze was opgegroeid met vier broers. Zichzelf verdedigen was altijd haar eerste reactie.

'Denkt u dat dat mogelijk is?' vroeg ze. Ze boog voorover, en steunde met over elkaar geslagen armen op de tafel. 'Vliegende machines?'

'Ik zou niet weten waarom niet. Vogels vliegen ook.'

'Vogels hebben vleugels.'

Hij haalde zijn schouders op. 'Wij kunnen vleugels bouwen.'

'Waarom hebben we dat dan nog niet gedaan?'

'Mensen hebben het geprobeerd.'

Ze knipperde met haar ogen. 'Is dat zo?'

Hij knikte.

Mensen hadden vleugels gebouwd en geprobeerd te vliegen en zij wist nergens van? De onrechtvaardigheid was verbijsterend. 'Niemand vertelt mij iets,' mopperde ze.

Hij schoot bulderend in de lach. 'Dat vind ik moeilijk te geloven.'

Waarschijnlijk voor de tiende keer in het gesprek kneep ze haar ogen tot spleetjes. 'Waarom?'

'Vanwege uw eerdergenoemde nieuwsgierigheid.'

'Het feit dat ik dingen vráág wil nog niet zeggen dat mensen me iets vertellen.'

Hij hield zijn hoofd schuin. 'Hebt u iemand gevráágd of er mensen zijn die vleugels bouwen?'

'Nee, natuurlijk niet.'

'Dan mag u niet klagen.'

'Omdat ik niet wist dát ik daarnaar kon vragen,' protesteerde ze, zonder op zijn woorden in te gaan. 'Men moet over een zekere basiskennis beschikken voordat men zinnige vragen kan stellen.'

'Dat is waar,' murmelde kapitein James.

'En vanzelfsprekend,' vervolgde Poppy, slechts een klein beetje tevredengesteld door het gemak waarmee hij met haar instemde, 'heb ik niet de kans gekregen om natuurkunde te studeren.'

'Wilt u dat?'

'Natuurkunde studeren?'

Hij maakte een hoffelijk gebaar met zijn hand.

'Daar gaat het niet om,' zei ze.

'Nou, eigenlijk wel, als het om aerodynamica gaat.'

'Dat bedoel ik nou precies!' Ze priemde zo onverwacht met haar vinger in zijn richting dat hij met zijn ogen knipperde. 'Ik wist niet eens dat dat woord bestond.'

'De betekenis spreekt voor zich,' zei hij. 'Men hoeft geen...'

'Daar gaat het niet om.'

'Dat zegt u steeds,' zei hij, en hij klonk bijna onder de indruk.

Ze trok een lelijk gezicht. 'Ik kan de betekenis van het woord afleiden als u het hebt gezégd. Daar...' Ze beet op haar tong.

'Gaat het niet om?' opperde hij behulpzaam.

Ze wierp hem een blik toe. 'Vrouwen horen hetzelfde onderwijs te krijgen als mannen,' zei ze vastbesloten. 'Als ze dat willen.'

'Mij zult u daar geen bezwaar tegen horen maken,' zei de kapitein, terwijl hij zijn taart pakte. 'Erg klein stukje,' mopperde hij.

'Maar het smaakt heerlijk,' zei ze tegen hem.

'Het smaakt altijd heerlijk.' Hij nam een hap. 'Was uw stuk groter?'

'Natuurlijk.'

Hij gaf haar een vaag goedkeurend knikje, alsof hij niet anders had verwacht, en Poppy bleef zwijgend zitten terwijl hij zijn taart opat.

'Dineert u altijd zo laat?' vroeg ze, toen hij achterover leunde in zijn stoel.

Hij keek op, bijna alsof hij haar aanwezigheid was vergeten. 'Niet altijd.'

'Wat was u aan het doen?'

De vraag leek hem een beetje te amuseren. 'Afgezien van bevelvoeren over het schip?'

'Ik hoopte dat u me misschien zou vertellen wat bevelvoeren over een schip inhoudt.'

'Dat zal ik doen,' zei hij tot haar verbazing. 'Maar niet vanavond.' Hij geeuwde en rekte zich uit, en de beweging had iets verbazingwekkend intiems. Geen enkele heer die ze kende zou ooit zoiets in haar aanwezigheid hebben gedaan – behalve haar familieleden, natuurlijk.

'Vergeef me,' murmelde hij en hij knipperde met zijn ogen, alsof hij zich nu pas herinnerde dat hij niet meer het rijk alleen had in zijn hut.

Ze slikte en maakte aanstalten om op te staan. 'Ik denk dat ik me maar klaar ga maken om naar bed te gaan.'

Hij knikte. Hij zag er plotseling doodmoe uit, en Poppy werd getroffen door een gevoel van medelijden dat haar helemaal niet uitkwam. 'Was het een erg vermoeiende dag?' hoorde ze zichzelf vragen.

'Een beetje.'

'Vanwege mij?'

Hij schonk haar een scheef lachje. 'Ik vrees dat ik u niet overal de schuld van kan geven, juffrouw Bridgerton.'

'Hoe graag u ook zou willen?'

'Als u weet te bedenken hoe u verantwoordelijk kunt zijn voor een gescheurd bramzeil, een vervelende wind en drie gevallen van een bedorven maag, dan zou ik u zeer dankbaar zijn.'

Bijna verontschuldigend zei ze: 'Ik vrees dat de wind een bovennatuurlijk talent vereist waar ik niet over beschik.'

'In tegenstelling tot het gescheurde zeil en de bedorven magen?'

'Dat zou nog wel lukken, vooropgesteld dat ik de tijd zou krijgen om het te regelen.' Ze maakte een vaag sarcastische beweging met haar hand. 'En toegang tot het dek.'

'Helaas, ik ben te wreed.'

Ze steunde met haar elleboog op de tafel en liet haar kin peinzend in haar hand rusten. 'Toch denk ik niet dat het in uw aard zit.'

'Om wreed te zijn?'

Ze knikte.

Hij glimlachte, een klein beetje maar, alsof hij te moe was om voluit te lachen. 'Er is nog maar net een dag voorbij, maar u lijkt me nu al te goed te kennen, juffrouw Bridgerton.'

'Ik heb zo'n idee dat ik nog maar nauwelijks tot de oppervlakte ben doorgedrongen.'

Hij nam haar nieuwsgierig op. 'U klinkt bijna alsof u dat zou willen.'

Hun stemmen waren zachter geworden, en de scherpe randjes waren van het gesprek afgesleten. Door vermoeidheid, en misschien door respect.

Poppy stond op. De gedachte verwarde haar. Ze had geen respect voor kapitein James. Dat kon ze niet hebben. En ze hoorde hem zeker niet aardig te vinden, hoe innemend hij misschien ook was.

Ze was moe. Haar verzet wankelde. 'Het is laat,' zei ze.

'Inderdaad,' antwoordde hij, en ze hoorde hem opstaan uit zijn stoel terwijl zij naar de kom water liep die Billy tussen haar voorgerecht en haar toetje had binnengebracht. Ze moest haar gezicht wassen, haar tanden poetsen en haar haar borstelen. Dat deed ze elke avond, en ze was vastbesloten haar routine op zee in stand te houden, hoe vreemd het ook voelde om haar rituelen uit te voeren waar een man bij was.

En toch was het op een eigenaardige manier minder vreemd dan het had moeten zijn.

Omdat het nou eenmaal niet anders kan, zei ze tegen zichzelf, terwijl ze het tandpoeder pakte. Dat was alles. Als ze aan zijn aanwezigheid gewend begon te raken, was dat omdat ze wel moest. Ze was een praktische vrouw, ze hield niet van hysterisch gedoe. Ze was daar trots op. Als zij haar tanden moest poetsen in het bijzijn van een man die ze nog maar pas had ontmoet, ging ze daar echt niet om huilen.

Ze wierp een blik over haar schouder, ervan overtuigd dat de kapitein op de een of andere manier wist dat ze aan hem dacht, maar hij stond bij zijn bureau wat papieren door te nemen en leek totaal verdiept in zijn eigen bezigheden.

Met een gelaten zucht keek Poppy naar haar vinger en strooide er wat van het muntachtige poeder op. Ze vroeg zich af of ze bij elke poetsbeurt van hand moest wisselen. Al dat tandpoeder zou misschien haar huid gaan irriteren.

Ze verzorgde haar tanden, plensde wat water in haar gezicht en nadat ze had gecontroleerd of de kapitein niet keek, trok ze de haarpennen uit haar haar en haalde ze haar vingers erdoorheen, om zo goed mogelijk het effect van de varkensharen haarborstel te benaderen die ze thuis gebruikte. Nadat ze haar haar had gevlochten voor de nacht restte haar niets anders dan in bed te kruipen.

Ze draaide zich om en deed een stap in de richting van de kooi, maar toen stond hij daar opeens, op de een of andere manier veel dichterbij dan ze had verwacht.

'O!' riep ze uit. 'Neem me niet kwalijk, ik...'

'Nee, het is helemaal mijn schuld. Ik verwachtte niet dat u zich om zou draaien en...'

Ze stapte naar links.

Hij stapte naar rechts.

Ze maakten allebei een opgelaten geluid.

'Neem me niet kwalijk,' gromde hij.

Hij stapte naar links.

Zij stapte naar rechts.

'Zullen we dansen?' grapte hij, en ze had een soortgelijke reactie willen geven, maar het schip deinde hevig op en neer op een golf, waardoor zij half struikelend opzij gleed en slechts werd gered door twee warme handen om haar middel.

'Nu zijn we echt aan het...' Ze keek op, en dat was een grote vergissing. 'Dansen,' fluisterde ze.

Ze bewogen niet, zeiden zelfs geen woord. Poppy wist niet eens of ze nog ademden. Zijn ogen hielden de hare vast, en ze waren zo verbazingwekkend blauw dat Poppy voelde dat ze naar voren werd getrokken, dichter naar hem toe. Ze bewoog zich niet, geen centimeter, maar toch voelde ze hoe er aan haar werd getrokken.

'Houdt u van dansen?' vroeg hij.

Ze knikte. 'Als er muziek is.'

'Hoort u het niet?'

'Ik kán het niet horen.' Ze vroeg zich af of hij wist dat ze eigenlijk bedoelde dat ze het niet mócht horen. Want het was er, en ze voelde het op haar huid – de zachte muziek van de wind en de golven. Als ze iemand anders was – nee, als híj iemand anders was – zou dit een moment vol belofte en adembenemende verwachting zijn.

In een ander leven, in een andere wereld, zou hij misschien naar haar toe buigen.

Zij zou misschien opkijken.

Ze zouden elkaar misschien kussen.

Het zou gewaagd zijn. Schandalig. Wat grappig om te bedenken dat als ze in Londen zou zijn één enkele kus al haar ondergang kon betekenen. Het leek nu zo onbeduidend, vergeleken bij... nou ja, ontvoerd worden door piraten.

En toch, terwijl ze de kapitein in de ogen staarde, leek het helemaal niet onbeduidend.

Ze deinsde abrupt achteruit, verbijsterd door de wending die haar gedachten hadden genomen, maar zijn handen waren er nog steeds, groot en warm op haar heupen, en ze hielden haar vast, misschien niet op dezelfde plek, maar op zijn minst in evenwicht.

Veilig.

'Het water,' zei hij, met een schorre stem. 'Het is ruw, vanavond.'

Het was niet zo, maar ze waardeerde de leugen.

'Ik sta nu wel weer stevig,' zei ze, en ze zette haar hand op de tafel om hem gerust te stellen. Of misschien zichzelf.

Hij liet haar los en deed beleefd een stap achteruit. 'Neemt u me niet kwalijk,' zei hij. 'Meestal ben ik niet zo onhandig.'

Weer een leugen. Weer een vriendelijk gebaar. Hij was

niet onhandig geweest. Integendeel, zij was degene die was omgevallen. Ze had dezelfde grootmoedigheid moeten tonen als hij door dit te zeggen, maar het enige wat ze wist uit te brengen was: ‘Ik ben klaar met het tandpoeder.’

Zijn antwoord bleef iets langer uit dan ze had verwacht, maar toen hij iets zei, was het een verstrooid: ‘Natuurlijk.’ Hij deed een stap, en dit keer zorgde ze ervoor dat ze heel even wachtte, zodat ze kon zien welke kant hij op ging en ruimte voor hem kon maken.

‘Dank u wel,’ voegde hij eraan toe.

Het was allemaal erg ongemakkelijk. En zo hoorde het ook, dacht Poppy. ‘Ik ga nu naar bed,’ zei ze.

Hij was druk bezig zijn tanden te poetsen, maar hij draaide haar zijn rug toe om haar privacy te geven. Waarom wist ze niet precies, want ze wisten allebei dat ze in haar kleren zou slapen. Toch was het een attent gebaar, en weer een teken dat hij een heer was.

‘Ik lig erin,’ riep ze.

Hij was klaar met poetsen en draaide zich weer om. ‘Ik zal zo de lantaarns uitdoen.’

‘Dank u wel.’ Ze trok de dekens op tot haar kin, zodat ze ongezien de sjerp van haar jurk losser kon doen. Als ze weer thuis was, zou ze deze jurk verbranden. Misschien zou ze er net zo een nieuw laten maken, want ze hield nogal van deze stof, maar deze...

De fik erin.

Ze rolde zich op haar zij, met haar gezicht naar de muur, om hem dezelfde privacy te geven die hij haar had geboden. Maar ze hoorde al zijn bewegingen terwijl hij zijn slaapplek in orde maakte en zijn laarzen uittrok.

‘O, het kussen!’ herinnerde ze zich opeens. Ze griste het

onder haar hoofd vandaan en wierp het in een boogje over haar schouder. 'Alstublieft!'

Ze hoorde een zachte plof en toen een lichte kreun.

'Perfect gemikt,' murmelde hij.

'Heb ik u geraakt?'

'Een voltreffer.'

Poppy glimlachte. 'Gezicht?'

'Dat zou u wel willen.'

'Ik kon het niet zien,' protesteerde ze.

'Schouder,' zei hij tegen haar, terwijl hij de laatste lantaarn doofde. 'En nu stil zijn en slapen.'

Verbazingwekkend genoeg deed ze dat.

9

Het probleem, besefte Andrew, terwijl hij het schip precies genoeg bijdraaide om de zeilen op te laten bollen in de wind, was dat Poppy Bridgerton geen vervelend mens was.

Als ze dat wel was geweest, had hij de deur van zijn hut achter zich dicht kunnen trekken en haar kunnen vergeten.

Als ze een vervelend mens was geweest, had hij, hoe onwaardig ook, misschien enig genoegen kunnen scheppen in haar hachelijke situatie.

Maar ze was geen vervelend mens. Ze was een vreselijke lastpost, althans, haar aanwezigheid was hem tot last, maar ze was geen vervelend mens.

En dat maakte dit alles zoveel ingewikkelder.

De veiligheid van het meisje was de prijs van haar verveling zeker waard, maar op de een of andere manier veranderde dat niets aan zijn schuldgevoel als hij haar eenzaam in de hut achterliet, met een paar boeken en uitzicht op zee als enig gezelschap.

Andrew was al uren op, hij sliep zelden na zonsopgang. Billy zou haar inmiddels wel haar ontbijt hebben gebracht, dat was tenminste iets. De jongen was geen sprankelende gesprekspartner, maar nu hij over zijn grote angst voor hun vrouwelijke gast heen was, kon hij haar ongetwijfeld een paar minuten afleiding bezorgen.

Ze hoefde tenminste geen koud ontbijt naar binnen te

werken. Die fout zou juffrouw Bridgerton niet nog eens maken.

Zij was niet iemand die ooit twee keer dezelfde fout zou maken.

Toch kon hij wel even gaan kijken hoe het met haar ging. Dat was niet meer dan beleefd. Ze was zijn gast.

In zekere zin.

Hoe dan ook, hij was verantwoordelijk voor haar. En daar viel naast haar fysieke ook haar geestelijke welzijn onder. Bovendien had hij iets bedacht wat de monotonie misschien iets kon verlichten. Hij wist niet waarom hij er niet eerder op was gekomen – waarschijnlijk omdat hij te zeer ontsteld was geweest door de netelige situatie waar ze onverwacht in waren beland.

Hij had een houten puzzel, ontworpen naar het voorbeeld van de landkaartpuzzels die in Londen een rage waren geworden. Maar zijn puzzel zat veel ingewikkelder in elkaar. Toen hij een poging had gewaagd hem in elkaar te zetten, had hem dat verschillende uren gekost. Het was niet veel, maar het zou haar helpen haar tijd te vullen.

Ze zou het geweldig vinden. Hij wist dat met een zekerheid die hij niet kon verklaren, behalve met het feit dat hij het zelf geweldig had gevonden, en dat juffrouw Bridgerton en hij over dezelfde analytische, probleemoplossende geest leken te beschikken. Hij vermoedde dat ze goede vrienden hadden kunnen worden, als zij geen staatsgeheimen in gevaar had gebracht door zijn geheime grot binnen te dringen.

Of als hij haar niet had ontvoerd. Dat ook.

'Jenkins, neem het stuurwiel over,' riep hij. Hij negeerde de onderzoekende blik van zijn tweede stuurman. Andrew gaf het stuurwiel de laatste tijd veel vaker uit handen dan gewoonlijk. Maar er was geen wet die voorschreef dat een kapitein een vast aantal uren…

'O, in godsnaam, zeg,' mopperde hij. Hij hoefde zich tegenover niemand te verantwoorden, al helemaal niet tegenover zichzelf.

Jenkins nam gelukkig zonder commentaar het stuurwiel over, en Andrew liep met twee treden tegelijk de trap af naar het hoofddek, en daarna met drie treden tegelijk de trap naar zijn hut.

Hij gaf een korte klop op de deur, waarna hij zijn sleutel in het slot stak en zichzelf binnenliet voordat juffrouw Bridgerton de kans had te reageren.

Ze zat aan de tafel, met haar kastanjebruine haar een beetje nonchalant vastgespeld op haar hoofd. De spaarzame restanten van haar ontbijt – drie aardbeien en een stukje toast – lagen voor haar op het dienblad.

'Houdt u niet van aardbeien?' vroeg hij, terwijl hij de grootste van de drie van haar bord pikte.

Ze keek op van het boek waarin ze zat te lezen. 'Ik word er ziek van.'

'Interessant.' Hij nam een hap. 'Mijn schoonzus heeft dat ook. Ik heb het zelf niet gezien, maar Edward – dat is mijn broer – zegt dat het een aanblik is om nooit te vergeten.'

Ze markeerde haar plek in het boek – een reisgidsje van Lissabon, merkte hij op. Praktisch van haar, ook al was hij niet van plan haar ook maar een teen op Portugese bodem te laten zetten – en legde het neer. 'Het lijkt mij een aanblik om juist wél te vergeten.'

'Inderdaad.' Hij huiverde. 'Ik geloof dat mijn broer het woord "gruwelijk" gebruikte, en hij houdt niet van overdrijven.'

‘In tegenstelling tot u?’

Hij legde een hand op zijn hart. ‘Ik overdrijf alleen als het absoluut noodzakelijk is.’

‘Uw broer klinkt fantastisch.’

‘Hij is getrouwd,’ repliceerde hij onmiddellijk.

‘Maakt dat hem minder fantastisch?’ Ze leek dit verschrikkelijk amusant te vinden, wat hem had moeten irriteren, maar in plaats daarvan voelde hij zich… ongemakkelijk?

Groen?

Het was lang geleden dat zijn vlotte babbel hem in de steek had gelaten.

Gelukkig leek juffrouw Bridgerton geen behoefte te hebben aan een reactie. In plaats daarvan schoof ze haar bord in zijn richting. ‘Neemt u de rest ook maar, als u wilt.’

Andrew accepteerde haar aanbod en stak een hele aardbei in zijn mond, waarvan alleen het groene kroontje tussen zijn vingers overbleef. Terwijl hij dat op haar bord legde, leunde hij met zijn heup tegen de zijkant van de tafel en vroeg: ‘Ziet ú er gruwelijk uit?’

Ze schoot verbaasd in de lach. ‘Op dit moment?’

Hij boog licht zijn hoofd als blijk van waardering voor haar gevatte reactie.

‘Nee,’ zei ze, en een vleugje humor gaf haar stem een heerlijke, warme klank. ‘Maar ik krijg wel jeuk, en ik word wat kortademig. Twee dingen die ik eerlijk gezegd liever vermijd, als ik opgesloten zit in een hut.’

‘Ik zal het de kok vertellen,’ zei Andrew, terwijl hij de laatste aardbei in zijn mond stopte. ‘Hij kan u iets anders geven.’

‘Dank u wel. Dat zou ik fijn vinden.’

Hij nam haar even op en zei toen: ‘We zijn onrustbarend beleefd, vindt u ook niet?’

‘Het is onrustbarend dat we dat zo onrustbarend vinden,’ kaatste ze terug.

‘Over die opmerking valt nog veel te zeggen,’ zei hij, terwijl hij zich afduwde van de rand van de tafel, ‘maar helaas, ik heb geen tijd.’

‘En toch hebt u wat tijd voor mij vrijgemaakt,’ merkte ze op. ‘Waar heb ik het genoegen van uw gezelschap aan te danken?’

‘Een genoegen, hè?’ murmelde hij, terwijl hij naar zijn kast liep. Hij liet haar niet antwoorden en voegde eraan toe: ‘Niet? Dat wordt het nog wel.’

‘Waar hebt u het over?’

Hij genoot van de verwarring in haar stem, maar hij nam niet de moeite het gesprek voort te zetten en wroette tussen zijn bezittingen. Het was al enige tijd geleden dat hij de puzzel voor het laatst tevoorschijn had gehaald, en hij zat achter in de kast klem tussen een kapotte caleidoscoop en een paar sokken. De houten puzzelstukken zaten opgeborgen in een paarse fluwelen zak met een gouden trekkoord. Al met al zag het er zeer chic uit.

Hij zette de zak op tafel. ‘Ik dacht dat u dit misschien wel leuk zou vinden.’

Ze keek van de fluwelen zak naar hem en trok vragend haar wenkbrauwen op.

‘Het is een landkaartpuzzel,’ zei hij tegen haar.

‘Een wat?’

‘Hebt u er nog nooit een gezien?’

Ze schudde haar hoofd, dus hij maakte de zak open en strooide de stukken uit boven de houten tafel. ‘Een jaar of tien geleden waren ze erg populair,’ legde hij uit. ‘Een cartograaf, Spilsbury genaamd, maakte een landkaart op een houten ondergrond en zaagde vervolgens de landen en de zeeën langs de grenzen uit. Hij dacht dat het zou helpen bij het aardrijkskundeonderwijs. Volgens mij zijn de eerste paar puzzels naar de koninklijke familie gegaan.'

'O, ik weet wat u bedoelt,' riep ze uit. 'Maar de exemplaren die ik heb gezien hadden lang niet zo veel stukjes.'

'Ja, deze is uniek. Ik heb hem zelf laten maken.' Hij ging schuin tegenover haar zitten, schoof wat stukjes uit elkaar en draaide ze om, zodat de kaartzijde boven lag. 'De meeste landkaartpuzzels zijn uitgezaagd langs de grenzen van landen, rivieren, kusten en dergelijke. Ik ken de geografie al, maar ik vind het leuk om dingen in elkaar te zetten, dus ik heb ze gevraagd om mijn puzzel in heel veel kleine, willekeurig gevormde stukjes te zagen.'

Haar lippen gingen verwonderd van elkaar en ze raapte een van de stukjes op. 'En dan past u ze weer in elkaar,' zei ze bijna eerbiedig. 'Dat is briljant! Hoeveel stukken zijn er?'

'Vijfhonderd.'

Dat meent u niet!'

'Ongeveer,' bekende Andrew bescheiden. 'Ik heb ze niet geteld.'

'Ik zal ze tellen,' zei juffrouw Bridgerton. 'Ik heb tijd genoeg.'

Ze leek het niet te zeggen om te klagen, dus hij draaide nog wat stukjes om en zei: 'De beste manier om te beginnen is...'

'Nee, niet zeggen!' zei ze snel. 'Ik wil er zelf achter komen.' Ze raapte een stukje op en bekeek het met samengeknepen ogen.

'De letters zijn klein,' zei hij.

'Mijn ogen zijn jong.' Ze keek op en haar ogen glinsterden van blijdschap. 'Er staat ISCH. Daar hebben we niet veel aan.

Maar het is blauw, dus het kan de Baltische Zee zijn. Of de Atlantische Oceaan.'

'Of de Indische Oceaan.'

Ze keek verrast op. 'Hoe groot is de kaart?

'De hele wereld zoals wij die kennen staat erop,' zei hij tegen haar, en hij verbaasde zich een beetje over de opschepperige toon in zijn stem. Hij was trots op de puzzel. Voor zover hij wist was geen enkele kaart in zo veel stukjes verdeeld. Maar dat was niet waarom hij had opgeschept, en ook niet omdat ze er voor het eerst sinds hij haar had ontmoet zo blij uitzag. Het was...

Goeie god, hij had indruk op haar willen maken.

Hij stond met een ruk op. 'Ik moet terug.'

'Ja, prima,' zei ze verstrooid, veel meer geïnteresseerd in de puzzel dan in wat hij te zeggen had. 'Ik ben hier, zoals u weet.'

Hij sloeg haar gade terwijl hij naar de deur liep. Ze keek geen enkele keer zijn kant op. Hij zou blij moeten zijn dat ze de abrupte verandering in zijn gedrag niet had opgemerkt. 'Billy zal u vanmiddag iets te eten brengen,' zei hij.

'Dat is fijn.' Ze raapte nog een puzzelstukje op, bekeek het nauwkeurig en nam een slokje thee voordat ze het neerlegde om een ander stukje te bestuderen.

Hij trommelde met zijn vingers op de deurkruk. 'Hebt u een voorkeur?'

'Hmmm?'

'Wat eten betreft. Hebt u een speciale voorkeur? Afgezien van de aardbeien natuurlijk.'

Ze keek op en knipperde met haar ogen, alsof het haar verbaasde dat hij er nog stond. 'Ik ben niet zo dol op asperges, als u dat bedoelt.'

'Die zult u aan boord niet snel aantreffen,' zei hij. 'We

doen ons best om fruit en groenten mee te nemen, maar nooit zoiets duurs.'

Ze haalde haar schouders op en vestigde haar aandacht weer op de puzzel. 'Ik weet zeker dat alles verder goed is.'

'Mooi.' Hij schraapte zijn keel. 'Ik ben blij dat u het zo goed maakt. Ik besef dat de situatie niet ideaal is.'

'Mmm-hmm.'

Hij hield zijn hoofd schuin en keek toe terwijl ze puzzelstukjes begon om te draaien, zodat ze met de kaartkant naar boven lagen. 'Het is erg jammer dat ik niet nog zo'n puzzel heb,' zei hij.

'Hmmm.'

'Dan ga ik maar.'

'Hmm-mmm.' Dit kwam eruit op een zangerige, van hoog naar laag verlopende toon, alsof ze wilde zeggen: tot ziens.

'Nou,' zei hij korzelig, 'tot ziens.'

Ze stak haar hand op ten afscheid, terwijl haar aandacht gericht bleef op de houten stukjes. 'Dag!'

Andrew stapte de hut uit en de gang in, en controleerde of de deur goed op slot zat. Ze kon er natuurlijk uit. Het zou onverantwoord van hem zijn om haar hier achter te laten zonder dat ze weg zou kunnen komen. De *Infinity* had nooit problemen gehad, maar men moest op zee altijd voorzichtig zijn.

Hij haalde de deur van het slot en beende de hut weer binnen. 'U weet toch dat u een sleutel hebt?'

Dit trok haar aandacht. 'Pardon?'

'Een sleutel. Daar in de bovenste la. Het is hoogst onwaarschijnlijk, maar in geval van nood kunt u de hut verlaten.'

'Zou u me dan niet komen halen?'

'Nou ja, dat zou ik wel proberen...' Plotseling voelde hij

zich hoogst ongemakkelijk. En dat was geen prettig – of bekend – gevoel. 'Of ik zou iemand kunnen sturen. Maar het is belangrijk dat u zo nodig weg kunt.'

'Dus wat u zegt,' zei ze, 'is dat u erop vertrouwt dat ik de hut niet verlaat.'

Zo had hij het nog niet bekeken, maar... 'Ja,' antwoordde hij. 'Daar komt het op neer.'

'Dat is goed om te weten.'

Hij staarde haar aan. Wat voor de duivel betekende dat nou weer?

'Dank u wel voor de puzzel,' zei ze, waarmee ze het gesprek verontrustend snel op een ander onderwerp bracht. 'Ik weet eigenlijk niet of ik dat al had gezegd. Het was echt heel attent van u.'

'Het was een kleine moeite,' zei hij, en zijn hoofd en schouder schokten nerveus. Zijn wangen voelden ook warm aan.

Ze glimlachte – een verrukkelijke, warme glimlach die haar ogen helemaal bereikte. Hij begon te denken dat haar ogen eerder mosgroen dan bladgroen waren, hoewel dat ook kon komen door het licht dat door het raam naar binnen viel...

'Zei u niet dat men u nodig had?' bracht ze hem in herinnering.

Hij knipperde met zijn ogen. 'Ja, natuurlijk.' Hij schudde even met zijn hoofd. 'Ik stond alleen even na te denken.'

Ze glimlachte weer, een beetje geamuseerd dit keer. Of misschien ongeduldig. Ze wilde duidelijk van hem af.

'Dan ga ik nu maar.' Hij maakte een snelle hoofdbuiging en liep naar de deur.

'O, wacht!' riep ze.

Hij draaide zich om. Maar niet enthousiast. Helemaal niet enthousiast.

Ze gebaarde naar haar ontbijt. 'Zou u het dienblad misschien weg willen halen? Ik vermoed dat ik de ruimte nodig heb voor de puzzel, denkt u ook niet?'

'Het dienblad,' herhaalde hij met doffe stem. Ze wilde dat hij haar dienblad meenam. Hij was kapitein van dit schip, verdorie.

'Ik zou het heel erg op prijs stellen.'

Hij pakte het dienblad. 'Tot vanavond, juffrouw Bridgerton.'

Tot vanavond. Absoluut. Hij ging voor die tijd niet meer bij haar kijken. Beslist niet.

Poppy had de puzzel voor ongeveer een kwart klaar toen ze een korte klop op de deur hoorde, gevolgd door het geluid van de sleutel die in het slot werd omgedraaid.

'Kapitein James,' zei ze een beetje verbaasd. Zoals gewoonlijk zag hij er idioot knap uit. Wat was dat toch met mannen en verwaaide haren? En in tegenstelling tot vanmorgen stond zijn kraag open. Ze vond het niet echt vervelend, maar uit beleefdheid wendde ze haar blik af en richtte ze haar aandacht weer op het puzzelstukje in haar hand. Ze dacht dat het misschien in Canada thuishoorde. Of in Japan.

'Dacht u dat het Billy was?' vroeg hij.

'Nee, hij zou nooit met zoveel autoriteit aankloppen. Maar u zei dat u pas in de avond terug zou komen.'

Hij schraapte zijn keel en gebaarde naar de andere kant van de hut. 'Ik moet iets uit mijn kast ophalen.'

'Een kravat misschien,' murmelde ze. Ze had alleen haar broers in een dergelijke half ontklede staat meegemaakt. Maar haar broers hadden er niet zó uitgezien. Of anders had het haar niet geïnteresseerd.

De kapitein daarentegen – nou ja, ze had al aan zichzelf toegegeven dat hij knap was. Zolang ze dat maar niet aan hém toegaf, hoefde ze zich nergens zorgen over te maken.

Hij voelde aan zijn hals, en ze vermoedde dat hij was vergeten dat hij zijn kravat had afgedaan. 'We zien aan boord vaak af van formaliteiten.'

'Is het erg warm vandaag?'

'Wanneer men in de zon staat wel.'

Daarom had hij waarschijnlijk zo veel lichte lokken in zijn haar. Ze durfde te wedden dat hij niet zulk glanzend haar had gehad toen hij nog het hele jaar in Engeland doorbracht.

Glanzend haar? Ze schudde zichzelf inwendig door elkaar. In dat soort termen hoorde ze niet te denken zolang ze gevangenzat op dit schip. Het was bizar en dwaas en...

Het was waar, verdorie. Hoorden piraten niet smerig en grofbesnaard te zijn? Kapitein James zag eruit alsof hij op de thee ging bij de koningin.

Vooropgesteld dat hij een kravat droeg.

Ze keek toe terwijl hij in zijn kast rommelde. (Hij stond met zijn rug naar haar toe, dus er was geen reden waarom ze niet zou kijken.) Na korte tijd haalde hij iets tevoorschijn, maar hij stopte het in zijn zak voordat ze kon zien wat het was.

Precies op het moment dat hij zich omdraaide richtte ze haar aandacht weer op de puzzel.

'Schiet het al op?' vroeg hij.

'Ja, het gaat erg goed, dank u,' zei ze, opgelucht dat hij haar niet had betrapt terwijl ze naar hem staarde. 'Ik ben begonnen met de rand.' Ze keek neer op haar werk. Ze was nogal trots op het rechthoekige kader dat ze had gecreëerd.

Zijn stem kwam van vlak achter haar. 'Dat is altijd een slimme aanpak.'

Ze schrok. Ze had niet gemerkt dat hij zo dichtbij was. 'Eh... De rest van de stukjes heb ik geprobeerd op kleur te sorteren. Maar het is lastig. De meeste zijn erg licht van kleur, en...'

Waarom was hij zo warm? Hij raakte haar niet eens aan, en toch voelde ze de hitte van zijn lichaam stralen. Ze durfde zich niet om te draaien, maar hoe dichtbij wás hij?

Ze schraapte haar keel. 'Ik vind het moeilijk om het verschil te bepalen tussen roze en deze kleur.' Ze hield een stukje omhoog dat duidelijk water en land bevatte. Een hoekje was lichtblauw en de rest was een beetje perzikachtig van kleur.

'Dit is duidelijk roze,' zei hij naast haar oor, en toen leunde hij voorover en reikte hij langs haar heen om een rechthoekig stukje aan de andere kant van de tafel te pakken. Het linnen van zijn overhemd streek zachtjes langs haar achterhoofd, en even wist ze niet meer hoe ze moest ademhalen.

Ze wist niet meer of ze überhaupt nog wist hoe ze moest ademhalen.

Hij legde het stukje bij haar roze stapeltje en trok zijn arm terug, waarbij hij vluchtig haar schouder aanraakte.

Haar huid tintelde.

Het was de warmte. Dat moest wel. De zon stond eindelijk hoog genoeg aan de hemel om niet meer door de ramen naar binnen te schijnen, maar de hut had de hele ochtend gehad om op te warmen. Ze was zo opgegaan in de puzzel dat ze het niet had gemerkt. Maar nu had ze dat prikkelende gevoel dat je kreeg wanneer je iets koels moest drinken. En net zoals ze nooit de hik kon negeren wanneer haar moeder zei: 'Denk er maar niet aan, dan gaat het vanzelf over', zo kon ze nu niet voorkomen dat ze zich bewust was van dit warme gevoel.

En van hem, zo schandalig dichtbij.

De kapitein stak zijn hand uit naar een ander stukje, lavendelblauw dit keer, maar het lag verder weg dan het eerste, en toen ze zich omdraaide, zag ze dat zijn hoofd vlak bij het hare was. Als hij zich omdraaide… Als zij zich omdraaide…

Dan zouden ze kussen.

'Stop!' riep ze uit.

Hij rechtte zijn rug. 'Is er iets mis?'

'Nee,' zei ze, beschaamd over haar uitbarsting. 'Nee. Néé.' Ze probeerde het laatste 'nee' te zeggen alsof ze het grappig bedoelde, maar ze had het gevoel dat ze daar niet in slaagde. Ze schraapte haar keel om zichzelf iets meer tijd te geven om kalm te worden en toen ze weer iets zei, spreidde ze haar handen als een zeester op de tafel uit om steun te zoeken. 'Het is alleen dat ik dit zelf af wil maken. Ik wil geen hulp.'

Hij was achter haar vandaan gegaan en toen ze naar zijn gezicht keek, zag ze tot haar opluchting dat daar niets schurkachtigs, plagerigs of zelfs veelbetekenends te zien was. Hij zag er eerder een beetje verlegen uit.

'Neem me niet kwalijk,' zei hij. 'Ik hou van dit soort dingen.'

'Het… het geeft niet,' zei ze, en ze verafschuwde de hapering in haar stem. 'Alleen… niet meer.'

Hij liep weg en ze dacht dat hij op weg was naar de deur, maar plotseling bleef hij staan, draaide zich om en liet zijn handen op de rugleuning van de stoel tegenover haar rusten. 'Waarom bent u zo meegaand?'

Ze knipperde met haar ogen. 'Pardon?'

'U bent vandaag opvallend vriendelijk.' Hij kneep zijn ogen tot spleetjes, maar hij keek nog net niet achterdochtig.

'In tegenstelling tot…'

Hij hield zijn hoofd schuin, alsof hij hier nog niet over had nagedacht. 'In tegenstelling tot toen u hier net aankwam, denk ik.'

'In een zák, bedoelt u?'

Dat wuifde hij weg. 'Komt het door de puzzel?'

'Nou...' Poppy zweeg even. Ze wist niet goed hoe ze zijn vraag moest beantwoorden. Waarom wás ze zo meegaand? Die ergerlijke vent hield haar tegen haar wil vast – niet dat ze daar iets tegen kon doen, hier op open zee. Misschien zou ze zich anders gedragen als ze in een herberg zou zijn, of in een huis – een plek waarvan ze zich redelijkerwijs kon voorstellen dat ze zou kunnen ontsnappen. Maar hier op het schip zou ze er weinig mee opschieten om dwars te zijn. Niet wanneer ze veertien dagen in zijn gezelschap moest doorbrengen.

Ze keek naar de kapitein en hoopte dat ze zo lang had getreuzeld dat hij was doorgelopen, maar nee, hij stond haar nog steeds met zijn helderblauwe ogen aan te kijken, in afwachting van haar antwoord.

'Ik denk,' zei ze bedachtzaam, 'dat het gewoon is omdat ik geen goede reden heb om niet meegaand te zijn. Ik kan nergens naartoe. Ik kan zeker niet ontsnappen, en ik zou een idioot moeten zijn om te denken dat het me in Portugal in mijn eentje beter zou vergaan dan onder uw bescherming. Dus of ik het prettig vind of niet, ik zit aan u vast.'

Hij knikte langzaam. 'En ik aan u.'

'O, en trouwens,' zei ze, met enige nadruk, 'ik vind het níét prettig.'

Hij trok zijn kin een beetje in, waardoor de verwarde uitdrukking op zijn gezicht nog werd benadrukt.

'Ik zei "of ik het prettig vind of niet",' legde ze uit. 'Ik wil duidelijk maken dat ik het níét prettig vind.'

‘Staat genoteerd,’ merkte hij op.

‘Maar,’ voegde ze eraan toe, terwijl ze opstond, ‘u hebt me met enig respect behandeld, dus ik doe mijn best om hetzelfde te doen.’

Een van zijn wenkbrauwen ging omhoog. ‘Alleen maar enig respect?’

Ze beantwoordde onverstoorbaar zijn blik. ‘U slaapt nog steeds in deze hut, nietwaar?’

‘Voor uw bescherming,’ herinnerde hij haar.

‘De deur kan op slot.’

‘Ik ga niet benedendeks slapen.’

‘Aangezien ik behalve deze hut en de gang nog geen centimeter van het schip heb gezien, kan ik niet beoordelen of de slaapplaatsen beneden geschikt zijn of niet.’

Hij glimlachte neerbuigend. ‘U kunt erop vertrouwen dat zelfs als u vrij toegang zou hebben tot de *Infinity*, u niet in de buurt van de slaapverblijven van de manschappen zou mogen komen.’

Ze knikte in de richting van de deur. ‘Ik heb op dit dek nog drie andere hutten geteld.’

‘Inderdaad. Die zijn erg klein.’

‘Maar groot genoeg voor twee man, denk ik zo. Brown en Green delen er toch een?’

‘Brown en Green zijn geen kapitein van dit schip.’

‘Dus u zegt eigenlijk dat uw trots u in de weg staat om een hut te delen.’

‘Ik deel een hut met ú.’

‘Een beslissing die ik nog steeds niet kan begrijpen.’ Ze snoof spottend. ‘U beseft toch wel dat als we ergens anders waren, u met me zou moeten trouwen?’

Hier moest hij om grijnzen. Het was een wrede, boosaardige grijns. Hij boog naar haar toe. 'Nee maar, juffrouw Bridgerton, vraagt u me nu ten huwelijk?'

'Nee!' gilde ze haast. 'U verdraait mijn woorden.'

'Ik weet het,' zei hij, bijna medelijdend. 'Maar u maakt het me ook zo makkelijk.'

Ze trok een lelijk gezicht. 'Ik neem alles terug wat ik heb gezegd over dat u een heer bent.'

Maar hij bleef glimlachen. Die vervloekte vent vond dit grappig. Of om precies te zijn: hij vond háár grappig, wat nog veel erger was.

'Toevallig,' zei hij, 'heb ik besloten vannacht in mijn stuurhut te slapen. Er zijn daar inderdaad twee kooien.'

'U zei net...'

Hij stak zijn hand omhoog. 'Een verstandig man verzet zich nooit wanneer hij zijn zin krijgt. Hetzelfde geldt voor vrouwen, lijkt me.'

Hij had verdorie gelijk. Maar toch... 'Wat heeft u op andere gedachten gebracht?' vroeg ze achterdochtig.

'O, laten we eens kijken... De pijn in mijn nek, de pijn in mijn rug, en het feit dat ik vanmorgen bijna aan het stuurwiel in slaap viel.'

'Echt?'

'Nee, niet echt,' antwoordde hij. Hij kreunde bijna. 'Maar ik had het graag gedaan.'

Poppy deed haar best om schuldig te kijken. Echt waar. Maar er was iets verrukkelijks aan de gedachte dat hij tijdens zijn wacht in slaap viel, en ze kon de pret niet helemaal uit haar stem bannen.

Leedvermaak, uw naam is Poppy Bridgerton.

'Ik heb de stemming onder de mannen gepeild,' zei kapitein James, 'en ik ben ervan overtuigd dat u niet zult worden lastiggevallen.'

Ze knikte ingetogen. Ze had gewonnen. Ze had gewonnen! Maar ze wist hoe mannen waren, en ze wist dat ze hem moest laten denken dat hij degene was die had gezegevierd. Ze schonk hem dus een beminnelijke glimlach en zei: 'Dank u wel.'

Hij sloeg zijn armen over elkaar. 'U houdt natuurlijk de deur op slot.'

'Zoals u wilt.'

'En u moet begrijpen dat dit nog steeds mijn hut is en dat ik overdag in en uit kom lopen.'

'Al uw spullen liggen hier,' murmelde ze meegaand, hoewel ze dat misschien tenietdeed door eraan toe te voegen: 'Ziet u wel hoe meegaand ik ben?'

10

Meegaand, jaja. Dat mens voerde iets in haar schild. Hoewel Andrew niet kon bedenken wat. Hij geloofde haar als ze zei dat ze geen plannen had om te ontsnappen. Daar was ze veel te intelligent voor. Hij vermoedde dat ze misschien wel iets zou proberen als ze op Britse bodem terug waren… maar ja, dan wilde hij ook van haar af, nietwaar?

'Is er iets mis?' hoorde hij haar vragen. 'U kijkt opeens erg sceptisch.'

Hij keek haar aan. Bruin haar, groene ogen, blauwe jurk… alles was hetzelfde. En toch voelde híj zich anders.

Maar dat kwam niet door haar, hield hij zichzelf voor. Toegegeven, haar aanwezigheid had ervoor gezorgd dat deze reis met geen andere te vergelijken viel, maar zij was er niet de oorzaak van dat hij zich zo ongemakkelijk voelde. Hij voelde zich al een paar maanden niet honderd procent.

Iets in hem was van zijn plaats geschoten. Hij voelde zich vreemd.

Rusteloos.

Het was een gevoel dat hij gewoonlijk beschouwde als een teken dat hij de zeilen weer moest hijsen. Hij was niet iemand die te lang op één plek moest blijven. Dat was een wezenlijk onderdeel van zijn bestaan, dat net zo bij hem hoorde als zijn stoutmoedige gevoel voor humor, zijn blauwe ogen en zijn fascinatie voor alles wat met werktuigen te maken had. Daarom had hij zijn ouders gesmeekt hem zijn laatste jaar op Eton niet te laten afmaken, zodat hij zich bij de marine kon aansluiten. Daarom hadden ze daarmee ingestemd, hoewel hij wist dat ze liever hadden gewild dat hij zijn studie had afgerond.

Ze hadden niet eens geopperd dat hij naar Cambridge zou kunnen gaan, ook al had Andrew altijd een hartstocht gehad voor techniek en architectuur en had hij nog wel wat scholing kunnen gebruiken.

Hij had het nooit drie jaar op de universiteit kunnen uithouden. Toen tenminste niet. Hij kon nauwelijks stilzitten. Colleges en werkgroepen zouden een kwelling zijn geweest.

Maar het was een ander soort rusteloosheid geweest dan de laatste tijd in zijn borst had postgevat. Behoefte aan verandering, ja, maar geen voortdurende verandering. Hij zag die cottage weer voor zich, die al zo lang door zijn hoofd speelde. Elke keer als hij eraan dacht, veranderde er weer iets aan… een plantenrek hier, nieuw metselwerk daar… En natuurlijk wist hij nooit precies hoe groot hij zou moeten zijn. Wilde hij er alleen wonen? Of met een gezin?

Het mocht niet te klein zijn, besloot hij. Zelfs als hij nooit een eigen gezin zou hebben, wilde hij dat er genoeg ruimte zou zijn voor zijn neefjes en nichtjes. Kinderen hadden ruimte nodig om te rennen, om op verkenning te gaan. Zijn eigen jeugd was fantastisch geweest. De kinderen Rokesby en Bridgerton hadden hun eigen clubje gevormd, en zij hadden twee hele landgoederen tot hun beschikking gehad om op rond te dwalen. Ze hadden gevist en geklommen, en ze hadden allerlei toneelstukjes bedacht, met prinsessen en ridders, piraten en koningen. En natuurlijk met Jeanne d'Arc en koningin Elizabeth, want Billie Bridgerton had geweigerd de rol van dame in nood te spelen.

Als het regende deden ze spelletjes en bouwden ze kaartenhuizen, en Andrew vermoedde dat er ook momenten moesten zijn geweest dat er werd lesgegeven, maar zelfs die lessen waren veraangenaamd doordat zijn ouders op zo bekwame wijze leraren hadden uitgezocht. Zij hadden begrepen dat leren leuk kon zijn, dat het niets opleverde om klakkeloos discipline te eisen, tenminste niet zolang kinderen nog geen tien jaar waren.

Zijn ouders waren opmerkelijk wijze mensen. Het was ironisch en, vond hij, logisch dat hun kinderen dat pas echt zouden beseffen als ze zelf volwassen waren.

Hij moest echt terug om zijn familie te zien. Dat was al veel te lang geleden.

'Kapitein James?'

Juffrouw Bridgerton stond nu naast hem. Hij had niet eens gemerkt dat ze van de tafel was opgestaan.

'Kapitein James?' zei ze weer. 'Gaat het wel?'

'Neem me niet kwalijk.' Hij schudde zichzelf inwendig door elkaar. 'Ik stond alleen te denken...' Nou ja, eigenlijk was er geen reden waarom hij haar niet de waarheid zou vertellen. 'Ik stond aan mijn familie te denken.'

'Ah, ja, uw broer,' zei ze, en er verscheen een haast ondeugende uitdrukking in haar ogen. 'De broer die niet overdrijft. Getrouwd met een gruwelijke aardbeienhaatster.'

En zo maakte ze hem zomaar aan het lachen. 'Ik verzeker u dat ze niet gruwelijk is. U zou haar aardig vinden, eigenlijk. Ze...'

Hij stopte. Hij had haar bijna verteld dat Cecilia een oceaan was overgestoken om haar gewonde broer te zoeken en dat ze had voorgewend dat ze getrouwd was met een man die zijn geheugen was kwijtgeraakt, om hem te kunnen verplegen tot hij van zijn verwondingen was genezen. Cecilia had zichzelf niet als een bijzonder moedig of koppig iemand beschouwd – dat deed ze nog steeds niet – en ze zei vaak dat ze het helemaal niet erg zou vinden om nooit meer verder dan zeventig kilometer van huis te gaan. Maar toen ze het nodig had – toen ánderen het nodig hadden – had ze de kracht in zichzelf gevonden.

Maar hij kon niet nog meer informatie over zijn familie onthullen. Hij had niet eens Edwards naam moeten noemen, maar eerlijk gezegd, welke familie had géén Edward in een recente tak van hun stamboom? Maar als hij zou gaan praten over George en Nicholas en Mary... Die combinatie van namen was veel typerender. En aangezien de eerdergenoemde George getrouwd was met Poppy's nicht Billie...

'Mist u ze?' vroeg juffrouw Bridgerton.

'Mijn familie? Natuurlijk. Voortdurend.'

'En toch hebt u gekozen voor een leven op zee.'

Hij haalde zijn schouders op. 'Ik hou ook van de zee.'

Ze dacht hier even over na en zei toen: 'Ik mis mijn familie niet echt.'

Hij keek haar oprecht verbaasd aan.

'Ik bedoel, ik mis ze natuurlijk wel, maar ik zou op dit moment toch niet bij mijn familie zijn.'

'Ah, ja.' Nu herinnerde hij het zich weer. 'U was op bezoek bij uw vriendin in Charmouth. Mevrouw Armitage.'

Ze knipperde verbaasd met haar ogen. 'Weet u haar naam nog?'

'Ik moet u bij haar terugbrengen, nietwaar?'

Haar mond ging open, maar toen zag hij de uitdrukking in haar ogen en hij besefte...

'Godallemachtig, u dacht toch niet dat ik u op de kade zou afzetten?'

Ze ving haar lip tussen haar tanden. 'Nou...'

'Wat voor man denkt u dat ik ben?' Hij beende weg, woedend dat ze zo over hem oordeelde. 'Verdomme nog aan toe, ú bent degene die telkens weer benadrukt dat ik een heer ben. Hoe kon u denken dat ik u niet veilig bij uw vriendin op de stoep zou afleveren?'

'U hebt me wel ontvoerd,' merkte ze, bijna beleefd, op.

'Dát weer,' gromde hij.

Haar ogen werden groot en ze maakte een geluid dat overduidelijk vertaald kon worden met: ongelofelijk dat u dit zegt.

Hij plantte zijn handen op zijn heupen. 'We hebben al vastgesteld dat ik geen andere keus had.'

Daar reageerde ze op door even haar schouder op te halen. 'Dat zegt u.'

Hij veronderstelde dat ze een punt had, maar hij kon haar onmogelijk verdere uitleg geven. Zijn eigen ouders wisten niet eens dat hij de afgelopen zeven jaar in geheime dienst was geweest van de kroon.

Toch was hij niet van plan zich door haar in de val te laten lokken en weer in een nieuwe discussie verzeild te raken over hoe en waarom ze op de *Infinity* was beland. 'Hoe dan ook,' sprak hij, op vastberaden toon, 'u zult niet als een ongewenst vrachtstuk op de kade worden achtergelaten. Ik weet nog niet precies hóé we u thuis zullen brengen, maar we gaan dat doen, dat verzeker ik u.'

Hij keek haar strak aan, in afwachting van haar antwoord. En dat gaf ze.

'Technisch gezien,' zei ze, met de behoedzame gezichtsuitdrukking van iemand die op eieren loopt, 'ben ik wel degelijk een ongewenst vrachtstuk.'

Het duurde even voordat hij dit had verwerkt. 'Is dát wat u wilt betogen?'

'Nou ja, ik wil beslist niet betogen dat u me niet veilig naar Briar House terug moet brengen. Hoewel u er wellicht goed aan doet voorzichtig te zijn.' Haar wenkbrauwen gingen omhoog, wat Andrew deed denken aan de vele keren dat zijn zus – en zijn schoonzus, en zijn ándere schoonzus – hem onnodig van advies dienden.

'Elizabeth is niet zo snel bereid om regels te overtreden als ik,' zei juffrouw Bridgerton. 'Het is heel goed mogelijk dat ze de autoriteiten heeft ingelicht.'

Om maar niet te spreken van de complete familie Bridgerton, dacht hij grimmig.

Ze liep terug naar de tafel. 'U zult er waarschijnlijk verstandig aan doen het huis niet te dicht te naderen.'

Hij glimlachte bijna. 'Maakt u zich zorgen dat ik zal worden gearresteerd?'

Ze snoof spottend. 'Ik heb er alle vertrouwen in dat u aan de wet weet te ontsnappen.'

Hij wist niet zeker of dat een compliment was. Maar hij wist ook niet zeker of het dat niet was. En hij wist al helemáál niet zeker aan welke van de twee hij de voorkeur zou geven.

Hij schraapte zijn keel. 'Ik moet maar eens teruggaan. Er is veel wat mijn aandacht vereist.'

Ze knikte verstrooid en inspecteerde intussen verschillende puzzelstukjes. 'Dat lijkt me ook. Het verbaast me dat u nog zo lang bent gebleven.'

Dat verbaasde hemzelf nog veel meer.

‘U moet weten dat ik nog steeds van plan ben mijn avondmaaltijd hier te gebruiken,’ zei hij, met een knikje naar de tafel, ‘hoewel het erop lijkt dat u alle ruimte hebt ingenomen met de puzzel.’

Ze glimlachte zonder spijt. ‘Ik vrees dat ik me daarvoor niet kan verontschuldigen.’

‘Ik verwacht ook niet dat u dat doet.’ Hij wierp een blik op de tafel, zag een stukje dat duidelijk bij de Orkney Eilanden thuishoorde en legde het op zijn plaats.

Ze gaf hem een tik op zijn hand. ‘Laat dat! U hebt dit al eerder gedaan!’

‘Dat weet ik, maar ik kan er niets aan doen dat ik er beter in ben dan u.’

Ze keek zo verrukkelijk kwaad dat hij het nog eens moest doen. ‘Hebt u het raam opengezet?’ vroeg hij onschuldig.

Ze draaide zich om in haar stoel. ‘Kunnen ze dan open?’

Hij pakte snel een stukje en legde het op zijn plaats. ‘Nee.’ Hij grijnsde toen ze zich weer omdraaide en hem nijdig aankeek. ‘Sorry. Ik kan het niet helpen.’

‘Kennelijk niet,’ bromde ze.

‘Het was Noorwegen,’ zei hij behulpzaam.

‘Dat zie ik.’ En toen, al moest die bekentenis haar zo veel moeite kosten dat het een applausje verdiende, voegde ze eraan toe: ‘Nú.’

‘Ik ben er nog nooit geweest,’ zei hij op zijn meest onderhoudende toon, dat wil zeggen, de toon waarop hij gewoonlijk sprak.

‘In Noorwegen?’ Ze probeerde een stukje in het meest zuidelijke puntje van Afrika te passen. ‘Ik ook niet.’

Daar glimlachte hij om, want ze wisten allebei dat ze nog nooit een voet buiten Engeland had gezet. Tenminste niet op vaste bodem. 'Dat gaat niet passen,' zei hij, zeer behulpzaam. 'U hebt daar Zuid-Amerika.'

Juffrouw Bridgerton bekeek fronsend het puzzelstukje in haar hand. Het was ruitvormig, en aan een kant was een groen, driehoekig uitsteekseltje land te zien. De rest was lichtblauw water. 'Weet u het zeker?' vroeg ze. Ze tuurde naar de kleine lettertjes. 'Er staan een H en een O. Ik dacht dat het Kaap de Goede Hoop moest zijn.'

'Of Kaap Hoorn,' zei hij.

'Nou, dat is verwarrend,' zei ze een beetje geïrriteerd. Ze legde het stukje met een klap terug op de tafel. 'Ze hadden best namen kunnen bedenken die niet precies hetzelfde klonken, zou men denken.'

Daar grijnsde hij om. Hij kon het niet laten.

Ze drukte haar wijsvinger op een van de stukjes en schoof het doelloos in een achtvorm heen en weer. En toen schokte ze hem door te zeggen: 'Ik loog net.'

Hij draaide zich naar haar toe en zei zacht: 'Vertel.'

Het duurde even voor ze iets zei, en toen ze sprak, klonk ze ernstiger dan hij haar ooit had gehoord. 'Ik mis mijn familie wél. Niet op de manier waarop ik denk dat u uw familie mist. Ik... ik ben niet zo vaak of voor zo'n lange tijd van huis. Maar ik mis mijn broer. De broer die is overleden. Ik mis hem voortdurend.'

Ze gaf hem maar een seconde de tijd om haar gezicht te zien voordat ze zich afwendde, maar zelfs als hij niet het verdriet in haar ogen had gezien, had hij het geweten door de neerslachtige houding van haar schouders en aan de manier waarop iets van het leven uit haar ledematen leek weg te trekken.

'Het spijt me heel erg van uw verlies,' zei hij.

Ze knikte en ze slikte moeilijk terwijl ze met een nietsziende blik op de puzzelstukjes neerkeek. 'Hij was mijn lievelingsbroer.'

'Hoe heette hij?'

Ze keek hem aan, en hij zag een flits van dankbaarheid in haar ogen dat hij ernaar vroeg.

'Roger,' zei ze. 'Hij heette Roger.'

Andrew dacht aan zijn eigen broers en zus. Hij had geen favoriet, althans hij dacht van niet. Maar hoewel zij allemaal nog leefden, kon Andrew zich haar pijn beter voorstellen dan men zou denken. Zijn broer Edward was legerofficier geweest, en hij was tijdens de oorlog vermist geraakt in Amerika. Andrew had gedacht dat hij was omgekomen. Hij had dat tegen niemand gezegd, vooral zijn moeder zou niets van hem heel hebben gelaten als hij er zelfs maar op had durven zinspelen dat hij de hoop had opgegeven.

Maar in zijn hart was Andrew begonnen met rouwen.

Hij had bijna een jaar gedacht dat zijn broer dood was, en hij had graag iets gezegd om Poppy te troosten, maar hij kon het niet. Het verhaal van kapitein Edward Rokesby's terugkeer uit het dodenrijk was te bekend. Dus zat Andrew alleen maar naast haar en zei weer: 'Het spijt me.'

Ze bedankte hem met een schokkerig knikje. Maar even later verscheen er een kordate trek om haar mond en ze pakte het puzzelstukje op dat ze net nog in haar hand had gehad.

'Ik moet zeggen,' zei ze, op een toon die duidelijk maakte dat ze het over iets anders wilde hebben, 'dat het er niet erg als een hoorn uitziet.'

Andrew pakte het stukje met een glimlach uit haar hand. 'Volgens mij is het naar Hoorn vernoemd.'

'Naar wie?'

Hij grinnikte. 'Hoorn. Dat is een stad in Nederland.'

Dat maakte kennelijk weinig indruk op haar. 'Hmf. Nou, daar ben ik ook nog nooit geweest.'

Hij boog naar haar toe, precies ver genoeg om haar samenzweerderig aan te stoten met zijn schouder. 'Ik ook niet.'

'Dat is wél verrassend,' zei ze, terwijl ze hem een vluchtige blik toewierp. 'Ik had gedacht dat u wel overal geweest zou zijn. Behalve in Noorwegen, kennelijk.'

'Nee, helaas. Mijn zaken brengen mij op bekende routes.' Het was waar. Andrew bracht het grootste deel van zijn tijd door met het overbrengen van documenten naar dezelfde drie of vier landen. Vooral naar Spanje en Portugal.

'Hoe spel je het?' vroeg ze plotseling.

'Hoorn? H-O-O-R-N. Hoezo?'

'Ik vroeg me alleen af of er ergens een stad is die Goede H-O-O-P heet.'

Daar moest hij om lachen. 'Als dat zo is, wil ik er graag een keer naartoe.'

Maar ze was nog niet klaar met haar vragen. 'Weet u welke als eerste een naam kreeg?'

'Van de kapen? Ik denk Kaap de Goede Hoop. Als ik het me goed herinner, heeft een Portugese koning het die naam gegeven.'

'Portugees, zegt u? Dan is het geregeld. Op de terugweg van Lissabon stoppen we in Goede Hoop.' Haar ogen lichtten vrolijk op. 'Denkt u dat meneer Carroway de weg weet?'

'Als hij die afschuwelijke navigatiehandleiding heeft gelezen wel.'

Daar lachte ze vrolijk om, en het was een verrukkelijk geluid, vol humor en plezier. Het was het soort geluid dat Andrew niet gewend was te horen wanneer hij op zee was. De zeelui hadden hun grappen en grollen, maar die waren ruw en mannelijk, niet zo geestig als de kwinkslagen van Poppy Bridgerton.

Poppy. De naam paste echt goed bij haar. Wat zou het jammer zijn geweest als ze een kleurloos, benepen type was geworden.

'Goede Heuuuup,' giechelde ze, met een accent waarvan hij zeker wist dat het nergens anders bestond dan in deze hut. 'Geuuuude Heuuup.'

'Stop,' zei hij. 'Ik kan het niet aanhoren.'

'Geude Heuuuuup,' zong ze bijna. 'De hoopvolste plek van Portugal.'

'Echt waar, uw accent is waarschijnlijk het angstaanjagendste wat ik ooit heb gehoord.'

Ze draaide zich quasi-verontwaardigd naar hem toe. 'Vindt u niet dat ik klink als een echte Nederlandse?'

'Het lijkt er in de verste verte niet op.'

Ze snoof zogenaamd gepikeerd. 'Nou, dat is teleurstellend. Ik deed nog wel zo mijn best.'

'Dat is duidelijk.'

Ze gaf hem een por met haar elleboog en knikte toen naar de puzzelstukjes. 'Ik ga er niet van uit dat u tussen deze chaos Kaap de Goede Hoop ziet liggen?'

Hij wierp haar een zijdelingse blik toe. 'Ik dacht dat u geen hulp wilde.'

'Ik wil geen *ongevraagde* hulp,' verduidelijkte ze.

'Ik vrees dat ik alleen graag hulp aanbied wanneer die niet gewenst is.'

'U ziet het dus niet liggen.'

Hij grijnsde zonder een greintje spijt. 'Nee, absoluut niet.'

Ze lachte weer, en haar hoofd viel achterover van pret.

Andrew was totaal van zijn stuk gebracht. Hij had gedacht dat ze knap was, maar op dat moment werd ze nog veel meer dan dat. 'Knap' was saai en statisch, en dat kon Poppy Bridgerton nooit zijn.

'O, mijn hemel,' zei ze, terwijl ze de tranen uit haar ogen veegde. 'Als u me toen ik aankwam zou hebben verteld dat ik zo zou lachen...'

'Dan zou ík u zeker niet hebben geloofd.'

'Ja, nou ja...' Haar woorden stierven weg en hij zag precies het moment waarop haar gedachten haar dwongen zich weer correct te gedragen. Haar gezicht kreeg een gesloten uitdrukking en de magie was plotseling verdwenen. 'Ik zou toch liever thuis zijn.'

'Dat weet ik,' zei hij, en hij voelde een intense drang om zijn hand op de hare te leggen.

Maar hij deed het niet.

Ze sprak haperend, haar woorden volgden elkaar in korte reeksen op, en hoewel ze haar ogen naar hem ophief, liet ze haar blik al snel weer afdwalen naar een punt achter zijn schouder. 'Ik wil niet dat u denkt dat... alleen maar omdat ik af en toe lach... of zelfs uw gezelschap op prijs stel...'

'Ik weet het,' zei hij. Ze hoefde de zin niet af te maken.

Hij wilde niet dat ze de zin afmaakte.

Maar ze deed het toch. 'U moet niet denken dat ik u vergeef.'

Dat wist hij ook, maar de klap was spectaculair goed gericht.

En kwam verrassend hard aan.

Hij stond op. 'Ik moet gaan.'

Ze zei pas weer iets toen hij de deur had bereikt. Blijkbaar hadden haar goede manieren de overhand gekregen, want voordat hij kon vertrekken zei ze: 'Nogmaals bedankt. Voor de puzzel.'

'Heel graag gedaan. Ik hoop dat u ervan zult genieten.'

'Dat ga ik doen. Ik...' Ze slikte. 'Dat doe ik.'

Hij gaf een korte, afgemeten hoofdbuiging, waarmee hij al het respect toonde dat hij kon geven.

En toen maakte hij razendsnel dat hij de hut uit kwam.

Pas toen Andrew het dek had bereikt, bleef hij even stilstaan om adem te halen. Hij was niet van plan geweest zo abrupt te vertrekken, maar juffrouw Bridgerton had hem kriegel gemaakt en...

O, verdraaid nog aan toe, wie hield hij nou eigenlijk voor de gek? Hij was niet eens van plan geweest om voor de avond naar zijn hut te gaan, maar om een of andere idiote reden had hij willen zien hoe het haar verging met de puzzel, en toen had hij een smoes moeten bedenken waarom hij daar was.

Hij wist niet eens meer wát hij uit zijn kast had gegrist. Hij stak zijn hand in zijn zak en...

... haalde een onderbroek tevoorschijn.

Goeie god.

Hij overwoog even het ding overboord te gooien. Het laatste waar hij behoefte aan had was dat een van zijn mannen hem als een dementerende wasvrouw met een stuk ondergoed in zijn hand zou aan treffen.

Maar hij kon het niet over zijn hart verkrijgen om een perfect kledingstuk weg te gooien, alleen maar omdat zíj...

Nee, omdat híj...

Het was in ieder geval niet omdat hij met haar...

Hij propte de onderbroek in elkaar en stopte hem in zijn zak.

Dít, dacht hij. Dit was de vloek waar zijn mannen steeds over wauwelden. Een vrouw aan boord zorgde er niet voor dat de bliksem in de mast sloeg of dat het schip door een ratten- of sprinkhanenplaag werd getroffen. Nee, hij zou krankzinnig worden. Tegen de tijd dat ze Portugal bereikten, zou hij al half gestoord zijn, en als ze in Engeland terugkwamen, zou hij volkomen geschift zijn.

Volkómen gesch…

'Is er iets mis, kapitein?'

Andrew keek op. Hij wilde er niet eens aan dénken wat voor gezicht hij had getrokken, dat een van zijn mannen zoiets durfde te vragen. Een vrij nieuwe, jonge matroos, John Wilson genaamd, stond hooguit een meter bij hem vandaan en sloeg hem nieuwsgierig gade. Of misschien bezorgd, dat kon Andrew niet zeggen.

'Nee, niets,' zei hij scherp.

Wilsons toch al blozende wangen kregen nog wat meer kleur en hij knikte haastig. 'Natuurlijk. Excuus voor mijn vraag.'

Verdraaid, nu voelde Andrew zich een verschrikkelijke schoft. 'Eh, wat heb je vandaag voor dienst?' vroeg hij, in de hoop dat dit blijk van belangstelling wat van de scherpte van zijn eerdere reactie weg zou nemen. Bovendien was het niet vreemd om zoiets te vragen. Het was volkomen normaal dat hij hiernaar zou informeren als hij een van zijn mannen tegenkwam.

Als hij niet een van zijn eigen onderbroeken opgepropt in zijn zak had zitten.

Want hij kon niet toegeven dat hij bij een meisje langs had willen gaan.

God-nog-aan-toe, deze reis kon niet snel genoeg voorbij zijn.

'Ik ben de mast in geweest,' zei Wilson, met een knikje naar het want. 'Om het touwwerk te controleren.'

Andrew schraapte zijn keel. 'Alles in orde?'

'Ja, meneer. Er hoefde maar één touw gerepareerd te worden. Niets ernstigs.'

'Uitstekend.' Andrew schraapte weer zijn keel. 'Goed. Ik zal je niet langer ophouden.'

'Geen probleem, kapitein. Mijn dienst zit erop. Ik ging net naar beneden. Ik ben aan de beurt voor een hangmat.'

Andrew knikte. Net als op veel van dit soort schepen deelden de mannen de beschikbare hangmatten. De mannen sliepen niet allemaal tegelijkertijd, dat kon niet. De brug kon nooit onbemand blijven, en een klein deel van de bemanning moest de hele nacht doorwerken. De wind hield niet op als de zon onderging.

De slaapverblijven waren al vol. Het zou zonde van de ruimte zijn om voor elke zeeman een eigen hangmat beschikbaar te stellen. Andrew wist niet precies wat voor rouleersysteem de mannen hadden bedacht om de hangmatten te delen. Hij had op verschillende schepen verschillende regelingen gezien. Maar hoe dan ook, het was geen grapje toen hij tegen Poppy zei dat hij weigerde beneden te slapen. Hij had genoeg in hangmatten geslapen toen hij net bij de marine kwam.

Hij was kapitein van de *Infinity*. Hij had het recht verdiend om niet in de zweterige touwen van een ander te slapen.

Maar de rest van de reis zou hij genoegen moeten nemen met de extra kooi in de hut van meneer Carroway. Andrew had de nodige ongemakken doorstaan, maar waarom zou hij op de grond gaan slapen als hij aan de andere kant van de gang een prima bed kon krijgen? Misschien niet zo goed als zijn eigen bed, maar aangezien dat op dit moment werd bezet door Poppy Bridgerton...

Zijn bed.

Poppy Bridgerton.

Iets in hem balde zich samen. Iets wat verdacht veel leek op lust.

'Nee,' zei hij hardop. 'Nee.'

'Kapitein?'

Verdomme nog aan toe, Wilson was nog binnen gehoorsafstand.

'Niks!' snauwde Andrew, en dit keer trok hij zich er niets van aan of hij de man met zijn toon de stuipen op het lijf joeg.

Wilson maakte zich snel uit de voeten en Andrew was weer alleen.

Met een verschrikkelijk gevoel van naderend onheil.

En een onderbroek in zijn zak.

11

De volgende paar dagen gingen zonder bijzondere gebeurtenissen voorbij. Poppy maakte de puzzel af, haalde hem weer uit elkaar en zette hem vervolgens weer in elkaar. De tweede keer gaf dat lang niet zoveel voldoening, maar het was een veel beter tijdverdrijf dan haar andere opties, die, nadat ze de enige roman in de kast had uitgelezen, bestonden uit pareltjes zoals *Bouwtechnieken van de oude Ottomanen* en *Heerlijkheden van Kent.*

Waar een zeekapitein een handboek over heerlijkheden voor nodig had ging haar verstand te boven, maar ze putte wel enig plezier uit het gedeelte over Aubrey Hall, het landgoed waar haar vader was opgegroeid en waar haar neven en nichten nog steeds woonden.

Poppy had Aubrey Hall verschillende keren bezocht, zij het niet recent. Wanneer haar familie met hun adellijke neven en nichten samenkwam, gebeurde dat doorgaans in Londen. Dat was ook logisch, veronderstelde Poppy. Lord en lady Bridgerton van Kent hielden er een prachtige residentie in de hoofdstad op na, wat betekende dat meneer en mevrouw Bridgerton van Somerset dat niet hoefden te doen. De huidige burggraaf, de oudste broer van haar vader, was een genereus man, en hij wilde absoluut niet dat zijn broers en zussen en hun gezinnen ergens anders logeerden. Gelukkig had hij volop ruimte. Bridgerton House was een voornaam, statig herenhuis met een grote balzaal en meer dan tien slaapkamers in hartje Mayfair.

Poppy had daar haar beide Londense seizoenen doorgebracht. Haar ouders waren op het platteland gebleven, ze waren geen van beiden erg gesteld op het stadsleven. Dat was waarschijnlijk de reden waarom ze blij hadden ingestemd met Lady Bridgertons aanbod om Poppy onder haar hoede te nemen voor haar introductie en debuut. Dat, plus het feit dat tante Alexandra een burggravin was en dus een machtige steun in de rug voor een jongedame die uit was op een huwelijk.

Maar niet machtig genoeg, want Poppy had twee seizoenen doorlopen zonder een echtgenoot te vinden. Dat was niet de schuld van tante Alexandra. Poppy had wel degelijk een aanzoek gekregen, en hoewel de jongeman over de nodige financiële middelen en een knap uiterlijk beschikte, was hij ook een beetje een zedenpreker, wat volgens Poppy in de loop der jaren alleen maar erger zou worden. Zelfs tante Alexandra, die niets liever wilde dan dat haar pupil een goed huwelijk sloot, was dit met haar eens.

Verschillende andere heren hadden ook belangstelling getoond, maar Poppy had hen niet aangemoedigd. (Daarover was tante Alexandra heel wat minder te spreken geweest.) Maar Poppy had standgehouden. Ze zou de rest van haar leven in het gezelschap van haar toekomstige echtgenoot, wie dat ook maar zou blijken te zijn, moeten doorbrengen. Was het te veel gevraagd om te hopen op iemand met wie ze een interessant gesprek kon voeren? Iemand die haar aan het lachen kon maken?

De mensen die ze in Londen had ontmoet, leken alleen maar over elkaar te praten, en hoewel Poppy niet helemaal afkerig was van roddelen (iemand die beweerde dat hij dat wel was, loog) moest er toch meer in het leven zijn dan gesprekken over paardenraces, gokschulden en de vraag of een bepaalde jongedame een te lange neus had.

Poppy had geleerd niet de vragen te stellen die zo vaak in haar hoofd opkwamen. Het bleek dat de jongedames die haar tante als geschikt gezelschap had uitgekozen niet geïnteresseerd waren in vragen zoals waarom sommige dieren snorharen hadden en andere niet. En toen Poppy zich hardop had afgevraagd of iedereen dezelfde blauwe lucht zag, hadden drie heren, los van elkaar, haar aangekeken alsof ze ter plekke krankzinnig was geworden.

Een was er zelfs nerveus teruggedeinsd.

Maar Poppy kon werkelijk niet begrijpen waarom niet iedereen over deze dingen nadacht. Ze had nooit in iemand anders hoofd gekeken. Misschien was wat voor haar blauw was voor een ander wel oranje.

Het viel onmogelijk te bewijzen dat dat niet zo was.

Maar Poppy wilde niet de rest van haar leven als oude vrijster slijten. Dus had ze zich erbij neergelegd dat ze nog een seizoen in Londen zou moeten doorbrengen, als tante Alexandra haar tenminste weer ter zijde wilde staan.

Maar dat was nu allemaal veranderd. Of misschien was het juister om te zeggen dat het misschíén was veranderd. Wie weet hoe het met haar reputatie gesteld was als de *Infinity* in Engeland terugkeerde? Er bestond nog steeds een kans dat ze in Briar House terug kon glippen zonder dat iemand (behalve Elizabeth Armitage) ergens van afwist, en Poppy hield aan die mogelijkheid vast, al was de hoop zeer gering.

Misschien moest ze zichzelf gelukkig prijzen dat ze leek te zijn beland bij de enige gewetensvolle piratenbende ter wereld. Of kapers, of koopvaardijvaarders, of hoe ze zichzelf ook maar wilden noemen. Ze veronderstelde dat ze inderdaad geluk had. Ze had het veel slechter kunnen treffen. Ze had kunnen worden geslagen. Ze had verkracht kunnen worden.

Ze had dood kunnen zijn.

Maar ze was niet van plan dankbaar te zijn. Ze weigerde dankbaarheid te voelen voor de mannen die zeer waarschijnlijk haar leven voorgoed hadden verwoest.

Het moeilijkste – op dit moment tenminste – was de onzekerheid. Dit was niet een kwestie van: zal ik de opera vanavond mooi vinden, of zal het saai zijn? Het was: zal mijn leven gewoon doorgaan, of zal ik voorgoed uit de samenleving worden verstoten?

Het gekke was dat ze het gevoel had dat ze zich anders zou voelen als ze wíst dat Elizabeth haar verdwijning stil had weten te houden. Als ze wíst dat niemand haar ooit zou nawijzen en zeggen: 'Daar heb je dat slechte, gevallen meisje dat er met piraten vandoor is gegaan.' (Want dat zouden ze zeggen. Het was veel verrukkelijker dan de waarheid, en als het om reputatie ging lag de schuld altijd bij de vrouw.) Als Poppy er zeker van kon zijn dat ze precies hetzelfde leven terug zou krijgen als ze had achtergelaten...

Dan zou ze misschien denken dat ze het naar haar zin had.

O, het stemde haar nog steeds bitter dat ze gevangenzat in deze hut en dat ze in bijna een week tijd nog geen zuchtje frisse lucht had ingeademd. Ze had echt heel graag de rest van het schip verkend. Poppy betwijfelde of ze ooit nog eens de kans zou krijgen om zo'n reis te maken, en ze was altijd nieuwsgierig geweest naar hoe de dingen werkten. Een zeilschip zat vol met dat soort raadsels. Hoe hesen de mannen de zeilen, bijvoorbeeld? Was daar meer dan één man voor nodig? Meer dan drie? Hoe werd het eten bewaard, en had iemand wel eens onderzocht of het op een hygiënischer manier kon? Hoe werd het werk verdeeld, en wie maakte het rooster?

Ze had de kapitein tientallen vragen gesteld, en het moest gezegd dat hij de meeste had beantwoord. Ze had gehoord over scheepsbeschuit, en waarom ze dankbaar mocht zijn dat ze dat niet hoefde te eten. Ze wist nu dat de zon bij de evenaar sneller opkwam en onderging, en dat een gigantische oceaangolf een tsunami heette, en nee, kapitein James had er zelf geen ervaring mee, maar hij had iemand ontmoet die er wel een had meegemaakt, en de beschrijving bezorgde hem nog steeds nachtmerries.

Poppy stelde hem graag vragen over de zeelui op de *Infinity*, en hij vertelde haar dat ze uit twaalf verschillende landen afkomstig waren, van wie twee uit het Keizerrijk Ethiopië (dat ze nu gemakkelijk op een kaart kon vinden). Kapitein James had geprobeerd de mannen voor haar te beschrijven, en hij had haar uitgelegd dat ze heel andere gelaatstrekken hadden dan mensen die van de westelijke kant van het continent afkomstig waren, maar Poppy was veel meer geïnteresseerd in hun gebruiken dan in hoe ze eruitzagen.

Ze wilde praten met deze mannen die op een ander continent waren opgegroeid. Ze wilde vragen naar hun leven en hun familie, en ze wilde weten hoe hun namen werden uitgesproken (want ze was er vrij zeker van dat kapitein James het niet goed deed). Ze zou nooit meer zo'n kans als deze krijgen. Londen was een kosmopolitische stad, en tijdens haar twee seizoenen in de hoofdstad had Poppy veel mensen van andere rassen en culturen gezien. Maar ze had nooit met een van hen mogen praten.

Aan de andere kant, tot deze week was het nooit in haar opgekomen dat ze dat misschien zou willen. En dat gaf haar een… raar gevoel. Raar en ongemakkelijk.

Het was niet bepaald een prettig gevoel en het maakte dat ze zich afvroeg wat ze nog meer nooit had opgemerkt. Ze had zichzelf altijd gezien als een ruimdenkend, nieuwsgierig mens, maar het begon langzaam tot haar door te dringen hoe onmogelijk klein haar wereld was geweest.

Maar in plaats van Ethiopië kwam ze meer te weten over Kent. (*Bouwtechnieken van de oude Ottomanen* bleek veel meer over bouwtechnieken te gaan dan over de Ottomanen en was dus niet alleen níét exotisch, maar ook volkomen onleesbaar.)

En dus zat Poppy na het avondeten misschien wel voor de tiende keer de illustraties van de orangerie van Aubrey Hall te bestuderen, toen kapitein James binnenkwam. Zoals gewoonlijk had hij met één klop op de deur gewaarschuwd dat hij er was.

'Goedenavond,' zei ze, opkijkend vanuit haar stoel, die ze naar het raam had gesleept. Het uitzicht veranderde niet, maar het was prachtig en ze was eraan verknocht geraakt.

De kapitein zag er niet zo moe uit als de afgelopen paar avonden. Hij had verteld dat alle zeelui over hun maagklachten heen waren en hun taken weer hadden opgepakt, dus misschien was dat de reden. Ze veronderstelde dat iedereen harder moest werken als er drie man ziek waren.

'Goedenavond,' antwoordde hij beleefd. Hij liep regelrecht naar de tafel, tilde de deksel van een van de schalen en snoof diep. 'Runderstoofpot. God zij geprezen.'

Poppy schoot in de lach. 'Uw favoriet?'

'Het is een van Monsieur LaBakers specialiteiten,' bevestigde de kapitein.

'Heet uw kok LaBaker? Echt?'

Kapitein James ging zitten en begon te eten. Hij nam twee zeer tevreden happen voordat hij antwoordde: 'Ik heb u verteld dat hij uit Leeds komt. Ik denk dat hij gewoon "La" voor zijn naam heeft gezet en gezegd heeft dat het Frans is.'

'Wat ondernemend van hem.'

De kapitein wierp haar een blik toe over zijn schouder. 'Van mij mag hij zich aardappel noemen als hij wil, zolang hij maar voor mij blijft koken.'

Poppy zou Poppy niet zijn als ze zich niet meteen begon af te vragen hoe meneer LaBaker zichzelf níét zou mogen noemen als hij voor de kapitein wilde blijven koken.

'Kapitein', waarschijnlijk. Het was moeilijk voor te stellen dat kapitein James dát zou tolereren.

'Waar lacht u om?' vroeg hij.

Poppy schudde haar hoofd. Dit was echt zo'n gedachtespinsel dat niet goed viel uit te leggen.

Hij draaide zijn stoel wat bij, zodat hij haar kon zien zonder zich in zijn stoel te hoeven omdraaien. Toen leunde hij met die moeiteloze mannelijke gratie van hem achterover. Hij strekte zijn lange benen voor zich uit en er verscheen een boosaardig lachje om zijn lippen. 'Bent u een plan tegen me aan het smeden?'

'Altijd,' bevestigde ze.

Daar grijnsde hij om – een echte grijns, en Poppy moest zichzelf eraan herinneren dat het haar niet kon schelen of ze hem aan het lachen maakte of niet.

'Maar tot nog toe zonder succes,' zei ze met een zucht.

'Op de een of andere manier betwijfel ik dat.'

Ze haalde haar schouders op en keek toe terwijl hij zijn maaltijd voortzette. Na drie happen van het stoofgerecht, een half broodje en een slok wijn vroeg ze: 'Eten uw mannen hetzelfde als u?'

'Natuurlijk.' Hij leek enigszins beledigd door de vraag. 'Het wordt eenvoudiger opgediend, maar ik geef mijn mannen geen ondermaats eten.'

'Een hongerig man kan niet hard werken?' murmelde ze. Ze had dat wel eens horen zeggen en ze was ervan overtuigd dat het waar was – zij was zelf niets waard als ze honger had – maar het voelde een beetje als een opmerking uit eigenbelang, alsof het voedsel van een man alleen van waarde was voor het werk dat hij voor zijn meerderen kon verzetten.

De kapitein kneep zijn ogen tot spleetjes, en even voelde het alsof hij een oordeel over haar velde. En misschien niet in haar voordeel.

'Een hongerig man verliest snel de moed,' zei hij op kalme toon.

'Dat ben ik met u eens,' antwoordde Poppy snel. Ze had geen behoefte om indruk te maken op deze man – het zou eerder andersom moeten zijn – maar het idee dat hij slecht over haar zou denken gaf haar een onplezierig gevoel.

Wat onzin was. Het hoorde haar niet te interesseren.

Maar blijkbaar interesseerde het haar wel, want ze voegde eraan toe: 'Ik bedoelde niet dat ík vind dat men een man alleen goed hoeft te voeden omdat hij dan harder kan werken.'

'O nee?' murmelde hij.

'Nee,' zei ze vastberaden, want hij had op té vrijblijvende toon gesproken, en ze vreesde dat dat betekende dat hij haar niet geloofde. 'Ik ben het met u eens dat een hongerig man snel de moed verliest. Maar veel mensen maakt het niets uit hoe de mensen waar ze zich boven voelen staan eraan toe zijn.'

Hij sprak zijn woorden scherp en zeer zorgvuldig uit toen hij zei: 'Ik ben niet een van die mensen.'

'Nee,' zei ze. 'Dat dacht ik ook niet.'

'Er zijn vele redenen waarom men zijn bemanning goed moet voeden,' zei hij, 'en niet de minste daarvan is dat ze mensen zijn.'

Poppy knikte, betoverd door de ingehouden felheid in zijn stem.

'Maar er zijn er nog meer,' vervolgde hij. 'Een schip is niet hetzelfde als een molen of een winkel of een boerderij. Als wij niet samenwerken, als we elkaar niet vertrouwen, gaan we dood. Zo simpel is het.'

'Is dat niet de reden waarom bij de marine orde en discipline zo belangrijk zijn?'

Hij knikte kort. 'Er moet een commandoketen zijn, en uiteindelijk moet één man de leiding hebben. Anders komt er anarchie.'

'Muiterij.'

'Inderdaad.' Hij gebruikte de zijkant van zijn vork om een aardappel doormidden te snijden, maar toen leek hij te vergeten dat hij dat had gedaan. Hij kneep zijn ogen tot spleetjes en trommelde met zijn vrije hand op de tafel.

Dat deed hij wanneer hij nadacht. Poppy vroeg zich af of hij dat besefte. Waarschijnlijk niet. Mensen waren zich zelden bewust van hun eigenaardigheden.

'Maar,' zei hij zo plotseling dat ze overeind schoot, 'dit is niet de marine, en ik kan me niet beroepen op de koning en de kroon om loyaliteit af te dwingen. Als ik wil dat mijn mannen hard werken, moeten ze weten dat ze worden gerespecteerd en dat ze beloond zullen worden.'

'Met goed eten?' vroeg ze bedenkelijk.

Dit leek hem te amuseren. 'Ik dacht meer aan een klein aandeel in de winst, maar ja, goed eten helpt ook. Ik wil niet de leiding hebben over een schip vol ongelukkige zielen. Daar is geen plezier aan te beleven.'

'Noch voor u, noch voor de ongelukkige zielen,' zei ze ad rem.

Hij bracht haar een saluut met zijn vork. 'Precies. Als men zijn mensen goed behandelt, krijgt men dat terug.'

'Is dat de reden waarom u mij goed hebt behandeld?'

'Vindt u dat?' Hij boog voorover, met een warme, lome glimlach op zijn gezicht. 'Dat ik u goed heb behandeld?'

Poppy dwong zichzelf niet op zijn blik te reageren. Hij kon haar aankijken alsof ze het enige menselijke wezen op aarde was. Het was intens en opwindend, en ze zou moeten leren zich ertegen te wapenen, vooral omdat ze wist dat ze onmogelijk de enige kon zijn die zo'n blik van hem kreeg.

'Of u me goed hebt behandeld?' echode ze. 'Afgezien van de ontvoering zelf denk ik van wel, ja. Ik kan niet zeggen dat ik slecht ben behandeld. Ik mag me dood hebben verveeld, maar ik ben niet slecht behandeld.'

'Eigenlijk is het ironisch,' merkte hij op. 'U bent hier, en u beleeft waarschijnlijk het grootste avontuur van uw leven, en u verveelt zich.'

'Heel vriendelijk van u om me daarop te wijzen,' zei ze droog, 'maar die gedachte is toevallig al eerder in me opgekomen. Twee keer.'

'Twee keer?'

'Per uur,' gromde ze. 'Twee keer per uur, verdomme. Minstens.'

'Juffrouw Bridgerton, ik wist niet dat u vloekte.'

'Het is een betrekkelijk nieuwe gewoonte.'

Hij glimlachte ondeugend zijn witte tanden bloot. 'Ontwikkeld in de afgelopen week?'

'Wat bent u toch scherpzinnig, kapitein James.'

'Als ik u een compliment mag geven...'

Ze boog minzaam haar hoofd, dat leek van haar te worden verwacht.

'Van alle personen met wie ik verbaal mijn krachten meet, behoort u met gemak tot de top vijf.'

Ze trok een wenkbrauw op. 'Er zijn in deze wereld dus nog vier anderen die u even irritant vinden als ik?'

'Ik weet het,' zei hij, terwijl hij treurig zijn hoofd schudde. 'Het is moeilijk te geloven. Maar...' – hier stak hij zijn vork in de lucht, compleet met een opgeprikte wortel – 'de keerzijde hiervan is dat er vier mensen in de wereld zijn die mij evenzeer irriteren als u.'

Hier dacht ze even over na. 'Dat vind ik geruststellend.'

'Werkelijk?'

'Als ik weer thuis ben en u nooit meer terug zal zien...' Ze legde haar handen op haar hart en zuchtte dramatisch, alsof ze zich voorbereidde op haar slotmonoloog. 'Dan zal het hartverwarmend zijn om te weten dat er in deze grote, wrede wereld íémand is die u irriteert.'

Hij staarde haar even aan, te verbaasd om een woord uit te brengen, en toen barstte hij in lachen uit. 'O, juffrouw Bridgerton,' zei hij, toen hij weer tot spreken in staat was, 'u bent opgeklommen naar de eerste plaats.'

Ze keek hem met opgeheven kin en een beminnelijke glimlach aan. 'Ik tracht uit te blinken in alles wat ik doe.'

Kapitein James hief zijn glas. 'Daar twijfel ik geen moment aan.' Hij dronk, schijnbaar ter ere van haar, en voegde er toen aan toe: 'En ik twijfel er niet in dat u daarin slaagt.'

Ze bedankte hem met een vorstelijk knikje.

Hij nam weer langzaam een slok, waarna hij zijn glas omhoog hield en toekeek hoe het rode vocht erin ronddraaide. 'Ik moet bekennen,' zei hij, 'dat ik ondanks mijn opvattingen over gelijkheid, mijn wijn niet met anderen deel.'

'Wel met mij.'

'Ja, nou ja, ú bent een speciaal geval.'

'Wat u zegt,' bromde Poppy.

'Ik zou misschien zelfs mijn cognac met u hebben gedeeld,' vervolgde hij, 'als ik die had gehad.' Op haar vragende blik voegde hij eraan toe: 'Dát was wat Brown en Green in de grot moesten ophalen.'

'En in plaats daarvan kreeg u mij.'

Poppy wist het niet zeker, maar ze meende hem te horen mompelen: 'God sta ons bij.'

Ze schoot in de lach. Ze kon het niet helpen.

'Past u maar op,' sprak hij, zonder een spoor van dreiging in zijn stem. 'Ik zou u grog kunnen geven.'

'Wat ís grog?' Ze had Billy erover gehoord. Hij leek het lekker te vinden.

De kapitein scheurde een stuk van zijn broodje af en wipte het in zijn mond. 'Grotendeels met water aangelengde rum.'

'Grotendeels?'

'Ik probeer er niet aan te denken wat er nog meer in zou kunnen zitten. Ik heb er genoeg van gehad toen ik...'

Hij stopte.

'Toen u wat?' vroeg Poppy. Soms deed hij dat – dan begon hij haar iets te vertellen, en onderbrak hij zichzelf.

Hij legde zijn vork neer. 'Niets.'

En dat zei hij altijd wanneer ze erop aandrong om verder te praten.

Maar Poppy vroeg door. Ze had toch niets beters te doen.

Kapitein James stond op, liep naar het raam en staarde met zijn handen op zijn heupen naar de onzichtbare horizon. 'Er is geen maan vanavond.'

'Dat vroeg ik me al af.' Ze had urenlang bij het raam gezeten, en ze had geen flintertje maanlicht op de golven zien schitteren. Het zeelandschap zag er daardoor iets anders uit dan de voorgaande avonden.

'Het betekent dat de sterren extreem helder aan de hemel zullen staan.'

'Wat aardig van u om me dat te laten weten,' bromde ze.

Ze was er vrij zeker van dat hij haar had gehoord, maar hij reageerde niet. In plaats daarvan vroeg hij, zonder zich om te draaien: 'Hoe laat is het?'

Poppy schudde haar hoofd. Was hij zo lui dat hij zijn hoofd niet wilde omdraaien om op de klok te kijken? 'Het is half elf.' Hoogheid.

'Hmm.' Het was een vrij korte hmm, die duidelijk maakte dat hij haar woorden voor waar aannam en nu nadacht over een aanverwante kwestie.

Hoe ze wist hoe ze zijn gehum moest uitleggen wist ze niet, maar ze had er een serieus bedrag om durven verwedden dat ze het bij het juiste eind had.

'De meeste mannen zullen nu wel beneden zijn,' zei hij. Hij draaide zich naar haar om en leunde tegen de muur bij het raam. 'Ze werken in ploegen. Ze krijgen allemaal acht uur slaap, maar meer dan de helft slaapt 's nachts, van negen tot vijf.'

Het was interessant – ze hield van dit soort details – maar ze had geen idee waarom hij haar dit nu vertelde.

'Ik denk,' zei hij, terwijl hij zijn lippen langzaam in een

bedachtzame plooi trok, 'dat als ik u mee naar boven zou nemen om naar de sterren te kijken, dat weinig opschudding teweeg zou brengen.'

Poppy werd even heel erg stil. 'Wat zei u nou?'

Hij keek haar aan, met een nauwelijks merkbare glimlach op zijn gezicht.

En nog iets anders nauwelijks merkbaars.

'U hebt me gehoord,' zei hij.

'U moet het zeggen,' fluisterde ze. 'U moet de woorden uitspreken.'

Hij deed een stapje achteruit, precies genoeg om een hoffelijke buiging voor haar te maken.

'Mijn beste juffrouw Bridgerton,' murmelde hij, 'zou u me willen vergezellen naar het dek?'

12

Poppy legde haar boek neer, zonder haar ogen ook maar even van het gezicht van de kapitein af te wenden. Ze had het vreemde gevoel dat als ze dat zou doen, als ze het contact ook maar een seconde zou verbreken, zijn voorstel als een zeepbel in de lucht uiteen zou spatten.

Ze gaf een heel klein knikje.

'Pak mijn hand,' zei hij, en hij stak zijn hand uit.

En hoewel alles in haar dat verstandig en betrouwbaar was schreeuwde dat ze deze man niet moest aanraken, dat ze moest voorkomen dat haar huid langs de zijne zou strijken...

... deed ze het.

Hij bleef even roerloos staan en keek langs hun lichamen naar beneden, alsof hij niet goed kon geloven dat ze het had gedaan. Zijn vingers krulden langzaam om de hare, en toen ze werkelijk hand in hand stonden, streek hij met zijn duim over de gevoelige huid van haar pols.

Ze voelde het overal.

'Kom,' zei hij. 'Laten we naar boven gaan.'

Ze knikte zwijgend en probeerde iets te begrijpen van het vreemde gevoel dat zich in haar ontvouwde. Ze voelde zich licht, alsof haar hielen zich elk moment van de vloer konden losmaken en ze met gespitste tenen omhoog zou zweven. Haar bloed leek te bruisen onder haar huid en ze tintelde...

niet waar hij haar aanraakte – haar hand voelde warm en veilig in de zijne – maar over haar hele lichaam.

Ieder plekje.

Ze wilde...

Iets.

Misschien wilde ze alles.

Of misschien wist ze wat ze wilde en was ze bang om er zelfs maar aan te denken.

'Juffrouw Bridgerton?' murmelde hij.

Ze keek op. Hoelang had ze naar hun handen staan staren?

'Bent u zover?'

'Heb ik een sjaal nodig?' vroeg ze. Meteen besefte ze het nutteloze van deze vraag en ze knipperde met haar ogen. 'Ik heb geen sjaal. Maar heb ik er een nodig?'

'Nee,' zei hij, met een warme, geamuseerde stem. 'Het is aangenaam buiten. Er staat een licht briesje.'

'Maar ik heb wel schoenen nodig,' zei ze, terwijl ze haar hand los trok. Ze zweeg en kon zich even niet herinneren waar haar korte zwarte laarsjes waren gebleven. Ze had sinds haar aankomst niet meer de moeite genomen om ze aan te trekken. Wanneer zou ze ze ook nodig hebben gehad?

'In de kast,' zei de kapitein. 'Onderin.'

'O, ja, natuurlijk.' Wat dom van haar. Ze wist dat. Hij had ze daar neergezet op haar tweede dag, nadat hij er drie keer over was gestruikeld.

Ze pakte haar laarsjes en ging zitten om de veters te strikken. Ze had zichzelf vanavond nog gezworen dat ze geen van de mannen op het schip dankbaar zou zijn, hoe aardig ze ook waren, maar ze leek niet de verraderlijke behoefte te kunnen bedwingen om haar armen om hem heen te slaan en eindeloos dank u wel, dank u wel te zeggen, tot...

Nou ja, misschien twee keer. Meer dan dat zou belachelijk zijn.

Maar het punt was…

Haar gedachten stokten. Ze had geen punt. Of als ze dat wel had, wist ze niet meer wat het was.

Die uitwerking had hij soms op haar. Verwarde gedachten, woorden die in de knoop raakten. Zij, die zo trots was op haar conversatietalent, haar gevatheid en haar gevoel voor ironie, wist niet wat ze moest zeggen. Althans, ze wist niets intelligents te zeggen, wat ze nog erger vond.

Hij veranderde haar in iemand die ze niet kende – maar alleen soms, dat was nog het meest verbijsterende. Soms was ze precies de Poppy Bridgerton die ze goed kende, rap van tong, snel van geest. Maar op andere momenten – wanneer hij haar met zijn blauwe ogen loom aanstaarde, of misschien wanneer hij te dicht bij haar kwam staan en ze de lucht om haar heen warm voelde worden van zijn huid – dan raakte ze de controle kwijt. Over haar adem. Over haar verstand.

Over zichzelf.

En op dit moment? Hij had haar ontwapend met een vriendelijk gebaar, meer niet. Hij wist dat ze ernaar snakte om de hut te verlaten. Misschien deed hij dit alleen maar om haar mild te stemmen, zodat hij haar in de toekomst weer een of ander onrecht aan kon doen. Had hij niet gezegd dat zijn leven eenvoudiger zou zijn als ze geen vuur spuwde?

Ze had hem verteld dat ze nooit spuwde. Dát was Poppy Bridgerton. Niet het warhoofdige wicht dat haar eigen schoenen niet kon vinden.

'Is er iets mis met uw veters?' vroeg hij.

Poppy besefte dat ze halverwege haar linkervoet was gestopt met haar veters aan te snoeren. 'Nee,' zei ze snel, 'ik was er even niet bij met mijn gedachten.' Ze maakte het snel af en stond op. 'Zo. Ik ben klaar.'

En dat was zo. Op de een of andere manier, met haar stevige schoenen aan haar voeten, had ze haar evenwicht hervonden. Ze deed een klein sprongetje.

'Uw laarzen zien er erg praktisch uit,' zei de kapitein, terwijl hij haar met een half vermaakte, half nieuwsgierige blik opnam.

'Niet zo praktisch als die van u,' zei ze, met een scheef oog op zijn ongetwijfeld op maat gemaakte hoge laarzen. Dergelijk vakkundig vervaardigd schoeisel was niet goedkoop. Sterker nog, alle kleding van de kapitein was van uitstekende kwaliteit. De kaapvaart was blijkbaar lucratiever dan ze had gedacht. Of anders was kapitein James van zéér rijke familie.

Maar dat leek niet realistisch. Hij was beslist van goede komaf, maar Poppy betwijfelde of zijn familie rijk was. Als ze dat wel was, waarom zou hij dan in hemelsnaam de handel in zijn gegaan? En dan nog wel dít soort handel. Er was niets respectabels aan zijn beroep. Ze moest er niet aan denken hoe haar ouders zouden hebben gereageerd als een van haar broers hetzelfde had gedaan.

Haar moeder zou zijn gestorven van schaamte. Natuurlijk niet letterlijk, maar ze zou zo vaak melding hebben gemaakt van haar dodelijke schaamte, dat Poppy had moeten vrezen voor haar eigen dood ten gevolge van herhaalde auditieve foltering.

En toch kon Poppy niets aan de kapitein ontdekken dat een dergelijke teleurstelling rechtvaardigde. Toegegeven, ze wist niets van de aard of reikwijdte van zijn manier van zakendoen, maar ze zag hoe hij zijn mannen behandelde – althans Billy, Brown en Green. Ze zag hoe hij haar behandelde, en ze moest onwillekeurig denken aan alle zogenaamd nette heren in Londen, die ze zou moeten vereren en bewonderen en met wie ze graag zou moeten willen trouwen. Ze dacht aan alle sarcastische opmerkingen en de wreedheid en onvriendelijkheid waarmee ze de mannen en vrouwen die voor hen werkten behandelden.

Niet allemaal deden ze dat, maar genoeg om haar te doen twijfelen aan de maatstaven die bepaalden dat de ene man een heer was en de andere een schurk.

'Juffrouw Bridgerton?'

De stem van de kapitein wurmde zich haar gedachten binnen en ze probeerde zich met knipperende ogen te herinneren waar ze het over had gehad.

'Bent u zover?'

Ze knikte gretig, deed een stap en grijnsde zo plotseling dat het haar zelf verraste. 'Ik heb in geen dagen schoenen aangehad.'

'Op het dek hebt u ze beslist nodig,' zei hij. 'Zullen we gaan?'

'Graag.'

Hij knikte naar de deur. 'Na u.'

Nadat ze de hut hadden verlaten, volgde ze hem de korte trap op naar het dek. Ze kwamen in een afgedekte ruimte terecht en hij pakte weer haar hand om haar mee te nemen naar voren.

Maar Poppy liet zich niet zo gemakkelijk leiden. 'Wat is dit?' vroeg ze, toen ze nog maar een paar stappen in de openlucht had gedaan. Ze trok haar hand los en raakte iets aan wat eruitzag als een raamwerk van touwen – iets waar ze als kind misschien zou hebben geprobeerd in te klimmen.

Eigenlijk zou ze dat nu ook wel willen proberen, behalve

dat het er niet uitzag alsof het daarvoor bedoeld was.

Ze wendde zich tot kapitein James en hij zei: 'Touw.'

Ze gaf hem een niet al te zachtzinnige mep tegen zijn schouder. Hij had een onbeschaamde grijns op zijn gezicht, die duidelijk maakte dat hij het had gezegd om haar te plagen.

'Het heet een want,' zei hij, glimlachend om haar ongeduld.

Ze raakte de touwen aan en verwonderde zich over de kracht en dikte van de vezels. 'Eén want?' vroeg ze. 'Niet hét want?'

'Heel goed opgemerkt,' zei hij. 'Het is een van de vele wanten. Het maakt deel uit van het staande want, dat wordt gebruikt om de mast aan de zijkanten te ondersteunen.'

Weer een nautische term die ze niet kende. 'Het staande want?'

'In tegenstelling tot het lopende want,' vertelde hij haar. 'Het staande want heeft betrekking op de touwen die over het algemeen niet bewegen. De touwen die wel bewegen – of liever gezegd, de touwen die we bewegen om de zeilen bij te stellen – heten het lopende want.'

'Ik begrijp het,' murmelde ze, hoewel dat eigenlijk niet waar was. Ze had maar een klein gedeelte van het schip gezien, en nu al waren er zo veel onbekende technieken en hulpmiddelen. Zelfs de voorwerpen die ze goed dacht te kennen – touwen bijvoorbeeld – werden anders gebruikt dan ze gewend was. Ze kon zich niet voorstellen hoelang het zou duren om de kunst van het zeilen werkelijk te beheersen.

Of was het de wetenschap van het zeilen? Ze wist het niet.

Poppy liep verder, een paar stappen voor de kapitein uit, en legde haar hoofd in haar nek om langs een van de masten omhoog te kijken. Hij was verbazingwekkend lang en stak zo majestueus omhoog in de donkere nacht dat ze bijna dacht dat hij de hemel kon doorboren.

'Dit moet de reden zijn waarom de Grieken en Romeinen zulke fantastische verhalen over de goden bedachten,' murmelde ze. 'Ik kan me bijna voorstellen dat de mast doorbreekt naar het hemelrijk.'

Ze keek naar de kapitein. Hij nam haar opmerkzaam op en richtte al zijn aandacht op haar woorden, haar gezicht. Maar dit keer voelde ze zich niet onzeker, ongemakkelijk of opgelaten. En ze dacht er ook niet aan dat ze als het op flirten aankwam niet tegen deze man was opgewassen.

Ze voelde zich juist sterk. Misschien lag het aan de oceaan, of aan het zoute briesje op haar huid. Ze had zich nietig moeten voelen onder de enorme sterrenhemel, maar in plaats daarvan voelde ze zich onoverwinnelijk.

Uitgelaten.

Meer zichzelf dan ze ooit was geweest.

'Stelt u zich eens voor dat de mast een gat in de hemel boort,' zei ze, terwijl ze met haar hand zwaaide naar de donkere lucht boven hen. 'En dat daar de sterren dan uit komen vallen.' Ze keek om naar kapitein James. 'Als ik in vroeger tijden zou hebben geleefd, zonder enig idee van astronomie of afstanden, zou ik misschien zo'n mythe hebben verzonnen. Een god kan vast wel een boot scheppen die zo groot is dat hij de hemel kan raken.'

'Een slimme theorie voor het ontstaan van de sterren,' sprak hij peinzend, 'hoewel ik me wel afvraag hoe ze dan zo gelijkmatig verspreid zijn geraakt.'

Poppy stond naast hem en samen tuurden ze omhoog. De sterren vormden natuurlijk geen gelijkmatig patroon, maar ze waren wel over alle hoeken van de hemel verspreid.

'Ik weet het niet,' zei Poppy nadenkend. Ze hield haar ogen op de sterren gericht en nam de uitgestrektheid van het geheel in zich op. Toen stootte ze hem aan met haar elleboog. 'U zult dat gedeelte van het verhaal voor uw rekening moeten nemen. Ik kan niet al het werk doen.'

'Of ik kan het schip besturen,' zei hij droog.

Ze kon hier alleen maar om grijnzen. 'Ja, of u kunt het schip besturen.'

Hij wees naar de boeg en spoorde haar aan om door te lopen, maar in plaats daarvan sloeg ze haar hand om de mast en draaide ze eromheen, als een lint om een meiboom. Toen ze bijna bij haar beginpunt terug was keek ze hem aan en vroeg: 'Is hij uit één stuk hout gemaakt?'

'Deze wel. Al onze masten, eigenlijk. Maar wij zijn geen groot schip. De meeste marineschepen hebben masten die uit verschillende stukken hout zijn gemaakt. Kom,' zei hij, terwijl hij haar verder duwde. 'Dit is niet eens onze hoogste mast.'

'O nee?' Ze keek met grote ogen voor zich uit. 'Nee, natuurlijk niet. De grootste mast staat natuurlijk midden op het schip.' Ze rende naar voren, maar hij was sneller, en toen ze bij de hoogste mast aankwam, draaide hij zich om en stak hij haar zijn hand toe.

'Hier,' zei hij, 'kom mee. Ik had u de sterren beloofd.'

Ze lachte, maar niet omdat het grappig was. Alleen omdat ze plezier had. 'Dat is zo,' zei ze, en ze legde weer haar hand in de zijne. Maar ze hadden nog maar twee stappen gedaan toen ze weer een ander interessant voorwerp zag. 'O, wat is dat?'

De kapitein nam niet eens de moeite om te kijken. 'Dat vertel ik later wel.'

Poppy grijnsde om zijn ongeduld en liet zich verder trekken, langs de volgende mast (de bezaansmast, had hij haar verteld, zonder zijn pas in te houden). Ze klommen een klein trappetje op en liepen nog verder naar voren.

'Hier is het uitzicht het beste.'

Ze had haar gezicht al opgeheven naar de hemel terwijl ze struikelend achter hem aan liep. 'Is het niet overal hetzelfde?'

'Het vóélt het beste op de snavel.'

'Op de wát?'

'Kom nou maar,' zei hij, terwijl hij haar aan haar hand meetrok.

Ze lachte weer, en het voelde verrukkelijk. 'Hoe komt het dat de voorkant van uw schip naar een vogelbek is vernoemd?'

'Waarom bent u naar een bloem vernoemd?' vuurde hij terug.

Ze dacht daar even over na. 'Touché.'

'De snavel is het uiterste puntje van het dek,' legde hij uit, terwijl hij haar meetrok. 'Het verspringt naar beneden. Het is de plek waar de mannen staan wanneer ze de zeilen van de boegspriet bedienen.'

Snavel? Boegspriet? 'Nu verzint u maar iets,' zei ze plagend.

'Het leven op zee heeft een heel eigen taal.'

'Eens even kijken. Dan noem ik dát' – ze wees niet echt iets aan – 'een haspelknop. En dat daar is een veelstoot.'

Hij bleef precies lang genoeg staan om haar een bewonderende blik toe te werpen. 'Dat is daar geen slechte naam voor.'

Aangezien Poppy niets specifieks op het oog had gehad, had ze geen idee waar hij het over had, maar ze vroeg toch: 'Welke? De haspelknop of de veelstoot?'

'De haspelknop natuurlijk,' zei hij, zonder een spier te vertrekken.

Ze grinnikte en liet zich meetrekken. 'U weet dat vast beter dan ik.'

'Die opmerking zal ik koesteren. Ik zal het niet snel nog eens horen.'

'Zeker niet!' Maar ze zei het met een grijns, en haar wangen deden bijna pijn van plezier. 'Ik ben erg goed in woorden verzinnen, weet u. Het zit in de familie.'

Hij trok rimpels in zijn voorhoofd en keek haar vrolijk en nieuwsgierig aan. 'Ik heb geen flauw idee wat u daarmee bedoelt.'

Ze vertelde hem over haar broer, over tinties en farfars, en over hoe ze Rogers kamer in was geglipt om hem te helpen zijn strafregels te schrijven, ook al was zij degene die onrecht was aangedaan.

En de kapitein lachte. Hij lachte alsof hij zich geen betere grap kon voorstellen, en hij had zo veel plezier dat hij Poppy bijna het gevoel gaf dat hij erbij was geweest, dat hij alles had gezien en er nu vrolijk op terugkeek, in plaats van dat hij het voor het eerst hoorde.

Had ze ooit eerder iemand over Rogers fratsen verteld? Dat kon haast niet anders, al was het maar om zich zogenaamd te beklagen. Maar niet de laatste tijd, waarschijnlijk niet meer sinds hij was overleden.

'Ik denk dat uw broer en ik goede vrienden zouden zijn geweest,' zei de kapitein, toen hij was uitgelachen.

'Ja,' ze Poppy. Ze was zich er scherp van bewust dat Roger haar lievelingsbroer was geweest en dat kapitein James misschien zijn beste vriend had kunnen zijn. 'Ik denk dat u hem heel aardig zou hebben gevonden. En ik denk dat hij u ook graag zou hebben gemogen.'

'Ook al heb ik zijn zus ontvoerd?'

Het had het gesprek dood moeten slaan, er had niets dan een dor hoopje stof van over moeten blijven. Maar op de een of andere manier gebeurde dat niet, en voor Poppy het wist zei ze: 'Nou ja, hij zou u hebben gedwongen met me te trouwen.'

Ze keek hem aan.

Hij keek haar aan.

En toen voegde ze er op verbazingwekkend nonchalante toon aan toe: 'Maar dan zou hij er ook vrede mee hebben. Hij was niet iemand die wrok koesterde.'

De vingers van de kapitein klemden zich om de hare. 'Doet u dat wel?'

'Dat weet ik niet,' zei Poppy. 'Er is mij nooit zo'n diep onrecht aangedaan.'

Ze had het niet gezegd om hem pijn te doen, en het gaf haar geen voldoening toen hij ineenkromp. Maar het was de waarheid, en dit was een moment dat niet minder dan de waarheid verdiende.

'Ik zou willen dat het niet was gebeurd,' zei hij.

'Dat weet ik.'

Hij keek haar indringend aan. 'Ik zou willen dat u me zou geloven als ik u zeg dat ik geen keus had.'

'Ik...' Poppy slikte. Geloofde ze hem? Ze had hem de afgelopen dagen leren kennen, misschien niet zo goed als iemand die ze al jaren kende, maar beslist beter dan de heren die haar in Londen het hof hadden gemaakt. Beter zelfs dan de man die haar ten huwelijk had gevraagd.

Ze dacht niet dat Andrew James een leugenaar was, en ze dacht niet dat hij het soort man was dat uit eigenbelang of winstbejag zou toestaan dat iemand gekwetst zou worden.

'Ik geloof dat u gelooft dat u geen keus had,' zei ze ten slotte.

Hij zweeg even en zei toen: 'Dat is in ieder geval iets, denk ik.'

Ze haalde hulpeloos haar schouders op. 'Ik kan niet begrijpen wat u me niet vertelt.'

Hij knikte gelaten, maar ging niet verder op het onderwerp in. In plaats daarvan gebaarde hij haar nog een paar stappen verder naar voren te komen. 'Voorzichtig,' murmelde hij.

Poppy keek naar haar tenen. Het dek hield voor haar voeten abrupt op en zakte meer dan een meter naar beneden.

De kapitein sprong van het dek naar beneden. 'De snavel, milady,' zei hij met een galant gebaar naar het driehoekige dek dat de puntige voorkant van de *Infinity* vormde. Hij stak zijn handen omhoog en legde ze om haar heupen om haar naar beneden te tillen.

Maar toen ze weer stond, liet hij haar niet los.

'Dit is het verste punt waar men op het dek kan staan,' zei hij tegen haar.

Ze wees naar een plek iets verderop. 'En wat...'

'Waar men véilig op het dek kan staan,' voegde hij eraan toe.

Hij schoof wat op, zodat hij achter haar kwam te staan. 'Doet u nu uw ogen dicht.'

'Maar dan kan ik de sterren niet zien.'

'U kunt ze straks weer opendoen.'

Ze bewoog haar hoofd naar links en naar rechts en toen weer recht naar voren, alsof ze wilde zeggen: Nou ja, vooruit dan maar. Maar ze deed haar ogen dicht.

'Doe uw hoofd nu iets omhoog. Niet helemaal, een beetje maar.'

Ze deed het, en misschien was het die beweging, of misschien was het alleen omdat ze haar ogen dicht had gedaan, maar ze voelde zich meteen uit balans, alsof iets veel groters dan de oceaan haar evenwichtsgevoel had gestolen.

De handen van de kapitein sloten zich strakker om haar heupen. 'Wat voelt u?' vroeg hij, met zijn lippen dicht bij haar oor.

'De wind.'

'Wat nog meer?'

Ze slikte. Likte over haar lippen. 'Het zout in de lucht.'

'Wat nog meer?'

'De beweging, de snelheid.'

Hij bracht zijn mond nog wat dichterbij. 'Wat nog meer?'

En toen zei ze dat ene, dat van het begin af aan waar was geweest.

'U.'

13

Andrew wist niet goed welke duivel hem had overgehaald Poppy mee te nemen naar het dek.

Misschien was het gewoon omdat hij geen enkele dwingende reden kon bedenken om het niet te doen.

De zee was rustig. De sterren stonden aan de hemel.

De meeste bemanningsleden waren beneden.

Toen hij naar beneden was gekomen voor het avondeten en hij haar bij het raam had zien zitten, had hij op de een of andere manier geweten dat ze daar al uren zat, starend naar de zee en de lucht, zonder te weten hoe het voelde om van een van beide deel uit te maken.

Het leek misdadig.

Toen hij haar de hand had gereikt en zij haar hand in de zijne had gelegd...

Het was puur geluk.

En nu ze helemaal voor op het schip stonden en de vochtige, zoute wind door hun haren streek, voelde hij zich herboren.

Hij voelde zich nieuw.

De wereld draaide eindeloos om zijn as – dat begreep hij. Dus waarom had hij dan het gevoel alsof de aardbol verder was doorgedraaid? Alsof hij een grotere omwenteling had gemaakt, of de draairichting was veranderd. De zoute lucht was frisser, de sterren stonden abnormaal helder aan de inktzwarte hemel. En hoe zij voelde – de lichte welving van haar heup, de zachte warmte die haar lichaam uitstraalde...

Het was alsof hij nog nooit eerder een vrouw had aangeraakt.

Het was vreemd hoe blij het hem stemde om alleen maar naar haar gezicht te kijken. Poppy keek naar de lucht en hij keek naar haar, en het was volmaakt.

Nee. Niet volmaakt. Volmaakt was compleet. Volmaakt was af.

Dit was niet volmaakt. Hij wilde niet dat het volmaakt was.

En toch voelde hij zich volmaakt gelukkig.

'U,' had ze gezegd toen hij haar had gevraagd wat ze voelde.

Zijn vingers gleden iets naar voren, misschien een centimeter, precies ver genoeg om te zorgen dat de greep waarmee hij haar in evenwicht hield iets meer op een omhelzing leek. Precies ver genoeg om haar tegen zich aan te trekken, als hij dat durfde.

U, had ze gezegd.

Hij wilde meer.

U.

Hij was geen romantisch mens, althans, hij had nooit gedacht dat hij dat was. Maar het moment was een gedicht geworden en de wind fluisterde de regels terwijl het water in een mysterieus metrum op en neer deinde.

En als de wereld onder zijn voeten een sonnet was geworden, dan was zíj de onovertroffene.

Was ze zijn muze geworden? Beslist niet. Poppy Bridgerton was irritant en dwars en veel te bijdehand voor zijn gemoedsrust. Ze was een lastpost verpakt in een dreigende ramp, en toch, als hij aan haar dacht – en hij dacht verdorie voortdurend aan haar – dan glimlachte hij.

Soms grijnsde hij.

Hij hield zich voor dat ze een blok aan zijn been was, nee, erger nog, ze was een nagel aan zijn doodskist, maar het was moeilijk zijn eigen leugens in stand te houden als hij niets liever wilde dan aan het eind van de dag bij haar aan tafel te gaan zitten bij een maaltijd en een glas wijn en te zien wat hij kon doen om haar met hem aan het flirten te krijgen.

Misschien was dát de reden waarom hij haar ten slotte mee aan dek had genomen.

Hij had haar alleen maar willen zien glimlachen.

En in dat streven, in die missie...

... was hij absoluut geslaagd.

Vanaf het eerste moment dat hij haar de deur van de hut uit had getrokken, had ze aan één stuk door geglimlacht. Ze had zo breed en stralend geglimlacht dat ze net zo goed hardop had kunnen schateren.

Hij had haar gelukkig gemaakt, en dat had hém gelukkig gemaakt.

En dat had angstaanjagend moeten zijn.

'Hoeveel sterren denkt u dat er zijn?' vroeg ze.

Hij keek op haar neer. Ze had haar ogen geopend en staarde nu met zo'n intense blik omhoog dat hij even dacht dat ze van plan was ze te gaan tellen.

'Een miljoen?' zei hij. 'Een miljard? Zeker meer dan onze ogen kunnen zien.'

Ze maakte een geluidje, iets wat leek op een hum, als een hum kon worden vermengd met een zucht en daarna ingekleurd met een glimlach. 'Hij is te groot.'

'De hemel?'

Ze knikte. 'Hoe kan iets zo onvoorstelbaar groot zijn? Ik

kan me er niet eens een voorstelling van maken hoe onvoorstelbaar groot hij is.'

'Is dat niet de definitie van het woord?'

Ze gaf hem een zetje met haar hiel. 'Doe niet zo flauw.'

'U zou hetzelfde hebben gezegd, dat weet u best.'

'Niet hier,' zei ze, met een haast dromerige stem. 'En niet nu. Al mijn sarcasme is buiten werking gesteld.'

Daar geloofde hij helemaal niets van. 'Ja, hoor.'

Ze zuchtte. 'Ik weet dat het niet altijd zo heerlijk en fantastisch kan zijn aan dek, maar wilt u voor deze ene keer tegen me liegen en zeggen dat het wel zo is?'

Hij kon de verleiding niet weerstaan. 'Waarom denkt u dat ik nooit eerder tegen u heb gelogen?'

Ze gaf hem een por met haar elleboog.

'Het is altijd zo heerlijk en fantastisch aan dek,' praatte hij haar na. 'De zee is nooit onstuimig en de lucht is altijd helder.'

'En uw bemanning is altijd even beschaafd en discreet?'

'Uiteraard.' Hij veranderde zijn druk op haar heupen en draaide haar iets naar links. 'Ziet u dat?' vroeg hij, knikkend naar een gat in het dek voor hen.

'Wat moet ik zien?' Ze draaide haar hoofd naar hem toe en hij knikte weer, waarbij hij er dit keer voor zorgde dat ze zijn blik kon volgen.

'Die ronde opening, daar,' zei hij. 'Dat is een privaat.'

'Wát?'

'Nou ja, wij noemen het de plee,' verduidelijkte hij. 'Ik heb u verteld dat we onze eigen taal hebben aan boord.'

Ze rilde even, maar niet zo hevig dat ze los kwam uit zijn greep. 'Hier? Een privaat? Zo in het openbaar?'

'Er is er ook een aan de andere kant.'

Ze hapte naar adem, en Andrew werd herinnerd aan de vele keren dat hij zijn zus had geplaagd met huiveringwekkende, griezelige en weerzinwekkende dingen.

Het was nu weer net zo leuk als toen.

Hij bracht zijn lippen iets dichter bij Poppy's oor. 'U dacht toch niet dat we allemaal een fijne, comfortabele po in onze hut hadden, hè?'

Hij was erg blij dat hij zijn hoofd iets schuin hield, zodat hij haar gezicht kon zien, want haar lippen vertrokken en er verscheen een magnifieke uitdrukking van afschuw op haar gezicht, waarna ze eindelijk zei: 'Wilt u zeggen dat jullie gewoon op jullie hurken gaan zitten boven...'

'Ik niet,' onderbrak hij haar, 'maar de mannen wel. Het is een ingenieus systeem. De romp van het schip buigt natuurlijk naar binnen, dus de uitwerpselen vallen rechtstreeks in de oceaan. Nou ja, tenzij er een erg harde wind staat, maar zelfs dan...'

'Stop!' gilde ze. 'Het is walgelijk.'

'Maar u zit altijd zo vol met vragen,' zei hij, een en al onschuld. 'Ik dacht dat u wilde weten hoe het schip werkte.'

'Dat wil ik ook, maar...'

'Ik verzeker u dat dergelijke kwesties cruciaal zijn voor het succesvol reilen en zeilen van een schip. Niemand wil ooit praten over de onaantrekkelijke zaken. Het is waar veel zogenaamde architecten en ingenieurs aan ten onder gaan, kan ik u vertellen. Het is allemaal goed en wel om de elegante onderdelen te ontwerpen, maar het zijn juist de dingen die je niet kunt zien die een constructie echt groots maken.'

'Dat daar kan ik wél zien,' zei ze met een knikje naar de plee.

Hij onderdrukte een grinnik. 'Een compromis, als u het zo

noemen wilt. In dit geval ruilen de mannen iets van hun waardigheid in voor een veel schoner schip. Geloof me, het wordt smerig genoeg aan boord tijdens een lange reis.'

Ze trok een lichte frons in haar voorhoofd – het soort frons dat vergezeld gaat van een schuine hoofdbeweging wanneer mensen besluiten dat ze ergens mee instemmen. Toch zei ze: 'Ik kan er niet over uit dat ik dit gesprek voer.'

'Insgelijks.'

'U begon erover.'

'Inderdaad.' Hij fronste zijn wenkbrauwen en probeerde zich de aanleiding te herinneren. 'O, ja. Het was omdat u opmerkte dat mijn mannen zich zo keurig gedragen.'

'En dit was uw manier om mijn bewering te weerleggen?'

'Het heeft gewerkt, nietwaar?'

Ze fronste. 'Maar u zei dat ú...'

'Vroeger deed ik het ook,' gaf hij toe. 'Niet op de *Infinity*, maar op andere schepen, toen ik geen bevelvoerder was.'

Ze huiverde licht.

'De koning van Frankrijk zit op de po waar zijn hele hofhouding bij is,' zei Andrew opgewekt.

'Dat is niet waar!'

'Jawel, ik zweer het u. Althans, de laatste koning deed dat.'

Ze schudde haar hoofd. 'Fránsen.'

Andrew barstte in lachen uit.

'Wat is er zo grappig?'

'U, zoals u weet.'

Ze probeerde boos te kijken, maar het werkte niet. Ze was duidelijk te trots op zichzelf. Andrew vond dat ze er verrukkelijk uitzag.

'Ik neem dus aan dat u in Frankrijk bent geweest,' zei ze.

'Inderdaad,' bevestigde hij.

'Overal, of alleen in Parijs?'

'En in de havens.'

'Natuurlijk.' Haar ogen schoten een beetje gegeneerd opzij. 'Je kunt met zo'n schip als dit niet helemaal naar Parijs varen.'

'Meestal niet, nee. We kunnen tot Rouen komen. Soms doen we dat, soms meren we aan bij de kust. Meestal in Le Havre.'

Poppy zweeg even en intussen trok de wind een sliertje haar los achter haar oor. Het kriebelde tegen Andrews huid en hij moest bijna niezen.

'Wat gaat u doen als u alles hebt gedaan?' vroeg ze ten slotte. Haar stem klonk nu ernstiger, nadenkend en nieuwsgierig.

Hij vond dat een buitengewoon interessante vraag, en hij kon zich niet voorstellen dat iemand anders die aan hem zou stellen. 'Is dat mogelijk?' vroeg hij zich af. 'Alles doen?'

Ze fronste haar wenkbrauwen terwijl ze hierover nadacht, en hoewel Andrew wist dat de rimpels die hierdoor ontstonden het gevolg waren van nadenken en niet van zorgen, had hij de grootste moeite om ze niet met zijn vingers weg te strijken.

'Ik denk dat het misschien mogelijk is om genoeg te doen,' zei ze ten slotte.

'Genoeg?' murmelde hij.

'Zodat niets meer nieuw voelt.'

In haar woorden klonken zijn eigen gedachten van de laatste tijd zo sterk door dat het hem bijna de adem benam. Het was niet zo dat zijn werk niet opwindend meer was of dat hij nooit meer iets nieuws deed. Het was meer dat hij langzamerhand het gevoel had dat hij klaar was om naar huis te gaan.

Om bij de mensen te zijn van wie hij hield.

Bij de mensen die van hem hielden.

'Ik weet het niet,' zei hij, want haar vraag verdiende een eerlijk antwoord, ook al wist hij niet precies wat dat moest zijn. 'Ik denk niet dat ik dat punt al heb bereikt. Hoewel...'

'Hoewel?'

Hij begon misschien in de buurt te komen.

Maar dat zei hij niet. Hij leunde voorover, precies ver genoeg om zich te kunnen voorstellen dat hij zijn kin op haar hoofd liet rusten. Hij bedwong de neiging om zijn handen naar voren te schuiven, ze om haar heen te slaan en haar tegen zich aan te trekken. Hij wilde haar op haar plek houden, alleen zij tweeën tegen de wind.

'Ik zou graag naar Ethiopië gaan,' zei ze opeens.

'Echt?'

Poppy Bridgerton was avontuurlijker dan de meeste mensen die hij kende, maar dit verraste hem.

'Nee,' gaf ze toe. 'Maar ik zou graag dénken dat ik ernaartoe zou willen.'

'U zou graag...' Hij knipperde met zijn ogen. 'Wat?'

'Ik heb veel tijd gehad om me dingen voor te stellen, de laatste tijd,' zei ze. 'Er is verder weinig te doen.'

Andrew beschouwde zichzelf over het algemeen als een intelligent man, maar hij had de grootste moeite haar te volgen. 'Dus u stelt zich voor dat u naar Ethiopië gaat?'

'Niet echt. Ik weet er niet genoeg van om me er een goede voorstelling van te kunnen maken. Ik kan me niet indenken dat het weinige wat ik heb gehoord juist is. In Engeland spreken de mensen over Afrika alsof het één grote, gelukkige plek is...'

'Gelukkig?' Het was niet het woord dat hij zou hebben gebruikt.

'U weet wel wat ik bedoel. Mensen praten erover alsof het één plek is, zoals Frankrijk of Spanje, terwijl het in werkelijkheid enorm groot is.'

Hij dacht aan de puzzel, en aan het plezier dat ze had gehad toen ze hem in elkaar zette. 'Dat blijkt wel uit de kaart,' murmelde hij.

Ze knikte instemmend en bracht hem vervolgens totaal in verwarring toen ze zei: 'Ik stel me voor dat ik iemand ben die naar Ethiopië zou wíllen gaan.'

'Is er een verschil?'

'Ik denk het wel. Wat ik misschien bedoel is dat ik graag het type persoon zou zijn dat zulke dingen wil doen. Ik denk dat zo iemand briljant zou zijn op feestjes, denkt u ook niet?'

Andrew twijfelde. 'Dus u zegt dat uw doel is briljant te zijn op feestjes.'

'Nee, natuurlijk niet. Mijn huidige doel is dergelijke bijeenkomsten ten koste van alles te vermijden. Daarom was ik in Charmouth, als u het weten wilt.'

'Blijkbaar wil ik dat,' mompelde hij, voornamelijk omdat er geen ander passend antwoord leek te zijn.

Ze keek hem met een half geïrriteerde, half toegeeflijke blik aan en ging verder. 'Wat ik probeer te zeggen is dat als ik naar een bal zou gaan en iemand zou ontmoeten die welbewust naar Ethiopië is geweest...'

'Welbewust?'

'Ik denk niet dat het telt wanneer men onder dwang gaat.'

Andrew draaide haar naar zich toe. Hij moest haar gezicht zien. Anders was het veel te moeilijk om het gesprek te volgen.

Hij nam haar aandachtig op, zonder te weten wat hij zocht. Tekenen van spot? Krankzinnigheid? 'Ik heb absoluut geen idee waar u het over hebt,' gaf hij ten slotte toe.

Ze lachte, en dat was heerlijk. 'Het spijt me, ik ben niet erg duidelijk. Maar dat is uw eigen schuld, u hebt me veel te lang aan mijn lot overgelaten. Ik heb veel te veel tijd gehad om alleen maar te denken.'

'En dat heeft u tot verstrekkende conclusies gebracht over het sociale discours en het Keizerrijk Ethiopië?'

'Inderdaad.' Ze zei het plechtig en deed een stapje achteruit, alsof ze daarmee haar podium misschien zou vergroten. Niet dat er verder nog iemand was om naar haar te luisteren. Ze waren op weg naar de snavel maar twee bemanningsleden tegengekomen, en die hadden zich allebei zeer verstandig meteen uit de voeten gemaakt.

Het kwam niet vaak voor dat ze hun kapitein hand in hand aantroffen met een dame, ook al was het alleen maar om haar achter zich aan te trekken.

Maar dat Poppy een stap naar achteren deed, betekende dat hij haar heupen los moest laten, en dat was verduiveld jammer.

Toen ze zeker wist dat ze zijn aandacht had, deed ze haar aankondiging: 'Er zijn twee typen mensen op deze wereld.'

'Weet u dat zeker?'

'Voor het doel van dit gesprek wel. Er zijn mensen die Ethiopië willen bezoeken, en er zijn mensen die dat niet willen.'

Andrew deed enorm zijn best om zijn gezicht in de plooi te houden. Het lukte hem niet.

'U lacht,' zei ze, 'maar het is waar.'

'Daar ben ik van overtuigd.'

'Luistert u maar. Sommige mensen hebben een avontuurlijke, reislustige geest, en anderen niet.'

'En u denkt dat een persoon naar het oosten van Afrika moet willen reizen om te bewijzen dat hij avontuurlijk is aangelegd?'

'Nee, natuurlijk niet, maar als indicatie...'

'U, juffrouw Bridgerton, hebt een avontuurlijke geest.'

Ze week met een tevreden glimlach achteruit. 'Denkt u dat?'

Hij zwaaide met zijn arm door de lucht en gebaarde naar de zee en de lucht, naar hun plekje op de plecht van een knap in elkaar gestoken stapel hout die hen op de een of andere manier van het ene land naar het andere kon brengen, over vloeibare diepten die geen mens in zijn eentje kon bedwingen.

'Het telt niet als het onder dwang gebeurt,' bracht ze hem in herinnering.

Genoeg. Hij plantte zijn handen op haar schouders. 'Er zijn twee types mensen in deze wereld,' zei hij tegen haar. 'Degenen die zich tot een balletje oprollen en tijdens een onverwachte reis zoals deze niets anders doen dan huilen, en...'

'Degenen die dat niet doen?' onderbrak ze hem.

Hij schudde zijn hoofd en hij voelde een piepklein glimlachje aan zijn mondhoeken trekken terwijl hij haar wang aanraakte. 'Ik ging zeggen: ú.'

'Dus het is ik tegen de rest van de wereld?'

'Nee,' zei hij, en iets in hem begon naar beneden de tuimelen. Hij was gewichtsloos, en het was als de keer dat hij uit een boom was gevallen, maar dit keer was er niets onder hem. Er was alleen de lege uitgestrektheid van de ruimte en zijzelf.

'Nee,' zei hij weer. 'Ik denk dat ik aan uw kant sta.'

Haar ogen werden groot, en hoewel het duidelijk te donker was om de kleur van haar irissen te onderscheiden, voelde het op de een of andere manier toch alsof hij die kon zien: het donkere mosgroen dat hier en daar ruimte maakte voor lichtere vlekjes, als jonge, nieuwe scheuten in het gras.

Iets lichts en helders begon in hem op te stijgen. Dat duizelingwekkende, bruisende gevoel van verliefdheid, van flirten, van begeerte.

Nee, niet begeerte. Of niet alléén begeerte.

Verwachting.

Het moment ervóór. Wanneer je het kloppen van je hart in elk hoekje van je lichaam kon voelen, wanneer elke ademhaling voelde alsof hij helemaal tot in de punten van je tenen reikte. Wanneer niets zich echt kon meten met de volmaakte welving van de lippen van een vrouw.

'Als ik u zou kussen,' fluisterde hij, 'zou u dat dan toelaten?'

Haar ogen werden zacht, van iets wat leek op vermaak.

Vermaak?

'Als u me zou kussen,' antwoordde ze, 'zou ik niet de kans hebben om dat wel of niet toe te laten. Dan zou het al zijn gebeurd.'

Natuurlijk moest ze weer muggenziften. Maar hij zou haar niet zo gemakkelijk onder de vraag uit laten komen.

'Als ik zó naar u toe zou buigen...' Hij liet zijn woorden volgen door daden en de ruimte tussen hun gezichten werd kleiner. 'En als ik mijn ogen naar uw mond zou laten afdalen, wat we allemaal kennen als een universeel teken dat men overweegt iemand te kussen, wat zou u dan doen?'

Ze streek met haar tong over haar lippen. Hij betwijfelde of ze zelf wel besefte dat ze dat deed. 'Ik weet het niet zeker,' fluisterde ze.

'Maar het gebeurt nu. Ik ben naar u toe gebogen.' Hij stak

zijn hand uit en streelde haar huid. 'Ik raak uw wang aan.'

Ze bracht nauwelijks waarneembaar haar hoofd dichter naar zijn hand.

Andrew voelde zijn stem hees worden, nog voordat hij de woorden uitsprak. 'Het gaat er nu niet meer om wat u zóú doen, maar om wat u gáát doen.'

Hij kwam nog dichterbij, zo dichtbij dat hij haar gezicht niet scherp meer kon zien. Zo dichtbij dat hij de lichte aanraking van haar adem op zijn lippen kon voelen.

Maar het was nog steeds geen kus.

'Wat ga je doen, Poppy?'

En toen boog ze naar hem toe. Ze helde voorover, een klein beetje maar, maar meer was niet nodig om met haar lippen zachtjes langs zijn lippen te strijken.

Het was de lichtste kus ooit.

Hij voelde een scheut door zijn hart gaan.

Zijn vingers landden op haar schouders, en ergens in een heel klein hoekje van zijn geest besefte hij dat hij het niet deed om haar dichter naar zich toe te trekken, maar om zichzelf ervan te weerhouden dat te doen. Want als hij dat deed...

En de hemel wist dat hij het wilde.

Goeie god, hij wilde zo veel. Zo veel van háár.

Hij wilde haar hele lichaam tegen het zijne voelen. Hij wilde haar rug voelen krommen onder zijn hand, hij wilde haar hitte voelen terwijl hij zijn knie tussen haar benen duwde.

Hij wilde zich tegen haar aan persen, zodat ze zijn verlangen zou voelen, zodat ze het zou weten, en zou weten dat zij dat met hem had gedaan.

Hij wilde dat allemaal, en nog meer, en dat was waarom hij beverig ademhaalde en een stap achteruit deed.

Doorgaan zou hemels zijn.

Doorgaan zou waanzin zijn.

Hij wendde zich af en nam even de tijd om op adem te komen. Die kus… hij had nog geen seconde geduurd, maar hij was helemaal van slag.

'Het spijt me,' zei hij, met een schorre, krakerige stem.

Ze knipperde een paar keer met haar ogen. 'Spijt het u?'

Hij keek haar aan. Haar vingers raakten zachtjes haar lippen aan en ze keek verward, alsof ze niet zeker wist wat er was gebeurd.

Ze was niet de enige.

'Ik had dat niet moeten doen,' zei hij, want dat leek iets aardiger dan te zeggen dat het niet had moeten gebeuren. Hoewel hij niet goed wist waarom.

'Het is…' Ze rimpelde haar voorhoofd en ze zag eruit alsof ze heel hard over iets nadacht. Dat, of ze kon niet bedenken wat ze moest denken.

'Poppy?'

Haar ogen schoten terug naar de zijne, alsof iets in haar wakker schrok. 'Het is goed,' zei ze.

'Goed?' echode hij. Dat klonk… lauw.

'Het is niet uw schuld,' zei ze. 'Ik heb ú gekust.'

'Alstublieft,' zei hij geduldig, 'we weten allebei…'

'Ik heb u gekust.' Ze zei het vastberaden, met opeengeklemde tanden. 'U daagde me uit.'

'Ik…' Maar hij zei niets meer. Was het de waarheid? Hád hij haar uitgedaagd? Of had hij zich er alleen van willen verzekeren dat zij het ook wilde? Want zelfs één enkele kus… kon haar ruïneren.

Het was heel goed mogelijk dat het hem zelf ook had geruineerd.

'Dat is wat er is gebeurd,' zei ze. 'Dat is wat er is gebeurd, en ik heb er geen spijt van.'

'Nee?'

'Nee. Hadden we het er niet net nog over hoe ironisch het was dat ik me verveelde, terwijl ik het avontuur van mijn leven meemaakte? U bent veel dingen, kapitein James, maar u bent niet saai.'

Zijn mond viel bijna open. 'Dank u wel...?'

'Maar we zullen er nooit meer over spreken.'

'Als dat is wat u wenst.' Het was niet wat híj wenste, al zou dat eigenlijk wel moeten.

Ze nam hem met een vreemd indringende blik op. 'Het zal wel moeten, denkt u ook niet?'

Hij had er geen idee meer van wát hij dacht, maar hij was niet van plan haar dat te vertellen. 'Ik leg me bij uw oordeel neer, juffrouw Bridgerton.'

Ze snoof even spottend, alsof ze dat geen moment geloofde. Hij veronderstelde dat hij dat verdiende: meestal zei hij dit soort dingen met een zekere mate van ironie.

'Uitstekend,' zei hij. 'We zullen doen alsof het nooit is gebeurd.'

Ze opende haar mond alsof ze hier iets tegenin wilde brengen – hij was er zelfs redelijk van overtuigd dat ze dat wilde doen. Hij had die uitdrukking vaak genoeg op haar gezicht gezien om te weten wat het betekende. Maar uiteindelijk zei ze niets. Ze kneep haar mond dicht en knikte instemmend.

Dat leek het eind van het gesprek, dus Andrew staarde naar de horizon, die in de maanloze nacht nauwelijks te onderscheiden was. Ze waren goed opgeschoten. Als zich geen onverwachte weersverandering voordeed, zouden ze in de ochtend in Lissabon aankomen. Wat betekende dat hij nog wat moest zien te slapen. Morgenochtend vroeg zou hij het schip moeten verlaten om de stad in te gaan.

'Ik vrees dat ik u weer naar beneden moet brengen,' zei hij tegen Poppy.

Ze kon haar teleurstelling niet verbergen, maar tegelijkertijd was het duidelijk dat ze dit had verwacht. 'Goed,' zei ze met een zucht.

Hij stak haar zijn hand toe.

Ze schudde haar hoofd. 'Ik kan het zelf.'

'Sta me in ieder geval toe u van de snavel omhoog te helpen.'

Dat deed ze, maar zodra ze op het hoofddek stond, trok ze haar hand los. Hij liet haar voor zich uit lopen en algauw stonden ze voor de deur van zijn hut.

'Ik moet alleen even wat spullen pakken voor ik naar meneer Carroways hut ga,' zei hij.

'Natuurlijk.' Ze stapte opzij toen ze binnenkwamen, en het was allemaal erg beleefd, en vreemd genoeg niet ongemakkelijk.

Eigenlijk alsof er niets was gebeurd.

En zo wilden ze het ook.

Toch?

14

Poppy werd de volgende ochtend met een heel eigenaardig gevoel wakker. Het voelde bijna als hoogtevrees en ze greep de beddenplank een paar seconden vast, tot ze besefte…

Ze bewogen niet.

Ze bewogen niet!

Ze sprong uit de kooi en rende naar het raam, waarbij ze vreemd genoeg struikelde over de bewegingloze vloer. Ze haalde opgewonden adem, trok de gordijnen open en zag…

Kades.

Natuurlijk.

Ze wist niet goed waarom het niet in haar was opgekomen dat ze vanuit haar scheepsraam niet het centrum van Lissabon zou kunnen zien. De havens van Londen lagen ook ver verwijderd van de bezienswaardigheden van de hoofdstad.

Toch was het iets anders om naar te kijken dan het eindeloze water van de Atlantische Oceaan, en Poppy nam het allemaal gretig in zich op. Ze kon maar een smal strookje zien van wat ongetwijfeld een enorm panorama was, maar toch, het schouwspel voor haar bruiste van leven en activiteit. De mannen – en het waren allemaal mannen, ze zag er geen enkele vrouw bij – bewogen zich krachtig en efficiënt voort, sjouwden met kisten, trokken aan touwen en voerden allerlei taken uit, waarvan het doel Poppy in de meeste gevallen ontging.

En wat waren de mannen vreemd en anders... en tegelijkertijd helemaal niet anders. Ze vermoedde dat ze dezelfde taken uitvoerden als Engelse dokwerkers. Ze liepen vlak langs elkaar heen en lachten en bakkeleiden zoals mannen dat deden, maar zelfs als ze zich er niet van bewust was geweest dat ze in Portugal was, had ze geweten dat deze mannen niet Engels waren.

Het kwam niet door hun uiterlijk, hoewel het waar was dat velen van hen een donkerder huid en donkerder haar hadden dan de meesten van Poppy's landgenoten. Het zat meer in hun bewegingen en hun gebaren. Wanneer ze spraken, wist ze alleen al door naar hen te kijken dat hun woorden in een andere taal waren. De monden van de mannen bewogen anders. Ze gebruikten andere spieren. Ze hadden andere gezichtsuitdrukkingen.

Het was fascinerend en ze vroeg zich af of ze het zou hebben gemerkt als de muur en het raam die ertussen zaten het geluid van hun stemmen niet zo hadden gedempt. Als ze hen had kunnen horen – echt het geluid van de Portugese taal had kunnen opvangen – zouden haar ogen dan de verschillen in hun gezicht hebben opgemerkt?

Er was zo veel om over na te denken. Zo veel te zien.

En zij zat opgesloten in deze hut.

Kapitein James had duidelijk gemaakt dat ze in Lissabon geen toestemming zou krijgen om van het schip af te gaan. Hij had gezegd dat het te gevaarlijk was, hij kon niet als gids dienen, hij had zaken af te handelen, dit was geen plezierreisje...

Hij had redenen te over.

Anderzijds had hij haar ook verteld dat ze onder geen beding aan dek mocht komen.

En gisteravond was hij van gedachten veranderd.

Poppy leunde met haar voorhoofd tegen het raam en het glas voelde koel en rustgevend tegen haar huid. Toen ze de afgelopen nacht in bed lag en elk moment onder de sterren opnieuw beleefde, had ze zichzelf toegestaan te hopen dat hij misschien met de hand over het hart zou strijken en haar mee de stad in zou nemen.

Er was de vorige avond iets veranderd, en dan dacht ze niet aan de kus.

Nou, nee, ze dacht beslist wél aan de kus. Ze mocht dan hebben verklaard dat ze er nooit meer over zouden praten, maar ze was ontsteld geweest toen de kapitein had voorgesteld te doen alsof het nooit was gebeurd. Ze had dat bijna tegen hem gezegd. Ze had hem in niet mis te verstane bewoordingen willen vertellen dat dit precies iets was wat een mens goed moest onthouden, al was het alleen maar om er zeker van te zijn dat het niet nog eens zou gebeuren.

Maar het leek haar kleingeestig en misschien zelfs gemeen om dat te zeggen, dus toen had ze bijna gezegd dat het haar eerste kus was, en dat een meisje maar één keer haar eerste kus kreeg, en dat hij gek was als hij dacht dat ze zou doen alsof het nooit was gebeurd.

Maar dat was precies iets wat hij verkeerd zou begrijpen. Ze wilde niet dat hij zou denken dat ze in haar bed aan hem lag te denken, ook al deed ze dat wel.

Nu tenminste.

Ze was echt niet van plan om de rest van haar leven in haar bed aan hem te liggen denken. Ze zou binnen een week terug zijn in Engeland, en dan zou ze hem nooit meer zien. Als Elizabeth haar mond hield, zou Poppy's leven gewoon doorgaan, wat betekende dat ze uiteindelijk zou trouwen met een aardige heer die de goedkeuring had van haar familie, en dan zou ze de rest van haar leven aan hém denken als ze in bed lag.

En als Elizabeth haar mond niet hield en Poppy's sociale status tot nul werd gereduceerd, zou ze veel grotere problemen hebben om wakker van te liggen dan de verpletterend knappe kapitein Andrew James.

Poppy keek op de klok om te zien hoe laat het was, en alsof het zo was afgesproken, klopte op dat moment Billy op haar deur. Ze hoefde zijn stem niet te horen om te weten dat hij het was. Billy en de kapitein waren de enige twee mensen die haar ooit kwamen opzoeken, en hun manier van kloppen verschilde als dag en nacht.

'Binnen!' riep ze, want in tegenstelling tot de kapitein wachtte Billy altijd op haar toestemming om binnen te komen. Haar haar zat nog in de vlecht waarmee ze naar bed was gegaan, maar ze had het opgegeven om zich daar druk om te maken. En aangezien ze in haar kleren sliep, zou niemand haar ooit zien terwijl ze niet behoorlijk gekleed was.

'Ik kom u uw ontbijt brengen, juffrouw,' zei Billy, terwijl hij het gebruikelijke dienblad met zich meedroeg. 'Het is niets bijzonders. Alleen wat toast, thee en appels. De meeste mannen gaan aan wal iets eten.'

'O ja?' murmelde Poppy, en ze liet haar ogen afgunstig naar het raam dwalen.

Billy knikte terwijl hij het dienblad neerzette. 'Ze moeten natuurlijk eerst hun werk aan boord afmaken, en ze kunnen niet allemaal tegelijk het schip verlaten, maar de kapitein zorgt ervoor dat iedereen de kans krijgt om zijn benen te strekken.'

'Iedereen, hè?'

Billy miste haar ondertoon en praatte vrolijk verder. 'O, ja, hoewel het een verschrikkelijk verwarrende plek is als je niet weet wat wat is. Het ligt niet alleen aan de taal, hoewel het goed is om een paar woorden te kennen. *Sim* is ja en *no* is nee.'

'Nou, dat is handig,' merkte Poppy op.

'No lijkt zo ongeveer overal waar we komen nee te zijn,' zei Billy met een olijke grijns. 'Het wordt denk ik anders gespeld, maar het lijkt er genoeg op.'

Poppy ging op haar gebruikelijke plek aan tafel zitten en draaide haar stoel iets bij om beter op de haven uit te kunnen kijken. 'In het Duits is het *nein*.'

'O ja?' Billy krabde op zijn hoofd. 'Daar ben ik nog niet geweest. Ik denk dat ze geen kust hebben.'

Poppy schonk zichzelf een kop thee in. 'Hamburg,' zei ze afwezig.

'Hè?'

Ze keek op. 'Ze spreken Duits in Hamburg. Het is een drukke haven aan de Baltische Zee. Ik zou het je willen laten zien op de puzzelkaart, maar ik heb hem al uit elkaar gehaald.'

Billy knikte, hij had haar eerder in de week eraan zien werken. 'Misschien moet ik het eens proberen,' zei hij. 'Het zou handig zijn om wat meer van geografie te weten. Ik kan lezen, weet u,' zei hij trots. 'En ik ben beter in sommen dan de helft van de mannen op het schip.'

'Dat is geweldig,' zei Poppy. Misschien konden ze op de terugweg aan de puzzel werken. Het zou haar derde keer zijn, maar het zou enorm leuk zijn om gezelschap te hebben. Ze zou kapitein James moeten vragen Billy van enkele van zijn taken te ontslaan, maar als ze uitlegde dat het ging om scholing van de jongen...

Dan zou hij ja zeggen. Dat wist ze zeker.

'Vertel me eens wat meer over Lissabon,' zei ze met een bemoedigende glimlach. 'Ik wil alles horen.'

'O, het is een levendige stad, juffrouw. Dat is hiervandaan niet goed te zien.' Hij plofte in de stoel tegenover haar en gebaarde naar het raam. 'Dit is alleen maar de waterkant. We zijn dit keer heel dichtbij aangemeerd, dus het uitzicht is erg mooi, maar dit is niet de stad. De stad is prachtig.'

'Prachtig?' murmelde Poppy. Ze nam voorzichtig een slokje van haar thee. Hij was nog steeds iets te heet.

'O, ja, en heel apart. Heel anders dan thuis, al is er niets mis met thuis. Het is alleen... het is leuk om dingen te zien die anders zijn.'

'Ongetwijfeld,' murmelde Poppy, en ze bracht haar theekopje naar haar mond om de sarcastische toon te maskeren die ze niet uit haar woorden had kunnen weren.

'Alles ziet er anders uit,' vervolgde Billy. 'Nou ja, bijna alles, en het eten is ook niet hetzelfde. Je moet er even aan wennen, maar het is lekker, het eten. Ik ben hier nu zes keer geweest, dus ik weet de weg.'

Poppy wist met moeite een lachje tevoorschijn te toveren.

Billy, die eindelijk haar gezichtsuitdrukking opmerkte, zweeg even. 'Ik zou eh... Nou ja, ik zou kunnen vragen of we iets voor u mee mogen brengen. Ze maken lekkere rijstpudding, hoewel je dat niet zo gemakkelijk mee kunt nemen. En ze hebben van die kleine brooddingetjes, die soms door de suiker zijn gerold.' Hij sloeg zijn ogen ten hemel toen hij zijn culinaire extase herbeleefde. 'Als u wilt, kan ik er daar wel een van voor u meebrengen.'

'Als ik zo naar je kijk,' zei Poppy, 'denk ik dat ik er misschien wel meer dan een lust.'

Billy lachte. 'Ze zullen niet zo lekker zijn als wanneer ze warm uit de oven komen, maar ze zullen u vast smaken. En de kok krijgt weer nieuwe proviand, dus hij zal misschien iets maken dat een beetje Portugeesachtig is.'

'Dat is allemaal erg aardig van je, Billy.'

Hij schonk haar een meelevende glimlach. 'Het is niet slecht van de kapitein dat hij u aan boord laat blijven. Het zou niet veilig zijn om er in uw eentje op uit te gaan. Dat zou zelfs in de haven van Londen niet veilig zijn. De dames dicht bij het water...' Hij bloosde hevig en hij dempte zijn stem toen hij zei: 'Dat zijn niet allemaal echte dámes, als u begrijpt wat ik bedoel.'

Poppy besloot hier niet op door te vragen. 'Wat denk je dat er zou gebeuren als ik met kapitein James aan wal zou gaan?' vroeg ze. 'Lissabon zal toch niet zo'n gevaarlijke stad zijn dat hij me niet kan beschermen?'

'Nou...' Billy trok zijn mond een beetje scheef terwijl hij hier over nadacht. 'Ik denk dat hij u vanuit het havengebied naar de mooiere stukjes zou kunnen brengen.'

Poppy's stemming verbeterde aanzienlijk. 'Briljant! Ik...'

'Maar hij is er niet.'

Wel verdomme. 'Is hij er niet?'

Billy schudde zijn hoofd. 'Hij was vanmorgen als eerste van het schip af. Hij had zaken te doen of zo. Dat is meestal zo.'

'Weet je wanneer hij terugkomt?'

'Moeilijk te zeggen,' zei Billy schouderophalend. 'Het hangt er meestal van af wat hij bij zich heeft.'

'Wat hij bij zich heeft?' echode Poppy.

'Soms is het een pakje, soms zijn het alleen maar papieren. En soms helemaal niets, natuurlijk.'

Soms helemaal niets? Poppy vond dit interessant, hoewel ze niet kon zeggen waarom. Waarschijnlijk alleen omdat ze niets beters had om over na te denken. Ze had al zo ongeveer alle mogelijke ontwikkelingen doorgenomen die haar te wachten stonden wanneer ze in Engeland terugkeerde (in negentig procent daarvan was sprake van haar sociale ondergang, in tien procent was een spectaculaire en onwaarschijnlijke combinatie van gelukkige factoren vereist).

Dus ja. Ze ging er inderdaad over nadenken waarom de kapitein soms pakjes en soms papieren bij zich had. Ze zou haar uiterste best doen om alleen maar over dit soort dingen na te denken, tot ze thuiskwam en zich met veel ernstiger zaken bezig zou moeten houden.

'Heeft hij vaak papieren bij zich?' vroeg ze.

Billy stond op en zette zijn stoel terug op zijn plaats. 'Soms. Ik weet het eigenlijk niet. Hij vertelt niemand van ons wat hij voor zaken doet die niet met het schip te maken hebben.'

'Doet hij zaken die niet met het schip te maken hebben?'

Hij haalde zijn schouders op. 'Hij heeft vrienden hier. Dat moet wel. Hij is hier al zo vaak geweest.'

Poppy wist dat Billy pas negen maanden op de *Infinity* meevoer. Dat had hij haar verteld toen hij haar de tweede keer haar ontbijt kwam brengen. Als hij al zes keer naar Lissabon was geweest, kon Poppy alleen maar raden hoe vaak kapitein James er de afgelopen jaren een bezoek had gebracht. Volgens Billy (want zo ongeveer alles wat ze wist had ze van Billy) was hij sinds 1782 kapitein van het schip.

Dat leek een verschrikkelijk groot aantal reisjes naar Portugal, maar aan de andere kant, wat wist zij nou van kaperschepen? Misschien was het verstandig om met een betrouwbaar, loyaal netwerk van vaste handelaars te werken.

En nu dacht ze zomaar als een misdadiger. Mijn hemel.

Poppy nipte van haar thee, die eindelijk tot een acceptabele temperatuur was afgekoeld. 'Veel plezier in de stad,' zei ze. 'Ik neem tenminste aan dat je gaat.'

'O, ja. Algauw, eigenlijk. Een van de mannen zei dat ik met hem mee mocht.' Billy keek haar met een schaapachtige uitdrukking op zijn gezicht aan. 'De kapitein laat mij ook niet alleen gaan.'

De kapitein, besefte Poppy zo langzamerhand, had een zachtere inborst dan hij anderen wilde laten geloven. Het was moeilijk voor te stellen dat een andere zeekapitein zich zorgen zou maken over het welzijn van een dertienjarige jongen.

Niet dat ze ervaring had met andere zeekapiteins, maar toch.

'Ik kan maar beter gaan,' zei Billy. 'Ik moet mijn taken afmaken voordat ik aan wal ga, en ik denk niet dat meneer Brown op me blijft wachten als hij eerder klaar is dan ik.'

Poppy knikte en nam afscheid. Ze raffelde snel haar ontbijt af – een mens kon maar op zoveel manieren een patroon uit een driehoekig sneetje toast happen – waarna ze haar thee meenam naar het raam om naar de voorstelling buiten te kijken.

Het was een beetje als een theaterbezoek. Niet dat ze eerder de gelegenheid had gehad om een dergelijk theater te bezoeken, maar ze was vastbesloten er toch van te genieten. Eerst probeerde ze het hele panorama in zich op te nemen, maar er gebeurde te veel tegelijk, dus ze besloot de gangen van één man te volgen terwijl die zijn taken vervulde.

'Ik zal je José noemen,' kondigde ze aan. Het was de naam van een recente koning, dus dat paste vast wel bij de regio. 'José Goede Hoop. Jij krijgt in de toekomst drie kinderen, vier honden en een konijn.'

Ze fronste haar wenkbrauwen. Dat konijn zou hij waarschijnlijk opeten. Daar kon ze zich maar beter niet te veel aan hechten.

'Bent u getrouwd, meneer Goede Hoop? Of bent u weduwnaar?' Ze sloeg haar geheimzinnige man gade terwijl hij een kist van een kar tilde en naar een schip droeg. 'Weduwnaar,' zei ze vastbesloten. 'Veel dramatischer.'

Shakespeare zou trots op haar zijn. Het was tenslotte een toneelstuk.

'En uw arme moederloze kinderen. U moet zo hard werken om ze te eten te geven. Mijn hemel, ze hebben honger.'

Ze dacht hierover na.

'Maar niet genoeg om het konijn op te eten,' zei ze beslist. Dit was haar verhaal en ze wilde het konijn redden. Het was wit en pluizig en het bestond helemaal niet, maar dat was het mooie als je je eigen verhaal schreef. Ze kon doen wat ze wilde.

Ze had altijd al een wrede heerser willen zijn.

Of een vriendelijke. Ze had geen echte voorkeur. Zolang ze maar de baas was.

José zette zijn kist neer en terwijl hij terugliep naar de kar, veegde hij zijn voorhoofd af met zijn mouw. Hij pakte een nieuwe kist, en aan zijn houding te zien was deze zwaarder dan de eerste. Nadat hij de kist had neergezet, ging hij rechtop staan en rolde een paar keer zijn hoofd heen en weer.

Poppy deed hetzelfde. Dat ging zo met die dingen: nu ze zag dat iemand anders zich uitrekte, had ze opeens behoefte om dat zelf ook te doen.

Toen ze weer voor zich uit keek, zag ze dat José zich half had omgedraaid om over zijn schouder iets naar iemand te roepen. Toen pakte hij de onderkant van zijn shirt…

… en trok het uit!

Poppy boog voorover. Dít was nog eens interessant.

Was het gebruikelijk dat dokwerkers hun taken zonder shirt uitvoerden? Was dit een Portugese gewoonte? Het was hier beslist warmer dan in Londen, maar ja, ze was ook nog nooit in een Londense haven geweest. Misschien renden mannen altijd wel met ontbloot bovenlijf rond.

En als dat zo was, waarom had niemand haar dat dan verteld?

'O, José,' murmelde ze, terwijl ze haar theekopje neerzette. 'Het is erg warm vandaag, hè?'

Dit leek voldoende reden om dichter bij het raam te gaan staan. Misschien moest ze haar plot herzien. Wilde ze echt dat José een weduwnaar was? Was het niet logischer om hem een verstokte vrijgezel te maken?

Zonder kinderen. Misschien een hond. En het konijn mocht blijven.

Het was zo schattig en zacht. Wie zou het niet in het verhaal willen houden?

'Maak je iemand het hof, José?' Ze klemde haar onderlip tussen haar tanden terwijl ze toekeek hoe zijn spieren opbolden onder de inspanning. Eerst, toen hij zich bukte om de kist vast te grijpen, zag ze vooral zijn armen, maar toen hij het schip had bereikt, had ze een goed uitzicht op zijn rug.

Ze had er geen idee van dat de rug van een man zo interessant kon zijn. Ze had haar broers zonder shirt gezien, maar dat was al enige tijd geleden, en geen van hen had er zo welgevormd uitgezien als José.

'Welgevormd,' zei ze hardop. Weer een woord dat een beetje klonk naar wat het betekende. Maar vooral als het ging om zacht materiaal. Ze kneep met haar handen in de lucht, alsof ze klei kneedde en voelde bijna hoe ze het spul fijnkneep tussen haar vingers.

Ze schudde haar hoofd. Ze dwaalde helemaal af, en José stond vlak voor haar neus op de kade. Hoe heetten die spieren? De spieren in de borst van een man die zich zo...

Haar handen bewogen door de lucht, nog steeds bezig met kneden.

... scherp aftekenden.

Poppy had natuurlijk tekenles gehad. Dat kregen alle jongedames. Haar docent had gesproken over de spieren van het lichaam, maar hij had het nooit gehad over de spieren in de borst van een man. Hoe heetten die?

Ze wierp een blik op kapitein James' boekenkast. Op de een of andere manier betwijfelde ze of ze het antwoord zou vinden in de *Heerlijkheden van Kent*.

Poppy ging wat dichter bij het raam staan. Ze dacht niet dat iemand haar vanaf de kade zou kunnen zien. Het was buiten veel lichter dan binnen.

'Hoe oud ben je?' vroeg ze zich af. José nam even een pauze en ging op een van de kisten zitten die hij zojuist had verplaatst. Hij zag er niet veel ouder uit dan zij. Beslist niet ouder dan dertig. En hij had een mooie bos haar. Het was donker – donkerder dan dat van de kapitein, natuurlijk – maar even dik. Het zou waarschijnlijk ook net zo zacht en springerig aanvoelen.

Ze had het haar van de kapitein een paar dagen geleden aangeraakt toen het schip in een golf dook en haar uit haar evenwicht bracht. Ze was naar voren geschoten en had het eerste het beste vastgegrepen wat ze te pakken kon krijgen, en dat bleek het hoofd van de kapitein te zijn.

Het was natuurlijk volkomen per ongeluk gebeurd.

José had net zo'n golf in zijn haar als de kapitein. Poppy besloot dat ze het leuk haar vond. Als de wind er op een bepaalde manier doorheen waaide, viel het kwajongensachtig over zijn voorhoofd. Er was in Londen een heer geweest die er zo uitzag en alle dames waren voor hem in katzwijm gevallen. Zo'n man met warrig haar had wel iets, had een van Poppy's kennisjes gezegd. Het betekende dat hij erg energiek was. Poppy had gedacht dat ze zoals gewoonlijk onzin uitkraamde, maar nu ze naar José keek kreeg het woord 'energiek' een heel nieuwe betekenis.

Ze had het gevoel dat José buitengewoon energiek was.

Hij was knap, haar José. Niets vergeleken bij de kapitein, natuurlijk, maar niet elke man kon zo razend knap zijn als Andrew James.

'Maar José,' zei ze hardop, 'ik vind dat je in de buurt komt.'

'In de buurt van wat?'

Poppy sprong haast een halve meter de lucht in en stootte bijna haar thee van de tafel. Kapitein James stond bij de deur en sloeg haar met opgetrokken wenkbrauwen en een geamuseerde uitdrukking op zijn gezicht gade.

'U hebt niet geklopt!' zei ze beschuldigend.

'Jawel,' zei hij simpelweg. 'En wie is José?'

Poppy staarde hem alleen maar als een idioot aan, wat waarschijnlijk het beste was, want ze betwijfelde of ze iets zinnigs had kunnen uitbrengen waarmee ze geen verdenking op zich zou hebben geladen. Ze kon er niet over uit dat ze hem niet had horen kloppen.

Of de deur had horen opengaan.

Of dichtgaan.

Ze schraapte haar keel en wenste hem goedemorgen. Dat leek haar het beste.

Maar kapitein James liet zich niet ontmoedigen. 'Waar keek u naar dat u zo in vervoering raakte?'

'Nergens naar!' zei ze, veel te luid. 'Ik bedoel, gewoon naar de kade, natuurlijk. Ik weet zeker dat ú dat niet interessant zult vinden, maar het is de eerste keer dat ik iets anders te zien krijg dan alleen maar water.'

Hij nam zijn steek van zijn hoofd. 'Miste u me?'

'Natuurlijk niet.'

Hij beantwoordde dit met een sardonisch knikje en kwam toen naast haar bij het raam staan. Poppy moest moeite doen om niet ineen te krimpen toen hij zijn hoofd opzij draaide om het schouwspel buiten in zich op te nemen.

'Het ziet eruit als een gewone dag waarop vracht wordt geladen,' zei hij.

Poppy weerstond de neiging om iets instemmends terug te zeggen. In plaats daarvan knikte ze en mompelde ze iets zonder betekenis.

Buiten was José weer aan het werk gegaan, maar kapitein James keek gelukkig de andere kant op. Hij gebaarde naar een naburig schip en zei: 'De *Marabella* vertrekt morgen naar Zuid-Amerika.'

'Echt? Dat klinkt opwindend.'

'Het is een langere reis dan ik ooit heb gemaakt.'

'Dat zal wel,' antwoordde Poppy, die haar best deed om haar aandacht niet te laten afdwalen naar José, die nog steeds zonder shirt hard aan het werk was.

'Ik denk niet dat ik het zou willen,' zei de kapitein op peinzende toon.

'U zou Kaap Hoorn kunnen zien,' merkte Poppy op.

Hij haalde zijn schouders op. 'Bijna niemand gaat zo ver zuidwaarts. De *Marabella* gaat naar El Salvador.'

‘El Salvador?’ echode Poppy. José kwam recht op haar aflopen.

‘In Brazilië,’ bevestigde de kapitein.

Poppy probeerde zich te herinneren of El Salvador op de puzzelkaart had gestaan, maar vanuit haar ooghoek zag ze dat José zich weer uitrekte en…

‘Nee maar, juffrouw Bridgerton,’ teemde de kapitein, ‘zit u nu naar een naakte man te lonken?’

‘Hij is niet naakt,’ vuurde Poppy terug.

Achteraf bezien was het een stuk verstandiger geweest als ze het andere deel van de vraag had ontkend.

Kapitein James glimlachte breed. ‘Dus u bent wél naar hem aan het lonken.’

‘Ik lonk naar niemand.’

‘Hij ziet er inderdaad uit als een voortreffelijk exemplaar van de mannelijke soort,’ zei de kapitein, en hij streelde over zijn kin.

‘Stop.’

‘Erg gespierd.’

Poppy’s gezicht begon te gloeien. ‘Stóp.’

‘Nu begrijp ik het,’ zei de kapitein opgetogen. ‘Dát is José!’

‘Ik weet niet waar u het over hebt,’ mompelde Poppy.

‘U hebt een goede keuze gemaakt, juffrouw Bridgerton. Hij lijkt me een harde werker.’

Poppy wilde dood.

Hij gaf haar een klopje op de schouder. ‘Erg ijverig, uw José.’

‘Hoe zou ik in hemelsnaam moeten weten hoe hij heet?’

De kapitein schoot in de lach. ‘Ik durf te wedden dat u hem al een naam, een familiegeschiedenis en een tragisch achtergrondverhaal hebt gegeven.’

Het verbaasde Poppy dat haar mond niet openviel. Hoe kon het dat deze man haar na minder dan een week op zee zo goed kende?

Kapitein James leunde tegen de muur en sloeg op een buitengewoon voldane manier zijn armen over elkaar. Er was iets ultiem mannelijks aan de manier waarop hij haar opnam, en van het ene op het andere moment had José weer drie kinderen en een konijn.

'Waarom staat u zo naar me te kijken?' vroeg Poppy argwanend.

'O, dit is het vermakelijkste wat ik de hele dag heb meegemaakt.'

'Het is pas half tien,' bromde ze.

'Mijn beste juffrouw Bridgerton,' vervolgde hij, 'als u een man zonder shirt wilde zien, was ik u graag ter wille geweest.'

Ze kneep haar ogen tot spleetjes. 'U bent een monster.'

'Maar een beminnelijk monster.'

'Hoe houdt uw familie het met u uit?'

En daar was die fatale glimlach weer. 'Hebt u niet gemerkt dat ik oneindig charmant ben?'

'Hmf.'

'U mag het iedereen vragen.'

Ze wierp hem een blik toe. 'Dat zou ik graag doen, als Billy niet de enige was met wie ik de hele week heb gesproken.'

'En met mij,' merkte hij opgewekt op.

'U bent niet bepaald een onpartijdige bron.' Net zomin als Billy trouwens.

De kapitein grinnikte weer terwijl hij eindelijk bij haar vandaan liep, naar zijn bureau. 'O, juffrouw Bridgerton,' zei hij. 'Ik zou niets liever wensen dan dat onze paden zich niet op deze manier hadden gekruist, maar als ik dan toch een onbedoelde gevangene aan boord moet hebben, ben ik erg blij dat u het bent.'

Poppy staarde hem alleen maar aan. 'Eh, dank u?'

'Het is een compliment,' verzekerde hij haar, terwijl hij zijn bezigheden bij zijn bureau voortzette. Hij gebruikte een sleutel om de bovenste la te openen, haalde iets uit zijn jaszak, liet het in de la glijden en deed hem weer dicht. Hij draaide hem natuurlijk op slot. Dat deed hij altijd.

Terwijl Poppy hem gadesloeg, drong het eindelijk tot haar door dat hij iets formeler gekleed was dan anders. Om te beginnen droeg hij een vest, en het leek alsof zijn laarzen gepoetst waren. Bovendien was zijn kravat buitengewoon zorgvuldig gestrikt.

'Billy zei dat u vanmorgen erg vroeg was vertrokken,' zei ze.

'Inderdaad. Direct na zonsopgang. Zo kon ik mijn zaken vrij snel afhandelen.'

Poppy's gedachten gingen naar de afgesloten bovenste la. 'En wat waren dat voor zaken?'

'Kom nou toch, juffrouw Bridgerton, u weet wel beter dan vragen te stellen waar ik geen antwoord op zal geven.'

'Misschien hoop ik u op een moment van zwakte te betrappen.'

'Ik geloof dat ik ú vanmorgen al op een moment van zwakte heb betrapt.'

Ze knipperde met haar ogen.

'Bent u José alweer zo snel vergeten? Ach, wat zijn vrouwen toch wispelturig.'

Poppy rolde met haar ogen om hem te laten zien wat ze dáárvan dacht.

Hij legde zijn hand op zijn hart. '*O, zweer niet bij de maan.*

Ze is wispelturig. Van maand tot maand verandert ze haar loop. Je liefde kon eens net zo grillig zijn.'

Shakespeare? Serieus?

'*Romeo en Julia*,' zei hij, alsof zij dat niet zou hebben herkend. 'En geen woord verkeerd geciteerd.'

O, hij had geen idee wie hij tegenover zich had. Ze stak haar kin een beetje in de lucht. '*Zucht niet zo, dames, gebruik je verstand, mannen hebben ons altijd bedrogen; niet kiezen tussen zee en land, altijd weer naar een ander gevlogen.*'

Hij beantwoordde haar tegenzet met een waarderend knikje en zei: 'Ik heb nooit beweerd dat mannen minder wispelturig zijn. En verder denk ik dat u veel drukte maakt om niets.'

Poppy was onder de indruk, of ze wilde of niet.

Hij interpreteerde haar gezichtsuitdrukking goed. 'Ik weet het,' zei hij. 'Ik ben hier belachelijk goed in.'

Ze trok een wenkbrauw op. 'Net als ik.'

'Ongetwijfeld.'

Hun ogen voerden een stille strijd terwijl ze elkaar strak aan bleven kijken. Toen zei de kapitein: 'Ik kan geen ander citaat van Shakespeare bedenken over wispelturigheid, u wel?'

'Niet een,' gaf ze toe.

Ze stonden daar met z'n tweeën en deden hun best om niet te lachen. Uiteindelijk gaf de kapitein zich gewonnen. 'O, juffrouw Bridgerton' – hij rekte het moment door de hut door te lopen, waarna hij glimlachend als een kat die van de room heeft gesnoept voor haar bleef staan – 'ik denk dat u vandaag erg blij zult zijn.'

Haar wantrouwen was onmiddellijk gewekt. 'Hoe bedoelt u?'

'Het is bijzonder mooi weer.'

'Ja, die indruk kreeg ik al.' Ze wierp hem een ronduit valse glimlach toe. 'Door het raam.'

'Maar u kunt niet alles door het raam waarnemen. U kunt de zon zien, neem ik aan, maar u kunt niet de wind voelen, en u kunt niet zeker zijn van de temperatuur.'

Poppy besloot hem tegemoet te komen. 'Staat er wind vandaag?'

'Jazeker.'

'En de temperatuur?'

'Zoals u uit Josés schaarse kledij kunt afleiden is het aangenaam warm.'

Poppy maakte een grommend geluid. Hij moest hier nu echt mee ophouden.

'Mag ik u een advies geven?' murmelde hij, terwijl hij dicht genoeg naar haar toe boog om de lucht tussen hen te doen zinderen.

'Zolang u maar niet beledigd bent als ik het niet aanneem.'

'Beteugel uw sarcasme, al is het alleen maar deze middag. We zijn in zekere zin vrienden, nietwaar?'

Het kostte haar ontzaglijk veel moeite, maar ze wist uit te brengen: 'In zekere zin.'

'Goed dan, juffrouw Bridgerton, als uw vriend – in zekere zin – vroeg ik me af of u me vandaag wilt vergezellen in Lissabon.'

Ze verstijfde. 'Wat?'

Hij glimlachte. 'Zal ik het herhalen?'

'Maar u zei tegen me...'

'Ik heb me bedacht.'

'Waarom?'

'Is dat belangrijk?'

Eigenlijk vond ze van wel, maar niet belangrijk genoeg om te gaan kibbelen nu ze eindelijk het schip mocht verlaten.

'Ik wil alles zien,' zei ze, terwijl ze ging zitten om haar laarsjes aan te trekken.

'Dat is simpelweg onmogelijk.'

Ze keek op, maar niet langer dan een seconde. Ze wilde zo snel mogelijk haar laarsjes veteren. 'Alles wat mogelijk is dan.'

'Alles wat mogelijk is.' Er verscheen een vage glimlach om zijn mond. 'Dat beloof ik u.'

15

'Niet omdraaien,' fluisterde Andrew in Poppy's oor, 'maar José kijkt naar u.'

Hiervoor werd hij beloond met een elleboogstoot tussen zijn ribben. Wat hem ertoe dreef eraan toe te voegen: 'Hij heeft nog steeds zijn shirt niet aangetrokken.'

'Pfff!' Poppy rolde nog net niet met haar ogen, maar sloeg haar ogen ten hemel. Het was een indrukwekkende manier om duidelijk te maken dat het haar niets kon schelen, maar hij wist wel beter.

'Het roept wel de vraag op waarom,' zei Andrew peinzend.

'Hoe bedoelt u, waarom?'

'Waarom heeft hij zijn shirt niet weer aangetrokken? Zó warm is het nou ook weer niet.'

Hij wist het niet zeker, maar hij dacht haar te horen brommen. En niet van waardering.

'Weet u wat ik denk?' vroeg hij.

'Ik weet zeker dat u me dat gaat vertellen.'

'Ik ben blij dat u het vraagt,' zei hij opgewekt. Toen boog hij naar haar toe, met zijn lippen slechts enkele centimeters van haar oor. 'Ik denk dat hij weet dat u naar hem kijkt.'

Ze maakte een geërgerde beweging met haar vrije hand, alsof ze erop wilde wijzen dat ze al haar aandacht bij de weg voor hen had. 'Ik kijk niet naar hem.'

'Nee, nú niet.'

'Hiervoor ook niet.'

'Kom nou toch, juffrouw Bridgerton, u kon moeilijk níét kijken naar een half ontklede man. Eerlijk gezegd zou het me van u tegenvallen als u dat niet zou doen.'

Dit keer rolde ze wel met haar ogen.

'U kunt het hem moeilijk kwalijk nemen,' vervolgde hij, terwijl hij haar door het haventerrein naar een plek dirigeerde waar huurrijtuigen graag wachtten om klanten op te pikken. 'Het komt niet vaak voor dat zo'n voortreffelijk geklede dame van boord gaat van een koopvaardijschip.'

Poppy keek neer op haar jurk en trok een gezicht. 'Dit kan men niet echt voortreffelijk noemen.'

'U ziet er beeldschoon uit,' zei hij. Het was geen leugen. Zij zag er inderdaad beeldschoon uit, ook al kon men dat niet meer zeggen van haar jurk. Al met al had hij zich redelijk goed gehouden, maar hij was er niet op gemaakt om een week lang dag en nacht gedragen te worden. De blauwe stof was inmiddels zwaar gekreukeld en omdat Poppy in de hut nooit schoenen droeg, zag de zoom grijs van het stof. Er zat ook een vetvlek op de zijkant van de rok, die volgens Andrew misschien van boter afkomstig was, maar als zij die zelf nog niet had opgemerkt, was hij beslist niet van plan haar erop te wijzen.

'Kijkt José echt naar me?' Ze nam zijn waarschuwing om zich niet om te draaien serieus. Ze zei het vanuit haar mondhoek en draaide haar hoofd zelfs niet ver genoeg om Andrew aan te kijken.

Dus natuurlijk zei hij: 'Iedereen kijkt naar u.'

Ze struikelde. 'Serieus?'

'Serieus als scheurbuik,' zei hij opgewekt.

Dat leek haar aan het denken te zetten. 'Zei u nou echt "serieus als scheurbuik"?'

'Er is op een schip weinig zo serieus als scheurbuik. Uitputting, pijn... en dat zijn alleen nog maar de inwendige kwalen. Uiteindelijk begint het tandvlees zich terug te trekken en vallen de tanden uit.' Hij boog zijn hoofd naar haar toe, alsof hij een bekentenis deed. 'Dat wil zeggen, als ze er al niet uit zijn. Helaas staan zeelui over het algemeen niet bekend om hun gebitshygiëne.'

Poppy's mond vertrok nadenkend. 'Hmmm.'

Een verrassend kalme reactie. Hij deed op zijn beurt: 'Hmmm?'

Hij had tenslotte altijd een welbespraakt, geestig weerwoord paraat.

Maar toch, hij had de vrouwen in zijn familie belachelijk vaak zowel letterlijk als figuurlijk met de meest weerzinwekkende zaken in aanraking gebracht. Verhalen over bloedend tandvlees en rottende tanden wekten doorgaans heftigere reacties op.

'Hebt ú wel eens scheurbuik gehad?' vroeg ze.

Hij grijnsde zijn tanden bloot. Hij had ze allemaal nog, wat geen geringe prestatie was. Hij was een zeeman, hij had heel wat havenkroegen vanbinnen gezien. Dat kon een man niet doen zonder af en toe een stomp in zijn gezicht op te lopen.

Poppy was echter niet onder de indruk. 'Dat wil niet zeggen dat u het niet hebt gehad. Ik weet zeker dat niet iedereen zijn tanden kwijtraakt.'

'Dat is waar,' antwoordde hij, 'maar ik heb wel een aantrekkelijke glimlach, vindt u niet?' Hij grijnsde weer, om zijn woorden te onderstrepen.

'Kapitein James.'

'Wat klinkt u vermoeid,' zei hij plagend. 'Maar om uw vraag te beantwoorden, nee, ik heb geen scheurbuik gehad.

Het zou trouwens verbazend zijn als dat wel zo zou zijn geweest. Ik heb nog nooit een uitzonderlijk lange reis ondernomen.'

'Komt scheurbuik vaker voor tijdens langere reizen?'

'Zeker. De *Infinity* beperkt zich doorgaans tot Europese wateren en wij zien het praktisch nooit.'

Ze dacht hier even over na. 'Wat voor soort reis zou u een uitzonderlijk lange reis noemen?'

'Een reis naar India kan ruim vier maanden in beslag nemen. Hetzelfde geldt voor delen van Zuid-Amerika.'

Poppy huiverde. 'Dat klinkt afschuwelijk.'

'Dat ben ik met u eens.' Andrew dankte vaak zijn schepper (en nog vaker zijn koning) dat hem nooit was gevraagd een missie buiten Europa uit te voeren. Hij hield van de zee, maar hij aanbad het moment dat hij weer aan land stapte. En hoewel hij zich regelmatig afvroeg hoeveel van de wereld met water bedekt was, was hij zich er heel goed van bewust dat hij nooit de ware oneindigheid van de oceaan had ervaren.

Ironisch, eigenlijk, dat zijn schip *Infinity* heette. Oneindigheid.

'Schepen maken onderweg vaak een tussenstop,' zei hij tegen Poppy, 'maar niet altijd. Ik hoorde laatst van een reis naar India die drieëntwintig weken heeft geduurd.'

Ze hapte naar adem. 'Zonder ook maar één onderbreking?'

'Dat werd me verteld. Hoe dan ook, ik sta erop dat er bij elke reis fruit aan boord is, zelfs bij korte reizen zoals deze.'

'Fruit?'

'Dat lijkt de ziekte op afstand te houden.'

'Waarom?'

'Ik heb geen idee,' gaf hij toe. 'Eerlijk gezegd weet ik niet of er iemand is die het wel weet. Maar ik zal de feiten niet weerspreken.'

'Fruit,' murmelde ze. 'Fascinerend. Ik vraag me af hoe ze daarachter zijn gekomen.'

'Simpele waarneming, lijkt me zo.'

Ze knikte verstrooid, zoals ze deed wanneer ze in gedachten verzonken was.

Hij genoot ervan om naar haar te kijken. Soms durfde hij te zweren dat hij haar kon zien nadenken.

Andrew had nooit veel nagedacht over het feit dat vrouwen geen hoger onderwijs mochten volgen, maar het was misdadig dat Poppy Bridgerton niet naar de universiteit had kunnen gaan. Haar nieuwsgierigheid kende geen grenzen. Ze stelde vragen over alles, en hij twijfelde er niet aan dat ze alle antwoorden keurig opsloeg voor later gebruik.

Of voor nader onderzoek. Hij betrapte haar er vaak op dat ze alleen maar zat na te denken. Poppy was een onderhoudende en scherpzinnige gesprekspartner, maar ze besteedde veel tijd met nadenken over grote, diepzinnige vraagstukken.

Althans, hij nam aan dat het grote, diepzinnige vraagstukken waren. Het kon net zo goed zijn dat ze een plan smeedde voor zijn dood.

'Waarom glimlacht u?' vroeg ze wantrouwig.

'Omdat ik geen scheurbuik heb?' antwoordde hij gevat.

Ze gaf hem een por met haar elleboog. Dat deed ze vaak.

'Als u het weten wilt, ik dacht na over het feit dat u in gedachten verzonken leek, waarop ik me afvroeg waar u over nadacht. Wat me vervolgens op de vraag bracht of u misschien mijn dood aan het beramen was.'

'O, dat heb ik in geen dagen gedaan,' zei ze opgewekt.

'Naarmate mensen me beter kennen, weten ze me vaak beter te waarderen.'

Ze snoof.

'Dat zal ik opvatten als een blijk van instemming.,' zei hij. 'Maar waar dacht u dan wél zo diep over na, als ik vragen mag?'

'Scheurbuik,' zei ze.

'Nog steeds?'

Ze haalde haar schouders op. 'Er is veel om over na te denken. Staat er iets over in een van uw boeken? Ik zou er op de terugweg over kunnen lezen. Het zou heel wat interessanter zijn dan Ottomaanse bouwtechnieken.'

Persoonlijk vond Andrew Ottomaanse bouwtechnieken uitermate boeiend, maar hij was zich ervan bewust dat maar weinig mensen deze specifieke fascinatie deelden. 'Ik denk het niet,' zei hij, 'maar nu u het zegt, ik zou inderdaad eens een medisch handboek moeten aanschaffen.' Er was geen dokter aan boord van de *Infinity*, daar was het schip veel te klein voor. Een overzicht van aandoeningen zou nuttig zijn als iemand een volgende keer ziek werd.

'Kan men in Lissabon Engelstalige boeken kopen?' vroeg ze.

'Als dat al zo is, betwijfel ik of u zoiets specifieks zou kunnen vinden.'

Ze maakte een gebaar dat leek te zeggen: het was het proberen waard. Toen zweeg ze en haar peinzende frons maakte weer twee rechte rimpels tussen haar wenkbrauwen.

Ze was weer aan het nadenken. Of nog steeds. Andrew glimlachte. Als hij naar haar toe boog, zou hij dan de wieltjes en radertjes in haar hoofd horen ronddraaien?

'Ik vraag me af...' zei ze langzaam.

Hij wachtte. Ze maakte de gedachte niet af. 'U vraagt zich af...' drong hij ten slotte aan.

Ze knipperde met haar ogen, alsof ze was vergeten dat hij misschien naar haar luisterde. 'Ik denk dat twee dingen het probleem kunnen zijn: ofwel het lichaam heeft gebrek aan een of andere voedingsstof – waarschijnlijk een die men tijdens een lange reis niet binnenkrijgt, maar die in fruit zit – óf de ziekte wordt van de een op de ander overgedragen, en er zit iets in fruit dat genezend werkt.'

'Eigenlijk,' zei hij, 'lijkt fruit zowel preventief als genezend te werken.'

'Echt?' Ze keek bijna teleurgesteld. 'Dat is jammer. Ik bedoel, het is natuurlijk goed dat het dat allebei doet, maar vanuit een onderzoeksoogpunt zou het veel gemakkelijker zijn om te achterhalen waarom het het een of juist het ander zou doen.'

'Niet per se. Als het zo is dat het lichaam een bepaalde voedingsstof die in fruit zit niet binnenkrijgt, zou dat verklaren waarom het zowel preventief als genezend werkt.'

'Natuurlijk!' Haar hele gezicht klaarde op. 'U bent briljant!'

'Jammer dat ik u daar nu pas van heb overtuigd.'

Ze merkte zijn geestigheid niet eens op. 'Ik vraag me wel af wat er dan in het fruit zit. En zit het in álle soorten fruit? Zou vruchtensap hetzelfde effect hebben?'

'Ik denk het wel. Op sommige schepen doen ze citroen in de grog.'

Dat leek haar te interesseren. 'Gaat het daar beter van smaken?'

'Niet echt.' Hij grinnikte terwijl hij met haar naar de weg liep. Iets verderop zag hij verschillende rijtuigen staan en hij gebaarde dat hij er een wilde huren.

'Kunnen we niet lopen?' vroeg Poppy. 'Het is zo'n prachtige dag, en ik ben zo blij om buiten te zijn.'

'Het is niet al te ver om te lopen,' gaf hij toe, 'Maar sommige buurten waar we onderweg doorheen komen zijn wat onfris.'

Ze kneep haar ogen tot spleetjes terwijl ze hierover nadacht. 'Wát onfris of' – hier liet ze een stilte vallen – 'onfrís?'

'Zit daar verschil tussen?'

'Vrij veel, lijkt me zo.'

Zij moest natuurlijk weer haarkloven. Goed dan,' gaf hij toe, 'het is alleen maar wát onfris.' Hij had gedacht tijd te besparen door een rijtuig te nemen, maar Poppy had gelijk. Het was een veel te mooie dag om in een muf rijtuig opgesloten te zitten, al was het maar voor tien minuten.

Ze liepen naar de Baixa, en hij legde haar uit dat dat was wat de Portugezen de centrale buurt noemden. Er was onderweg niet veel bijzonders te zien, maar Poppy was gefascineerd door alles om haar heen.

'Billy zei dat ik het eten moest proberen,' zei ze. 'Vooral de zoetigheid. Er was een of ander gefrituurd deeghapje waar hij bijzonder dol op is.'

'*Malasada*'s,' bevestigde Andrew. 'Die zijn goddelijk.'

'Goddelijk?' zei ze plagend. 'Ik had u niet aangezien voor een man die in zulke spirituele termen over eten zou praten.'

'Toevallig worden *malasada*'s gewoonlijk voor Pasen gegeten, hoewel ik niet goed weet waarom. Waarschijnlijk heeft het te maken met de katholieke vastentijd. Maar we kunnen er vast wel een voor u vinden.'

En ja, op de volgende hoek zagen ze een man voor een vat hete olie staan, met op de tafel achter hem een grote schaal deeg.

'Uw *malasada* wacht op u,' zei Andrew met een hoffelijke armzwaai.

Poppy leek bijna te zweven terwijl ze de verkoper naderde, die onmiddellijk in rap Portugees een verkooppraatje begon af te steken.

'Nee, nee, het spijt me,' zei Poppy hulpeloos. 'Ik spreek geen...' Ze draaide zich met grote, om hulp vragende ogen om naar Andrew.

Hij stapte naar voren. '*Dois malasadas, por favor.*'

'*Só dois?*' De verkoper keek geschokt. Hij legde theatraal een hand op zijn hart en hervatte zijn betoog, waarbij hij dit keer met zijn vingers de grootte van de *malasada*'s aangaf.

'Wat zegt hij?' vroeg Poppy.

'Hij praat te snel voor mij,' gaf Andrew toe, 'maar ik weet bijna zeker dat hij ons ervan probeert te overtuigen dat de *malasada's* te klein zijn om er maar één per persoon te nemen.'

'*Pequeno,*' zei de man ernstig. '*Muito pequeno.*'

'*Quatro,*' zei Andrew, terwijl hij vier vingers omhoogstak.

De man zuchtte dramatisch en stak op zijn beurt zes vingers omhoog. '*Seis.*'

'Ik kan er wel drie op,' tsjilpte Poppy. 'En waarschijnlijk wel zes ook.'

Andrew wierp haar een blik toe. 'U weet niet eens hoe groot ze zijn.'

'Toch kan ik er zes op.'

Hij wierp in een gebaar van overgave zijn handen in de lucht. '*Seis,*' zei hij tegen de straatverkoper. Hij wendde zich tot Poppy. 'Wilt u die van u door de suiker gerold?'

Ze deinsde achteruit, duidelijk ontsteld door de vraag. 'Natúúrlijk.'

'Neem me niet kwalijk,' zei hij, zonder moeite te doen om zijn plezier te verhullen. 'Dat was een domme vraag.'

'Inderdaad.'

Het was moeilijk om niet in de lach te schieten, maar Andrew beperkte zich tot een glimlach terwijl hij Poppy gadesloeg. Die keek toe hoe de Portugees klonten deeg uit de schaal schepte en deze vakkundig tot even grote balletjes oprolde. Een voor een – maar toch snel – liet hij ze in de olie vallen, waarbij hij Andrew en Poppy beduidde wat meer naar achteren te gaan staan, vanwege het gespetter.

'Het deeg is erg geel,' zei Poppy, die op haar tenen was gaan staan om in de schaal te kijken. 'Hij gebruikt vast heel veel eieren.'

Andrew haalde zijn schouders op. Hij had geen idee wat er in *malasada*'s ging. Hij wist alleen dat hij ze lekker vond.

'Weet u hoe je ei zegt in het Portugees?'

'Ik ben bang van niet.'

'Ik dacht dat u de taal zou moeten kennen om hier zaken te doen.'

Dit keer had hij voor de verandering niet het idee dat ze viste naar informatie over zijn werk. 'Ik hoef niet veel te weten,' zei hij. 'En eieren komen maar zelden in het gesprek voor.'

'Het ruikt zo lekker,' zei Poppy, met een haast sensuele zucht. 'Hoelang moet hij ze bakken?'

'Niet zo lang meer, zou ik denken,' zei Andrew, die zijn best deed om het stroomstootje in zijn kruis te negeren dat ze met haar zucht had opgewekt.

'Ooooooo… Ik kan niet wachten.' Ze sprong haast op en neer van opwinding en wipte van haar hielen naar haar tenen en weer terug.

'Men zou denken dat we u op de *Infinity* niet te eten hadden gegeven.'

'Jullie hebben me nooit dít gegeven.' Poppy reikhalsde om in het vat te kijken. 'Ik denk dat ze bijna gaar zijn.'

En inderdaad, de straatverkoper pakte een lange tang en haalde de eerste *malasada* eruit. Hij glinsterde goudbruin terwijl hij hem omhoogstak en aan Andrew vroeg: '*Açúcar?*'

Poppy zou waarschijnlijk hevig in opstand komen als hij de suiker weigerde, dus Andrew zei: '*Sim, por favor.*'

De verkoper liet de *malasada* in een schaal met gekruide suiker vallen en herhaalde deze handelingen tot hij ze alle zes uit de olie had gehaald. Met de tang rolde hij ze door de suiker, tot ze allemaal met het zoete poederlaagje waren bedekt.

Terwijl Andrew zijn hand in zijn zak stak om wat muntgeld te pakken, keek hij naar Poppy, die nog steeds bijna trilde van voorpret. Ze hield haar handen omhoog, bijna tegen haar borst, en ze wreef met haar vingers over haar duimen, alsof ze zich ervan probeerde te weerhouden haar hand uit te steken en een van de lekkernijen te pakken.

'Ga uw gang,' zei hij, en het lukte hem niet de vrolijkheid uit zijn stem te weren. 'Neemt u er maar een.'

'Zouden ze niet te heet zijn?'

'Er is maar één manier om daarachter te komen.'

Met een verheugde grijns stak ze haar hand uit en pakte een van de *malasada*'s uit de schaal. Ze bracht hem naar haar lippen en nam voorzichtig een heel klein hapje. 'Niet te heet,' kondigde ze aan, waarna ze een echte hap nam.

'O,' hijgde ze.

'Lekker?'

'*O.*'

'Ik ga ervan uit dat dat ja betekent.'

'*Ooooo.*'

Andrew had plotseling behoefte om zijn kravat wat losser

te doen. En misschien zijn broek. Goeie god, hij had vrouwen met minder passie een hoogtepunt zien bereiken.

'Goed!' zei hij, iets té opgewekt. 'We moeten gaan.' Hij gaf de straatverkoper wat muntgeld, ongetwijfeld te veel, waarna hij de rest van de *malasada*'s uit de suiker pakte en Poppy zachtjes in de richting van de stad duwde.

'We willen niet te laat zijn,' zei hij.

'Waarvoor?'

Hij gaf haar twee *malasada*'s. 'Ik heb gezegd dat ik u alles zou laten zien wat mogelijk was, nietwaar? Als ik me aan mijn belofte wil houden, moeten we nu gaan.'

Ze haalde haar schouders op, glimlachte gewillig en nam nog een *malasada*. 'Ik zou hier nooit kunnen wonen,' zei ze, met een haast weemoedige blik op haar laatste deegbal. 'Ik zou er hier elke dag veertien van eten en moddervet worden.'

'Veertien?'

'Of meer.' Ze likte de suiker van haar vingers. 'Waarschijnlijk meer.'

Andrews lippen weken uiteen terwijl hij toekeek hoe haar tong naar buiten schoot om de suiker op te likken. Hij was gebiologeerd, bijna verlamd door het verlangen de suiker zelf van haar lippen te kussen. Hij kon zichzelf niet toestaan te bewegen, geen centimeter, anders...

Hij wist niet wát hij dan zou doen. Iets wat hij niet zou moeten doen. Niet hier. Niet met haar.

Maar ze zag er zo verduiveld mooi uit, hier in het zonlicht.

Nee, niet mooi. Stralend. Wat het ook maar was dat hem zo aan de grond nagelde, het kwam van binnenuit. Ze was zo gelukkig, zo vol vreugde en blijdschap. Ze gloeide er bijna van en leek iedereen in haar invloedssfeer mee te trekken.

Het was onmogelijk in haar nabijheid te zijn en niet dezelfde vreugde te voelen.

'Waar kijkt u naar?' vroeg ze, nog steeds met een brede glimlach.

'U hebt kruimeltjes op uw gezicht,' loog hij.

Maar hij besefte algauw dat dat een domme zet was, want ze bracht onmiddellijk haar hand naar haar gezicht en vroeg: 'Waar? Hier?'

'Eh, nee,... eh...' Hij maakte een vaag handgebaar waar ze helemaal niets uit kon opmaken.

'Hier?' vroeg ze twijfelend, terwijl ze een plekje in de buurt van haar oor aanraakte.

'Ja,' zei hij, misschien iets enthousiaster dan nodig was. Maar dit keer loog hij niet. Bij haar zoektocht naar de niet-bestaande kruimels waren er inderdaad een paar op haar huid beland.

Poppy veegde ze weg. 'Beter zo?'

Nee.

'Ja,' zei hij. Hij wist niet of hij zich beter zou gaan voelen, tenzij hij haar de hoek om zou sleuren en haar zou kussen.

En dat ging níét gebeuren.

Dat bleef hij zichzelf tenminste voorhouden.

16

Poppy was in de hemel.

Of misschien was het Lissabon.

Het zou haar een zorg zijn, besloot ze. Morgen mocht de hemel weer zijn wat hij werkelijk was, met engelen in den hoge en noem maar op. Vandaag was het Lissabon, in Portugal, en niemand kon haar van iets anders overtuigen.

Ze kon er nog steeds niet over uit dat kapitein James zich had bedacht en haar had meegenomen aan wal. Het was bijna genoeg om haar plechtige belofte om niet dankbaar te zijn in te trekken.

Bijna.

Of...

Ze keek om zich heen, naar de blauwe hemel en de prachtige kasteelruïne boven op de heuvel en de korreltjes suiker met kaneel onder haar vingernagels.

Misschien kon ze haar belofte voor één dag opzij zetten.

Vandaag – nu de hemel was getransformeerd tot een stad in Portugal – zou Poppy Bridgerton kapitein James dankbaar zijn dat hij haar daar mee naartoe had genomen.

Morgen kon ze weer proberen niet te denken aan wat haar thuis te wachten stond.

Dat herinnerde haar eraan... Ze had geen idee hoelang hij van plan was in Lissabon te blijven. ‘Varen we morgen terug?’ vroeg ze. ‘Hebt u uw zaken afgerond?’

'Ja. Normaal zouden we een paar dagen in Lissabon blijven, maar gezien onze huidige situatie' – de kapitein liet dit vergezeld gaan van een ironisch knikje in haar richting – 'denk ik dat we maar het beste zo snel mogelijk terug kunnen gaan, denkt u ook niet?'

'Natuurlijk,' zei Poppy, en ze meende het. Elke dag dat ze langer wegbleef werd de kans groter dat Elizabeth haar verdwijning zou melden. En dat Poppy de rest van haar leven onder een wolk van schande zou moeten slijten.

Maar of ze wilde of niet, ze moest er toch aan denken hoe heerlijk het zou zijn om nog een dag langer in Lissabon te blijven. Ze had het enorm naar haar zin, en ze dacht niet dat dat alleen maar was omdat ze eindelijk was ontsnapt aan de beperkte ruimte van de hut, hoe comfortabel ook.

Er kwam veel meer bij kijken. Terwijl ze door de levendige straten van de Portugese hoofdstad liep, bedacht ze dat het niet alleen de eerste keer was dat ze in het buitenland was, maar dat ze ook voor het eerst naar een plek was gereisd die haar zo volkomen onbekend was.

En dat was beslist niet hetzelfde.

Poppy was naar verschillende plekken in Engeland geweest, maar ook al waren de steden nieuw voor haar, ze had nooit het gevoel gehad dat ze ze niet kende. Haar oren hoorden er dezelfde taal die ze zelf altijd had gesproken, haar ogen zagen er het soort winkels en kerken die ze ook in haar eigen dorp kon vinden. Dingen die nieuw voor haar waren, kon ze toch gemakkelijk begrijpen.

Maar vandaag was het alsof iemand haar wereld had opgepakt, hem als een roterend dienblad op tafel had rondgedraaid en haar had neergezet op een plek waar niets was zoals zij het kende.

Ze kon de borden niet lezen – nou ja, ze kon ze natuurlijk wel lézen – de Portugezen gebruikten ongeveer hetzelfde alfabet als de Engelsen – maar ze kon er maar zelden achter komen wat ze betekenden.

Het was vreemd – en opwindend – om te luisteren naar het gepraat in een andere taal, om te beseffen dat honderden mensen normale gesprekken voerden en dat zij geen idee had van de betekenis. Ze dacht aan alle keren dat ze het geklets had gehoord van voorbijgangers als ze samen met haar tante door Londen liep (de enige plek die ze ooit had bezocht waar het drukker was dan in Lissabon). Het was nooit haar bedoeling geweest om mensen af te luisteren, maar het was onmogelijk om niet hier en daar stukjes van gesprekken op te vangen: twee vrouwen die praatten over de prijs van wol, een kind dat smeekte om een snoepje.

Nu kon ze alleen maar raden, uitgaande van de gezichtsuitdrukkingen van de mensen en de toon van de gesprekken. Een man en een vrouw maakten ruzie aan de overkant van de straat – niet heel heftig, maar in Poppy's gedachten waren ze man en vrouw en was de vrouw kwaad op haar man omdat hij de vorige avond zo laat thuis was gekomen.

Afgaande op de schaapachtige uitdrukking op het gezicht van de man verwachtte Poppy niet dat hij een goed excuus had.

Een stukje verderop, voor de deur van een modieuze hoedenzaak, stonden twee jongedames zeer geanimeerd te praten. Ze waren duidelijk in goeden doen. Iets rechts van hen stond een oudere dame uitermate verveeld te kijken – zij was ongetwijfeld een van hun chaperonnes.

Eerst dacht Poppy dat de dames de hoeden bespraken die ze zojuist hadden gekocht, maar die theorie liet ze snel varen.

Hun ogen schitterden te opgewonden, vooral de blonde vrouw zag eruit alsof ze elk moment van blijdschap uit elkaar kon spatten.

Ze was verliefd. Poppy wist het zeker. Ze hadden het over een heer, besloot ze, en over de vraag of hij binnenkort een aanzoek zou doen.

Aan het opgewonden gegiechel te oordelen verwachtte Poppy dat dat inderdaad ging gebeuren.

De mensen en de taal waren niet het enige onbekende. De stad was levendig zoals Londen dat nooit kon zijn. Misschien lag het aan de stralend blauwe lucht, of aan de helder rode daken van de gebouwen.

Of misschien lag het aan de vier *malasada*'s die ze een uur geleden had gegeten.

Poppy was opgetogen.

Kapitein James bleek een buitengewoon charmante en informatieve gids. Hij klaagde niet wanneer ze om de haverklap bleef staan om in de etalages te turen, of wanneer ze erop stond een kerk in te gaan om alle glas-in-loodramen te bekijken. Sterker nog, hij leek plezier te hebben in haar verrukking.

'O, kijk dat nou,' zei ze, voor de tiende keer in vijf minuten, wist ze. Bij elke winkel en elk kraampje had ze wel iets gevonden wat de moeite waard was om aan te wijzen.

Dit keer was het een rol fijn, licht linnen, met prachtig borduurwerk langs de rand. De stof, met het delicate ajour langs de onderkant, kon gebruikt worden voor een jurk, dacht Poppy, of misschien voor een tafellaken, hoewel ze doodsbang zou zijn dat iemand er wijn op zou morsen. Ze had nog nooit borduurwerk in deze stijl gezien, en ze had heel wat tijd in de meest elegante winkels van Londen doorgebracht.

'Koopt u het,' zei de kapitein.

Ze schonk hem een bedenkelijke blik. 'Ik heb geen geld, en bovendien, hoe zou ik het bestaan ervan in hemelsnaam moeten verklaren als ik thuiskom?'

Hij haalde zijn schouders op. 'U kunt zeggen dat u het in Cornwall hebt gekocht.'

'Cornwall?' Waar kwam dát idee vandaan? Bovendien... 'Maken ze wel zulke dingen in Cornwall?'

'Ik heb geen idee. Maar dat is juist het mooie ervan. Ik betwijfel of iemand anders dat wel weet.'

Poppy schudde haar hoofd. 'Ik kan moeilijk zeggen dat ik twee weken naar Cornwall ben geweest. Dat is bijna even onwaarschijnlijk als Portugal.'

'Bijna?' echode hij. Hij lachte haar nog net niet uit.

'Het zou net zo moeilijk zijn uit te leggen,' zei ze.

Hij keek niet overtuigd.

'U hebt geen idee wat me straks in Engeland te wachten staat,' zei ze tegen hem. Zijn luchthartige houding ergerde haar nogal.

'U weet ook niet wat u te wachten staat,' zei hij. En hoewel hij gelijk had en hij het niet zei om onaardig te zijn of tegen haar in te gaan, vond ze dat zijn opmerking duidelijk liet zien dat hij niet begreep hoe hachelijk haar situatie was.

Nee, dat was het niet. Hij begreep haar hachelijke situatie maar al te goed. Hij zag alleen niet in hoe moeilijk het voor haar was om haar lot werkeloos af te wachten.

Misschien was hij iemand die rustig afwachtte tot hij al zijn informatie had voordat hij plannen maakte, maar zo was zij niet. Als dat betekende dat ze voor elk plan dat ze daadwerkelijk zou uitvoeren tien ideeën moest uitwerken, dan was dat maar zo.

Bijvoorbeeld:

Ze had nagedacht over de (verrukkelijke) mogelijkheid dat Elizabeth niemand had verteld dat Poppy weg was.

Ze had nagedacht over de mogelijkheid dat Elizabeth het aan Poppy's familie had verteld, maar aan niemand anders.

Maar wat als Elizabeths echtgenoot eerder naar huis was gekomen?

Wat als Elizabeths dienstmeisje Elizabeth had beloofd dat ze haar mond zou houden, maar vervolgens wel iets had gezegd tegen haar zus?

Wat als het dienstmeisje geen zus had? Wat als ze helemaal alleen op de wereld was, op haar allerliefste jeugdvriendin na, met wie ze regelmatig correspondeerde en die toevallig in Londen woonde en werkte voor de hertogin van Wyndham?

Poppy had de hertogin maar één keer ontmoet, en ze had niet de indruk dat deze vooraanstaande dame haar erg had gemogen. Zeker niet genoeg om dát soort nieuws voor zich te houden.

Maar wat als de hertogin van Wyndham gokschulden had waar haar man niet van mocht weten? Poppy had nooit geruchten van deze strekking gehoord, maar het was beslist mogelijk. En als de hertogin inderdaad gokschulden had, zou ze misschien chantage overwegen.

Dit waren de vragen die... nou, nee, ze hielden Poppy niet uit haar slaap. Ze sliep juist erg goed, de oceaan leek haar in slaap te wiegen. Maar overdag piekerde ze er voortdurend over. Ze staarde naar de oceaan en piekerde en piekerde en piekerde.

Maar ze wilde er geen ruzie over maken, vandaag althans niet, dus ze deed haar best om niet strijdlustig te klinken toen ze zei: 'Het is waar dat ik niet weet wat me te wachten staat.

Het kan zijn dat alles wat goed kon gaan inderdaad goed is gegaan. Dat zou geweldig zijn, nietwaar? Maar dat heeft me er niet van weerhouden me elke mogelijke uitkomst voor te stellen en vervolgens een plan te bedenken om daarmee om te gaan.'

Hij keek haar met een uitnodigende, doordringende blik aan. 'Vertel,' zei hij.

Ze knipperde met haar ogen. 'Pardon?'

'Vertel me een van uw plannen.'

'Nu?'

Hij haalde zijn schouders op, alsof hij wilde zeggen: waarom niet?

Haar lippen weken van verbazing een beetje uiteen terwijl ze de winkel rondkeek. Het leek een merkwaardige plek voor zo'n gevoelig gesprek.

'Niemand kan ons verstaan,' zei hij. 'En zelfs als iemand dat wel zou kunnen, kent u hier niemand.'

'Later,' zei ze. Ze was blij dat hij het had gevraagd, maar ze was echt niet bereid om midden in een Portugese stoffenzaak haar toekomst te bespreken. Ze vond het haast grappig dat hij het had geopperd. Het was echt iets voor een man om zoiets te doen.

'Vanavond bij het eten,' zei hij. 'Ik zal u eraan herinneren.'

Ze knikte instemmend. 'Nemen we onze maaltijd mee terug naar het schip?'

'Dat zal ik u niet aandoen,' zei hij resoluut. 'Dit is uw enige dag in Lissabon. We gaan naar een herberg waar ik graag kom. Ik denk dat u het er wel prettig zult vinden. Welnu' – hij gebaarde naar de rol stof – 'zal ik die voor u kopen?'

Onder normale omstandigheden zou Poppy er niet over denken om zo'n geschenk van een heer aan te nemen. Maar hoewel dit geen normale omstandigheden waren, moest ze toch weigeren. 'Dat kan ik niet doen,' zei ze spijtig. 'Maar ik zal de details proberen te onthouden. Misschien kan ik deze borduurtechniek wel leren.'

'Borduurt u?' Hij klonk verbaasd. Ze wist niet waarom, de meeste vrouwen deden wel iets aan handwerken.

'Niet zo goed als dit,' zei ze, terwijl ze haar vingers zachtjes over de elegante rijen met steekjes liet glijden. 'Maar ik vind het leuk om te doen. Ik vind het rustgevend. Het schept orde in mijn geest.'

Nu kéék hij ook verbaasd. 'Vergeef me als ik moeilijk kan geloven dat uw geest ooit ordelijk is.'

Nou zeg, dat was wel een heel merkwaardige opmerking. Als hij het op een andere toon had gezegd, had Poppy het misschien als een belediging opgevat. 'Wat bedoelt u daarmee?'

'U bent altijd aan het denken.'

'Dat doen mensen toch?'

'U bent anders,' zei hij, en vreemd genoeg deed het haar plezier dat hij dat vond.

'Hebt u ook zoiets?' vroeg ze. 'Iets wat u met uw handen kunt doen, zodat uw geest tot rust komt?'

Hij staarde haar met een merkwaardig intense blik aan, en ze wist niet zeker of hij begreep wat ze bedoelde.

'Iets waar u zo nodig een gesprek bij kunt voeren, maar waar u zich toch… bij op uw gemak voelt.' Ze maakte een hulpeloze schouderbeweging. 'Ik weet niet hoe ik het anders moet uitleggen.'

'Nee, ik begrijp het,' zei hij. Hij aarzelde even, of misschien probeerde hij alleen maar zorgvuldig zijn woorden te kiezen. Maar toen stak hij zijn hand uit en raakte het ajourwerk aan dat ze zojuist had bewonderd.

'Ik vind het leuk om kaartenhuizen te bouwen,' zei hij.

Even stond ze sprakeloos. 'Pardon?'

'Hebt u nog nooit een kaartenhuis gebouwd? Je gebruikt er gewone speelkaarten voor, en de eerste twee zet je in een omgekeerde v tegen elkaar.' Hij demonstreerde het met zijn handen, alsof hij echte kaarten vasthield. 'Daarnaast doe je dat nog een keer, en dan leg je er een kaart bovenop. Er is eigenlijk geen andere manier om te beginnen. Nou ja, er zijn nog wel andere manieren, maar die zijn voor gevorderden. Ik zou dat niet aanbevelen.'

Poppy staarde hem alleen maar aan. Ze had niet gedacht dat hij zoiets zo serieus zou nemen.

Ze had niet gedacht dat íémand zoiets zo serieus zou nemen. Maar ze vond het eigenlijk wel charmant dat hij dat wel deed.

'Zodra je de onderste verdieping hebt staan, vervolgde hij, 'kun je net zo lang doorbouwen als je wilt.' Hij zweeg even. 'Of tot een van je broers binnenkomt en de hele boel omkegelt.'

Poppy grinnikte. Ze kon zich heel goed een soortgelijk tafereel bij haar thuis voorstellen. 'Ik geloof niet dat ik dat ooit heb gedaan,' zei ze. 'Het is zelfs nooit in me opgekomen dat men met speelkaarten iets zou kunnen bouwen.'

'Je hebt meer dan één spel kaarten nodig,' zei hij met gezag. 'Als je het interessant wilt maken.'

'Helaas, mijn leven is de laatste tijd allesbehalve interessant.'

Daar moest hij om lachen. 'Misschien kan ik hier in Lissabon een paar spellen kaarten vinden, dan kan ik het u morgen laten zien.'

'Op het schíp?'

'O, juist ja.' Hij kneep met een schaapachtige uitdrukking op zijn gezicht zijn lippen op elkaar. 'Dat gaat niet werken.'

Ze verlieten de winkel en slenterden de drukke straten van de Baixa weer in. Het was werkelijk een heerlijke plek, maar toen viel Poppy plotseling iets op en ze wendde zich tot de kapitein. 'Waarom ziet dit gedeelte van de stad er zo nieuw uit?'

'Ah.' Hij bleef staan en draaide zich met een haast professionele houding naar haar toe. 'Zo'n jaar of dertig geleden is hier een aardbeving geweest. Het was verschrikkelijk. Een groot deel van de oude stad werd vernietigd.'

Poppy keek onmiddellijk om zich heen, of ze dertig jaar na de gebeurtenis nog tekenen van de aardbeving kon zien.

'Dit gebied is helemaal herbouwd,' zei de kapitein.

'Wat een brede lanen zijn dit,' murmelde Poppy, terwijl ze in de richting van het water keek. 'En zo recht.' Ze wist niet of er ergens in Engeland zo'n lange, rechte laan te vinden was.

'De nieuwe stad is langs rechte lijnen ontworpen.' Hij zwaaide zijn arm uit in een wijde, horizontale boog. 'Kijk maar eens hoeveel licht dat toelaat. En de luchtkwaliteit is ook verbeterd, omdat hij niet in muffe hoeken en gaten blijft hangen.'

Poppy had het nog niet eerder opgemerkt, maar er streek inderdaad een heerlijk fris briesje over haar huid. Ze probeerde zich te herinneren of ze in Londen ooit zoiets had ervaren. Het lukte haar niet.

'Het is opmerkelijk,' zei ze, terwijl ze reikhalzend de straat door keek. Iets aan de verzameling gebouwen was erg harmonieus. Ze waren stuk voor stuk bijna hetzelfde, vier of vijf verdiepingen hoog, met een arcade op de begane grond. De ramen waren allemaal gelijk – op elke verdieping van elk gebouw waren ze even groot en zaten ze op precies dezelfde afstand van elkaar.

Dat zou een saai, monotoon beeld moeten geven, maar dat was niet zo. Helemaal niet. Elk gebouw had zijn eigen karakter, met kleine verschillen die de straat enorm opfleurden. Sommige gebouwen waren geschilderd, andere niet. Een was zelfs bedekt met tegeltjes. De meeste gebouwen hadden balkons op de eerste verdieping boven de winkels, maar enkele hadden vlakke gevels, en een paar hadden balkons bij elk raam, tot op de bovenste verdieping aan toe. En ze waren niet allemaal even breed. De voornamere gebouwen hadden zes of acht ramen naast elkaar, maar veel andere hadden er maar drie.

En toch, ondanks alle verschillen, pasten ze bij elkaar. Alsof ze onmogelijk ergens anders gebouwd hadden kunnen worden.

'Het is prachtig. Zo ontzettend modern.' Ze keek naar kapitein James. Hij keek naar haar met een merkwaardig intense blik, alsof het voor hem werkelijk van belang was wat zij van de architectuur vond. Dat was belachelijk. Waarom zou het hem iets kunnen schelen? Dit was niet zijn stad. Hij had niets met het ontwerp ervan te maken gehad.

En toch, met zijn stralende, blauwe ogen zo onderzoekend op haar gevestigd, leek het bijna onontkoombaar dat ze haar gedachten met hem deelde. 'Wat ik het interessantst vind,' zei ze, terwijl ze even over haar schouder de straat in keek, 'is dat geen enkel element afwijkt. De ramen, de bogen… Ze zijn allemaal in de neoklassieke stijl, toch?'

Hij knikte en ze sprak verder. 'Maar zoals het hier allemaal bij elkaar staat, vormt het iets volkomen nieuws. Ik geloof niet dat ik ooit eerder zoiets heb gezien.'

'Dat ben ik met u eens,' zei hij. 'Het is echt uniek. Elke keer als ik in Lissabon ben, probeer ik dit gedeelte van de stad te bezoeken. Het is niet altijd mogelijk. Soms kom ik niet verder dan de haven. En de oude stad heeft ook zijn charmes. Maar dit...' Hij zwaaide weer met zijn arm, alsof hij haar de moderne tijd wilde laten zien. 'Dit is de toekomst.'

Plotseling kon Poppy zich niet voorstellen waarom hij ervoor had gekozen zeeman te worden. Hij was nooit zo bevlogen wanneer hij over de zee sprak. Hij maakte geen ongelukkige indruk, en ze vermoedde dat het leven van een zeekapitein veel aspecten kende waar hij dol op was. Maar dit, deze gebouwen, deze architectuur – dit was zijn ware passie.

Ze vroeg zich af hij zich daar zelf van bewust was.

'Maar dit is niet eens het opmerkelijkste,' zei hij plotseling. 'Hier, kom mee.' Hij greep haar bij de hand en trok haar mee over de stoep, en toen hij naar haar omkeek, zag ze dat zijn ogen nog meer straalden van opwinding. Ze had geen idee welk nieuw detail hem zo in vuur en vlam zette, maar toen leidde hij haar een van de elegante, nieuwe gebouwen binnen.

'Kijk,' zei hij. 'Is het niet wonderbaarlijk?'

'Ik weet niet goed wat u bedoelt,' zei ze voorzichtig. Ze waren in een of ander regeringsgebouw, stijlvol en nieuw, maar verder niet bijzonder.

'Nee, u kunt het niet zien,' zei hij, en hij gebaarde naar... een muur? Een deuropening?

'U zei net tegen me dat ik moest kijken,' zei ze tegen hem.

Hij grijnsde. 'Neem me niet kwalijk. Het revolutionaire zit hem in de muren. Elke muur is gebouwd over een Pombaline-kooi.'

Ze knipperde met haar ogen. 'Een Pomba-wát?'

'Een Pombaline-kooi. Het is... nou ja, het maakt niet uit hoe het heet. Het is een heel nieuw soort constructie die bedoeld is om gebouwen veiliger te maken bij aardbevingen. Je begint met een houten kooi...'

'Een kóói?'

'Niet zoals in een gevangenis,' zei hij, grinnikend om haar reactie. 'Je moet het meer zien als een raamwerk. Een driedimensionaal traliewerk, als je wilt. Dat wordt in de muren ingebouwd en vervolgens bedekt met ander materiaal. Zodat als de aarde trilt, dat de kracht helpt te verdelen.'

'De kracht?'

'Van de aardbeving. Als je de kracht kunt verspreiden' – hij maakte een beweging met zijn handen als Mozes die de Rode Zee splijt – 'zal die minder snel grote schade aanrichten.'

'Dat klinkt logisch.' Ze fronste haar wenkbrauwen terwijl ze zich het concept probeerde voor te stellen.

Maar de kapitein wilde er kennelijk zeker van zijn dat ze het begreep. 'U moet het zo zien. Als ik aan uw haar trek...'

Ze sprong achteruit. 'Wat?'

'Nee, even geduld alstublieft, ik beloof u dat hier een natuurkundeles in verscholen zit, en klaagde u er laatst niet over dat u op dat gebied zo weinig kennis hebt kunnen opdoen?'

Ze rolde met haar ogen. Natuurlijk had hij dat onthouden. 'Prima. Gaat u maar door dan.'

'Goed. Het heeft allemaal te maken met de verdeling van kracht. Als ik aan slechts een klein plukje van uw haar trek, doet dat aardig veel pijn.'

Hij stak zijn hand uit en nam een lokje haar tussen zijn vingers. Dat was niet erg moeilijk, gezien de niet al te handige manier waarop ze het had vastgespeld.

'Wacht, bent u echt van plan aan mijn haar te trekken?'

'Niet harder dan uw broers waarschijnlijk hebben gedaan.'

Ze dacht terug aan haar kindertijd. 'Dat stelt me niet gerust.'

Het gezicht van de kapitein kwam iets dichter bij het hare. 'Ik zal je geen pijn doen, Poppy. Dat beloof ik je.'

Ze slikte, en ze wist niet of het kwam door de oprechte blik in zijn ogen of door het feit dat hij voor het eerst haar voornaam had gebruikt, maar ze geloofde hem. 'Toe dan maar.'

Hij gaf een klein rukje, niet zo dat het pijn deed, maar precies genoeg om te weten dat het wel pijn zou hebben gedaan als hij harder had getrokken.

'Goed,' zei hij, 'stelt u zich nu voor dat ik een hele bos haar vast zou pakken.' Hij kromde zijn hand in de lucht, alsof hij haar een indruk wilde geven van de dikte van de bos haar die ze zich moest voorstellen.

'O, nee.' Dat zou haar kapsel nooit overleven.

'Ik doe het niet, maakt u zich geen zorgen,' zei hij, de eerste keer die middag dat hij enig blijk gaf van gezond verstand. 'Maar stelt u zich voor dat ik het wel zou doen. Het zou geen pijn doen.'

Hij had gelijk. Dat zou inderdaad geen pijn doen.

'Dat is omdat de trekkracht over een groter gedeelte van uw hoofdhuid verspreid zou worden. Daardoor krijgt elk plekje waaraan getrokken wordt minder kracht te verduren. En daardoor minder pijn.'

'Dus wat u zegt,' zei Poppy, 'is dat als u evenveel pijn wilt veroorzaken, u met een dikkere bos haar in uw hand veel harder zult moeten trekken.'

'Precies! Goed zo.'

Het was belachelijk hoe blij ze was met zijn compliment, vooral omdat zij degene was bij wie nu aan de zijkant van haar hoofd een los plukje haar naar buiten stak.

'Welnu,' vervolgde hij, zonder aandacht te schenken aan haar pogingen om op subtiele wijze haar haar weer netjes vast te spelden, 'men kan geen willekeurig houten raamwerk oprichten en verwachten dat dat werkt. Hou me ten goede, ik neem aan dat alles beter is dan niets, maar als men de wetten van de natuurkunde toepast, kan men een ongelofelijk sterke constructie bouwen.'

Poppy kon hem alleen maar aanstaren terwijl hij verder vertelde over Sint Andries-kruizen, verstijvingsbalken en dakspanten, en over iemand met de naam Fibonacci, van wie ze vermoedde dat hij dood was. De kapitein ging echter zo op in zijn uitleg dat Poppy het niet over haar hart kon verkrijgen hem in de rede te vallen en ernaar te vragen.

Terwijl ze naar hem keek – en het was een feit dat ze veel meer keek dan luisterde: hij was haar aandacht kwijtgeraakt toen hij was begonnen over de gulden snede in de geometrie – besefte ze dat hij vlak voor haar ogen een ander mens was geworden. Zijn hele houding veranderde. Ze had hem gezien als de kapitein, blakend van zelfvertrouwen en gezag, en ze had hem gezien als de schurk, een en al soepele ledematen en vloeiende bewegingen.

Maar nu bewogen zijn armen door de lucht alsof ze beelden en plannen schetsten en hij sprong bijna op en neer van opwinding terwijl hij zijn onzichtbare schilderdoek inkleurde en vergelijkingen in de lucht tekende. Poppy had geen flauw idee waar hij het over had. Ze kon er werkelijk geen woord van volgen.

Maar hij was fantastisch om naar te kijken.

Hij was niet de kapitein en hij was niet de schurk. Hij was alleen maar Andrew. Dat was zijn voornaam, toch? Dat had hij haar de eerste dag verteld. 'Kapitein Andrew James, tot uw dienst,' had hij gezegd, of woorden van die strekking. En ze had er sindsdien niet meer aan gedacht. Ze had alleen nog maar aan hem gedacht als kapitein James, of 'de kapitein'.

'Begrijpt u?' vroeg hij, en ze besefte dat het belangrijk was om te zeggen dat ze het begreep.

'Ik... nee,' gaf ze toe, 'maar ik heb niet de verbeeldingskracht om me zulke dingen in mijn hoofd voor te stellen. Als ik het op papier zou zien, zou ik het misschien begrijpen.'

'Natuurlijk,' zei hij, haast terneergeslagen.

'Ik vind het erg interessant,' zei ze haastig. 'Revolutionair zelfs. U zei dat niemand eerder zoiets heeft gedaan. Denk eens aan hoeveel levens het misschien heeft gered.'

'Het zal echt werken,' zei hij tegen haar. 'Er is niet meer zo'n zware aardbeving geweest, maar als dat, god verhoede, zou gebeuren, zouden deze gebouwen blijven staan. De ingenieurs hebben het getest.'

'Hoe hebben ze dat dan gedaan?' Ze konden toch niet met hun vingers knippen om een aardbeving op te wekken?

'Soldaten.' Andrews ogen werden groot van opwinding. 'Ze hebben honderden soldaten laten komen en laten rondstampen.'

Poppy's mond viel bijna open. 'U maakt een grapje.'

'Absoluut niet.'

'Ze lieten de soldaten rondstampen en daar ging de aarde hard genoeg van trillen om een aardbeving te benaderen?'

'Hard genoeg om het ontwerp een succes te noemen.'

'Kijk, dát vind ik nou geweldig,' zei Poppy. 'Dat je een probleem waar geen enkele oplossing voor is aanpakt en het dan op zo'n zijdelingse manier oplost. In mijn ogen is dat echt geniaal.'

'En dat is nog niet alles,' zei hij, terwijl hij haar weer mee naar buiten nam en de brede voetgangersstraat in loodste. 'Kijkt u eens naar de gevels. U vindt ze misschien saai…'

'Helemaal niet,' zei Poppy snel. 'Ik vind ze juist erg elegant.'

'Ik ook,' zei hij, en hij was zichtbaar in zijn nopjes met haar reactie. 'Maar wat ik wilde zeggen is dat de meeste van deze gebouwen, of eigenlijk de meeste onderdelen van deze gebouwen, ergens anders zijn gemaakt.'

Poppy keek naar een van de gebouwen en richtte toen haar blik weer op Andrew. 'Ik begrijp niet wat u bedoelt.'

Hij wees naar een gevel dichtbij. 'De meeste onderdelen van de gebouwen zijn op een andere plek in elkaar gezet, een plek waar veel meer ruimte is en waar metselaars en timmerlieden allemaal aan één ding tegelijk konden werken. Het is erg voordelig – zowel qua tijd als qua geld – om bijvoorbeeld alle raamkozijnen tegelijk te maken.'

Poppy tuurde de straat af en probeerde zich een enorm terrein voor te stellen, vol losse muren en raamkozijnen. 'En daarna hebben ze alle onderdelen hiernaartoe gebracht? Op wagens?'

'Misschien wel. Ik denk eerder per binnenschip.'

'Ik heb nog nooit zoiets gehoord.'

'Het wordt niet vaak gedaan. Ze noemen het prefabricage.'

'Het is fascinerend.' Poppy schudde verwonderd haar hoofd terwijl ze alles in zich opnam: de architectuur, het feit dat ze daadwerkelijk in Lissabon was en de mensen Portugees spraken en…

'Wat?' vroeg ze. Andrew stond op een heel merkwaardige manier naar haar te kijken.

'Nee, niets,' zei hij zacht. 'Niet echt. Het is alleen zo dat de meeste mensen dit niet interessant vinden.'

'Ik wel,' zei ze, schouderophalend. 'Maar ja, ik ben nieuwsgierig naar de meeste dingen.'

'Zo bent u in deze puinhoop beland,' zei hij ironisch.

'Wat u zegt.' Ze zuchtte. 'Ik had echt de andere kant van het strand op moeten lopen.'

Hij knikte traag om haar woorden te bevestigen, maar toen verraste hij haar volkomen door te zeggen: 'En toch ben ik op dit moment – let wel, alleen vanmiddag – blij dat u dat niet hebt gedaan.'

De rest van de middag was dat het enige waar Poppy aan kon denken.

17

Andrew nam Poppy mee naar een kleine herberg dicht bij de haven. Hij had daar talloze keren gegeten, net als het grootste deel van zijn bemanning, en hoewel hij nooit met een dame naar een vergelijkbaar etablissement in Engeland zou gaan, leken hier in Portugal andere regels te gelden.

Bovendien was de vrouw van de herbergier een uitstekende kok, en hij kon geen betere plek bedenken om Poppy met de echte Portugese keuken te laten kennismaken.

'Dit zal anders zijn dan u gewend bent,' waarschuwde hij, terwijl hij zijn hand uitstak om de deur te openen.

Haar ogen lichtten op. 'Fijn.'

'De stamgasten kunnen een beetje grof zijn.'

'Ik ben niet zo overgevoelig.'

Andrew trok met een zwierig gebaar de deur open. 'Laten we dan maar snel naar binnen gaan.'

Ze werden onmiddellijk begroet.

'Kapitein!' Senhor Farias, een man van middelbare leeftijd die eigenaar was van het etablissement, haastte zich naar hen toe. Hij had in de loop der jaren wat Engels geleerd en hij sprak het een stuk beter dan Andrew Portugees. 'Is zo goed u te zien. Ik hoorde uw schip is hier en ik vraag af waar bent u.'

Andrew grijnsde. Het was altijd fijn om als een oude vriend begroet te worden. 'Senhor Farias, het genoegen is geheel mijnerzijds. Vertel me, hoe maakt uw familie het?'

'Erg goed, erg goed. Mijn Maria is nu getrouwd, weet u. Ik zal snel... hoe zegt u dat... niet vader, maar...' Hij knipte snel met zijn vingers in de lucht, zijn favoriete gebaar wanneer hij ergens op probeerde te komen. Andrew had het hem vele keren zien doen.

'*Avô, avô*,' zei hij. 'Niet vader, maar...'

'Grootvader?'

'Ja! Dat is het.'

'Gefeliciteerd, mijn vriend! Senhora Farias zal wel erg blij zijn.'

'*Sim!* Ja, ze is erg blij. Ze is dol op kleine baby's. Maar wie is dit?' Senhor Farias had eindelijk Poppy opgemerkt, die schuin achter Andrew stond. Hij kuste haar hand. 'Is dit uw vrouw? Bent u getrouwd? *Parabéns*, kapitein! Gefeliciteerd!'

Andrew wierp een blik op Poppy. Ze bloosde hevig, maar leek zich niet echt opgelaten te voelen.

'Zij is mijn nicht,' zei Andrew, want dat leek hem de veiligste leugen. Als zijn mannen nog niet naar Taberna da Torre waren gekomen om te eten, zouden ze dat snel doen, en dan zouden ze beslist het nieuws onthullen dat er bij de *Infinity* een vrouw aan boord was. 'Ze is te gast tijdens onze reis.'

'Dan is zij ook te gast in mijn *taberna*,' zei senhor Farias, terwijl hij haar naar een tafel leidde. 'Ik zal alleen ons beste eten brengen.'

'Vertelt u me nu dat uw eten niet altijd het beste is?' plaagde Andrew.

'Nee,' zei senhor Farias vol overtuiging. 'Mijn vrouw kookt niets slechts. Is alles het beste. Dus ik zal uw nicht alles brengen.'

Poppy opende haar mond en even leek het alsof ze dit misschien zou afslaan, maar in plaats daarvan zei ze: 'Dat zou fantastisch zijn.'

Senhor Farias plantte zijn handen op zijn heupen. 'Geeft de kapitein u geen eten?'

'Het eten op de *Infinity* is erg goed,' zei Poppy, terwijl ze toestond dat senhor Farias zijn arm door de hare haakte. 'Maar ik heb nog nooit Portugees eten geproefd – nou ja, behalve *malasada*'s – en ik ben er erg nieuwsgierig naar.'

'Zij is een erg nieuwsgierige dame,' riep Andrew, die achter hen meeliep.

Poppy wierp hem een blik toe. 'Dat kan op verschillende manieren worden opgevat.'

'Die allemaal kloppen.'

Ze deed iets grappigs met haar mond dat duidelijk het equivalent was van met haar ogen rollen, waarna ze opgewekt met senhor Farias meeliep naar zijn beste tafel.

'Zit, zit,' drong hij aan. Hij keek afwisselend van haar naar Andrew. 'Ik breng wijn.'

'Hij is geweldig!' zei Poppy enthousiast, zodra ze zaten.

'Ik dacht al dat u hem aardig zou vinden.'

'Zijn alle Portugezen zo vriendelijk?'

'Veel wel, maar niet zo vriendelijk als hij.'

'En hij wordt grootvader!' Poppy klemde haar handen ineen en haar glimlach had de hele kamer kunnen verlichten. 'Het maakt me zo blij, en ik ken hem niet eens.'

'Mijn moeder zegt vaak dat het kenmerk van een echt goed mens is dat ze blij kan zijn voor mensen die ze nog nooit heeft ontmoet.'

Ze fronste haar wenkbrauwen. 'Dat is vreemd. Mijn tante zegt precies hetzelfde.'

Andrew beet op de binnenkant van zijn wang. Verdorie,

natuurlijk zei lady Bridgerton precies hetzelfde. Zijn moeder en zij waren beste vriendinnen. 'Het is een algemeen gezegde,' zei hij. Dat was waarschijnlijk een leugen, maar misschien ook niet. Voor zover hij wist zeiden alle dames in zijn moeders vriendenkring het ook.

'Echt? Ik heb het nog nooit iemand anders horen zeggen, maar ja, mijn kennissenkring is niet zo uitgebreid.' Toen nam ze al zijn eventuele zorgen dat zijn opmerking haar achterdocht had gewekt weg door met een gretig gezicht naar voren te leunen en te zeggen: 'Ik kan niet wachten om te zien wat senhor Farias komt brengen. Ik heb zo'n honger.'

'Ik ook. Aan twee *malasada*'s heeft men niet genoeg voor een maaltijd.'

Ze stak haar wijsvinger naar hem op en zwaaide hem heen en weer. 'Het was uw eigen keus om mij er een van u te geven.'

'Drie zou ook niet genoeg zijn geweest. En,' vervolgde hij, terwijl hij met zijn vinger precies zo terugzwaaide, 'vier kennelijk evenmin.'

Ze lachte alleen maar en glimlachte naar senhor Farias toen die wijn kwam inschenken. Toen de herbergier weer wegliep, boog ze met glinsterende ogen naar voren en zei: 'Ik wil alles proberen.'

Andrew hief zijn glas. 'Op alles,' zei hij.

Ze glimlachte, alsof dat de charmantste toast was die ze ooit had gehoord. 'Op alles.'

Andrew leunde achterover en sloeg haar met een vreemd gevoel van trots gade. Het was lang geleden dat hij iemand de bezienswaardigheden van een stad had laten zien – welke stad dan ook. Het grootste deel van zijn zaken – al dan niet voor de regering – moest hij in zijn eentje afhandelen. En als hij eens met mannen van zijn schip de stad in ging, was het niet hetzelfde. Ze waren bevriend, maar ze waren geen gelijken, en dat zou altijd tussen hen in staan.

Maar met Poppy was elk moment een genot geweest. En hij begon te denken dat haar aanwezigheid op de *Infinity* misschien niet zo'n ramp was als hij had gevreesd.

Hij had in het begin al geweten dat hij misschien met dit meisje zou moeten trouwen, maar hij begon zich af te vragen of dat wel echt zo erg was. Waar moest hij iemand anders vinden die Pombaline-kooien interessant vond? Wie was er nog meer in staat om zijn droge opmerkingen om te draaien, op zijn kop te zetten en minstens even ad rem in zijn gezicht terug te slingeren?

Ze was een slimme meid, zijn Poppy.

En ze had hem gekust. Ze had hem gekust met de miniemste, vluchtigste aanraking van lippen die hij ooit had gevoeld. En toch was het op de een of andere manier méér.

Poppy Bridgerton had hem gekust, en het was monumentaal geweest.

Hij voelde het in zijn bloed, hij voelde het over zijn hele huid. En toen hij later die nacht eindelijk de slaap vond, had het door zijn dromen heen gezinderd. Hij was wakker geworden met een harde erectie die anders voelde dan op andere ochtenden. En hij kon er niet eens iets aan doen, omdat hij in de kooi van zijn eerste stuurman sliep.

Carroway was een prima vent, maar elke vriendschap had zijn grenzen.

Nu hij erover nadacht, elke vriendschap had déze grens. En als dat niet zo was, zou het zo moeten zijn.

'Waar denkt u aan?' vroeg Poppy.

Er was geen denken aan dat hij haar de waarheid ging vertellen, dus hij zei: 'Ik vroeg me af of we José misschien een maaltijd moeten brengen. Hij werkte zo hard, vanmorgen.'

Ze wierp hem een geërgerde blik toe. 'U bent verschrikkelijk.'

'Dat zegt u steeds, maar u hebt me nog niet overtuigd.'

'Ik kan niet geloven dat ik de eerste ben die het probeert,' zei ze snuivend.

'O, zeker niet. Mijn familie heeft het al heel lang geleden opgegeven om mij een gevoel van innerlijk fatsoen bij te brengen.'

Ze nam hem met een scherpzinnige blik op. 'Dat zijn een heleboel woorden om te zeggen dat u zich verschrikkelijk misdraagt.'

'Inderdaad. En waarschijnlijk is dat ook de reden waarom ik ermee wegkom.' Hij boog zich met een ondeugende glimlach naar haar toe. 'Een fluwelen tong, zogezegd.'

'Inderdaad, zogezegd.'

Hij grinnikte om haar vinnige reactie. 'Heb ik u al verteld dat ik een recordaantal keren van Eton ben gestuurd?'

'Hebt u op Eton gezeten?'

'Inderdaad,' bevestigde hij, en hij stelde vast dat het hem weinig kon schelen dat hij zo'n markant feit over zijn achtergrond had onthuld.

Ze staarde hem even aan en haar ogen gaven haast een smaragdgroen licht af van nieuwsgierigheid. 'Wie bént u?'

Het was niet de eerste keer dat ze die vraag stelde. Het was zelfs niet de eerste keer dat ze dat deed op diezelfde ongelovige toon. Maar het was wél de eerste keer dat hij met iets meer reageerde dan een snelle grijns of een neerbuigend lachje.

Het was de eerste keer dat hij het antwoord diep uit zijn hart moest halen.

‘Het is vreemd,’ zei hij, en hij hoorde aan zijn stem dat de woorden uit een niet eerder aangeboord hoekje van zijn geest kwamen, ‘maar ik denk dat u me op dit moment beter kent dan wie dan ook.’

Ze viel stil, en toen ze hem aankeek, was dat met een verbijsterend openhartige blik. ‘Ik ken u helemaal niet.’

‘Denkt u dat?’ murmelde hij. Ze wist zijn echte naam niet, ze kende zijn voorgeschiedenis niet, en ze wist niet dat hij was opgegroeid met haar neven en nichten in Kent. Ze wist niet dat hij de zoon van een graaf was, en dat hij in het geheim voor de kroon werkte.

Ze kende al deze details niet, maar ze kende hém. Hij had het angstaanjagende gevoel dat zij de eerste persoon was die hem ooit had gekend.

Maar toen besefte hij dat het helemaal niet angstaanjagend was, dat hij dacht dat het dat zou moeten zijn maar dat het in werkelijkheid...

... wel fijn was.

Zijn familie had hem altijd een beetje gezien als een grappenmaker, en hij veronderstelde dat hij weinig had gedaan om hen van het tegendeel te overtuigen. Hij wás meerdere malen van Eton gestuurd – maar nooit omdat zijn leerresultaten tekortschoten. Hij was veel te rusteloos om de allerhoogste cijfers te halen, dat was waar, maar hij had het er met zijn schoolwerk redelijk goed van afgebracht.

Zijn vergrijpen hadden altijd betrekking op zijn gedrag. Een grap die voor een vriend bedoeld was en op de een of andere manier bij een leerkracht belandde. Een grap die voor een leerkracht bedoeld was en op de een of andere manier bij het schoolhoofd belandde. Ongepast gelach in de eetzaal. Ongepast gelach in de kerk. Ongepast gelach overal, eigenlijk.

Dus als zijn familie hem dwaas of op zijn allerminst weinig serieus vond, hadden ze daar waarschijnlijk reden toe.

Maar hij was niet alléén dat. Hij deed belangrijke dingen. Belangrijke dingen waar niemand iets van wist, maar daar was niets aan te doen.

Hij had daar geen moeite mee.

Nou ja, hij had er niet veel moeite mee.

Hij keek over de tafel naar Poppy en verwonderde zich erover dat dit alles in een fractie van een seconde door zijn hoofd was geschoten.

'Denkt u dat u míj kent?' vroeg ze.

'Ja, dat denk ik wel.' Hij hoefde er niet eens over na te denken.

Ze snoof. 'Dat is belachelijk.'

'Ik weet dat u van puzzels houdt,' zei hij.

'Iedereen houdt van...'

'Nee, dat is niet waar,' onderbrak hij haar. 'Niet zoals u en ik.'

Zijn felheid leek haar te verrassen.

'Ik weet ook,' zei hij, 'dat als u zichzelf een taak stelt, u niet rust voordat u hem heeft voltooid.' Toen hij haar verbijsterde gezicht zag, voegde hij eraan toe: 'Nogmaals, niet iedereen is zo. Zelfs niet degenen onder ons die van puzzels houden.'

'U bent precies zo,' zei ze, een beetje verdedigend.

'Dat weet ik.' Hij haalde zijn schouders op. 'Ik vind dat niet erg.'

Haar kin ging een tikje omhoog. 'Ik ook niet.'

Hij moest een beetje lachen om haar reactie, of hij wilde of niet. 'Ik beschuldig u niet van iets schandelijks. Ik beschouw het als een compliment.'

'O.' Ze bloosde een beetje, en het was grappig om te zien

hoe ze met zichzelf leek te worstelen, alsof ze niet goed wist hoe ze met zijn lof moest omgaan. 'Wat denkt u nog meer over me te weten?' vroeg ze.

Hij voelde dat hij glimlachte. 'Vist u naar complimentjes?'

'Echt niet,' zei ze verachtelijk. 'Ik heb geen reden om te verwachten dat uw antwoorden allemaal even vleiend zullen zijn.'

'Goed dan.' Hij dacht even na. 'Ik weet dat u het niet prettig vindt om uw intelligentie onder stoelen of banken te steken.'

'Wanneer hebt u ooit gemerkt dat ik dat deed?'

'Precies,' zei hij. 'Maar u hebt dat ook niet hóéven doen. Ik ken de samenleving goed genoeg om te weten dat u in Londen met heel andere beperkingen te maken hebt dan op de *Infinity*.'

'Ik zou zeggen dat ik met geen enkele beperking te maken heb,' zei ze parmantig, 'behalve die ene, namelijk dat ik opgesloten zit in een hut.'

'Sprak de dame die dineert in een Lissabons café.'

'Touché,' gaf ze toe, en hij meende dat hij haar een glimlach zag verbijten.

Hij boog zich een klein beetje naar haar toe. 'Ik weet dat u geen Frans spreekt, en dat u niet zeeziek wordt, en dat u uw broer Roger met heel uw hart mist.'

Ze keek met een sombere blik naar hem op.

'Ik weet dat u dol op hem was, ook al plaagde hij u zoals alle goede oudere broers dat doen, en ik weet dat op zijn beurt zijn liefde voor u veel groter was dan u ooit hebt geweten.'

'Dat kunt u niet weten,' fluisterde ze.

'Natuurlijk wel.' Hij hield zijn hoofd een beetje schuin en

trok zijn wenkbrauw op. 'Ik ben ook een broer.'

Haar lippen gingen van elkaar, maar ze leek niet te weten wat ze moest zeggen.

'Ik weet dat u loyaal bent,' zei hij.

'Hoe kunt u dat nou weten?'

Hij haalde zijn schouders op. 'Ik weet het gewoon.'

'Maar u...'

'Ik heb een groot deel van de afgelopen week in uw gezelschap doorgebracht. Ik hoef geen demonstratie te zien van uw loyaliteit om te weten dat u over die eigenschap beschikt.'

Ze knipperde een paar keer met haar ogen en haar wimpers gingen op en neer, terwijl ze vaag voor zich uit staarde. Ze leek te kijken naar een plekje op de muur tegenover haar, maar het was duidelijk dat alles wat ze zag zich in haar eigen hoofd afspeelde. Uiteindelijk, net toen hij haar zachtjes wilde aansporen om iets te zeggen, ging ze wat meer rechtop zitten en keek ze hem aan.

'Ik weet ook dingen van u,' zei ze.

Hij wees er niet op dat ze net nog had gezegd dat ze hem helemaal niet kende. Hij was veel te nieuwgierig naar wat ze ging zeggen.

Maar voordat hij daarnaar kon vragen, verscheen senhor Farias aan hun tafel met een bord gefrituurde kabeljauw.

'*Bolinhos de bacalhau*!' kondigde hij aan. 'Maar u moet wachten. Ze zijn nog veel te heet.'

Poppy tuurde ernaar. 'Mijn hemel, ze sissen nog.'

Senhor Farias was alweer halverwege de keuken en hij draaide zich niet eens om terwijl hij boven zijn hoofd met zijn vingers knipte en riep: 'Te heet!'

Poppy grijnsde, en Andrew wist dat hij het gesprek hoorde te brengen op de fantastische maaltijd die voor hen stond, maar ze had op het punt gestaan iets belangrijks te zeggen, en hij kon dat niet laten schieten.

'U zei dat u me kende,' bracht hij haar in herinnering.

'Hmm?' Ze stak haar hand uit en raakte voorzichtig een stukje gefrituurde vis aan.

'Te heet!' brulde senhor Farias.

Poppy schoot overeind en haar hoofd bewoog snel heen en weer, op zoek naar de herbergier. 'Hoe zag hij dat?' vroeg ze verwonderd. 'Hij is hier niet eens.'

'Poppy.'

'Denkt u dat ze genoeg zijn afgekoeld?'

Hij zei het weer. 'Poppy.'

Eindelijk keek ze hem aan en ze glimlachte vriendelijk toen ze zijn blik ontmoette.

'Voordat senhor Farias arriveerde met de vis,' zei hij. 'U zei dat u me kende.'

'O, ja, dat klopt. Dat zei ik.'

Hij maakte een wentelende beweging met zijn hand, zijn gebruikelijke manier om te beduiden: ja, dus?

'Goed dan.' Ze ging rechtop zitten, bijna als een lerares die zich voorbereidt om met haar les te beginnen. 'Ik weet dat u niet zo hard bent als u anderen graag doet geloven.'

'Denkt u dat?'

Ze wierp hem een olijke blik toe. 'Billie vertelde me dat hij van u niet in zijn eentje Lissabon in mag.'

'Hij is een kínd.'

'Dat van huis is gegaan en op een schíp woont,' bracht ze daar tegenin. 'Krijgen de meeste jongens in zijn positie dit soort beperkingen opgelegd?'

'Nee,' gaf Andrew toe, 'maar hij spreekt de taal niet. En hij is erg klein voor zijn leeftijd.'

Ze glimlachte triomfantelijk. 'En u geeft om hem.'

Andrew trok aan zijn kravat. Het was belachelijk om je over zoiets opgelaten te voelen. Hij probeerde alleen maar een kleine jongen te beschermen. Iedereen hoorde daar zijn best voor te doen.

'U behandelt ook uw bemanning erg goed,' zei ze.

'Dat is een kwestie van zakelijk inzicht. We hebben het daarover gehad.'

Ze schoot in de lach. Recht in zijn gezicht. 'Alstublieft. U zei heel specifiek dat de belangrijkste reden om uw mannen goed te voeden niet is dat dat zakelijk gezien verstandig is, maar dat het mensen zijn.'

'Dat hebt u dus onthouden, hè?' mopperde hij.

'Ik onthoud alles.'

Daar twijfelde hij geen moment aan. Maar hij voelde zich vreemd ongemakkelijk bij haar lof – althans voor dit soort dingen. Wat bespottelijk was. Hij ging gewoon fatsoenlijk om met zijn bemanning. Maar mannen leerden om trots te zijn op hun kracht en hun macht, niet op de goede dingen die ze deden, en hij wist niet goed hoe hij haar op een eenvoudige manier moest bedanken.

'Ik denk dat ze goed zijn,' zei hij, met een knikje naar de gefrituurde vis.

Poppy, die ze zo graag had willen proeven dat ze bijna haar vinger had gebrand, haalde nu alleen maar haar schouders op.

'Wilt u niet eten?' Hij wist dat ze dat wel degelijk wilde. Ze wilde alleen maar een of ander ingewikkeld, totaal onbelangrijk punt maken.

Hij gebaarde weer naar het eten op tafel. 'We verbeuzelen onze tijd.'

'Denkt u dat?' murmelde ze, en de toon waarop ze het zei leek zo sprekend op de toon waarop hij nog maar enkele minuten geleden precies hetzelfde had gezegd, dat het geen toeval kon zijn. Niet bij haar.

Hij stak zijn hand uit en prikte een stukje vis aan zijn vork.

'Is het niet de bedoeling dat we onze vingers gebruiken?'

'Ik ben alleen voorzichtig, voor het geval ze…'

'Niet meer te heet!' riep senhor Farias.

Andrew keek grijnzend op. 'Met onze vingers dus.'

Poppy pakte er een, nam een hap en liet zich verrast achterover zakken toen ze het proefde. 'Ik dacht dat het zoet zou zijn!'

Hij lachte en besefte nu pas dat noch hij, noch senhor Farias haar– in het Engels – had verteld wat het was. 'Het is gezouten kabeljauw,' vertelde hij haar. 'Het is hier een enorm geliefd gerecht, en er wordt verteld dat de Portugezen er evenveel recepten voor hebben als er dagen in het jaar zitten. Dit is een van de meest gangbare bereidingswijzen.'

'Het lijkt een beetje op…' Poppy smakte met haar lippen, terwijl ze een half stukje vis bevallig tussen haar vingers klemde. 'Laat maar, ik weet niet precies waar het op lijkt. Maar… o, kijk!' Ze zwaaide met haar vrije hand naar de deur. 'Daar is Billy!'

Ze glimlachte en wenkte hem om naar hen toe te komen.

'Juffrouw Poppy! De kapitein heeft u eruit gelaten!' Billy's ogen werden groot van ontzetting toen hij besefte dat hij dit eruit had geflapt waar zijn werkgever bij was. 'Neem me niet kwalijk, kapitein. Ik wilde niet… Dat wil zeggen…'

Billy slikte en zijn kleine adamsappel wipte op en neer in zijn keel. 'Ik heb tegen haar gezegd dat u de kwaadste niet bent, kapitein. Ik heb zelfs gezegd dat u de beste bent die er is. Echt waar.'

Andrew keek naar Poppy en trok eerst zijn ene en toen zijn andere wenkbrauw op in een overdreven poging te doen alsof hij Billy's verklaring beoordeelde. 'Wat zegt u ervan, juffrouw Bridgerton? Vertelt meneer Suggs de waarheid?'

'Heet je zo van je achternaam?' vroeg Poppy aan de jongen. 'Ik geloof niet dat ik dat ooit heb geweten.'

Billy knikte nerveus, en Andrew besloot het hem verder niet moeilijk te maken. 'Je hoeft je niet te verontschuldigen, Billy. Ik heb haar er inderdaad "uit gelaten".'

Poppy boog samenzweerderig naar voren. 'En je kunt er zeker van zijn dat hij me voor de reis naar huis weer "terug stopt".'

Billy's mond viel bijna open en hij zette grappige grote ogen op.

'Het is een grapje, Billy,' zei Poppy. 'Nou ja, eigenlijk niet, want het is waar, maar ik maakte er een grapje óver.'

'Ehm...' Billy keek hulpzoekend naar Andrew, maar die haalde alleen maar zijn schouders op. De jongen kon maar het beste zo vroeg mogelijk leren dat vrouwen in een gesprek soms verduiveld moeilijk te volgen waren.

'Ben je hier alleen naartoe gekomen?' vroeg Poppy. 'Ik gaf kapitein James net een compliment omdat hij eist dat er altijd een volwassene met je meegaat.'

Billy schudde heftig zijn hoofd. 'Brown heeft me hier afgezet voordat hij de stad in ging. Hij zei dat hij me over een poosje weer komt ophalen.'

Poppy stond perplex. 'Wilde je híér in je eentje tijd doorbrengen?'

'Ik mag van senhor Farias zijn kat voeren,' zei Billy met een brede glimlach. 'Hij heet Snor. Nou ja, zo noem ik hem. Hij heeft een naam in het Portugees, maar die kan ik niet uitspreken. Maar hij is vreselijk lief. Ik mag hem over zijn buik aaien en alles.'

Terwijl Billy door de zijdeur wegschoot, wendde Andrew zich tot Poppy en zei: 'Hij komt hier elke keer dat we in Lissabon zijn. Hij brengt uren door met dat beest.'

'Hij is in zijn hart nog maar een kleine jongen,' zei ze zachtjes. 'Ik vergeet dat soms. Ik vermoed dat hij sneller heeft moeten opgroeien dan ik.'

Andrew knikte instemmend. Toen hij zo oud was als Billy, ravotte hij nog met zijn broers en zusjes en met de buurkinderen. Zijn grootste zorg was hoe koud het meer zou zijn als zijn broer hem erin duwde.

'Hebben jullie geen kat op het schip?' vroeg Poppy.

Hij keek op en wilde net uitleggen dat de scheepskat een akelig, vals beest was, toen een plotselinge beweging links van hem zijn aandacht trok. Hij keek discreet over zijn schouder, maar hij zag alleen senhor Farias. Hoewel...

Dat was raar.

De joviale herbergier stond stil. Te stil.

Senhor Farias stond nooit stil. Hij begroette klanten en schonk wijn, maar hij stond nooit stil. Zeker niet zoals nu: met zijn schouders stijf tegen de muur gedrukt en heen en weer schietende ogen.

Er klopte iets niet.

'Poppy,' zei Andrew met zachte stem, 'we moeten gaan.'

'Wat? Nee. Ik ben nog niet kl...'

Hij schopte haar onder de tafel. 'Nú.'

Haar ogen werden groot en ze gaf een knikje.

Andrew maakte oogcontact met senhor Farias. Toen keek hij naar de deur, om te beduiden dat hij ging vertrekken. Senhor Farias richtte zijn ogen snel op een ruig ogend gezelschap van drie mannen bij het raam, om de oorzaak van het probleem duidelijk te maken.

Andrew stond op, maar niet te snel, om niet te laten merken dat hij haast had. '*Obrigado*,' zei hij op hartelijke toon, terwijl hij Poppy stevig bij de hand pakte. 'Volgende keer dat ik in Lissabon ben zie ik u weer, ja?'

Hij trok Poppy overeind terwijl senhor Farias knikte en misschien iets té enthousiast '*Sim, sim*' zei.

'Dank u wel, senhor,' zei Poppy terwijl ze zich haastte om Andrews grote stappen bij te houden.

Senhor Farias glimlachte gespannen, en ze hadden het bijna gered. Echt bijna. Maar toen ze nog maar een paar meter bij de deur vandaan waren, trok Poppy plotseling haar hand los en ze riep uit: 'O, maar Billy!'

Andrew dook naar voren om haar weer bij haar hand te pakken, maar zij rende al naar de zijdeur. 'Poppy!' riep hij, en hij deed zijn best om de paniek uit zijn stem te weren. 'We kunnen hem later ophalen.'

Ze schudde haar hoofd, duidelijk niet bereid de jongen op zo'n gevaarlijke plek achter te laten. Ze zei iets – waarschijnlijk dat Billy dichtbij was, Andrew kon het niet goed verstaan – en stak haar hoofd om de hoek van de deur.

Verduiveld nog aan toe. Billy was veel veiliger waar hij was. Wat – of wie – die mannen ook wilden, het was geen dertienjarige jongen uit Portsmouth. Maar dat betekende niet dat hij veilig was. Als Billy hen voor de voeten liep, zouden ze hem zonder pardon neersteken.

Andrew liep met grote stappen achter Poppy aan. Ze konden via de achterdeur vertrekken. Het zou langer duren om de betrekkelijke veiligheid van de drukke straat te bereiken, maar dat moest dan maar.

'O!' hoorde hij Poppy roepen. 'Neem me niet kwalijk.'

Maar haar stem klonk vreemd, en toen Andrew de deur bereikte, stolde het bloed in zijn aderen. Er stonden nog twee andere mannen in de steeg. En een van hen had zijn hand op Billy's schouder gelegd.

De andere hield Poppy vast.

Andrew zou dat moment zijn hele leven niet meer vergeten, alsof het vier keer zo lang had geduurd als in werkelijkheid het geval was. Maar hoewel elke seconde zich onmogelijk traag leek af te spelen, kon hij zich niet herinneren dat hij daadwerkelijk had nagedacht. Woorden, taal… ze waren weg, vervangen door een wereld die was overspoeld met een rood waas van woede.

Hij schoot naar voren, en Poppy werd opzij geworpen terwijl hij zijn handen om de nek van de bandiet klemde. Maar binnen enkele seconden was hij omsingeld en hij kon niet meer dan twee schoppen uitdelen voordat hij tegen de muur van de herberg werd geklemd terwijl zijn beide armen in bedwang werden gehouden door leden van de ruig uitziende bende die hij in de herberg had opgemerkt.

Hij keek bliksemsnel om zich heen om de situatie in te schatten. Het was duidelijk dat de drie mannen die hij eerder had gezien deel uitmaakten van een grotere groep. Andrew had geen idee met hoeveel man ze in totaal waren. Hij telde er vier in de steeg, maar aan de geluiden die door de open deur naar buiten kwamen te oordelen, waren er nog minstens evenveel binnen.

De vier mannen wisselden wat woorden in het Portugees, zo snel dat Andrew het niet kon volgen, en toen veranderde degene die zijn hand om Poppy's arm had geklemd iets van houding, trok haar met haar rug tegen zich aan en haakte zijn arm met zijn puntige elleboog naar voren om haar nek.

'Blijf met je handen van haar af,' bulderde Andrew, maar de schoft lachte alleen maar, en Poppy slaakte een verstikte kreet toen ze nog strakker tegen zijn borst werd gedrukt.

'Jij smerige...' Maar Andrews woedende kreet werd gesmoord toen hij tegen de stenen muur van de herberg werd gekwakt.

De man die Poppy vasthield lachte weer. Hij wikkelde haar haar om zijn vinger en kietelde ermee onder haar kin.

Die zou er als eerste aan gaan.

Andrew had geen idee hoe hij het zou doen, maar zo waar als hij hier stond, hij zou hem zijn darmen uit zijn lijf rukken.

'Laat haar los!'

Billy. Goeie god, hij was de jongen helemaal vergeten. En blijkbaar gold dat voor hen allemaal, want niemand hield hem tegen toen hij naar voren rende en Poppy's overweldiger een trap tegen zijn schenen gaf.

'Billy, nee!' brulde Andrew, want iedereen kon zien dat de jongen geen schijn van kans maakte.

Maar het dertienjarige straatjochie uit de achterbuurten van Portsmouth had het hart van een heer, en hij stond niet toe dat de eer van zijn dame werd bezoedeld.

'Laat haar los!' schreeuwde Billy weer. En toen – o, heilige moeder gods, hiervoor zouden ze hem vermoorden – zette hij zijn tanden in de arm van die grote vent.

De kreet van pijn die hierop volgde was genoeg om bloed in ijs te veranderen, en of het wraak was of een reflex zou Andrew nooit weten, maar de vuist van de man kwam als een moker op Billy's hoofd neer.

De jongen zakte als een blok in elkaar.

'Billy!' schreeuwde Poppy.

En toen, zag Andrew tot zijn ontzetting, werd Poppy helemaal gek.

'Jij bruut!' snauwde ze, en ze deelde twee optaters uit: eerst stampte ze met haar voet op de wreef van haar overweldiger en toen ramde ze haar puntige elleboog in zijn buik.

De voet deed hem niets, maar de elleboog verraste hem zo dat hij haar losliet, waarna Poppy zich op de grond liet zakken en Billy's hoofd in haar armen nam terwijl ze hem bij bewustzijn probeerde te krijgen.

'Hij is een kind!' siste ze.

'*Ele me mordeu!*' De man die haar had vastgehouden, duwde zijn gewonde arm onder haar neus.

Poppy wendde haar ogen precies lang genoeg van Billy af om te snauwen: 'Nou, dat is verdomme je eigen schuld.'

De andere schurken lachten, wat niet hielp om hun vriend te kalmeren, en hij braakte een reeks vloeken uit.

Grappig dat Andrew dát wel kon verstaan.

'Billy,' zei Poppy, terwijl ze het haar uit de jongen zijn gezicht streek. 'Word wakker alsjeblieft. Kun je me antwoord geven?'

Billy bewoog niet.

'Ik hoop dat die beet gaat ontsteken,' gromde Poppy venijnig. 'Ik hoop dat je arm zwart wordt en eraf valt. Ik hoop dat je kloten groen wor...'

'Poppy!' brulde Andrew. Hij dacht niet dat een van deze mannen Engels sprak, maar als ze dat wel deden, was 'kloten' waarschijnlijk het eerste woord dat ze hadden geleerd.

'Spreekt een van jullie Engels?' vroeg hij. '*Inglês?*'

Ze gromden 'nee', en een van de mannen stak zijn hoofd door de deur en schreeuwde iets. Even later kwam een van de mannen die Andrew als eerste in de herberg had gezien de steeg in. Hij voerde senhor Farias met zich mee.

Met een mes op zijn keel.

18

'Billy?' murmelde Poppy, terwijl ze hem zachtjes over zijn wang streek. 'Billy, word wakker alsjeblieft.'

Maar de jongen verroerde zich niet. Hij zag er niet ziek of bleek uit, zoals Poppy zou verwachten na zo'n harde klap op zijn hoofd. Hij lag er haast vredig bij, alsof hij gewoon sliep en alleen maar een kleine aansporing nodig had om hem eraan te herinneren dat het tijd was om zijn ogen open te doen.

Water, dacht ze. Misschien zou het helpen om wat water in zijn gezicht spatten. Ze wist het woord voor water. Ze had het eerder die dag geleerd.

'*Agua*,' smeekte ze, terwijl ze de bandieten een voor een aankeek. '*Agua por* de jongen.'

Maar haar verhaspelde zin werd niet opgemerkt. Er brak rumoer uit in de herberg – geschreeuw, gevolgd door een donderend geraas van brekend hout en vallende tafels. De man die Billy had geslagen rende naar de openstaande deur en verdween naar binnen.

Er volgde weer gepraat tussen de bandieten, en hun snelle, scherpe woorden waren volkomen onbegrijpelijk voor Poppy's Engelse oren.

Ze voelde zich zo verduiveld hulpeloos. Eerder op de dag was het allemaal zo charmant geweest – de muziek van de Portugese taal die om haar oren wervelde. Het was een spelletje geweest om te raden wat ze zeiden, en een wonderbaarlijke ervaring om erover na te denken hoe enorm groot de wereld eigenlijk was.

Nu voelde ze zich alleen maar onwetend. En verloren. Met alles wat er om haar heen gebeurde kon ze net zo goed een baby zijn.

Ze wendde zich tot Andrew, hoewel hij het snelle gepraat waarschijnlijk net zomin kon verstaan als zij. Ze had de hele dag met hem doorgebracht, ze had wel enig idee hoeveel Portugees hij kende.

Hij sprak het beter dan de meesten, maar verre van vloeiend.

'Andrew.' Ze fluisterde zijn naam, maar ze dacht niet dat hij haar hoorde. De twee grootste bandieten hadden hem strak tegen de muur geduwd, en alleen al bij het zien daarvan kneep Poppy's keel samen. Een van de twee had zijn elleboog hard in Andrews buik geduwd en de andere hield zijn hoofd in een soort wurggreep. Ze gebruikten allebei hun volle lichaamsgewicht om hem in bedwang te houden.

Andrew. Dit keer dacht ze alleen maar zijn naam. Ze kon toch zijn aandacht niet trekken. Hij staarde naar de deuropening, met een haast uitdrukkingsloos gezicht. Leeg.

Leeg. Weer een woord waarvan ze vond dat de klank overeenstemde met de betekenis.

Leeg. Ze verfoeide het.

Het was een woord dat nooit gebruikt zou mogen worden om kapitein Andrew James te beschrijven. Hij was vol. Hij stroomde over. Hij lééfde.

Ze dacht dat hij misschien meer leefde dan alle mensen die ze ooit had ontmoet.

En…

En…

Ze knipperde met haar ogen en concentreerde zich weer op wat ze zag. Andrew keek nog steeds de andere kant op, maar dat leek niet belangrijk meer. Ze hoefde zijn ogen niet te zien, ze wist dat ze blauwer waren dan de oceaan. Ze hoefde zijn stem niet te horen, ze wist dat die haar zou overspoelen met de warmte van de zon.

Wat hij eerder die dag had gezegd... hij had gelijk. Ze kénde hem.

Andrew James bestónd niet alleen. Hij lééfde.

En hij maakte dat zij ook zo wilde zijn.

Het besef benam haar de adem. Ze had gedacht dat ze snel en avontuurlijk en geestig was, en dat was ze misschien ook, maar als ze bij Andrew was, was ze méér. Meer van dat alles, en meer van al het andere, en meer van de dingen waarvan ze niet eens had geweten dat ze die zou willen.

Het was niet zo dat hij haar had veranderd, de zaadjes waren er altijd al geweest.

Maar bij hem groeide ze.

'Poppy.' Andrews stem. Zacht, gespannen en waarschuwend. De geluiden die uit de herberg kwamen waren veranderd. Voetstappen. Iemand kwam naar hen toe.

'Senhor Farias,' fluisterde Poppy. De herbergier kwam als eerste naar buiten, voortgeduwd door een man die zijn bovenlichaam in bedwang hield door zijn vlezige arm strak om zijn borst te klemmen.

En die een mes tegen zijn keel hield.

Een derde man kwam achter hen aan het trappetje af springen – dat was de leider van de bende, dacht Poppy. Hij zei een paar woorden met een ijskoude stem, waarna senhor Farias zei: 'Verzet u niet tegen ze, kapitein! Ze zijn met veel, en ze hebben veel wapens.'

‘Wat willen ze?’ vroeg Andrew.

‘Geld. Ze zeggen dat ze geld willen. Ze zien dat u Engels bent, en rijk.’

Poppy’s ogen vlogen van de ene man naar de andere, terwijl ze met haar hand over Billy’s wang bleef strelen. Waarom zouden deze mannen denken dat ze rijk waren? Welgesteld, dat zeker, het was duidelijk dat ze geen arbeiders waren. Maar ze konden onmogelijk weten dat zij een rijke burggraaf in de familie had en dat haar familie een vorstelijke losprijs zou betalen voor haar veilige terugkeer.

Niet dat haar ouders zich dat konden veroorloven. Maar haar oom… die zou betalen.

Als hij wist dat ze ontvoerd was.

Maar hij wist niet dat ze in Lissabon was. Niemand wist dat. Niemand die ooit belangrijk voor haar was geweest wist waar ze was. Grappig dat ze daar nog niet eerder zo over had nagedacht.

Grappig.

Misschien tragisch.

Waarschijnlijk geen van beide.

Ze keek weer neer op Billy. Hij was nu belangrijk voor haar, besefte ze, en Andrew ook. Maar als zij verdween in de duistere wereld van Lissabon, zouden zij dat ook doen, en dan zou haar familie nooit weten wat haar was overkomen.

‘Ik heb wat muntgeld in mijn jas,’ zei Andrew langzaam en zonder enige uitdrukking in zijn stem. ‘Als ze in mijn borstzak voelen, zullen ze het vinden.’

Senhor Farias vertaalde het, maar Poppy hoefde geen Portugees te kennen om te begrijpen wat de bendeleider van Andrews voorstel vond. Zijn antwoord was scherp en zijn gezicht stond dreigend.

En senhor Farias verbleekte van angst.

'Hij zegt het is niet genoeg,' zei de herbergier. 'Ik vraag hoe hij weet het is niet genoeg, en hij zegt hij weet wie u bent. Hij weet u kapitein van *Infinity*. U hebt spullen en vracht die niet passen in jaszak.'

Er trilde een spier in Andrews kaak en Poppy kon zien hoe hij zijn best moest doen om zijn woede in bedwang te houden toen hij zei: 'Zeg hen dat als ze ons laten gaan, ze royaal zullen worden gecompenseerd.'

Senhor Farias' mond trilde toen de man die hem vasthield het mes nog wat steviger tegen zijn keel drukte. 'Dat woord ken ik niet, gecomp…'

'Ik zal hen betalen,' zei Andrew scherp. Hij kreunde toen hij een elleboogstoot in zijn maag kreeg. 'Als ze ons laten gaan, zal ik hen betalen.'

Senhor Farias vertaalde het en Poppy's bloed stolde in haar aderen toen de leider zijn hoofd achterover gooide en lachte. Nadat hij de tranen uit zijn ogen had geveegd, zei hij een paar woorden en senhor Farias wendde zich weer tot Andrew.

'Hij zegt hij u meeneemt. Dan hij krijgt meer.'

'Alleen als hij…'

De leider onderbrak hem door hem een paar woorden toe te blaffen.

Senhor Farias slikte moeizaam.

'Wat zegt hij?' vroeg Andrew bevelend.

De stem van de herbergier was nauwelijks meer dan een fluistering. 'Hij zegt… hij neemt ook dame mee.'

Andrews gezicht vertrok van woede. 'Over mijn l…'

'Nee!' schreeuwde Poppy.

Andrews ogen lieten de bendeleider geen seconde los terwijl hij zei: 'Hou je erbuiten, Poppy.'

'Ik zit er al midden in,' vuurde ze terug. 'En ik schiet er weinig mee op als er hier iets over jouw lijk gaat gebeuren.'

Andrew keek woedend op haar neer.

Ze keek net zo woedend terug.

'Kapitein?' Senhor Farias' stem trilde van angst, en toen Poppy naar hem keek, zag ze een dun straaltje bloed langs zijn hals naar beneden lopen.

Andrews antwoord was onverbiddelijk. 'Zij. Wordt. Vrijgelaten.'

'Kapitein, ik denk niet dat ze daarmee akk...'

'*Basta!*' De bendeleider rukte een wapen uit zijn zak en richtte het op Billy's hoofd.

'Nee!' Poppy wierp zich over de jongen. Ze wilde niet dood – alstublieft, god, alstublieft – ze wilde niet dood. Maar ze kon Billy niet dood laten schieten. Hij had haar alleen maar willen beschermen. En hij was zo klein.

Hij wilde alleen maar met de kat spelen.

De leider snoof verachtelijk, snauwde senhor Farias een paar woorden toe en liep met grote stappen weg.

'Wat zei hij?' fluisterde Poppy.

Senhor Farias' lippen trilden en hij schudde zijn hoofd.

'Kent u ze?' vroeg Poppy.

Hij knikte. 'Ik moet ze elke maand betalen. Voor bescherming.'

'Tegen wie?'

Een verstikt geluid maakte zich los uit de keel van de herbergier. 'Tegen hen. We moeten het allemaal doen. Iedereen in mijn... hoe zeg je dat... de straten dicht bij mijn huis.'

'Buurt?'

'Ja. Buurt. We betalen allemaal. Maar dit hebben ze nooit gedaan. Ze hebben mensen pijn gedaan, maar niet mensen zoals u.'

Op de een of andere manier vond Poppy dat niet geruststellend. Maar misschien was dat ook niet senhor Farias' bedoeling geweest.

'Senhor.'

Ze draaiden zich allemaal om naar Andrew, die nog steeds tegen de muur gedrukt stond en met zijn kin in een ongemakkelijke positie werd gedwongen door de man die zijn kaak omklemde.

Maar zijn stem trilde niet toen hij vroeg: 'Wat zei hij?'

Senhor Farias keek naar Poppy en toen weer naar Andrew. 'Hij zegt ze nemen alle drie.' De lippen van de herbergier trilden. 'U, de dame en de jongen.'

Poppy hapte naar adem. 'Wat? Nee! Billy...'

'Ze nemen alle drie,' zei senhor Farias, voordat ze haar protest kon afmaken. 'Of ze schieten twee. Twee van u... en mij.'

De wereld werd helemaal stil. Misschien praatten er nog mensen, misschien gingen de geluiden van de nabijgelegen straat door als altijd. Maar Poppy hoorde niets. De ruimte tussen haar oren voelde zwaar, alsof ze onder water zat en de mensen boven haar hoofd praatten.

Langzaam kwam ze overeind. Ze keek naar Andrew. Ze zei niets. Ze dacht niet dat dat nodig was.

Hij knikte grimmig, één keer. Hij begreep het.

Angst was een vreemd beest. Toen Poppy nog een kind was, hadden haar broers en zij vaak 'Wat als?' gespeeld. En 'Hoe zou jij?'

Wat als je achterna zou worden gezeten door een wild zwijn?

Hoe zou jij reageren als iemand een pistool op je hoofd zou richten?

Deden alle kinderen niet dit soort spelletjes? En volwassenen ook?

Ze herinnerde zich een keer met alle vier haar broers. Op de een of andere manier was het spel veranderd in: Wat als *Poppy* achterna zou worden gezeten door een wild zwijn? En: Hoe zou *Poppy* reageren als iemand een pistool op haar hoofd richtte?

Ze had bijdehand gereageerd met: Wie van jullie zou me te hulp schieten? Maar er was haar onmiddellijk duidelijk gemaakt dat het spel niet zo werkte. Nadat ze hadden besloten dat het de pistoolvraag moest worden, hadden Richard en Reginald allebei gezegd dat Poppy zou gaan gillen. Dit was niet helemaal onverwacht: Poppy gilde niet vaak, maar het moest gezegd dat áls ze het deed, ze er verduiveld goed in was.

Ronald had gezegd dat hij dacht dat ze flauw zou vallen. Toen ze erop had gewezen dat ze nog nooit van haar leven flauw was gevallen, had hij daartegen ingebracht dat er nog nooit een pistool op haar hoofd was gericht.

Poppy moest toegeven dat hij daar inderdaad een punt had, hoewel ze het niet eens was met zijn conclusie.

Het spel was kort daarna gestopt. Richard had zijn neus in de lucht gestoken, verklaard dat hij de appeltaart van de kok rook, en dat was dat. Maar later had Poppy aan Roger gevraagd waarom hij niets had ingebracht.

'Ik weet het niet, Pops,' had hij met een ongewoon ernstig gezicht gezegd. 'Ik weet nauwelijks hoe ik zelf in zo'n situatie zou reageren. Ik denk dat we dat niet echt kúnnen weten, totdat het gebeurt.'

Het gebeurde nu.

En angst was inderdaad een vreemd beest, want wat Poppy

ook had gedacht dat ze zou doen en hoe ze ook had gedacht dat ze zou reageren als haar leven in gevaar zou zijn, het ging heel anders.

Het was bijna alsof ze er niet bij was.

Ze was verdoofd.

Emotieloos.

Haar bewegingen waren traag en behoedzaam, maar niets voelde weloverwogen. Ze dacht niet: laat ik voorzichtig bewegen, ik wil niemand laten schrikken.

Ze deed het gewoon. En ze wachtte geduldig tot de bandieten gingen doen wat ze van plan waren.

Andrew werd als eerste aangepakt. Zijn handen werden ruw achter zijn lichaam getrokken en met touw vastgebonden. 'Doe haar geen pijn,' waarschuwde hij nog net, voordat er een ruwe jutezak over zijn hoofd werd getrokken.

Poppy keek toe en voelde hoe de angst haar bekroop. Het was verschrikkelijk beangstigend om geblinddoekt te worden – om hém geblinddoekt te zien worden. Als hij haar niet kon zien, kon hij haar niet helpen, en lieve hemel nog aan toe, ze wilde dit niet in haar eentje ondergaan.

Ze opende haar mond, maar ze wist niet wat ze moest zeggen, en bovendien leek ze geen geluid te kunnen voortbrengen, tenminste niet tot het moment dat een van de mannen haar ruw bij haar pols greep. Zijn vingers drukten zo diep in haar vel dat ze piepte van pijn.

'Poppy?' Andrew vocht om los te komen. 'Wat hebben ze...'

Zijn overweldiger beet hem een paar woorden toe en smeet hem tegen de muur.

'Ik mankeer niets!' schreeuwde Poppy. 'Ik mankeer niets, echt niet. Ik schrok alleen.'

Ze keek naar de man die Andrew vasthield. 'Doe hem alsjeblieft geen pijn.'

Hij staarde terug alsof ze idioot was. Dat was ze waarschijnlijk ook. Ze wist dat hij haar niet kon verstaan.

Maar ze moest het toch proberen.

'De jongen,' zei ze, en ze richtte haar smeekbede tot de man met het vriendelijkste gezicht. 'Wees alsjeblieft voorzichtig met hem.'

'*Suavemente*,' zei senhor Farias.

'*Suavemente*,' herhaalde Poppy, hoewel de man die nu een zak over Billy's hoofd trok ongetwijfeld zelf al had gehoord wat senhor Farias zei. 'Alsjeblieft.'

Poppy slikte toen ze zag hoe hij de handen van de bewusteloze jongen bij elkaar bond. 'Moet dit?' zei ze smekend tegen senhor Farias. 'Ze hebben de kapitein en ze hebben mij. Hij is nog maar een jongen.'

Senhor keek haar met een gekwelde uitdrukking op zijn gezicht aan.

'Hij zal zich hier waarschijnlijk niets van herinneren,' zei Poppy.

Senhor Farias slaakte een trillende zucht en zei iets tegen de man die naast Billy op de grond zat. Poppy's ogen schoten van de een naar de ander terwijl de beide mannen op dringende toon met elkaar praatten. Ten slotte draaide senhor Farias zich naar haar toe en zei: 'Hij zegt dat de jongen te lastig is. Ze laten hem hier bij mij.'

Poppy glimlachte bijna. Ze lachte bijna hardop, zo opgelucht was ze.

'Maar u moet zich niet tegen hen verzetten,' waarschuwde de herbergier. 'U moet ze geen last bezorgen. U ook niet, kapitein,' zei hij. 'U moet geen problemen maken wanneer ze u meenemen, anders sturen ze iemand terug en dan...'

Hij maakte een snijbeweging langs zijn keel.

Poppy deinsde terug. Ze keek op naar Andrew, die niets kon zien, en ze besefte dat ze het gebaar moest vertalen. Ze slikte en dwong zichzelf de woorden uit te spreken. 'Dan vermoorden ze hem. Als we het hun lastig maken, snijden ze Billy's keel door.'

'En als we dat niet doen, laten ze hem vrij?' vroeg Andrew van onder de jutezak.

'*Sim.*'

Ja. Een van het handjevol Portugese woorden dat Poppy nu verstond. 'Ik zal meewerken,' zei ze.

Het treurige knikje van de herbergier was het laatste wat Poppy zag voordat er ook bij haar ruw een zak over haar hoofd werd getrokken.

Ze verstijfde. Ze had niet verwacht dat het meteen zo donker zou zijn.

En zo heet.

Ze probeerde te ademen.

De lucht rondom haar gezicht werd onmiddellijk benauwd. Ze ademde uit en de verwarmde lucht kaatste terug naar haar neus en mond. Ze probeerde adem te halen, maar ze kon het niet... nee, toch wel, en ze dacht ook dat ze het deed, maar er kwam niets in haar longen.

Niemand kneep haar keel dicht. Waarom kreeg ze dan geen lucht?

Ze hoorde zichzelf ademhalen, ze voelde het snelle op-en-neer gaan van haar borst, maar het wérkte niet. Ze was duizelig, gedesoriënteerd. Ze kon haar eigen voeten niet zien, en plotseling wist ze niet meer hoe ze moest staan.

Ze moest zich ergens aan vasthouden.

‘Poppy?’ hoorde ze Andrew roepen. ‘Poppy, ben je bij me?’

Hij klonk erg ver weg.

‘Póppy!’

‘Ik moet zijn hand vasthouden,’ hijgde ze. En toen niemand iets deed, schreeuwde ze het. ‘Laat me zijn hand vasthouden!’

Alles om haar heen kwam in beweging en er was een snelle cadans van stemmen, waaronder die van senhor Farias. En toen, wonder boven wonder, voelde ze dat haar hand in Andrews handen werd gelegd.

Het was ongemakkelijk. Zijn handen waren achter op zijn rug gebonden. Ze kon nauwelijks met haar vingers tussen zijn vingers komen.

Maar het was een reddingsboei.

‘Alles is goed met je, Poppy,’ zei hij. ‘Dat beloof ik je.’

‘Ik kan niet ademen.’

‘Jawel, dat kun je wel.’

‘Ik adem niet.’

‘Kennelijk wel.’ Er was een vleugje humor in zijn stem, bijna genoeg om haar paniek te doorbreken. Hij kneep in haar vingers. ‘Je moet sterk zijn.’

‘Ik ben niet sterk.’

‘Je bent de sterkste persoon die ik ken.’

‘Dat ben ik niet. Echt niet.’ Ze wist niet waarom ze zo smekend klonk.

Hij kneep weer, en ze hoorde hem grinniken. ‘Dit is niet eens de eerste keer dat je wordt ontvoerd.’

‘Dat is niet hetzelfde,’ snauwde ze. Ze draaide haar hoofd naar waar zij dacht dat zich zijn gezicht bevond. ‘Werkelijk, kapitein. Een slechtere vergelijking is niet te bedenken.’

‘En u zegt dat u niet sterk bent,’ murmelde hij.

'U...' Ze stopte. Voelde hoe zijn vingers zich om de hare krulden.

'Poppy?'

Het duurde even voor het tot haar doordrong wat hij had gedaan.

'Adem je nu?'

Ze knikte. Toen herinnerde ze zich dat hij haar niet kon zien en ze zei: 'Ja.' En toen: 'Dank u wel.'

'Wij komen dit wel te boven,' zei hij.

'Denkt u echt?'

Het duurde net iets te lang voordat hij ja zei.

Maar Poppy ademde tenminste.

19

Andrew had geen idee waar ze waren.

Bij de herberg waren Poppy en hij zonder plichtplegingen in een kar geladen. Ze hadden meer dan een uur gereisd, maar met een kap over zijn hoofd – en een zware deken over hen beiden heen – had hij onmogelijk kunnen volgen waar ze waren.

Het enige wat hij zeker wist was dat ze zich op hogergelegen terrein bevonden. Maar daar was weinig opmerkelijks aan. Ze waren op zeeniveau begonnen, ze konden moeilijk níét omhoog zijn gegaan.

Ze werden een gebouw in gedirigeerd, een steile trap op, en daarna een kamer in, achter in het gebouw. Een deur ging dicht, een sleutel werd in het slot omgedraaid en daarna trok iemand van achteren de zak van Andrews hoofd, waarbij de jute ruw over zijn huid schraapte. Hij had zich erop voorbereid dat het zonlicht hem zou verblinden, maar het was schemerig en muf om hen heen. Er zat maar één raam in de kamer, en dat werd afgedekt door twee houten luiken aan de buitenkant, die stijf dichtzaten en waarschijnlijk waren vastgespijkerd.

Hij draaide zich net op tijd om om te zien dat een van de mannen de zak van Poppy's hoofd trok. Ze nam meteen een enorme hap lucht, maar hoewel ze er wat beverig uitzag, leek ze ongedeerd. Het was warm en plakkerig geweest onder de deken, en na haar reactie op de jutezak was hij doodsbang geweest dat ze weer een benauwdheidsaanval zou krijgen. Hij had geprobeerd om in de kar tegen haar te praten – dat leek eerder ook te hebben geholpen – maar de man die achter in de kar met hen meereed, had hem beloond met een klap tegen zijn hoofd. Het had geen pijn gedaan – de deken had een groot deel van de klap opgevangen – maar als het als waarschuwing bedoeld was, had het gewerkt. Andrew had zijn mond dichtgehouden en niets meer geprobeerd.

Hij had geen andere keus.

Wat onuitstaanbaar was.

Het had hem doen denken aan de keer – het moest de eerste of tweede dag zijn geweest nadat Poppy aan boord van de *Infinity* was gekomen – dat hij haar had gevraagd waarom ze zo meegaand was. Ze had geantwoord dat ze geen goede reden had om níét meegaand te zijn. Ze kon moeilijk ontsnappen zolang ze op zee waren.

Op dat moment had hij haar buitengewoon verstandig gevonden. Hij vond haar nog steeds verstandig, veronderstelde hij.

Maar nu besefte hij hoe ongelofelijk slecht hij haar had begrepen. Hoe machteloos ze zich moest hebben gevoeld toen ze gedwongen was gedwee haar lot te ondergaan. Er was niets bevredigends aan om de beste optie te kiezen als alle opties verschrikkelijk waren.

Hij had haar niet in Engeland kunnen achterlaten – hij had strikte orders om de diplomatieke papieren naar Portugal over te brengen én de locatie van de grot geheim te houden totdat de gezant van de premier daar de documenten had kunnen ophalen die hij uit Spanje had meegebracht. Hij had echt geen andere keus gehad dan Poppy mee te nemen op hun reis.

Maar hij had meer begrip kunnen tonen. Meer… medeleven?

Meer iets. Hij had meer iets kunnen zijn.

Eerlijker misschien. Ze wist niet eens hoe hij echt heette.

Hij keek haar aan en probeerde te praten met zijn ogen, omdat hij geen geluid durfde te maken. Ze leek het te begrijpen: haar eigen ogen gingen wijd open en haar mondhoeken trokken omhoog. De twee mannen die hen het huis in hadden gebracht stonden nog bij de deur en spraken met elkaar in rap Portugees.

Terwijl de mannen praatten, nam Andrew hun omgeving in zich op. Ze waren in een slaapkamer – niets groots of luxueus, maar voor zover hij kon zien netjes en schoon. De inrichting was een paar graden chiquer dan die in een simpel logement. Degene die hier woonde was niet helemaal onbemiddeld.

Andrew ving een paar woorden uit het gesprek op: geld, man, vrouw. Hij meende een van de mannen 'zeven' te horen zeggen, hoewel hij niet precies wist in verband waarmee. En misschien was het dat wel helemaal niet. Het was heel goed mogelijk dat de enige reden waarom hij 'man', 'vrouw' en 'geld' had herkend was omdat hij had verwacht die woorden te zullen horen.

Morgen.

Stom.

Naar huis.

Die woorden meende hij ook te horen.

Plotseling draaiden de mannen zich naar hen toe, waarop een van hen een snelle handbeweging in hun richting maakte en een bevel schreeuwde.

Hij wilde dat ze zich verplaatsten. Andrew gaf Poppy een

zetje met zijn schouder en ze schuifelden naar achteren, tot ze met de achterkant van hun benen tegen het bed stonden.

Poppy keek hem met grote, ongeruste ogen aan, maar hij schudde nauwelijks merkbaar zijn hoofd. Geen vragen. Nog niet.

Het gesprek tussen de mannen werd geanimeerder, en toen zag Andrew een mes glinsteren.

Hij dacht niet na.

Hij had geen tijd om na te denken. Hij sprong naar voren en probeerde Poppy's lichaam met het zijne af te schermen. Alleen ging hem dat met vastgebonden handen onhandig af en raakte hij uit balans. Poppy slaakte een gesmoorde kreet en tuimelde achterover op het bed en Andrew viel op de grond en voelde zich een ongelofelijke dwaas.

De man met het mes liep op hen af en rolde met zijn ogen terwijl hij Poppy's polsen vastpakte en haar touwen doorsneed.

Hij keek neer op Andrew. '*Idiota.*'

En toen vertrok hij, samen met zijn vriend.

Andrew deed zijn ogen dicht. Hij had even wat tijd nodig. Hij had ontegenzeglijk recht op een moment om te doen alsof hij niet ergens in de buurt van Lissabon met zijn handen op zijn rug gebonden op de grond lag.

Hij proefde bloed. Blijkbaar had hij op zijn tong gebeten.

'Kapitein?'

Hij zuchtte.

'Kapitein?'

Ze klonk de tweede keer een beetje paniekerig, dus hij dwong zich zijn ogen te openen. Poppy stond met bezorgd gefronste wenkbrauwen over hem heen gebogen.

'Ik ben in orde,' zei hij toonloos.

Ze stak haar hand uit om hem overeind te helpen. 'Ik kan proberen uw touwen los te maken.'

Hij schudde zijn hoofd. Degene die hem had vastgebonden had knopen gebruikt waar een ervaren zeeman zich niet voor hoefde te schamen.

Dat had wel iets ironisch.

Barst.

'Ze hadden uw handen beter voor uw lichaam kunnen vastbinden,' zei Poppy, toen hij weer overeind stond.

'Ze hadden ons beter helemaal niet kunnen ontvoeren,' zei hij kribbig.

'Tja... inderdaad.' Ze lachte nerveus.

'Hoe gaat het met u?' vroeg hij. Dat had zijn eerste vraag moeten zijn. Het had zijn eerste gedachte moeten zijn, in plaats van dat bespottelijk zelfmedelijden en zijn ogen dicht willen houden.

'Ik...' Ze leek wat tijd nodig te hebben om haar antwoord te kiezen. 'Het gaat goed met me,' besloot ze ten slotte. 'Ik weet niet zeker wat er met me gebeurde toen ze die zak over mijn hoofd trokken. Ik heb nog nooit zoiets meegemaakt. Toen we in de kar lagen ben ik de helft van de tijd bezig geweest om mezelf eraan te herinneren dat ik moest ademen en de andere helft met me proberen te herinneren hóé ik moest ademen.'

'Het spijt me,' zei hij, en hij wist niet eens waar hij zich voor verontschuldigde. Zijn lijst met vergrijpen was belachelijk lang.

Maar Poppy leek de schorre klank in zijn stem niet te hebben gehoord. 'Het was zo vreemd,' vervolgde ze. 'Het gebeurde zo snel. Ik kon niet ademen. En toch denk ik dat ik dat wel deed. Maar ik wíst niet dat ik het deed. Ik weet het, er is geen touw aan vast te knopen.'

'Dat is meestal zo met zulke dingen.' Hij schraapte zijn keel. 'Ik heb het eerder gezien. Wat er met u is gebeurd. Een van mijn mannen kan niet meer dan één stap in de grot zetten.'

'De grot?' echode ze. Ze knipperde verbaasd met haar ogen. 'Ik had geen moeite met de grot.'

Hij haalde zijn schouders op, omdat hij met vastgebonden handen niet zijn gebruikelijke gebaren kon maken. 'Ik denk dat het voor iedereen anders is. Het is best mogelijk dat hij dagenlang vrolijk met een zak over zijn hoofd kan zitten.'

Poppy's lippen gingen iets van elkaar terwijl ze hierover nadacht. 'Ik denk dat u gelijk hebt. Het is onzin om logica te verwachten in iets wat zo volkomen onlogisch is.'

Hij knikte langzaam en ging op het bed zitten. Hij was uitgeput. Nu het directe gevaar geweken was – alle messen en wapens (en de mensen die die messen en wapens vasthielden) bevonden zich aan de andere kant van de deur – was het alsof alle energie uit zijn lichaam wegsijpelde.

Of wegstroomde. Sijpelen klonk langzaam. Dit was in een ogenblik gebeurd. Het ene moment had hij klaargestaan om te vechten en het volgende moment was hij leeg.

Even leek het of Poppy naast hem wilde komen zitten, maar toen draaide ze zich om en sloeg een beetje ongemakkelijk haar armen om haar lijf. 'Het hielp erg goed,' zei ze haperend. 'Toen u tegen me praatte. Ik werd er rustig van. Dank u wel.'

'Bedank me niet,' zei hij ruw. Hij wilde haar dankbaarheid niet. Hij kon het niet verdragen.

Als ze deze kamer levend uit kwamen, als hij daarvoor kon zorgen, dán mocht ze hem bedanken. Maar tot die tijd was hij de man die misschien haar dood op zijn geweten zou hebben.

‘Weet u waar we zijn?’ vroeg ze ten slotte.

‘Nee.’

‘Ik...’ Ze slikte en keek naar het afgesloten raam. ‘Hoelang denkt u dat we in de kar hebben gezeten? Een uur? We zijn nu waarschijnlijk vrij ver de stad uit.’

‘Of ze hebben zes keer dezelfde route gereden en zitten we bij de herberg om de hoek.’

Haar ogen werden groot. ‘Denkt u dat echt?’

‘Nee,’ gaf hij toe, ‘niet om de hoek. Maar we zijn wel misschien veel dichterbij dan de duur van de reis zou doen vermoeden.’

Poppy liep naar het raam en drukte haar oor tegen het glas.

‘Hoort u iets?’

Ze knikte – een heel klein knikje, zowel om hem te beduiden stil te zijn als om zijn vraag te bevestigen. ‘Ik hoor niet veel,’ zei ze, ‘maar het is niet stil. Waar we ook zijn, het is niet afgelegen.’

Andrew kwam naast haar staan en leunde met zijn oor tegen het raam. Met hun gezichten naar elkaar toe luisterden ze. Ze had gelijk. Het was niet stil buiten. Er was... leven. Er gebeurden dingen.

Het was zo ongeveer de vaagste beschrijving die hij zich kon voorstellen – er gebeurden dingen – maar toch zei het veel.

‘Ik denk dat we nog in de stad zijn,’ zei hij langzaam. ‘Of in ieder geval niet ver daarbuiten.’

Poppy murmelde instemmend en duwde haar hoofd nog dichter tegen het glas. ‘Er zitten vrouwenstemmen bij,’ zei ze.

Andrew trok een wenkbrauw op. ‘Op de een of andere manier geloof ik niet dat onze ontvoerdersbende een geheime vrouwelijke tak heeft.’

'Wat betekent dat ze ons waarschijnlijk naar een heel gangbaar deel van de stad hebben gebracht. Of een plek dicht bij de stad.'

'Dat is erg goed nieuws. Hoe minder afgelegen we zitten, hoe beter.'

'Hoe groter de kans dat iemand ons zal kunnen vinden?'

'Hoe groter de kans dat we kunnen ontsnappen.' Bij het zien van haar vragende blik voegde hij eraan toe: 'Het is veel gemakkelijker om je in een stad te verbergen.'

Ze knikte, waarna ze zich tegen het venster afzette en een paar stappen naar het midden van de kamer deed. 'Ik denk dat ik maar ga zitten.'

'Dat is een goed idee.'

Ze liep naar het bed, stopte en draaide zich om. 'Kan ik iets doen om u te helpen?'

'Ik neem niet aan dat u een mes in uw jurk hebt verstopt,' mompelde hij.

'En ook geen wapen,' zei ze, en haar ogen vertelden hem dat ze nog wist dat hij bijna hetzelfde had gezegd op de dag dat ze op de *Infinity* arriveerde. 'En geen zak met goud. Helaas.'

'Helaas,' beaamde hij.

Verdorie.

Twee uur later

Er was niets anders te doen dan naar de deur staren.

Een paar minuten geleden was iemand Andrew komen halen. Hij was met veel geduw en getrek de deur uit gewerkt en sindsdien had ze hem niet meer gezien. Poppy had ook niets gehoord, wat ze een goed teken vond. Geweerschoten waren per definitie hard, en als ze hem op een andere manier probeerden te verwonden… zou dat ongetwijfeld ook geluid maken.

Toch?

Ze speurde de kamer af op zoek naar iets wat ze als wapen kon gebruiken, maar de enige verplaatsbare voorwerpen met enig gewicht waren de stoelen.

'Er zit niets anders op,' mompelde ze, en ze trok er een dicht naar de deur. Als het moest kon ze hem hoog optillen tillen en er iemand mee op zijn hoofd slaan. Ze zou er misschien zelfs iemand bewusteloos mee kunnen slaan.

Hopelijk niet Andrew.

Ze wist niet goed hoelang ze daar stond te wachten en te luisteren. Tien minuten? Twintig? Beslist geen dertig. Ze was nooit erg goed geweest in het schatten van de tijd.

Toen, eindelijk…

Voetstappen. Ze greep de bovenste lat van de rugleuning vast. Ze had geen idee hoe ze moest bepalen of ze wel of niet kon aanvallen. Als ze Andrews stem hoorde? Als ze zijn stem niet hoorde?

Ze zou gewoon moeten wachten tot de deur openging. Zien wie er binnenkwam.

De geluiden kwamen dichterbij.

Ze tilde de stoel op. Hief hem boven haar hoofd.

Een sleutel draaide om in het slot.

Ze hield haar adem in.

De deur zwaaide open.

En Andrew kwam struikelend binnen.

Poppy wist haar uithaal halverwege te onderbreken en hield de neerwaartse beweging van de stoel tegen vlak voordat hij zijn hoofd raakte.

'Aaaa!'

Hij schreeuwde.

Zij schreeuwde.

Ze schreeuwden allebei, en toen schreeuwde er iemand in de gang, waarschijnlijk om duidelijk te maken dat ze verdomme stil moesten zijn.

'Haal dat ding bij mijn hoofd weg,' brulde Andrew, terwijl hij zijn handen beschermend omhoogstak.

'Ze hebben uw handen losgemaakt!' riep Poppy uit. Hij was met zo veel kracht de kamer in geduwd dat hij op de vloer was beland, en ze had niet meteen opgemerkt dat hij was bevrijd.

'De stoel,' bracht hij grommend uit.

'O, sorry.' De onderkant van een van de stoelpoten was slechts een paar centimeter van zijn oog verwijderd. Ze zette de stoel haastig achter zich neer. 'Gaat het?' vroeg ze. 'Wat is er gebeurd? Is alles goed met u?'

Hij knikte. 'Laat me alleen even opstaan.'

'O, ja, neem me niet kwalijk.' Ze hielp hem overeind. 'W...' Ze beet op haar tong. Ze had bijna weer gevraagd wat er was gebeurd.

'Ze hadden er iemand bij gehaald die Engels spreekt,' zei hij, toen hij het stof van zich had afgeklopt.

'En?'

'En hij deed alsof hij mijn vriend was. Zei dat hij ontsteld was over hoe we waren behandeld en stond erop dat mijn handen werden losgemaakt.'

Poppy vroeg zich af waarom hij zo schamper klonk. 'Dat is... goed. Toch?'

'Waarschijnlijk niet. Het is een bekende tactiek wanneer ze mensen gevangen nemen. Eén persoon doet vriendelijk. Probeert je vertrouwen te winnen.'

'O.' Poppy dacht hierover na. 'Het is in ieder geval beter dan als iedereen je slecht behandelt, toch?'

Hij hield peinzend zijn hoofd een beetje schuin. 'Ik denk het wel. Bij de meeste andere verhoortechnieken komt veel bloed kijken, dus ja, dit verdient de voorkeur.'

Ze kneep haar lippen op elkaar, maar ze wees hem niet terecht vanwege deze ruwe opmerking. 'Hebben ze u verteld wat ze willen? Ik bedoel, ik weet dat ze geld willen, maar hebben ze u verteld hoeveel?'

'Meer dan ik gemakkelijk bij elkaar kan krijgen.'

Poppy's mond viel open. Ze wist niet waarom, maar het was niet in haar opgekomen dat ze misschien niet aan de losgeldeis zouden kunnen voldoen. 'Ik heb geld,' zei ze haperend.

'In Portugal?' Zijn antwoord was sarcastisch, bijna honend.

'Natuurlijk niet. Maar als we hun vertellen...'

'Doe niet zo naïef.'

Ze voelde hoe haar tanden zich op elkaar klemden. 'Ik probeer alleen maar te helpen.'

'Dat weet ik.' Hij streek met zijn hand door zijn haar. 'Dat weet ik.'

Poppy nam hem aandachtig op. Zijn tweede 'dat weet ik' was luider geweest dan het eerste. Nadrukkelijker.

Kwaad zelfs.

Ze wachtte even en vroeg toen: 'Gaat u me vertellen wat er is gebeurd?'

'Dat probeerde ik te doen.'

Ze schudde haar hoofd. 'Ik vroeg niet wat er is gebeurd. Ik vroeg of u het me ging vertellen. Want als u dat niet gaat doen, als u stukken gaat weglaten omdat u denkt dat dat beter voor me is, dan wil ik dat graag weten.'

Hij staarde haar aan alsof ze opeens Duits sprak. Of Chinees. 'Waar voor de drommel hebt u het over?'

'U houdt dingen geheim,' zei ze eenvoudig.

'Ik ken u pas een week. Natuurlijk houd ik dingen geheim.'

'Ik veroordeel u er niet om. Ik wil het gewoon weten.'

'In godsnaam, Poppy.'

'In godsnaam, kapitein,' zei ze, op precies dezelfde toon.

Hij wierp haar een buitengewoon geïrriteerde blik toe. 'Echt? Gaan we zo beginnen?'

'Wat moet ik anders? U vertelt me niets.'

'Dat probeerde ik te doen,' bracht hij grommend uit. 'Maar u blijft maar zaniken over dat ik dingen geheim houd.'

'Ik heb nog nooit van mijn leven gezanikt. En ik heb nooit gezegd dat u geen dingen geheim mág houden! Ik wil alleen weten óf u dat doet.'

Ze wachtte op zijn weerwoord, want dat had hij ongetwijfeld – mannen hadden altijd een weerwoord. Maar in plaats daarvan maakte hij een geluid – een vreemd, onbekend geluid dat diep uit zijn binnenste werd losgerukt. Het was een grom, maar ook weer niet, en terwijl Poppy hem gefascineerd en ongerust tegelijk gadesloeg, wendde hij zich ruw af.

Hij zette zijn handen boven zijn hoofd tegen de muur en kreunde bijna terwijl hij kracht zette. Er was iets wilds in hem, iets wat Poppy beangstigend had moeten vinden.

Dat had gemoeten.

Maar het was niet zo.

Haar hand tintelde. Alsof ze hem zou moeten aanraken. Alsof ze dood zou gaan als ze dat niet zou doen.

Haar hele lichaam voelde vreemd. Wanhopig. En hoewel ze nog onschuldig was, wist ze dat dit begeerte was. Ongepast en slecht getimed, maar het was er, en het ontvouwde zich in haar binnenste als een behoeftig beest.

Ze deed een stap achteruit. Uit zelfbehoud.

Het hielp niet.

Wat betekende het dat ze zich nu zo voelde, terwijl hij zich zo barbaars gedroeg?

Op het schip was ze zich er al af en toe vaag van bewust geweest. Ze had zich uren afgevraagd wat er zou zijn gebeurd als ze dichter naar hem toe had gebogen toen ze elkaar kusten op het dek. Ze had gedroomd over zijn huid, over het ondeugende stukje huid dat zichtbaar werd wanneer hij zijn kravat afliet.

Het was niet alleen het stukje bij zijn hals. Hij rolde ook zijn mouwen op, en ze werd gehypnotiseerd door zijn armen – het spel van de spieren onder zijn huid. De meeste mannen die ze kende werkten niet. Ze reden paard, ze schermden, ze liepen langs de grens van hun grondgebied, maar ze werkten niet. Het maakte dat ze zich afvroeg hoe sterk hij was, wat die armen konden doen wat haar armen niet konden.

En ze was zich altijd bewust van zijn lichaamswarmte. Er was een kussen van lucht om zijn lichaam dat altijd een paar graden warmer was dan de rest. Het maakte dat ze dichter bij hem wilde komen, en nóg dichterbij, om te voelen of het heet werd als ze nog maar een heel klein stukje bij hem vandaan was.

Ze wist dat dergelijke gedachten schandelijk waren. Slecht zelfs. Maar al die dingen, nee, niets ervan had haar zo over haar hele lichaam doen trillen als dit.

Ze keek toe terwijl hij diep ademhaalde, met een strak gespannen lichaam, alsof hij zich verzette tegen een of andere onzichtbare weerstand. Zijn handen waren klauwen geworden en alleen zijn vingertoppen persten zich nog tegen de muur boven zijn hoofd.

'Kapitein James?' fluisterde ze. Ze wist niet zeker of hij haar hoorde. Hij was dichtbij genoeg – de kamer was veel te klein om zelfs het zachtste gemompel onopgemerkt te laten. Maar wat het ook maar was wat er in zijn hoofd omging was luidruchtig. Het was luidruchtig en het was primitief en het maakte dat hij op de rand van iets buitengewoon heftigs balanceerde.

'Kapi...'

Hij deed een stap achteruit. Sloot zijn ogen terwijl hij diep ademhaalde. En toen, met een zelfbeheersing die veel te vlak, veel te ingehouden was, draaide hij zich naar haar toe.

'Neem me niet kwalijk,' zei hij.

Poppy wist niet wat ze moest zeggen.

'Waar waren we gebleven?'

Ze had geen idee.

'Juist,' vervolgde hij, alsof ze hem niet als een sprakeloze idioot stond aan te staren. 'Ik heb hen er misschien van overtuigd u met het losgeldbriefje naar de *Infinity* te laten gaan.'

Haar mond viel open. Waarom had hij dat niet eerder gezegd?

Hij streek met zijn hand door zijn haar en liep met grote passen naar de andere kant van de kamer. Het waren maar een paar stappen, maar hij zag eruit als een gekooide tijger. 'Het was het beste wat ik kon doen,' zei hij.

'Maar...' Poppy zocht wanhopig naar woorden. Het enige wat in haar opkwam was: 'Ik?'

'Het zou een blijk van goede trouw zijn.'

'Ik wist niet dat ze dat begrip kenden.'

'En een bewijs van leven,' voegde hij er op afstandelijker toon aan toe.

‘Een bewijs van l… O,’ zei ze, toen de betekenis van het woord eindelijk tot haar doordrong. ‘Dat is een verschrikkelijke term.’

Hij rolde met zijn ogen om haar naïviteit. ‘De man die ik sprak moest met iemand anders overleggen. We hebben hun antwoord niet eerder dan morgenochtend.’

Poppy keek naar het raam. Eerder had er een flinterdun strookje licht tussen de houten luiken door geschenen.

‘De avond is gevallen,’ bevestigde Andrew.

‘Men zou denken dat dergelijke mannen het liefst onder de beschutting van de duisternis zouden werken.’

Weer rolde hij met zijn ogen. En weer was hierin geen enkele luchthartigheid te bekennen, niets waaruit sprak dat ze in hetzelfde schuitje zaten. ‘Ik heb weinig inzicht in de werking van hun geest,’ zei hij.

Poppy hield enkele seconden haar mond, maar toen kon ze zich niet langer inhouden. ‘Waarom doet u zo gemeen?’

Er trok een ongeduldige, niet-begrijpende uitdrukking over zijn gezicht. ‘Pardon?’

‘Ik zeg alleen dat u wel iets aardiger mag zijn.’

‘W…’ Hij schudde zijn hoofd, blijkbaar niet in staat om het woord af te maken.

‘Sinds u terug bent hebt u niets anders gedaan dan grommen en grauwen.’

Hij staarde haar aan alsof hij niet uit kon over haar brutaliteit. ‘We worden gevangengehouden door god weet wie en u klaagt dat ik niet áárdig ben?’

‘Nee, natuurlijk niet. Nou, eigenlijk wel. Elke keer als ik iets probeer voor te stellen…’

‘U hebt geen ervaring met dit soort dingen,’ onderbrak hij haar. ‘Waarom zou ik naar u moeten luisteren?’

‘Omdat ik niet dom ben, en het ergste wat er kan gebeuren als u naar me luistert is dat u het niet eens bent met wat ik te zeggen heb.’

Andrew kneep in de brug van zijn neus. ‘Poppy,’ zei hij, en het woord hield het midden tussen een grom en een zucht, ‘ik kan niet…’

‘Wacht,’ onderbrak ze hem. Ze dacht terug aan wat hij zojuist had gezegd. ‘Wilt u zeggen dat u wél ervaring hebt met dit soort dingen?’

‘Enigszins,’ gaf hij toe.

‘Wat betekent dat?’

‘Het betekent dat het niet de eerste keer is dat ik met ongure types zaken heb moeten doen,’ antwoordde hij.

‘Is dit de eerste keer dat u bent ontvoerd?’

‘Ja.’

‘De eerste keer dat u bent vastgebonden?’

Hij aarzelde.

Ze hapte naar adem. ‘Kapitein Ja…’

‘Wel op deze manier,’ zei hij snel, met toenemend volume en grote nadruk, alsof hij evenveel behoefte had om haar ondervraging te onderbreken als hij behoefte had aan lucht.

Ze kneep haar ogen tot spleetjes. ‘Hoe bedoelt u dat?’

‘Vraag dat niet.’

Het was waarschijnlijk de eerste keer dat ze hem echt had zien blozen, wat voor haar genoeg reden had moeten zijn om hem tot een antwoord te willen dwingen. Maar gezien de omstandigheden besloot ze het erbij te laten. Grotendeels.

Ze wierp hem een geslepen blik toe. ‘Mag ik u die vraag later nog eens stellen?’

‘Liever niet.’

‘Weet u dat zeker?’

Er was een geluid dat mensen soms maakten – iets tussen een lach en een snik, maar uiteindelijk klonk het alleen maar spottend.

Andrew maakte dat geluid en meteen daarop zei hij: 'Helemaal niet.'

Poppy deed een stap achteruit. Dat leek verstandig. Na een korte, behoedzame stilte vroeg ze: 'Wat doen we vanavond?'

Hij leek bijna opgelucht dat ze daarnaar vroeg, ook al was zijn toon kortaf. 'Nu ik mijn handen vrij heb, ga ik de kamer wat zorgvuldiger inspecteren, maar ik verwacht niet dat ik een manier zal vinden om te ontsnappen.'

'Dus we gaan alleen maar wachten?'

Hij knikte grimmig. 'Ik heb beneden zeker zes man geteld, plus twee aan de andere kant van de gang. Ik houd er niet van om niets te doen, maar zelfmoord trekt me nog minder.'

Dat geluid dat hij eerder had gemaakt – dat met de lach en de snik en de verschrikkelijke spot…

Dat maakte zij nu ook.

20

Een aantal uren later – nadat Andrew en Poppy het brood en de kaas hadden opgegeten die de ontvoerders hun hadden toegeworpen, nadat een uitgebreide inspectie van de kamer absoluut niets had opgeleverd en nadat een langdurige stilte was uitgemond in een stilzwijgende wapenstilstand – ging Andrew zitten. Hij zette zijn rug tegen de muur, strekte zijn benen voor zich uit en zuchtte.

'Wilt u de stoel niet?' vroeg Poppy. Zij zat op het bed. Toen hij een paar minuten geleden had gezegd dat zij het bed moest nemen, had ze haar mond geopend om te protesteren, maar hij had zijn hand opgestoken en hij had haar aangestaard met een blik die zei: ga niet tegen me in. En toen had ze niets meer gezegd.

Hij schudde zijn hoofd. 'Op de een of andere manier ziet die stoel er minder comfortabel uit dan dit.'

Ze keek naar de stoel en toen weer naar hem. 'Ja, dat begrijp ik.'

Hij glimlachte droogjes.

'Het bed is niet... Nou ja, het is niet oncomfortabel, maar het is ook niet... nou ja, het is geen uitstekend bed.'

Hier moest hij echt om lachen. 'U kunt verschrikkelijk slecht liegen.'

'Het is niet echt een leugen. Het gaat er maar om hoe je het verwoordt.'

Hij snoof spottend. 'Dat zeggen de politici in Londen ook.'

Daar moest ze om glimlachen, en dat maakte hem zo absurd blij dat hij dit alleen maar kon toeschrijven aan het feit dat als men iemand onder dergelijke omstandigheden kon laten glimlachen, dat als niet minder dan een triomf moest worden beschouwd.

'Hier,' zei ze, en ze greep haar kussen. 'Neemt u dit dan.'

Hij probeerde het niet te vangen. Hij had er op de een of andere manier veel meer plezier in om het door de lucht te laten vliegen en tegen zijn schouder te laten ploffen. 'Net als vroeger,' murmelde hij.

'Was het maar waar.'

Hij keek naar haar op. Ze zat in kleermakerszit en haar knieën staken naar buiten, zodat haar blauwe rok een soort driehoek vormde. Hij probeerde zich te herinneren wanneer hij voor het laatst zo had gezeten. Hij dacht ook niet dat hij het haar eerder had zien doen.

Het was volkomen logisch. Niemand zat zo in het openbaar. Het was iets voor thuis. Voor onbewaakte ogenblikken.

'Het spijt me,' zei hij. De woorden kwamen langzaam, niet omdat hij ze met tegenzin uitsprak, maar meer omdat hij ze intenser voelde dan hij had verwacht. 'Dat ik net zo kortaf was.'

Ze zweeg even en haar lippen gingen van elkaar terwijl ze de plotselinge verandering van onderwerp verwerkte. 'Het geeft niet,' zei ze.

'Het geeft wel.'

'Nee, niet. Dit is…' Ze keek op naar het plafond en schudde haar hoofd. Ze zag eruit alsof ze niet goed kon geloven dat ze in deze hachelijke situatie terecht was gekomen. 'Iedereen zou kortaf zijn. Het mag waarschijnlijk een wonder heten dat ik ú nog niet heb gewurgd.'

Hij glimlachte. 'Het is niet gemakkelijk om een man te wurgen, weet u.'

Haar kin schoot naar haar borst toen ze lachte. Toen ze weer opkeek, zei ze: 'Dat heb ik onlangs nog geleerd.'

'O, écht? Waar zou een keurig opgevoede dame zoals u zoiets leren?'

'Nou.' Ze leunde naar voren met haar ellebogen op haar knieën en haar kin in haar handen. 'Ik ben in handen van een bende piraten gevallen.'

Hij hapte naar adem op een manier die op het toneel niet had misstaan. 'Dat méént u niet.'

Ze reageerde op passende wijze, met wijd opengesperde ogen en de hand theatraal op haar hart gedrukt. 'Ik denk dat ik verloren ben.'

En omdat hij vanbinnen het gevoel had dat er iets op zijn plaats viel, schonk hij haar een scheef lachje en hij zei: 'Nog niet.'

Een week geleden had zo'n opmerking haar nog geschokt, maar dit keer probeerde ze niet eens te doen alsof dat zo was. Ze rolde alleen maar met haar ogen, schudde haar hoofd en zei: 'Het is jammer dat ik niet nog een kussen naar u toe kan gooien.'

'Inderdaad.' Hij bekeek nadrukkelijk de vloer om hem heen. 'Dan zou ik in luxe leven.'

'Hebt u ooit kussengevechten gehouden met uw broers en zussen?'

Hij was bezig het kussen dat ze naar hem had gegooid achter zijn rug te rangschikken, maar bij deze woorden stopte hij even. 'Moet u dat nog vragen?'

Ze giechelde. 'Ik weet het. Domme vraag.'

'En u?' vroeg hij.

'O, natuurlijk.'

Hij keek naar haar.

'Wat is er?' vroeg ze.

'Ik wachtte tot u me ging vertellen dat u altijd won.'

'Tot mijn grote spijt zou dat een leugen zijn.'

'Hoor ik dat goed? Was er in het huishouden van de Bridgertons een strijd die Poppy Bridgerton niet won?'

'Poppy *Louise* Bridgerton,' zei ze nadrukkelijk. 'Als u iets in mijn nadeel zegt, moet u dat wel correct doen.'

'Mijn excuses. Poppy Louise. Maar vertel eens, wie kwam er als overwinnaar uit de bus?'

'Mijn twee oudere broers, natuurlijk. Vooral Richard. Roger zei dat ik de moeite niet waard was.'

'Was het voor hem te gemakkelijk om u te verslaan?'

'Hij was een hele kop groter dan ik,' protesteerde ze. 'Het had nooit een eerlijke strijd kunnen zijn.'

'Netjes van hem om zich terug te trekken dan.'

Ze kneep verontwaardigd haar lippen op elkaar. 'Zo galant was hij niet. Hij zei dat hij interessantere manieren had om me dwars te zitten.'

'O, ja.' Andrew grijnsde. 'Hij was degene die u een nieuwe taal had geleerd, toch?'

'Een nieuwe taal, laat me niet lachen. Pas maar op, anders farfar ik u.'

Hij schoot in de lach. 'Ik zou willen dat ik uw broer had gekend. Ik zou hem zeer hebben bewonderd.'

'Dat zou ik ook willen,' zei ze met een verdrietige glimlach, en hij wist dat ze eigenlijk bedoelde dat ze zou willen dat Roger nog leefde, nog nieuwe vrienden kon maken en inderdaad nieuwe manieren kon verzinnen om zijn jongere zusje dwars te zitten.

'Hoe is hij overleden?' vroeg hij. Ze had hem dat nooit verteld, en tot nu toe voelde het te opdringerig om ernaar te vragen.

'Een infectie.' Ze zei het zo onomwonden, alsof al het tragische lang geleden uit het woord was gewrongen en er alleen nog maar berusting was overgebleven.

'Dat spijt me.' Hij had meer dan één man ten onder zien gaan aan een infectie. Het leek altijd zo eenvoudig te beginnen. Een schaafplek, een wond... zijn broer kende een man die een slecht passend paar schoenen had gedragen en vervolgens was gestorven aan een etterende blaar.

'Hij was gebeten door een hond,' zei Poppy. 'Het was niet eens zo'n diepe beet. Ik bedoel, ik ben ook wel eens door een hond gebeten, u toch ook wel?'

Hij knikte, hoewel het niet zo was.

'Het genas niet goed. Het zag eruit alsof het goed zou komen. Een paar dagen leek er niets aan de hand, was het misschien alleen een beetje rood. Opgezet. En toen...' Ze slikte en wendde haar blik af.

'U hoeft het verder niet te vertellen,' zei hij zacht.

Maar ze wilde het. Hij zag het aan haar gezicht.

'Hij kreeg koorts,' vervolgde ze. 'Het kwam in de nacht opzetten. Toen hij naar bed ging leek hij helemaal in orde. Ik heb hem nog een mok hete cider gebracht, daarom weet ik dat.'

Ze sloeg haar armen om haar lichaam en deed haar ogen dicht terwijl ze diep ademhaalde. 'Hij was zo heet. Het was onnatuurlijk. Zijn huid leek op papier. En het ergste was dat het niet eens snel ging. Het heeft vijf dagen geduurd. Weet u hoe lang vijf dagen kunnen duren?'

Het was één dag minder dan haar tijd aan boord van de *Infinity*. Plotseling leek dat helemaal niet zo lang.

'Soms was hij buiten zinnen,' zei ze, 'maar soms was hij helder, en hij wist – hij wíst dat hij ging sterven.'

'Vertelde hij u dat?'

Ze schudde haar hoofd. 'Dat zou hij nooit doen. Hij bleef zeggen: "Het komt goed, Pops. Kijk maar niet zo bezorgd."'

'Noemde hij u Pops?' Andrew probeerde niet te glimlachen, maar het had iets onweerstaanbaar charmants.

'Ja. Maar alleen maar af en toe.' Ze zei dat op een manier die hem de indruk gaf dat het haar niet eerder was opgevallen. Ze hield haar hoofd schuin en haar ogen gingen naar een punt links boven haar hoofd, alsof ze daar haar herinneringen zou kunnen vinden. 'Hij deed het wanneer hij ernstig was, maar het misschien niet zo ernstig wilde laten klinken.'

Ze keek Andrew aan en hij zag tot zijn opluchting dat ze iets minder somber keek dan hiervoor. 'Hij was zelden ernstig,' zei ze. 'Dat was tenminste de indruk die hij mensen wilde geven. Hij was erg opmerkzaam, en ik denk dat mensen om hem heen minder op hun hoede waren, omdat ze dachten dat hij een flierefluiter was.'

'Ik heb enige ervaring met die tweedeling,' zei hij droog.

'Dat kan ik me voorstellen.'

'Wat gebeurde er toen?' vroeg hij.

'Hij ging dood,' zei ze, en ze haalde hulpeloos haar schouders een beetje op. 'Hij heeft tot het allerlaatst proberen vol te houden dat het niet zou gebeuren, maar over belangrijke dingen heeft hij nooit kunnen liegen.'

Terwijl Andrew alléén maar had gelogen over belangrijke

dingen. Maar hij deed heel hard zijn best om daar op dat moment niet aan te denken.

Poppy liet een verdrietig lachje ontsnappen. 'De ochtend voordat hij overleed, schepte hij zelfs op dat hij me bij de volgende kermis in mei zou inmaken tijdens de eirolcompetitie, maar ik zag het aan zijn ogen. Hij wist dat hij het niet zou redden.'

'Inmaken?' echode Andrew. Hij hield van deze opvallende woordkeuze.

Ze schonk hem een waterig lachje. 'Het was nooit genoeg om alleen maar van me te winnen.'

'Nee, dat geloof ik best.'

Ze knikte langzaam. 'Ik wist dat hij loog. Hij wist ook dat ik het wist. En ik vroeg me af... Waarom? Waarom hield hij vast aan zijn verhaal als hij wist dat hij me niet voor de gek kon houden?'

'Misschien dacht hij dat hij daarmee iets goeds voor u deed.'

Ze haalde haar schouders op. 'Misschien wel.'

Ze leek niets meer te zeggen te hebben over dit onderwerp, dus Andrew ging door met worstelen met zijn kussen. Het was plat en bobbelig tegelijk, en het was onmogelijk om het in de juiste positie te krijgen. Hij probeerde het op te schudden, in te duwen, dubbel te vouwen... Niets hielp.

'U ziet er erg oncomfortabel uit,' zei Poppy.

Hij nam niet de moeite om op te kijken van zijn inspanningen. 'Ik zit prima.'

'Gaat u nu tegen me liegen, net als Roger?'

Dat trok zijn aandacht. 'Waarom zegt u dat?'

'Kom nou maar gewoon op het bed zitten,' zei ze op geërgerde toon. 'We doen vannacht toch geen oog dicht, en als ik nog een minuut langer naar dat gemodder van u moet kijken, word ik gek.'

'Ik was niet aan het...'

'Dat was u wel.'

Ze staarden elkaar enkele seconden met samengeknepen ogen en opgetrokken wenkbrauwen aan.

Zij won.

'Goed dan.' Hij stond op. 'Ik ga wel aan de andere kant zitten.' Hij liep naar de verre kant van het bed en ging dicht bij de rand zitten. Ze had gelijk. Het was niet bepaald een uitstekend bed. Maar het was een stuk beter dan de vloer.

'Vindt u het vreemd,' zei ze, toen hij zich had geïnstalleerd, 'dat we zo'n gewoon gesprek hebben?'

Hij keek haar zijdelings aan. 'Dat we kibbelen over waar ik moet zitten?'

'Ja, maar ook over streken die we in onze jeugd hebben uitgehaald, en het overlijden van mijn broer. Dat is een verdrietige gebeurtenis, maar het is wel een gewoon gespreksonderwerp. Het is niet dat we grote filosofische discussies hebben over de betekenis van...'

'Het leven?' opperde hij.

Ze haalde haar schouders op.

Hij draaide iets bij, zodat hij haar aan kon kijken zonder zich om te hoeven draaien. 'Wílt u de avond doorbrengen met grote filosofische discussies?'

'Niet echt, maar hebt u niet het gevoel dat we dat zouden móéten doen? Gezien onze hachelijke situatie?'

Hij leunde achterover tegen het hoofdeind en liet een stilte vallen, precies lang genoeg om zijn volgende woorden als een aankondiging te laten klinken. 'Toen ik op school zat, moesten we een boek lezen.'

Ze draaide haar hele lichaam naar hem toe, zo benieuwd was ze na deze abrupte gespreksovergang.

'Het was afschuwelijk,' vertelde hij haar.

'Welk boek was het?'

Hij dacht even na. 'Dat weet ik niet eens meer. Zo erg was het.'

'Waarom moesten jullie het lezen?'

Hij trok één schouder op. 'Iemand zei een keer dat het belangrijk was.'

'Wie bepaalt zoiets?' vroeg ze zich af.

'Welke boeken belangrijk zijn? Ik heb geen idee, maar in dit geval hadden ze zich ernstig vergist. Elk woord was een kwelling, werkelijk waar.'

'Dus u hebt het gelezen? Het hele boek?'

'Ja. Ik haatte het van het begin tot het eind, maar ik heb het vervloekte ding gelezen omdat ik wist dat we er vragen over zouden krijgen, en ik wilde mijn vader niet teleurstellen.' Hij draaide zich om en keek haar met een droog gezicht aan. 'Dat is een verduiveld slechte reden om een boek te lezen, vindt u ook niet?'

'Ik denk het wel.'

'Een mens moet een boek lezen omdat het iets in zijn hart aanspreekt.' Andrew zei dit met grote passie, hoewel hij hier nooit echt over had nagedacht. Tenminste niet op deze manier. 'Omdat het een honger naar kennis stilt die van hém is, niet van een of andere man in een toren, tweehonderd jaar geleden.'

Ze sloeg hem even gade en vroeg toen: 'Waarom praten we hier precies over?'

'Omdat we niet zouden moeten praten over de vraag of het universum in de ziel van een mens past als we dat niet willen.'

‘Ik wil dat niet,’ zei ze, met grote ogen. ‘Ik wil dat echt niet.’

‘Mooi.’ Hij nam zijn oude positie weer in en ze zaten even zwijgend naast elkaar. Het was allemaal vrij vredig en alledaags, tot ze zei…

‘We gaan misschien wel dood.’

‘Wat?’ Zijn stem schoot uit en hij draaide zijn hoofd met een ruk naar haar toe. ‘Praat niet zo.’

‘Ik zeg niet dát we doodgaan. Maar het zou kunnen. Zeg niet dat het niet zo is, want dat is een leugen.’

‘We zijn te veel waard,’ zei Andrew tegen haar. ‘Ze gaan ons niet vermoorden.’

Maar beseften de mannen wel wat voor buit ze hadden binnengehaald? Tot nog toe wees alles op een normale ontvoering (als zoiets bestond). Het was niet ondenkbaar dat de Portugese bende twee overduidelijk welgestelde buitenlanders in het vizier had gekregen en ervan uit was gegaan dat iemand bereid zou zijn losgeld voor hen te betalen.

Maar het was ook mogelijk dat iemand had ontdekt wat zijn rol was voor de regering. Als dat zo was en de mannen die hen gevangen hielden politiek gemotiveerd waren, werd Andrew een ander soort buit.

(En god mocht weten welke politieke motieven ze hadden, er waren in de hele wereld splintergroeperingen te vinden die een gruwelijke hekel aan de Britten hadden.)

Kapitein Andrew James was niet helemaal onbekend in Lissabon. Vanochtend nog had hij een ontmoeting gehad met Robert Walpole, de Britse afgezant. Hij had geen trucjes toegepast om zijn bezoek te verhullen: hij had lang geleden geleerd dat het op zijn soort missies het meest effectief was om zich te verschuilen in de openbaarheid. Hij had zijn beste kleren aangetrokken, gelopen en gesproken als een aristocraat en was regelrecht naar het huis van meneer Walpole gewandeld.

'Ze gaan ons niet vermoorden,' zei hij weer. Maar hij wist niet zeker of hij het meende.

'Ik weet niet of dat waar is,' zei Poppy.

Andrew knipperde met zijn ogen. 'Wat?'

'Wat u zei. Over dat we te veel waard zijn. We zijn alleen veel waard als zij weten dat we veel waard zijn.'

'Ze weten dat ik een schip in de haven heb.'

Maar ja, als ze wisten dat hij geheimen vervoerde voor de kroon, had zijn eliminatie in hun ogen misschien meer waarde dan eventuele rijkdommen hun zouden kunnen brengen.

'We weten in de ochtend pas meer, hè?' vroeg ze.

Hij zuchtte. 'Ik denk het wel. Maar zoals ik al zei, ik denk dat ik hen er misschien van heb overtuigd u te laten gaan.'

Ze knikte.

'Sta er niét op bij mij te blijven,' voegde hij eraan toe.

'Dat zou ik nooit doen,' zei Poppy.

Andrew zweeg even. 'Nee?'

'Natuurlijk niet. Hoe kan ik u vanuit deze gevangenis helpen? Als ik wegga, kan ik misschien iets doen om u eruit te krijgen.'

'Precies.' Andrew was blij dat ze de situatie zo snel doorzag, maar tegelijkertijd stak het hem een beetje dat ze er zo op gebrand was te vertrekken.

Toch, als hij er in slaagde haar hier weg te krijgen, zou ze niet terugkomen om hem te redden. Hij had connecties in Lissabon die ervoor konden zorgen dat ze terugkwam in Engeland; hij hoefde haar alleen maar bij hen af te leveren.

Of, zoals waarschijnlijk het geval zou zijn, ze zou zichzelf moeten afleveren.

Hij dacht aan alle zaken die hij altijd de moeite waard had gevonden om voor te sterven. Geen daarvan betekende iets vergeleken bij het leven van deze vrouw.

Was dit liefde? Zou dat kunnen? Hij wist alleen dat hij zich geen toekomst zonder haar meer kon voorstellen.

Ze was plezier.

Ze was vreugde.

En ze ging misschien dood omdat hij verdomme te egoïstisch was geweest om haar op het schip achter te laten.

Hij had geweten dat het veiliger was om haar aan boord te houden. Hij had het gewéten, en toch had hij haar mee aan wal genomen.

Hij had haar willen zien glimlachen. Nee, het was nog veel egoïstischer. Hij had haar held willen zijn. Hij had gewild dat ze met bewondering in haar ogen naar hem opkeek, dat ze dacht dat de zon op zijn gezicht opkwam en onderging.

Hij deed zijn ogen dicht. Hij moest dit goedmaken. Hij moest haar beschermen.

Het was niet aan hem om haar te beschermen, en nu zou het er misschien nooit meer van komen, maar hij zou ervoor zorgen dat ze in veiligheid kwam.

Al was het het laatste wat hij deed.

Andrew wist niet hoelang ze daar zwijgend zaten, zij aan zij tegen het hoofdeind van het bed. Soms dacht hij dat Poppy iets ging zeggen – dan maakte ze zo'n kleine, onverwachte beweging, alsof ze op het punt stond te gaan praten. Uiteindelijk, net toen hij dacht dat ze zich hadden overgegeven aan de stilte van de nacht, sprak ze.

'Herinnert u zich wat ik gisteravond zei, over dat het mijn eerste kus was?'

Hij verstijfde. 'Hoe zou hij dat kunnen vergeten?

'Kapitein...'

'Andrew,' onderbrak hij haar. Als dit inderdaad hun laatste avond was, zou hij die verdorie doorbrengen met iemand die hem bij zijn voornaam noemde.

'Andrew,' herhaalde ze, en het voelde alsof ze de naam uitprobeerde op haar tong. 'Het past bij je.'

Het leek een vreemde uitspraak. 'Je wist dat ik zo heette,' merkte hij op.

'Inderdaad. Maar het is anders om het te zeggen.'

Hij wist niet goed of hij begreep wat ze daarmee bedoelde. Hij wist ook niet zeker of zij dat wist. Maar het was belangrijk. Op de een of andere manier wisten ze dat allebei.

'Je had het over de kus,' zei hij zacht.

Ze knikte, en hij zag spanning in haar keel toen ze slikte. Ze was nerveus. Natuurlijk was ze dat. Hij was zelf doodsbang. Dit was niet de eerste keer dat hij zich in een gevaarlijke situatie bevond. Het was zelfs niet de eerste keer dat hij dacht dat hij het er misschien niet levend af zou brengen.

Maar het was wel de eerste keer dat hij dacht dat hij misschien een onschuldige ziel mee de dood in zou sleuren.

'Het was mijn eerste kus,' zei ze, 'en het was heerlijk. Maar ik weet dat er meer is.'

'Meer?' echode hij. Hij wierp haar een behoedzame blik toe.

'Niet méér meer. Daar weet ik wel iets van.'

'Je weet iets... wáárvan?'

'Het is niet dat ik het wéét weet.'

'Goeie god,' mompelde hij.

'Ik weet wat er gebeurt tussen man en vrouw,' zei ze, bijna alsof ze hem gerust wilde stellen.

Hij kon haar alleen maar aanstaren. 'Ik kan er niet over uit dat ik dit nu ga vragen, maar probeer je me te vertellen dat je het wéét weet?'

'Natuurlijk niet!' Ze bloosde hevig, zelfs bij het schemerige licht van hun kaars kon hij dat zien.

'Je ziet ongetwijfeld mijn verwarring.'

'Ik bedoel het serieus,' mompelde ze, en het was hem niet duidelijk of ze zich opgelaten voelde of zich ergerde.

Hij liet zijn adem ontsnappen. Dit was het eind van het gesprek, dat kon niet anders. Hij had niet geleefd als een heilige, maar dit had hij echt niet verdiend.

Maar nee. Poppy perste even haar lippen op elkaar en zei toen, op een voor haar ongebruikelijke, formele toon: 'Mijn nicht heeft het me verteld.'

Hij schraapte zijn keel. 'Je nicht heeft het je verteld.'

Ze wierp hem een geïrriteerde blik toe. 'Waarom herhaal je steeds alles wat ik zeg?'

Omdat hij het gevoel had dat hij stapelkrank...

'Waarschijnlijk laat dat zien hoe weinig zin ik heb om dit gesprek te voeren,' zei hij in plaats daarvan.

Ze negeerde dit. 'Mijn nicht Billie is getrouwd, en...'

Hij bedwong de neiging om in een geschokte, ongepaste lachbui uit te barsten. Hij kende Billie Bridgerton – nu Billie Rokesby. Ze was zijn schoonzus en een van zijn oudste vriendinnen.

'Billie is een vrouw,' zei Poppy, die de ontzetting op Andrews gezicht kennelijk verkeerd interpreteerde. 'Het is een erg ongebruikelijke bijnaam, dat weet ik. Maar hij past bij haar. Ze heet eigenlijk Sybilla.'

'Natuurlijk,' mompelde hij.

Ze keek hem vreemd aan. Of liever gezegd, ze keek hem

aan alsof híj vreemd keek. Wat ongetwijfeld het geval was. Hij voelde zich eerlijk gezegd een beetje misselijk. Ze had het over Billie, en als er ooit een moment was geweest om haar te vertellen wie hij werkelijk was, was dit het.

En toch kon hij het niet doen.

Of misschien toch wel.

Zou het haar veiligheid bevorderen? Kon haar kennis van zijn ware identiteit haar een hulpmiddel in handen geven om thuis te komen? Of was het omgekeerde waar? Misschien kon ze beter in onwetendheid worden gelaten.

'Andrew. Andrew!'

Hij knipperde met zijn ogen.

'Je luistert niet naar me. Dit is belangrijk.'

Alles was nu belangrijk. Elk moment.

'Mijn excuses,' zei hij. 'Mijn gedachten razen voort.'

'Die van mij ook!'

Hij nam even de tijd om tot rust te komen. Het werkte niet. Hij haalde adem, haalde nog eens adem, toverde een minzame uitdrukking op zijn gezicht en keek haar aan. 'Hoe kan ik je helpen?' vroeg hij.

Zijn vastberaden voorkomendheid leek haar te verrassen. Maar dat duurde niet lang.

En toen zag Andrew hoe zich op haar gezicht zijn ondergang voltrok.

Was het mogelijk dat hij ooit had gedacht dat hij het heerlijk vond om haar te zien nadenken? Hij was een idioot, dat was duidelijk.

Haar lippen gingen iets van elkaar, en daarna tuitte ze haar mond. Haar blik schoot naar een punt rechts boven haar in de lucht, zoals zo vaak haar gewoonte was. Ze draaide haar hoofd opzij.

Hij had haar al die dingen eerder zien doen. Hij had het altijd fascinerend gevonden. Maar nu ze zich weer naar hem omdraaide en hem aankeek, nu haar donkere wimpers omhoogvlogen en haar groene ogen de zijne ontmoeten, wist hij dat zijn leven op het punt stond voorgoed te veranderen.

'Kus me,' zei ze.

Hij verstijfde.

'Alsjeblieft,' voegde ze eraan toe, alsof dát de reden was waarom hij niet reageerde. 'Ik weet dat er meer komt kijken bij een kus.'

Haar woorden bleven in de lucht hangen. Het was net zo'n ongemakkelijk moment als wanneer alle gesprekken stoppen en één persoon te hard doorpraat, zodat iedereen diegene hoort schreeuwen.

Alleen had Poppy niet geschreeuwd.

'Dat is toch zo?' vroeg ze.

Hij bewoog niet. Hij kon zichzelf er niet eens toe brengen om te knikken.

'Als ik straks doodga, dan wil ik een echte kus krijgen.'

'Poppy,' wist hij eindelijk uit te brengen, 'ik...'

Ze keek hem vol verwachting aan, en lieve hemel, zijn blik daalde af naar haar lippen.

Het universele teken.

Hij wilde haar zó graag kussen.

Maar hij zei: 'Dit is geen goed idee.'

'Natuurlijk is het geen goed idee. Maar ik wil het toch.'

Hij ook. Maar hij ging het niet doen.

Een van hen was krankzinnig. Dat wist hij zeker. Hij wist alleen niet wie.

'Wíl je me niet kussen?' vroeg ze.

Hij schoot bijna in de lach. Of hij haar niet wilde kussen?

Op dat moment wilde hij het liever dan ademhalen.

'Ik wil... Verdomme nog aan toe, Poppy, ik wil...' Hij vloekte nog eens, en de felheid van zijn woorden leek hem tot bezinning te brengen. Hij keek over zijn schouder naar de harde houten vloer. Toen hij zijn woorden vond, voelde het alsof ze uit het diepst van zijn ziel werden losgerukt. 'Ik heb je al op zo veel manieren onrecht aangedaan.'

'O, nú probeer je opeens een heer te zijn.'

'Ja,' bulderde hij bijna. 'Ja, dat probeer ik. En mijn god, wat maak je het me moeilijk.'

Ze glimlachte.

'Niet doen,' waarschuwde hij.

'Het is maar een kus,' zei ze.

'Is dat nu je tactiek?' Hij bauwde haar na. 'Het is maar een kus.'

Ze liet ontmoedigd haar schouders hangen. 'Het spijt me. Ik weet niet wat ik moet zeggen. Ik heb nog nooit eerder geprobeerd een man over te halen om me te kussen.'

Andrew deed zijn ogen dicht en kreunde. Deze hunkering die hij voor haar voelde –dagenlang had ze gesmeuld, een klein, stabiel vlammetje, dat hij goed onder controle had weten te houden.

Tot nu.

Hij zou haar misschien kunnen weerstaan als ze terug waren op het schip. Of als het flakkerende kaarslicht niet zulke verleidelijke schaduwen over haar borst wierp.

Hij zou zich staande kunnen houden als ze niet op een béd zaten, god nog aan toe, als ze zich niet met die perfecte lippen en die eindeloos groene ogen naar hem toe draaide en hem vroeg haar te kússen.

Dat smeulende vuurtje... dat zo rustig had gebrand dat hij

er bijna aan gewend was geraakt...

Dat was niet rustig meer.

'Als ik je kus,' zei hij, en elk woord was een kwelling, 'ben ik bang dat ik niet meer kan stoppen.'

'Natuurlijk wel,' zei ze, bijna vrolijk.

Hij kon haar alleen maar aanstaren. Probeerde ze hem nu gerust te stellen?

'Je bent een heer,' zei ze, alsof dat voor haar verklaring genoeg was. 'Je stopt zodra ik het je vraag.'

Hij schoot in een ruwe, humorloze lach. 'Denk je dat?'

'Dat weet ik.'

Het duurde even voor het tot hem doordrong dat hij ongelovig zijn hoofd schudde. 'Je weet niet wat je zegt,' zei hij schor. Mijn god, hij wist zelf niet wat hij zei. Hij wist nauwelijks wat hij op dit moment dácht.

Maar zij ging onverschrokken door. 'Ik weet precies wat ik zeg, en ik ken jóú.'

'Poppy...'

'Eerder vandaag zei je dat ik je beter ken dan wie dan ook. En ik zeg je dat ik weet dat je zult stoppen zodra ik dat vraag.'

En toen, voordat hij een antwoord kon formuleren, zei ze: 'Je zult waarschijnlijk stoppen voordat ik dat vraag.'

'Godallemachtig,' barstte hij uit, en hij sprong bijna van het bed. 'Je hebt geen idee. Geen idéé, verdomme. Heb je er enig idee van wat het betekent om een man te zijn?'

'Ik ga misschien dood,' fluisterde ze.

'Dat is geen reden om je onschuld te verkwanselen.'

Ze klom van het bed en ging voor hem staan. 'Ik wil alleen maar een kus.'

Hij greep haar vast. Trok haar dicht tegen zich aan. 'Het

zal niet alleen maar een kus zijn, Poppy. Het kan tussen ons nooit alleen maar een kus zijn.'

En toen – lieve hemel – fluisterde ze: 'Ik weet het.'

21

Poppy deed haar ogen niet dicht.

Ze mocht dit moment niet missen. Dat wilde ze niet. En ja, ze zag precies op welk moment Andrew zich gewonnen gaf, in dezelfde seconde dat hij besefte dat hij zich niet langer tegen haar kon verzetten.

Of tegen zichzelf.

Maar ook al zag ze dit moment, het volgende moment ontging haar. Hij bewoog zo snel dat het haar letterlijk de adem benam. Het ene ogenblik zag ze de hartstocht in zijn ogen oplaaien, het volgende was zijn mond op de hare, fel en hongerig.

Meedogenloos.

Het was een kus die de andere – die onder de sterren, op het dek van de *Infinity* – van een heel andere orde deed lijken.

Haar eerste kus was magisch geweest, deze was rauw. Poppy voelde zich omhuld, overweldigd, bijna overvallen.

Hij kuste haar als een bezetene, misschien zelfs als een man die niets te verliezen had.

Zijn mond was veeleisend, meedogenloos bijna, en het kleine beetje gezond verstand dat ze nog in stand wist te houden vroeg zich af of hij haar strafte omdat ze hem zover had gedreven.

Het had haar angst moeten inboezemen. Zijn passie, die nu eindelijk was losgebroken, was een oerdrift, een gevaar.

Maar ze voelde zichzelf ook gevaarlijk.

Roekeloos.

Ze voelde zich fantastisch.

Dus ze kuste hem terug. Ze had geen idee wat ze deed, maar het was als een instinct. Ze wist alleen maar dat ze meer wilde. Meer van zijn aanraking, meer van zijn hitte. Meer van hém.

Dus toen zijn tong haar mond binnendrong en op verkenning uitging, deed zij hetzelfde bij hem. Toen hij zachtjes op haar onderlip beet, beet zij op zijn bovenlip. En toen zijn handen langs haar rug naar beneden gleden en haar billen omvatten, deed zij hetzelfde bij hem.

Hij trok zich, bijna glimlachend, iets terug. 'Doe je me na?'

'Is dat dan niet de bedoeling?'

Hij kneep zachtjes.

Zij deed het ook.

Hij bracht een van zijn handen naar haar haar en wikkelde een dikke lok om zijn vuist.

Zij liet haar beide handen in zijn wilde haren zakken en trok hem naar beneden voor een nieuwe kus.

'Je was altijd al een snelle leerling,' murmelde hij tegen haar lippen.

Ze giechelde en genoot van het gevoel dat het gaf om tegen zijn huid te lachen. 'Je zegt dat alsof je me al langer dan een week kent.'

'Is het pas een week?' Hij draaide zich om en trok haar mee, zodat Poppy met haar rug naar het bed stond. 'Ik heb het gevoel dat ik je altijd al gekend heb.'

Zijn woorden klonken na in haar binnenste en maakten iets los wat ze niet had durven onderzoeken. Het voelde inderdaad alsof ze hem altijd al had gekend, alsof ze dingen tegen hem kon zeggen die ze met niemand anders kon delen.

Als ze een dwaze vraag stelde, zou hij misschien lachen, maar alleen omdat hij plezier had in haar nieuwsgierigheid, niet omdat hij haar zelf lachwekkend vond.

Hij had geheimen, daar was ze zeker van, maar ze kénde hem. Ze wist hoe deze man vanbinnen was.

'Hoe deed je dat?' murmelde hij.

Poppy wist niet goed wat hij bedoelde, maar het kon haar niet schelen. Ze bracht haar armen weer omhoog, naar zijn hals, en door de beweging kantelden haar heupen naar voren en drukten tegen zijn krachtige dijen.

'Poppy,' kreunde hij. 'Mijn god, Poppy.'

'Andrew,' fluisterde ze. Ze had zijn naam nog maar zo weinig gebruikt. Hij voelde als een streling op haar lippen.

'Ik hou van je haar,' zei hij, terwijl hij haar haren vastpakte om haar gezicht dichter naar zich toe te trekken. 'Elke avond was het een kwelling om te zien hoe je het losmaakte om het te vlechten.'

'Maar ik probeerde dat te doen wanneer je niet keek.'

'Probéérde,' zei hij met nadruk. 'Ik ben een schurk. Ik kon niet beslissen hoe ik het het liefste had. Los, zodat ik het licht over alle lokken kon zien spelen' – hij liet de lok die hij vasthield tegen haar rug vallen – 'of opgestoken, zodat ik me kon voorstellen dat ik de haarpennen er zelf uit haalde.'

'En de vlecht?'

'O, die vond ik ook prachtig. Je hebt geen idee hoe graag ik daaraan wilde trekken.'

'Zodat je hem in een inktpot kon dopen?' plaagde ze. Ze herinnerde zich nog hoe leuk haar broers het altijd vonden om dat bij haar te doen.

'Dat zou misdadig zijn,' murmelde hij. 'Heb ik je net niet

verteld hoe graag ik naar alle kleuren in je haar kijk?' Hij liet zijn vingers door haar lokken glijden. Poppy kon zich niet voorstellen wat hij er zo interessant aan vond, maar hij vond het duidelijk heerlijk om te doen, en lieve hemel, het gaf haar het gevoel dat ze mooi was.

'Eerst,' zei hij, terwijl hij de punten van haar haar naar zijn lippen bracht om ze te kussen, 'wilde ik eraan trekken omdat je zo... verduiveld... irritant was.'

'En nu?'

Hij trok haar dichter tegen zich aan. 'Nu prikkel je me op een andere manier.'

Poppy voelde hoe haar lichaam zich kromde en instinctief zijn hitte opzocht. Hij was hard, en sterk – elk stukje van zijn lichaam – en ze voelde het bewijs van zijn verlangen onverzettelijk tegen haar buik drukken.

Ze wist enigszins hoe de seksuele daad in zijn werk ging. Zoals Andrew graag plagend opmerkte, was ze overal nieuwsgierig naar. Toen haar nicht Billie haar iets vertelde over wat ze kon verwachten als ze ging trouwen, was Poppy verbaasd genoeg geweest om meer details te vragen. De eerste keer dat Billie het had uitgelegd, had ze er eerlijk gezegd weinig van begrepen.

Maar toen had Billie, met veel minder gêne dan Poppy had verwacht, uitgelegd dat het mannelijk lid veranderde wanneer het opgewonden raakte. Het werd langer en harder. En na afloop werd het weer normaal.

Poppy had dat heel eigenaardig gevonden. Stel je voor dat een of ander onderdeel van háár lichaam veranderde als ze passie of begeerte voelde. Ze had gelachen bij de gedachte dat ze opeens puntjes aan haar oren zou krijgen, of dat haar haar in de krul zou schieten. Billie had ook gelachen, maar dat was een ander soort lachen geweest – niet onaardig, alleen anders. Ze had Poppy verteld dat sommige dingen niet uitgelegd konden worden, die kon je alleen maar ervaren.

Poppy had daar haar twijfels bij gehad, maar nu kon ze het haast begrijpen. Ze voelde zich zo anders vanbinnen, dat ze zich onmogelijk kon voorstellen dat er fysiek niets aan haar was veranderd. Haar borsten voelden zwaar en ja, ook groter. Haar tepels waren hard geworden, een beetje zoals dat ging wanneer ze het koud had, en toen zijn hand over het lijfje van haar jurk waren gegleden, zelfs zonder haar huid aan te raken, had dat elektrische stroompjes naar haar diepste kern gestuurd.

Dát was niet gebeurd, de laatste keer dat ze het koud had.

Ze voelde zich hongerig… hongerig in haar kern. Ze wilde haar benen om hem heen slaan en hem dicht tegen zich aan trekken. Ze wilde die hardheid tegen haar lichaam voelen drukken. Ze had contact nodig. Ze had druk nodig.

Ze had hém nodig.

Alsof hij haar gedachten had gelezen, gleden zijn handen over haar billen naar de bovenkant van haar dijen en hees hij haar op, waarna hij haar op het bed liet vallen. Binnen een seconde bewoog hij zich soepel als een kat over haar heen.

Zijn ogen verslonden haar.

'Poppy,' kreunde hij, en haar hart nam een vlucht bij het horen van haar naam op zijn lippen. Het leek niet uit te maken dat hij haar naam eerder had gezegd. Het voelde nu anders, alsof de twee simpele lettergrepen onderdeel waren geworden van de structuur van zijn kussen.

Zijn gewicht drukte haar in de matras en hoewel hij degene was die haar op het bed vastpinde, voelde zij zich machtig. Het was opwindend om te bedenken dat zij hem tot dit punt had gebracht. Dat zij de reden was waarom deze onverstoorbare man bijna zijn zelfbeheersing verloor.

En die macht... deed iets met haar. Hij maakte haar moedig. Hij maakte haar hongerig.

Hij maakte dat ze hunkerde naar zijn aanraking, zijn kracht.

Ze wilde net zo onverschrokken zijn als hij en nemen wat ze hebben wilde. Maar ze wist niet – kon niet weten – waar ze moest beginnen.

Ze wilde leren.

Ze sloeg haar ogen naar hem op. 'Ik wil je aanraken.'

'Doe het,' beval hij.

Hij had al veel eerder zijn kravat afgegooid, en dus stak ze haar hand uit en raakte ze de warme huid van zijn hals aan en liet ze haar vingers over de spieren glijden die als kabeltouwen over zijn schouders liepen.

Hij trilde.

'Vind je dat fijn?' fluisterde ze.

Hij kreunde: 'Heel fijn.'

Ze ving haar lip tussen haar tanden, gefascineerd door zijn reactie. Toen haar vingers onder zijn shirt gleden, schokte zijn lichaam. Ze wilde haar handen terugtrekken, maar hij legde zijn hand onmiddellijk over de hare.

Hun ogen ontmoetten elkaar. Ga niet weg, leek hij te zeggen.

Langzaam tilde hij zijn hand op en ze hervatte haar lome verkenningstocht en trok cirkels en willekeurige lijnen over zijn huid. Ze had dit de hele nacht kunnen doen, en dat had ze misschien zelfs geprobeerd, maar hij maakte een schor, kreunend geluid en trok zich terug.

Hij ging rechtop zitten, met zijn benen aan weerskanten

van haar lichaam en trok zijn shirt over zijn hoofd.

Poppy hield haar adem in.

Hij was zo mooi.

Hij had het lichaam van een man die zijn lichaam gebruikte, een man die werkte, hard werkte. Zijn spieren tekenden zich prachtig af onder zijn huid, en ze vroeg zich onwillekeurig af welke beweging elke spier had opgebouwd.

'Waar denk je aan?' fluisterde hij.

Ze keek op, en pas op dat moment besefte ze dat ze naar hem had liggen staren.

'Ik vroeg me af hoe je híéraan komt.' Ze legde haar hand op zijn borst en verbaasde zich erover hoe de harde welving van zijn spier haar handpalm vulde.

Hij zoog zijn adem naar binnen. 'Jezus, Poppy.'

'Welk soort beweging bouwt de verschillende spieren op?' Ze verplaatste haar hand naar zijn bovenarm. Zijn spieren spanden zich onder haar vingers, bolden op en veranderden van vorm onder zijn huid.

Hun ogen ontmoetten elkaar weer. Ga door, leek hij te zeggen.

Ze ging iets verder naar beneden, over zijn elleboog naar de zachtere huid aan de binnenkant van zijn arm. 'Hoe krijgt iemand dit soort spieren?' vroeg ze zich af, terwijl ze haar hand naar de spier vlak onder zijn elleboog liet glijden. 'Door kisten op te tillen?'

'Door het stuurwiel vast te houden.'

Ze keek op. Hij klonk alsof hij buiten adem was.

Zij had ervoor gezorgd dat hij zo klonk. Weer voelde ze zich machtig.

Ze wás machtig.

'Welke spieren gebruik je als je een kist optilt?'

'Mijn rugspieren,' murmelde hij. 'En mijn benen.' Hij bracht zijn hand naar haar bovenarm, die hij met zijn lange vingers bijna helemaal omvatte. 'En deze.'

Ze keek naar beneden, gehypnotiseerd door het contrast tussen zijn huid en de hare. Hij was urenlang in de zon geweest, en zijn huid had een goudbruine gloed. Ook aan de structuur van zijn huid was te zien hoeveel tijd hij buitenshuis had doorgebracht, in de wind, op het water. Zijn handen waren ruw en eeltig. En mooi.

'Ik hou van je handen,' zei ze opeens, terwijl ze er een tussen haar eigen handen nam.

'Mijn handen?' Hij glimlachte, en er verschenen lachrimpeltjes bij zijn ooghoeken.

'Ze zijn perfect,' zei ze. 'Groot en hoekig.'

'Hoekig?' Hij klonk geamuseerd, maar op een fijne manier.

'En capabel.' Ze bracht zijn hand naar haar borst en legde hem op haar hart. 'Ze geven me een veilig gevoel.'

Hij haalde beverig adem en zijn hand leek zwaarder te voelen op haar huid. Zijn handpalm maakte kleine, cirkelende bewegingen naar beneden, tot zijn hand op haar borst lag. Hij kneep zachtjes en ze kreunde verrast van genot.

Zijn ogen vingen haar blik. 'Vraag je me om te stoppen?'

Néé.

'Nog niet,' fluisterde ze.

Ze had al eerder haar jurk losser gedaan, om het zichzelf comfortabeler te maken, en nu hij zijn vinger om de rand van haar lijfje haakte, gleed de stof gemakkelijk van haar schouders.

'Je bent zo mooi,' fluisterde hij.

'Dat ben jij...'

'Sssst.' Hij legde een vinger tegen zijn lippen. 'Spreek me niet tegen. Als ik wil zeggen dat je mooi bent, wil ik daarbij niet onderbroken worden.'

'Maar...'

'Stil.'

'Ik...'

Zijn mond vond de hare weer, hongerig en ondeugend, en hij knabbelde aan de rand van haar lippen terwijl hij murmelde: 'Er zijn veel manieren om je het zwijgen op te leggen, maar niet een is er zo fijn als deze.'

Poppy had alleen maar willen zeggen dat hij ook mooi was, maar terwijl hij al kussend een weg zocht naar de rand van haar jurk, leek dat niet meer zo nodig. En toen ze de stof steeds verder langs haar lichaam omlaag voelde glijden, zodat haar borsten bijna werden ontbloot, kon ze niets anders doen dan haar rug krommen om de weg vrij te maken.

Hij keek op, met een hete, maar heldere blik in zijn ogen. 'Wil je dat ik stop?'

Néé.

'Nog niet,' fluisterde ze.

En toen vonden zijn lippen haar en sloten zich om het puntje van haar tepel in een kus, intiemer dan ze ooit had kunnen dromen. Ze riep hijgend zijn naam en werkte zich omhoog van het bed, nauwelijks in staat de elektrische spanning te bevatten die hij in haar leek op te wekken.

Hij kuste haar, raakte haar aan en streelde haar, en Poppy was hulpeloos onder zijn aanval. Hij wist precies waar hij haar moest kussen en hoe hij haar moest aanraken – stevig, zachtjes, met zijn tanden. Alles wat hij deed bracht genot – maar het was een kwellend genot, want ze had meer nodig.

Er bouwde zich iets in haar op.

'Wat doe je met me?' hijgde ze.

Hij viel stil. Keek op. 'Wil je dat ik stop?'

Néé.

'Nog niet,' fluisterde ze.

En toen schoof zijn hand tussen haar benen en raakte haar intiemer aan dan ze zichzelf ooit had aangeraakt.

Ze was nat, onnatuurlijk nat, dat dacht ze tenminste. Ze schoof bijna onder hem vandaan, zo opgelaten voelde ze zich door de vochtige stroom tussen haar benen. Maar toen kreunde hij en zei: 'Je bent zo nat. Zo klaar voor me.'

En ze besefte dat het misschien toch niet zo onnatuurlijk was. Misschien was het wat haar lichaam hoorde te doen.

Zijn vingers gleden naar binnen, en ze hapte weer naar adem. Ze wist dat hij zich hier uiteindelijk met haar zou verenigen, maar het was toch een verrassing. Ze had het gevoel dat ze werd uitgerekt en gekieteld, en het was uitgesproken bizar dat iemand haar van binnenuit kon aanraken. Bizar, maar toch... fijn.

'Vind je dit prettig?' fluisterde hij.

Ze knikte. 'Ik denk het wel.'

Zijn vingers vielen stil, maar hij trok ze niet terug. 'Weet je het niet zeker?'

'Het is alleen erg vreemd,' gaf ze toe.

Hij liet zijn voorhoofd tegen het hare rusten, en hoewel ze op zo'n korte afstand zijn gezichtsuitdrukking niet kon zien, voelde ze dat hij glimlachte. 'Dat kan op zo veel manieren worden uitgelegd,' zei hij.

'Nee, ik... ik vind het fijn. Het enige is...' Ze kon zich niet herinneren wanneer ze voor het laatst zo slecht uit haar woorden had kunnen komen. Maar als ze daar ooit reden toe had gehad, was het nu. 'Het voelt gewoon alsof het allemaal steeds verdergaat, en ik weet niet waarnaartoe. En hoe.'

Hij glimlachte weer. Ze voelde het.

'Ik weet waarnaartoe,' zei hij.

Zijn woorden leken haar lichaam binnen te dringen en haar van binnenuit op te winden.

'En ik weet hoe.' Zijn lippen vonden haar oor. 'Vertrouw je me?'

Hij had intussen moeten weten dat dat zo was, maar ze was toch dankbaar dat hij het vroeg. Dus ze knikte, en toen ze niet zeker wist of hij het had gezien, zei ze: 'Ja.'

Hij kuste haar één keer licht op de mond, en toen begonnen zijn vingers weer te bewegen. Het was alles, en het was niet genoeg, en toen ze naar adem hapte, leek hij zijn inspanningen alleen maar te verdubbelen en bracht hij haar dichter...

Steeds dichter...

'Andrew?' Ze klonk paniekerig. Dat was niet haar bedoeling. Maar ze wist niet wat er gebeurde. Ze had niet meer de macht over haar lichaam.

'Ontspan je maar,' murmelde hij.

'Maar...'

'Ontspan je, Poppy.'

Ze deed het.

Iets in haar trok samen en barstte toen open, en ze had geen idee wat er met haar was gebeurd, maar ze rees met zo veel kracht op van het bed dat ze hem mee omhoog tilde.

Ze kon niet spreken.

Ze haalde geen adem.

Haar hele lichaam was buiten werking... getransformeerd.

Toen viel ze neer.

Ze kon nog steeds niet spreken, maar nu haalde ze tenminste wel adem. Het duurde even voordat ze weer scherp kon zien, maar toen ze zover was, zag ze Andrew op haar neerkijken, glimlachend als een kat die van de room heeft gesnoept. Zo te zien was hij erg trots op zichzelf.

'Ik zag sterren,' zei ze.

Daar moest hij om grinniken.

'Echte sterren. Aan de binnenkant van mijn oogleden, maar toch.' Ze deed haar ogen weer dicht. 'Ze zijn nu weg.'

Hij grinnikte nog harder. Hij liet zich naast haar op het bed vallen en het bed schudde mee met zijn lach.

Poppy lag er krachteloos bij. Ze had geen woorden om te beschrijven wat er daarnet was gebeurd, hoewel... nu ze erover nadacht kwam 'ik zag sterren' aardig in de buurt.

'Niet slecht voor een eerste kus,' zei Andrew.

'Tweede kus,' murmelde ze.

Daar moest hij om lachen. Ze vond het heerlijk om hem aan het lachen te maken.

Ze draaide zich om om naar hem te kijken. Zijn prachtige borst werd beschenen door het kaarslicht, en hij keek naar haar met een tederheid die haar deed verlangen naar iets meer.

Ze wilde tijd.

Ze wilde nú meer tijd, maar het allerliefst wilde ze de garantie dat er een morgen zou zijn.

Ze stak haar hand uit om zijn schouder aan te raken, en hij zoog zijn adem naar binnen bij het contact.

'Deed dat pijn?' vroeg ze verward.

'Nee, ik ben alleen... een beetje...' Hij ging iets anders liggen. 'Ongemakkelijk.'

Poppy fronste haar wenkbrauwen bij deze cryptische woorden, totdat...

Ze slikte moeilijk. Wat was ze egoïstisch. 'Jij bent niet...'

Ze kon de zin niet afmaken. Hij zou wel begrijpen wat ze bedoelde.

'Het geeft niet,' zei hij.

Maar daar was ze niet zo zeker van. Als dit hun laatste nacht op aarde was, moest hij dan niet hetzelfde genot ervaren dat zij had gehad?

'Je...' Ze had geen idee hoe ze dit moest zeggen, ze wist niet eens zeker of ze het meende. 'Misschien moet ik...'

'Poppy.'

Er was iets in zijn stem. Ze zweeg.

'Er is een kans dat jij in veiligheid komt en ik niet,' zei hij.

'Zeg dat niet,' fluisterde ze, terwijl ze haar jurk weer over haar schouders trok. Ze ging rechtop zitten. Dit was het soort gesprek dat men rechtop hoorde te voeren. 'We gaan allebei ontsnappen.'

Of geen van beiden, dacht ze. Maar dat kon ze niet uitspreken. Niet nu.

'Daar twijfel ik niet aan,' zei hij op een toon waarvan ze wist dat die geruststellend bedoeld was. 'Maar ik laat je niet achter met een onwettig kind.'

Poppy slikte en knikte, en ze vroeg zich af waarom ze zich zo hol voelde, terwijl hij precies had gedaan wat ze van hem had gevraagd. Hij had veel meer gezond verstand en zelfbeheersing getoond dan zij. Precies zoals ze had voorspeld, was hij gestopt vóórdat ze hem dat had gevraagd. Zelfs toen zij dat niet wist, had hij geweten dat als hij door zou gaan, zij hem niet zou tegenhouden.

Ze had het verwelkomd, ongeacht de consequenties.

Ze kon niet langer de waarheid ontkennen die explodeerde in haar hart. Ze hield van hem. En zelfs nu, in de wetenschap dat zij inderdaad misschien zonder hem in veiligheid gebracht zou worden, wilde een zeer onpraktisch hoekje van haar hart een stukje van hem meenemen.

Haar hand ging naar haar buik, naar de plek waar zeer zeker géén kind zat.

'Het lijkt erop dat je gelijk had wat mij betreft,' zei Andrew. Zijn lippen vertrokken tot een piepklein glimlachje, maar hij klonk verdrietig. Verdrietig én ironisch.

Spijtig.

'Ik ben een heer,' zei hij. 'En ik zal je niet compromitteren als ik je niet de bescherming van mijn naam kan geven.'

Poppy James. Ze kon Poppy James zijn.

Het klonk haar vreemd in de oren, maar op de een of andere manier ook heerlijk.

Misschien niet onmogelijk.

Maar niet waarschijnlijk.

'Poppy, luister naar me,' zei Andrew, plotseling met een dringende klank in zijn stem. 'Ik zal je een adres geven. Je moet het onthouden.'

Poppy knikte. Dat kon ze.

'Het is het huis van de Britse afgezant.'

'De Brit...'

'Alsjeblieft.' Hij stak zijn hand op. 'Laat me uitspreken. Hij heet meneer Walpole. Je moet er alleen naartoe gaan en hem vertellen dat ik je heb gestuurd.'

Ze staarde hem ongelovig aan. 'Ken jij de Britse afgezant?'

Hij knikte kort, één keer.

Haar lippen gingen van elkaar en de stilte die tussen hen viel voelde gespannen. 'Je bent niet alleen een scheepskapitein, hè?'

Zijn ogen ontmoetten de hare. 'Niet alleen, nee.'

Ze had honderd vragen. En duizend theorieën. Ze wist niet goed of ze boos was, en áls ze boos was, of ze daar het recht toe had. Waarom zou hij haar tenslotte hebben verteld over zijn geheime leven? Ze was als gevangene aan boord gekomen. Hij had tot nog maar heel kort geleden geen reden gehad om haar te vertrouwen.

Maar toch irriteerde het haar.

Ze wachtte en hield enkele seconden haar mond in de hoop dat hij uit zou wijden. Maar dat deed hij niet.

Toen ze eindelijk iets zei, klonken haar woorden stijf. 'Wat moet ik hem nog meer vertellen?'

'Alles wat er is gebeurd sinds we de haven zijn binnengelopen,' zei hij. 'Vertel hem precies wat er is gebeurd in de Taberna da Torre. Met mij, met jou, met senhor Farias en met Billy. Met iedereen.'

Ze knikte.

Hij stapte uit bed en trok zijn overhemd aan. 'Je moet hem ook vertellen wie je bent.'

'Wat? Nee! Ik wil niet dat iemand weet wie...'

'Je naam draagt gewicht,' zei hij scherp. 'Als er ooit een tijd is geweest dat je hem moet gebruiken, is het nu.'

Ze klom uit het bed. Het voelde ongemakkelijk om lui in bed te blijven, terwijl hij door de kamer ijsbeerde.

'Is het niet voldoende dat ik een dame van hoge afkomst ben?'

'Waarschijnlijk wel. Maar de naam Bridgerton zal de kwestie meer urgentie geven.'

Ze gaf zich gewonnen. 'Goed dan.' Het kon voor haar op een ramp uitlopen, maar als het betekende dat Andrew een grotere kans had om gered te worden, zou ze de Britse afgezant vertellen wie ze was.

'Mooi,' zei Andrew kort. 'Luister, er is nog iets wat ik je moet vertellen.'

Ze keek hem verwachtingsvol aan.

'Je moet zeggen dat je verlangt naar blauwe luchten.'

'Blauwe luchten?' Poppy fronste bedenkelijk haar wenkbrauwen. 'Waarom?'

Andrew keek haar indringend aan. 'Wat ga je tegen hem zeggen?'

'Is het een of andere code? Het is vast een code.'

Hij overbrugde de afstand tussen hen en zijn handen landden zwaar op haar schouders, zodat ze gedwongen was hem aan te kijken. 'Wat ga je tegen hem zeggen?' herhaalde hij.

'Stop! Prima. Ik zal zeggen dat ik verlang naar blauwe luchten.'

Hij knikte langzaam en met iets wat bijna leek op opluchting.

'Maar wat betekent het?' vroeg ze.

Hij zei niets.

'Andrew, je kunt niet van me verwachten dat ik een boodschap afgeef zonder dat ik weet wat het betekent.'

Hij begon zijn overhemd in zijn broek te stoppen. 'Ik doe dat voortdurend.'

'Wát?'

Hij wierp haar over zijn schouder een blik toe. 'Denk je dat ik weet wat er in de papieren stond die ik gisteren aan de Britse afgezant heb gegeven?'

Haar mond viel open. 'Dus dát heb je...'

'Denk je dat ik dat ooit weet?' Hij begon zijn laarzen aan te trekken, en Poppy kon alleen maar staren. Hoe kon hij doen alsof dit allemaal normáál was?

'Hoe vaak doe je dit?' vroeg ze.

'Vaak genoeg.'

'En je bent niet nieuwsgierig?'

Hij was bezig zijn kravat te strikken, waarbij zijn vingers vaardig de stof door de lus haalden. Maar bij deze woorden vielen zijn handen stil. 'Het is mijn werk – nee, mijn plicht – om documenten te vervoeren en boodschappen over te brengen. Waarom denk je dat ik ons vertrek naar Portugal niet kon uitstellen? Het ging niet om míj. Het ging nooit om mij.'

Hij moest een boodschap afgeven. Hij werkte voor de regering. Poppy's hersenen draaiden op volle toeren. Opeens werd alles logisch.

'Dit is hoe ik mijn land dien,' zei hij. 'En dat moet jij ook doen.'

'Vertel je me nu dat ik op de een of andere manier de kroon een dienst bewijs door een man die ik nooit eerder heb ontmoet te vertellen dat ik verlang naar blauwe luchten?'

Hij keek haar recht in de ogen. 'Ja.'

'Ik...' Ze keek naar beneden. Ze wrong haar handen. Ze had niet eens gemerkt dat ze dat deed.

'Poppy?'

Ze slaakte een diepe zucht. 'Ik zal doen wat je vraagt. Maar ik moet je waarschuwen. Ik denk niet dat ik hem hiernaartoe terug zal kunnen leiden. Ik weet zeker dat ze me zullen blinddoeken als ze me terugbrengen naar het schip.'

'Dat hoef je ook niet te doen. Als ze je vrijlaten, zul je van de mannen die ons vasthouden een of andere boodschap meekrijgen. Geef die aan meneer Walpole. Hij zal weten wat er daarna moet gebeuren.'

'En wat moet ik dan doen?'

'Zorgen dat je veilig blijft.'

Poppy voelde dat haar kaken zich op elkaar klemden. Het

lag niet in haar aard om passief te blijven toekijken als ze kon helpen, maar in deze situatie moest ze zich afvragen of ze wel kón helpen. Of zou ze alleen maar in de weg lopen?

'Doe geen domme dingen, Poppy,' zei hij waarschuwend. 'Want zo waar als ik hier sta...'

'Ik weet nauwelijks hoe ik een geweer moet afschieten,' zei ze kregelig. 'Ik kom echt niet terug zoeven met het waanidee dat ik je eigenhandig kan redden.'

Daar moest hij een beetje om glimlachen.

'Wat?'

'Ik stel me alleen maar voor dat je terug komt zoeven. Ik zou niet weten hoe dat eruit zou zien.'

Ze keek hem dreigend aan.

'Luister naar me.' Hij pakte haar hand. 'Ik stel je bezorgdheid meer op prijs dan ik ooit kan zeggen. En zonder jou – als jij de afgezant niet zou gaan opzoeken – zou mijn situatie er erg somber uitzien. Maar meer dan dat moet je niet doen.'

'Ik weet het,' mompelde ze. 'Dan zou ik maar in de weg lopen.'

Hij sprak haar niet tegen. Ze had ergens gehoopt dat hij dat wel zou doen.

'Poppy,' zei hij dringend, 'ik...'

Ze verstijfden allebei toen ze zware voetstappen op de trap hoorden. Hun overweldigers kwamen terug, eerder dan ze hadden verwacht.

Andrew liet haar hand vallen en deed een stap achteruit. Zijn houding veranderde, alsof al zijn spieren in staat van paraatheid werden gebracht. Zijn ogen schoten naar de deur, toen naar Poppy en speurden vervolgens snel de kamer af. Ze bleven rusten op Poppy's halfhoge laarsjes, die op hun kant bij de tafel lagen, waar ze ze enkele uren geleden had uitgeschopt. Hij pakte ze op en gaf ze aan haar. 'Trek ze aan.'

Ze deed het. Snel.

De voetstappen kwamen dichterbij, gevolgd door het geluid van een sleutel die in een slot werd gestoken.

Poppy draaide zich om naar Andrew. Ze was doodsbang. Banger dan ze gedurende de hele beproeving was geweest.

'Ik kom hieruit,' bezwoer hij haar, terwijl de deurknop onheilspellend omdraaide. 'En daarna zal ik je vinden.'

Het enige wat Poppy toen nog kon doen was bidden.

Uiteindelijk was het simpel. Angstaanjagend, maar simpel. Minuten nadat de bandieten waren teruggekomen, werd Poppy geblinddoekt en naar de *Infinity* teruggebracht. De rit duurde hooguit een kwartier: blijkbaar had Andrew gelijk gehad met zijn vermoeden dat ze de vorige dag een omweg hadden gemaakt.

Het was nog donker toen ze bij het schip aankwam, maar op het dek wemelde het al van de zeelieden, meer dan Poppy zo vroeg in de ochtend zou hebben verwacht. Maar dit was geen gewone ochtend. Hun kapitein was gevangen genomen en ze moesten op alles voorbereid zijn.

De eerste persoon die ze zag was Green, wat een geluk was, want hij was een van de weinige mensen aan boord die ze kende. Brown en hij stonden erop haar te begeleiden naar het adres dat Andrew had opgegeven, en nadat ze snel bij Billy had gekeken, die nog steeds een beetje suf, maar aan de beterende hand was, ging Poppy op weg naar de stad.

'Denkt u dat ze ons in de gaten houden?' vroeg Brown, die met samengetrokken wenkbrauwen links en rechts de straat afspeurde. De zon was nog maar net op, en het rozige licht gaf de stad een mysterieuze sfeer.

'Waarschijnlijk wel,' zei Poppy. 'Kapitein James heeft hun verteld dat ik met iemand contact op moet nemen om het geld te regelen. Dus ze verwachten niet dat ik aan boord blijf.'

'Ik vind het maar niks,' mopperde Brown.

Poppy dacht er net zo over, maar ze had niet het gevoel dat ze een andere keus had.

'De kapitein heeft gezegd dat ze dit moest doen,' zei Green. 'Als hij dat heeft gezegd, moet hij daar zijn redenen voor hebben gehad.'

'Hij heeft te kennen gegeven dat de meneer die ik ga ontmoeten zou kunnen helpen,' zei Poppy.

Green keek met een opgetrokken wenkbrauw naar Brown en trok een gezicht waaruit duidelijk sprak: zie je wel?

'Ik vind het maar niks,' zei Brown weer.

'Ik heb niet gezegd dat ík het prettig vind,' antwoordde Green.

'Nou, je klonk anders alsof...'

'We vinden het geen van allen prettig,' snauwde Poppy.

Ze keken haar allebei aan.

Ze zette haar handen op haar heupen. 'Heb ik het mis?'

'Eh, nee,' mompelde een van hen, en de ander zei: 'Nee, nee, u hebt het helemaal niet mis.'

'Zullen we een gekke route nemen?' vroeg Green. 'Dat we ze in cirkeltjes laten rondlopen?'

'Misschien,' zei Poppy. 'Ik weet het niet. Het is waarschijnlijk wel zo belangrijk dat we de boodschap snel afgeven.' Ze dacht aan Andrew, aan de mannen die hem nog steeds vasthielden, stuk voor stuk in het bezit van wapens, messen en een slecht karakter. 'Rechtstreeks ernaartoe,' besloot ze. 'Zo snel als we kunnen.'

Een kwartier later stond Poppy voor een grijs stenen gebouw, in een rustig, chic gedeelte van de stad. 'Hier is het,' zei ze. Ze had Brown en Green al duidelijk gemaakt dat ze niet met haar mee naar binnen konden.

'Tot ziens dan,' zei ze, nadat ze hen opnieuw voor hun hulp had bedankt. Ze haalde diep adem. Ze kon dit.

'Eh, juffrouw Poppy!' riep Brown.

Ze bleef halverwege de trap staan en draaide zich om.

'Veel succes,' zei hij. 'Als iemand hem kan redden, bent u het.'

Ze knipperde met haar ogen, verrast door het onverwachte compliment.

'U bent een taaie,' zei hij. 'Eh, op een goede manier.'

'Meneer Farias heeft ons verteld wat u voor Billy hebt gedaan,' zei Green. 'Het is... Ehm... U...'

Brown snoof geërgerd. 'Hij bedoelt dank u wel.'

Green knikte. 'God zal u vast helpen. Het is echt goed, wat u hebt gedaan.'

'En het spijt ons van de zak,' voegde Brown eraan toe. 'En de... eh...' Hij maakte een gebaar naar zijn mond. 'Dat spul. U weet wel, wat we hebben gebruikt om...'

Ze schonk hem een ironisch lachje. 'Om me bewusteloos te maken?'

Zijn toch al blozende wangen werden vuurrood en hij mompelde: 'Ja, dat.'

'Dat ben ik al vergeten,' zei ze. Dat was niet helemaal waar, maar gezien alles wat er daarna was gebeurd, leek het nauwelijks meer van belang. 'Gaan jullie nu maar.' Ze maakte een beweging alsof ze hen wegjoeg. 'Ze mogen jullie niet op straat zien rondhangen als ik aanklop.'

Ze liepen met enige tegenzin weg en toen was Poppy echt alleen. Slechts enkele seconden nadat ze de klopper op de koperen plaat had laten neerkomen werd de deur geopend, en ze werd onmiddellijk meegenomen naar een kleine maar comfortabele ruimte om te wachten. Na een paar minuten kwam er een heer binnen.

Ze stond meteen op. 'Meneer Walpole?'

Hij nam haar met een vrij koele blik op. 'Dat ben ik.'

'Mijn naam is Polly Bridgerton. Kapitein Andrew James heeft gezegd dat ik naar u toe moest gaan.'

Hij reageerde niet op de namen die ze noemde, noch op die van haar, noch op die van Andrew, en maakte zelfs een bijna verveelde indruk terwijl hij naar de zijtafel liep om een glas cognac in te schenken.

Poppy zei niets over het vroege tijdstip. Als hij meende dat hij voor zijn ontbijt cognac nodig had, wie was zij dan om daar iets van te zeggen?

Hij hield een leeg glas naar voren en kantelde het in haar richting.

'Nee, dank u,' zei ze ongeduldig. 'Het is erg belangrijk dat...'

'Dus u hebt kapitein James gesproken,' zei hij, met een vriendelijk neutrale stem.

'Ja,' zei ze. 'Hij heeft uw hulp nodig.'

Ze vertelde hem alles. Er was niets in zijn gedrag dat deze openhartigheid aanmoedigde, maar Andrew had haar verteld dat ze hem moest vertrouwen.

En zij vertrouwde Andrew.

Aan het eind van het verhaal overhandigde ze meneer Walpole het briefje dat de bandieten haar hadden gegeven. 'Het is geschreven in het Portugees,' zei ze.

Zijn wenkbrauwen gingen omhoog. 'Hebt u het geopend?'

'Niemand heeft gezegd dat ik dat niet mocht doen.' Bij het

zien van meneer Walpoles kritische blik mompelde ze: 'Het was niet verzegeld.'

Meneer Walpoles mond verstrakte, maar hij zei er verder niets meer over. Poppy keek toe terwijl hij het bericht las. Zijn ogen schoten zes keer van links naar rechts voordat hij bij het eind aankwam.

'Kunt u hem helpen?' vroeg ze.

Hij vouwde het briefje weer op, met veel scherpere vouwen dan daarvoor.

'Meneer Walpole?' Ze wist niet hoeveel van dit alles ze nog kon tolereren. De man negeerde haar bijna. Toen herinnerde ze zich Andrews dringende aanwijzing.

Ze schraapte haar keel. 'Ik moest tegen u zeggen dat ik verlang naar blauwe luchten.'

Het hoofd van de afgezant schoot met een ruk omhoog. 'Zei hij dat?'

Poppy knikte.

'Is dat precíés wat hij zei?'

'Ja. Hij heeft het me laten herhalen.'

Meneer Walpole vloekte binnensmonds. Poppy knipperde verbaasd met haar ogen. Hij leek haar niet het type om te vloeken. Toen keek hij op alsof hem zojuist iets was ingevallen. 'En u zei dat uw naam Bridgerton is?'

'Hebt u wel naar me geluisterd?'

'U bent familie van de burggraaf?'

'Hij is mijn oom.'

Meneer Walpole vloekte weer, en dit keer probeerde hij het niet eens te verbergen. Poppy nam hem behoedzaam op terwijl hij in zichzelf mompelde en kennelijk bezig was een probleem in zijn hoofd te verwerken.

Ten slotte, net toen ze op het punt stond iets te zeggen, liep hij met grote stappen naar de deur, rukte hem open en brulde: 'Martin!'

De butler verscheen onmiddellijk.

'Breng juffrouw Bridgerton naar de gele slaapkamer. Doe de deur op slot. Ze mag onder geen voorwaarde vertrekken.'

'Wat?' Poppy wist niet precies wat ze had verwacht dat de Britse afgezant zou doen, maar dit niet.

Meneer Walpole wierp haar een snelle blik toe voordat hij de deur uit liep. 'Het is voor uw eigen bestwil, juffrouw Bridgerton.'

'Nee! U kunt niet... stop daarmee!' snauwde ze, toen de butler haar bij haar arm pakte.

Hij zuchtte. 'Ik wil u echt geen pijn doen, juffrouw.'

Ze wierp hem een strijdlustige blik toe. 'Maar u gaat dat wel doen?'

'Als het moet.'

Poppy sloot verslagen haar ogen. Ze was uitgeput. Ze had de energie niet om zich tegen hem te verzetten, en zelfs als dat wel zo was geweest, was hij zeker veertig kilo zwaarder dan zij.

'Het is een prettige kamer, juffrouw,' zei de butler. 'U zult het er comfortabel hebben.'

'Al mijn gevangenissen zijn comfortabel,' mopperde Poppy.

Maar het bleven gevangenissen.

22

Een paar weken later

Het was vreemd, dacht Poppy, hoeveel er in een maand kon veranderen.

En toch veranderde er niets.

Zíj was veranderd. Ze was niet meer dezelfde persoon die Londense soirees had bezocht en grotten aan de kust van Dorset had verkend. Dat meisje zou ze nooit meer zijn.

Maar in de ogen van de rest van de wereld was ze dezelfde die ze altijd was geweest. Ze was juffrouw Poppy Bridgerton, nicht van de invloedrijke burggraaf en burggravin. Ze was een jongedame van goede afkomst, niet de beste partij als het om een huwelijk ging (tenslotte bezat niet haar vader maar haar oom de adellijke titel, en ze had bovendien nooit over een enorme bruidsschat beschikt), maar toch, ze bood goede vooruitzichten voor een jongeman die van zich wilde doen spreken.

Niemand wist dat ze naar Portugal was geweest.

Niemand wist dat ze was ontvoerd door piraten.

En door Portugese bandieten.

En trouwens ook nog door de Britse afgezant in Portugal.

Niemand wist dat ze een razendknappe zeekapitein had ontmoet, die eigenlijk architect had moeten zijn, en dat hij haar waarschijnlijk het leven had gered en dat zij zijn leven misschien had opgeofferd.

Vervloekte Britse regering. Meneer Walpole had duidelijk gemaakt dat ze haar mond moest houden als ze in Engeland terug was. Indiscrete vragen konden hem belemmeren in zijn pogingen kapitein James te redden, had hij haar verteld. Poppy had gevraagd hoe dat mogelijk was, gezien het feit dat kapitein James in Portugal was en zij dan in Engeland zou zijn.

Meneer Walpole had haar nieuwsgierigheid geen reden gevonden voor vreugde. Hij had dat zelfs tegen haar gezegd: 'Ik vind uw nieuwsgierigheid geen reden voor vreugde.'

Waarop Poppy had geantwoord: 'Wat betekent dát nou?'

'Hou nou maar gewoon uw mond,' had hij haar bevolen. 'Er hangen honderden levens van af.'

Poppy vermoedde dat hij overdreef, en haar waarschijnlijk zelfs glashard voorloog. Maar ze kon dat risico niet nemen.

Want Andrews leven hing er misschien van af.

Toen Poppy bij meneer Walpole op de deur klopte, had ze niet kunnen dromen dat ze Portugal uit gewerkt zou worden voordat ze wist hoe het met Andrew zou aflopen. Maar de afgezant had geen tijd verspild en haar zo snel mogelijk teruggestuurd naar Engeland. Hij had haar de volgende dag nog op een schip gezet, en vijf dagen later was ze afgeleverd op het koninklijk haventerrein van Chatham, met voldoende geld in haar beurs om een rijtuig te nemen naar het huis van lord en lady Bridgerton in Kent. Ze veronderstelde dat ze ook door had kunnen rijden naar huis, maar het was slechts een rit van twee uur naar Aubrey Hall, en het was ondenkbaar dat Poppy zonder chaperonne zou overnachten in een herberg langs de weg naar Somerset.

Het zou grappig moeten zijn dat ze zich daar druk over maakte, nadat ze als enige vrouw zes dagen op een schip naar Lissabon had doorgebracht.

En daarna een nacht alleen met kapitein James.

Andrew. Hij was nu echt wel Andrew voor haar.

Als hij nog leefde.

Poppy had maar een paar dagen en meer dan een paar leugens nodig gehad om alle details – of liever gezegd: zo min mogelijk details – te verstrekken over haar afwezigheid van twee weken, maar haar neven en nichten dachten nu dat ze bij Elizabeth was geweest, Elizabeth dacht dat ze bij haar neven en nichten was geweest, en aan haar ouders had ze een opgewekte maar vage brief gestuurd waarin ze had meegedeeld dat ze tante Alexandra's uitnodiging alsnog had geaccepteerd en voor onbepaalde tijd in Kent zou blijven.

En als er mensen waren die ergens hun twijfels over hadden, stelden ze geen vragen. Nog niet, tenminste.

Haar neven en nichten waren godzijdank erg tactvol, maar uiteindelijk zouden ze hun nieuwsgierigheid niet meer kunnen bedwingen. Tenslotte was Poppy...

... onverwacht gearriveerd.

In een gekreukte, slecht passende jurk.

Alles in aanmerking genomen vermoedde Poppy dat ze blij mocht zijn dat het ding nog enigszins paste. Toen ze meneer Walpole bereikte, was haar blauwe jurk al niet meer te herstellen geweest. Een dienstmeisje was erop uitgestuurd om ter vervanging een confectiekledingstuk voor haar te kopen. Het was geen jurk die Poppy zelf zou hebben uitgekozen, maar hij was schoon, iets wat Poppy op dat moment beslist niet van zichzelf kon zeggen.

'O, daar ben je!'

Poppy keek op en zag haar nicht Georgiana aan de andere kant van de tuin staan. Georgie was maar een jaar jonger dan Poppy, maar ze was er op de een of andere manier in geslaagd onder een seizoen in Londen uit te komen. Tante Alexandra had gezegd dat dat was vanwege Georgies zwakke gezondheid, maar afgezien van haar bleke huid had Poppy nooit iets ziekelijks aan haar kunnen ontdekken.

Goed voorbeeld: Georgie kwam op dit moment met vlotte tred en een stralende glimlach op haar gezicht over het grasveld aanlopen. Poppy zuchtte. Het laatste waar ze zin in had was een gesprek met iemand die overduidelijk zo vrolijk was.

Eigenlijk had ze helemaal geen zin in een gesprek.

'Hoelang zit je hier al?' vroeg Georgie, nadat ze naast Poppy was komen zitten.

Poppy haalde haar schouders op. 'Niet lang. Twintig minuten, of zo. Misschien iets langer.'

'We zijn vanavond op Crake uitgenodigd voor het diner.'

Poppy knikte afwezig. Crake House was het huis van de graaf van Manston. Het stond maar zo'n anderhalve kilometer verderop. Haar nicht – Georgies oudere zus Billie – woonde daar. Zij was met de oudste zoon en erfopvolger van de graaf getrouwd.

'Lady Manston is terug van haar uitstapje naar Londen,' legde Georgie uit. 'En ze heeft Nicholas meegenomen.'

Poppy knikte nog eens, alleen maar om te laten merken dat ze luisterde. Nicholas was de jongste zoon van de Rokesby's. Poppy dacht niet dat ze hem ooit had ontmoet. Eigenlijk had ze geen van de Rokesby-zoons ontmoet, behalve Billies echtgenoot, George. Ze dacht dat er vier waren. Of misschien vijf.

Ze had niet zoveel zin om uit eten te gaan, ook al zou het leuk zijn om Billie te zien. Eten van een dienblad op haar kamer klonk verrukkelijk. En bovendien...

'Ik heb niets om aan te trekken,' zei ze tegen Georgie.

Georgie kneep haar blauwe ogen tot spleetjes. Poppy had een fascinerend verhaal opgehangen (vond ze zelf) om uit te leggen waarom ze bij aankomst zo weinig bagage bij zich had, maar ze had het gevoel dat Georgie het allemaal buitengewoon verdacht vond.

Georgiana Bridgerton was heel wat uitgekookter dan haar familie leek te denken. Poppy kon zich heel goed voorstellen dat ze in haar kamer geestelijke pijltjes op Poppy's verhaal afvuurde, alleen maar om er de zwakke plekken in te ontdekken.

Het was niet zo dat Georgie gemeen was. Ze was gewoon nieuwgierig.

Een kwaal die Poppy zeer bekend was.

'Denk je niet dat je koffer intussen zou moeten zijn aangekomen?' vroeg Georgie.

'Jazeker,' zei Poppy, met grote, onschuldige ogen. 'Ik ben geschokt dat hij er nog niet is.'

'Misschien had je de koffer van die andere dame mee moeten nemen.'

'Dat zou niet eerlijk zijn. Ik denk niet dat ze die van mij opzettelijk heeft meegenomen. En trouwens' – Poppy boog met een meesmuilend lachje naar voren – 'haar kledingsmaak was afgrijselijk.'

Georgie nam haar met een sceptische blik op.

'Het is beter zo,' zei Poppy opgewekt. 'Het koetsbedrijf zei dat ze haar zouden opsporen en de koffers zouden omruilen.'

Ze had geen idee of het koetsbedrijf zo edelmoedig zou zijn om zoiets te doen. Ze zouden haar waarschijnlijk vertellen dat het haar eigen schuld was dat ze niet had gemerkt dat iemand anders haar koffer had meegenomen. Maar Poppy hoefde niet het koetsbedrijf te overtuigen, alleen haar nichtjes.

'Ik heb geluk dat wij dezelfde maat hebben,' zei ze tegen Georgie. Eigenlijk was Poppy een paar centimeter langer dan haar nicht, maar zolang ze zich niet in het openbaar vertoonde, hoefde ze geen kanten randje langs de zoom van Georgies jurken te laten naaien.

'Je vindt het toch niet erg?' vroeg Poppy.

'Natuurlijk niet. Ik vind het alleen vreemd.'

'O, dat is het ook. Absoluut.'

Er verscheen een peinzende uitdrukking op Georgies gezicht. 'Voel je je niet wat... ontworteld?'

'Ontworteld?' Het was waarschijnlijk een onschuldige vraag, maar Poppy was zo moe, zo uitgeput van het steeds maar weer proberen haar verhalen kloppend te houden. En het was niets voor Georgie om zo op de filosofische toer te gaan, tenminste niet tegenover Poppy.

'Ik weet het niet,' zei Georgie nadenkend. 'Niet dat dingen bepalend zijn voor een mens, maar het lijkt me dat het een stuurloos gevoel moet geven om gescheiden te zijn van je eigendommen.'

'Ja,' zei Poppy langzaam. 'Dat is ook zo.' Maar toch, wat zou ze er niet voor over hebben om terug te zijn aan boord van de *Infinity*, waar ze niets anders had dan de kleren die ze droeg.

En Andrew. Heel even had ze hem ook gehad.

'Poppy?' vroeg Georgie, een beetje geschrokken. 'Huil je?'

'Natuurlijk niet,' snufte Poppy.

'Het is niet erg als je huilt.'

'Dat weet ik wel.' Poppy wendde zich af om iets van haar wang te vegen dat géén vocht was. 'Maar het doet er niet toe, want ik huil niet.'

'Ehm...' Georgie leek niet te weten wat ze moest doen met een huilende vrouw tegenover zich. En waarom zou ze ook, dacht Poppy. Haar enige zus was de onwankelbare Billie Rokesby, die nota bene een keer achterstevoren paard had gereden. Poppy was er vrij zeker van dat Billie geen dag in haar leven had gehuild.

Wat Poppy zelf betrof, ze wist niet precies wanneer ze voor het laatst een traan had gelaten. Ze was er zo trots op geweest dat ze niet had gehuild toen ze haar aan boord van de *Infinity* hadden gehesen. Eerst kwam dat waarschijnlijk alleen maar doordat ze zo verrekte kwaad was – de woede had alle andere gevoelens verdrongen. Daarna was het meer omdat ze tegenover Andrew geen zwakte wilde tonen.

Ze had haar vinger naar hem opgestoken en gezegd dat hij geluk had dat zij geen vrouw was die snel huilde. Nu moest ze daar bijna om lachen. Want het enige wat ze wilde doen was huilen.

En toch wilden de tranen op de een of andere manier niet komen.

Ze had het gevoel dat alles uit haar binnenste was weggehaald en ergens heel ver weg was achtergelaten. Misschien in Portugal, misschien in de Atlantische Oceaan, overboord gegooid tijdens de ellendige reis naar huis. Het enige wat ze wist was dat ze zich hier, in Engeland, totaal verdoofd voelde.

'Hol,' fluisterde ze.

Naast haar draaide Georgie zich om. 'Zei je iets?'

'Nee,' zei Poppy, want hoe zou ze het moeten uitleggen? Als ze Georgie vertelde wat ze voelde, zou ze haar moeten vertellen waarom.

Georgie geloofde haar niet, dát was duidelijk te zien. Maar ze drong niet aan en zei in plaats daarvan: 'Nou, als je ooit besluit dat je wél huilt, wil ik graag doen... wat het ook maar is... wat je nodig hebt.'

Poppy glimlachte om de onhandige poging van haar nichtje om haar te troosten. Ze gaf Georgie een kneepje in haar hand. 'Dank je wel.'

Georgie begreep dat Poppy er niet over wilde praten, nog niet tenminste, en knikte. Ze keek omhoog naar de hemel en schermde haar ogen af, hoewel de zon grotendeels schuilging achter de wolken. 'Waarschijnlijk kun je maar beter snel naar binnen gaan. Ik denk dat het gaat regenen.'

'Ik hou van de frisse buitenlucht,' zei Poppy. Op de terugweg naar Engeland had ze ook weer vastgezeten in haar hut. Meneer Walpole had geen tijd gehad om een Engelstalige chaperonne voor haar te zoeken, dus ze had gereisd met hetzelfde Portugese dienstmeisje dat haar jurk had uitgezocht. En met haar zus, omdat het dienstmeisje moeilijk in haar eentje naar Lissabon terug kon reizen.

Hoe dan ook, de meisjes hadden allebei geweigerd een voet buiten hun hut te zetten. Wat betekende dat Poppy ook opgesloten had gezeten. Meneer Walpole had haar ervan verzekerd dat de kapitein voor haar eer en veiligheid zou instaan, maar na alles wat er was gebeurd, had ze dat risico niet willen nemen.

Het eten was ook niet zo goed geweest als op de *Infinity*.

En ze wist niet wat er met Andrew was gebeurd. Meneer

Walpole had haar verteld dat ze dat ook niet te weten zou komen. 'U bent dan allang op de terugweg naar Engeland, juffrouw Bridgerton. Ik denk dat het nog wel enige tijd zal duren voordat hij u zal volgen.'

Als dat ooit zou gebeuren. Hij zei het niet, maar het had zwaar in de lucht gehangen.

'Maar dan nog,' had ze aangedrongen. 'Voor mijn gemoedsrust. Laat u me iets weten? James is een erg algemene achternaam. Ik kan onmogelijk zelf achterhalen...'

De rest van haar zin had ze ingeslikt toen ze zijn laatdunkende blik zag.

'Juffrouw Bridgerton. Denkt u nu werkelijk dat zijn achternaam James is?' Ze had hem beteuterd aangekeken, waarop hij had vervolgd: 'Dit alles gebeurt in dienst van uw koning. Er is u al te verstaan gegeven dat u hier nooit met een woord over mag reppen. Als u op zoek gaat naar een man die niet bestaat, zal dat ongetwijfeld ongewenste aandacht vestigen op deze weken in uw agenda, die beslist vragen zullen oproepen.'

Hoe vernietigend deze terechtwijzing ook was, haar energie voor een weerwoord werd pas echt uit haar weggezogen toen hij zijn volgende zin uitsprak.

'Het is onwaarschijnlijk dat u kapitein James ooit nog zult zien.'

'Maar...'

Meneer Walpole legde haar met een enkel handgebaar het zwijgen op. 'Of we hem bevrijden of niet, het is in het belang van de nationale veiligheid dat hij niet naar u op zoek gaat. En of u wel of niet bevelen op kunt volgen is irrelevant, juffrouw Bridgerton, want ik kan u ervan verzekeren dat hij dat wél kan.'

Ze had het niet geloofd. Nee, ze had het niet wíllen geloven. Andrew had gezegd dat hij zou ontsnappen. Hij had gezegd dat hij haar zou vinden.

Maar zij was niet zo moeilijk te vinden. Dus ofwel hij was dood – een gedachte die ze nauwelijks kon verdragen – ofwel alles wat meneer Walpole had gezegd was waar, en ze zou hem nooit meer terugzien.

Hij volgde bevelen op. Ze wist dat hij dat deed: daarom had hij haar meegenomen naar Portugal in plaats van de grot te ontruimen en haar in Charmouth achter te laten. Daarom las hij de boodschappen niet die hij overbracht.

Daarom zou hij niet naar haar toe komen, zelfs niet als hij dat wilde.

En daarom had ze geen idee op wie ze zo kwaad was: op hem, omdat hij haar had weggestuurd, ook al wist ze dat dat het beste was wat hij kon doen; op meneer Walpole, omdat hij zo pijnlijk duidelijk had gemaakt dat ze Andrew nooit meer terug zou zien; of op zichzelf.

Want ze voelde zich zo verduiveld hulpeloos.

'Was je gisternacht buiten?' vroeg Georgie.

Poppy draaide zich lusteloos om naar haar nicht. 'Ik keek alleen maar naar de sterren.'

'Ik dacht dat ik iemand zag vanuit mijn raam. Ik wist niet dat je de astronomie bestudeerde.'

'Dat doe ik ook niet. Ik vind het gewoon leuk om naar de sterren te kijken.' Maar ze hadden niet zo helder gestraald als op zee. Of misschien was het alleen maar alsof de hemel machtiger en imposanter leek als men op het dek van een schip stond en met zijn hoofd in zijn nek naar boven keek.

Andrews handen hadden op haar heupen gelegen. Ze had de warmte en de kracht van zijn lichaam gevoeld.

Maar ze had het niet begrepen.

Zo veel. Er was zo veel wat ze niet had begrepen.

En nu… Het was eigenlijk lachwekkend. Hier zat ze dan te treuren om haar jongere, onschuldige ik, alsof ze zo'n ervaren vrouw was. Ze wist nog steeds niets. Bijna niets.

'Nou, ik ga naar binnen,' zei Georgie, en ze stond op. 'Ik wil genoeg tijd hebben om me aan te kleden voor het diner. Kom je mee?'

Poppy stond op het punt om nee te zeggen. Het diner was pas over enkele uren, en ze had geen overweldigende behoefte om zich druk te maken over haar uiterlijk. Maar Georgie had gelijk, het zag er inderdaad naar uit dat het ging regenen. En hoe hopeloos en verdoofd ze zich ook voelde, ze had geen zin om een dodelijke kou te vaten in een stortbui.

'Ik kom met je mee,' zei ze.

'Fijn!' Georgie haakte haar arm door die van Poppy en ze begonnen terug te wandelen naar het huis.

Dineren met de buren was een goed idee, besloot Poppy. Ze had geen zin om te gaan, maar waar ze de laatste tijd wél zin in had, had haar niet geholpen om zich beter te voelen. Ze zou de schijn op moeten houden dat ze net zo vrolijk en gelukkig was als altijd. Als ze genoeg haar best deed, zou ze er misschien zelf in gaan geloven.

Ze wendde zich tot Georgie toen ze langs het prieel liepen. 'Wie kwam er ook weer eten, zei je?'

Andrew was uitgeput.

Het had bijna twee weken geduurd voordat Robert Walpole erin was geslaagd hem uit het huis op de heuvel te bevrijden. In die tijd hadden ze hem goeddeels genegeerd, maar hij had niet best geslapen. En hij had ook niet veel te eten gekregen.

Hij wist niet hoelang het zou duren voordat hij weer helemaal op krachten was, maar zijn herstel zou moeten wachten.

Hij moest Poppy vinden.

Zijn oorspronkelijke plan was geweest om zijn ouderlijk huis in Kent links te laten liggen en regelrecht door te reizen naar Dorset, waar ze vermoedelijk haar bezoek aan Elizabeth Armitage had hervat. Als ze al naar huis was gegaan, was het vandaar een gemakkelijke reis naar Somerset.

Maar de *Infinity* had opdracht gekregen om zonder hem naar Engeland terug te varen, en geen enkel schip in Lissabon ging naar Dorset. Het snelste was om naar Margate te reizen, en dat lag zo dicht bij Crake House dat het gekkenwerk zou zijn om daar niet eerst langs te gaan. Hij kon Poppy veel sneller bereiken met een paard uit de stallen van de Rokesby's dan met een huurrijtuig uit de haven.

En hoe hij ook popelde om haar te vinden, het idee van een bad en schone kleren trok hem natuurlijk aan.

Toen hij was afgezet aan het eind van de oprijlaan naar Crake was het gaan regenen, dus hij was enigszins klam en vochtig toen hij zichzelf via de voordeur het huis binnenliet. Hij had geen idee wie er thuis zouden zijn. Zijn moeder bleef nooit tot zo ver in de zomer in Londen, maar ze stond erom bekend dat ze graag rondzwierf over het platteland om vriendinnen te bezoeken. Zijn oudere broers waren waarschijnlijk thuis: George woonde op Crake met Billie en hun drie kinderen, en Edward en zijn gezin woonden maar een paar kilometer verderop.

Er was niemand in de hal toen hij binnenkwam, dus

plaatste hij zijn natte hoed op een tafel en nam hij even de tijd om zijn omgeving in zich op te nemen. Het was bijna onwezenlijk om na zulke turbulente weken thuis te zijn. Er waren verschillende momenten geweest dat hij had gevreesd dat zijn laatste uur had geslagen, en zelfs na zijn redding had hij niet van het luxe leven kunnen genieten. De bandieten bleken geen politieke motieven te hebben, maar ze maakten deel uit van een groter syndicaat dat zo machtig was dat Robert Walpole Andrew had geadviseerd om zich tot zijn vertrek uit Lissabon gedekt te houden.

En nooit meer terug te komen. Daar was Walpole duidelijk over geweest. Kapitein Andrew James mocht dan een belangrijke koerier zijn voor de kroon, op het Iberische schiereiland kon hij niet langer op hulp en bescherming rekenen.

Het was tijd om naar huis te gaan, maar meer dan dat, het was tijd om thuis te blíjven.

'Andrew!'

Hij grijnsde. Die stem zou hij overal herkennen. 'Billie,' zei hij hartelijk, terwijl hij zijn schoonzus in zijn armen sloot. Zij zou het niet erg vinden als hij haar nat maakte. 'Hoe is het met je?'

'Hoe het met míj is? Hoe is het met jóú? We hebben in geen maanden iets van je gehoord.' Ze schonk hem een waarschuwende blik. 'Je moeder is niet blij.'

Andrew kromp ineen.

'Ja, je hebt alle reden om bang te zijn,' zei ze.

'Denk je niet dat de blijdschap over mijn onverwachte komst haar woede zal temperen?'

'Een uur misschien. Daarna zal ze zich je tekortschietende correspondentie herinneren.'

'Er waren verzachtende omstandigheden.'

'Mij hoef je niet te overtuigen,' zei Billie hoofdschuddend. 'Ik hoop dat je niet van plan bent binnenkort weer te vertrekken.'

'Ik was inderdaad van plan om vanavond...'

'Wát?'

'Ik heb al anders besloten,' vertelde hij haar. 'Ik wacht tot morgenochtend. Ik houd er niet van om in de regen te rijden.'

'Wil je mijn advies horen?'

'Kan ik voorkomen dat je het geeft?'

'Natuurlijk niet.'

'Dan wil ik het dolgraag horen.'

Ze rolde met haar ogen bij deze sarcastische opmerking. 'Zeg niet tegen je moeder dat je van plan was vanavond te vertrekken. Sterker nog, als het enigszins mogelijk is zou ik er niet over beginnen dat je morgenochtend weggaat.'

'Je weet dat het het derde zal zijn waar ze naar vraagt.'

'Na "Hoe is het met je?" en "Waarom heb je niet geschreven?"'

Hij knikte.

Ze haalde haar schouders op. 'Dan wens ik je sterkte.'

'Je bent een wrede vrouw, Billie Rokesby.'

'Je zou voor het eten trouwens toch nooit zijn weggekomen. Nicholas is over uit Londen. Iedereen komt dineren.'

Bij 'iedereen' waren ongetwijfeld de Bridgertons inbegrepen. Andrew vermoedde dat dit oponthoud niet alleen maar tijdverlies opleverde. Misschien kon hij wat informatie over Poppy bemachtigen. Waar ze was, bijvoorbeeld.

En of ze verstrikt was geraakt in een schandaal.

Hij zou de beste manier moeten bedenken om hen over

haar aan het praten te krijgen. Anderen wisten niet beter dan dat hij niet eens van haar bestaan op de hoogte was.

'Is alles goed, Andrew?'

Hij knipperde met zijn ogen, opgeschrikt door Billies vraag. Ze had haar hand op zijn arm gelegd en nam hem nieuwsgierig op. Of misschien was het bezorgd.

'Natuurlijk,' zei hij. 'Hoezo?'

'Ik weet het niet. Je lijkt anders dan anders, dat is het enige.'

'Magerder,' bevestigde hij.

Ze leek niet overtuigd, maar ze drong niet verder aan. 'Goed,' zei ze vlot, 'je moeder is naar de pastorie. Ze is een paar dagen naar Londen geweest, maar ze is gisteren teruggekomen.'

'Is Nicholas thuis?' vroeg Andrew. Het was veel te lang geleden dat hij zijn jongste broer had gezien.

'Niet op dit moment, nee. George en hij zijn een eindje gaan rijden met je vader. Maar ik verwacht dat ze snel terug zijn. We eten om zeven uur, dus ze zullen niet lang meer wegblijven.'

Nu ze dat zei...

'Ik kan me beter voor het eten even opfrissen,' zei Andrew.

'Ga maar vast naar je kamer,' zei Billie. 'Ik zal zorgen dat er een bad voor je gereed wordt gemaakt.'

'Ik weet niet of ik voldoende tot uitdrukking kan brengen hoe heerlijk dat klinkt.'

'Ga nou maar,' zei Billie met een glimlach. 'Ik zie je aan tafel.'

Een goede maaltijd, een goede nachtrust, dacht Andrew terwijl hij de trap opliep. Dat was precies wat hij nodig had voordat hij de volgende ochtend op weg ging naar een goede vrouw.

Zíjn goede vrouw.

Zijn Poppy.

'Lieveling, weet je zeker dat je je goed genoeg voelt om mee uit dineren te gaan?'

Poppy draaide zich om naar lady Bridgerton, dankbaar dat de oudere vrouw door het schemerige licht in het rijtuig haar fletse glimlach niet kon zien. 'Ik voel me prima, tante,' zei ze. 'Ik ben alleen moe.'

'Ik snap niet waarvan. We hebben de laatste tijd niets bijzonder inspannends gedaan, toch?'

'Poppy heeft vandaag een wandeling gemaakt,' zei Georgie. 'Echt een héle lange wandeling.'

Poppy keek verrast naar haar nicht. Georgie wist heel goed dat Poppy die dag geen lange wandeling had gemaakt. Ze was nauwelijks verder gekomen dan het eind van de tuin.

'Dat wist ik niet,' zei lady Bridgerton. 'Ik hoop dat je niet bent overvallen door de regen.'

'Nee, ik had bijzonder veel geluk,' zei Poppy. Ongeveer een uur nadat Georgie en zij naar Aubrey Hall waren teruggekeerd was het gaan regenen. Eerst een licht buitje, maar later was het allengs heviger geworden. Het gekletter van de druppels op het rijtuig was zo luid dat het het gesprek bijna onmogelijk maakte.

'Helen zal lakeien klaar hebben staan met paraplu's,' verzekerde lady Bridgerton haar. 'We zullen niet zo nat worden terwijl we van het rijtuig naar het huis lopen.'

'Zouden Edmund en Violet er zijn?' vroeg Georgie.

'Ik weet het niet zeker,' antwoordde haar moeder. 'Violet

nadert het eind van haar zwangerschap. Het zal waarschijnlijk afhangen van hoe ze zich voelt.'

'Ik weet zeker dat ze zich goed voelt,' zei Georgie. 'Ze vindt het heerlijk om zwanger te zijn.'

'Hebben ze al een naam bedacht?' vroeg Poppy. Haar neef Edmund was erg jong getrouwd, op zijn huwelijksdag was hij nog maar net negentien. Maar volgens iedereen waren zijn bruid en hij dolgelukkig en ze was nu zwanger van hun tweede kind. Ze woonden dicht bij Aubrey Hall, in een charmant herenhuis dat Edmunds ouders hun als huwelijksgeschenk hadden gegeven.

'Benedict als het een jongen is,' zei lady Bridgerton. 'Beatrice voor een meisje.'

'Hoe Shakespeareaans,' mompelde Poppy. Benedick en Beatrice waren de minnaars uit *Much Ado About Nothing*. Precies uit dat stuk had ze Balthasars lied geciteerd toen Andrew en zij elkaar met citaten van Shakespeare hadden bestookt.

Het was belachelijk hoeveel plezier ze daarmee hadden gehad.

'Benedict,' zei Georgie. 'Niet Benedick.'

'Zucht niet zo,' murmelde Poppy. 'Zucht niet zo.'

Georgie wierp haar een zijdelings blik toe. 'Mannen hebben ons altijd bedrogen.'

'Niet alle mannen,' klonk het grommend vanuit de hoek aan de andere kant van het rijtuig.

Poppy keek verrast op. Ze was helemaal vergeten dat lord Bridgerton daar zat.

'Ik dacht dat je sliep,' zie lady Bridgerton, terwijl ze haar man een klopje op zijn knie gaf.

'Ik sliep ook,' snoof hij. 'En ik zou dat graag zo houden.'

'Waren we zo luidruchtig, oom?' vroeg Poppy. 'Het spijt me dat we u wakker hebben gemaakt.'

'Het komt door de regen.' Hij wuifde haar verontschuldiging weg. 'Daar krijg ik pijn van in mijn gewrichten. Was dat Shakespeare die je reciteerde?'

'Uit *Much Ado About Nothing*,' zei Poppy.

'Wel...' Hij maakte een uitnodigend gebaar in de lucht, om haar te manen verder te gaan. 'Ga door.'

'Wilt u dat ik het voordraag?'

Hij keek naar Georgie. 'Ken jij het?'

'Niet helemaal,' gaf ze toe.

'In dat geval ja,' zei hij, terwijl hij zich weer tot Poppy wendde. 'Ik wil graag dat je het voordraagt.'

'Goed.' Ze probeerde een prop weg te slikken die zich in haar keel had gevormd.

'*Zucht niet zo, dames, gebruik je verstand, mannen hebben ons altijd bedrogen; niet kiezen tussen zee en land ...*' Haar stem haperde. Ze verstomde.

Wat was er met hem gebeurd? Zou ze dat ooit weten?

'Poppy?' Haar tante boog bezorgd naar voren.

Poppy staarde in de ruimte.

'Póppy?'

Ze schrok op. 'Neem me niet kwalijk. Ik... eh... moest even ergens aan denken.' Ze schraapte haar keel. '*Niet kiezen tussen zee en land, altijd weer naar een ander gevlogen.*'

'Mannen zijn onberekenbare wezens,' zei lady Bridgerton.

'Niet alle mannen,' zei haar echtgenoot.

'Lieveling, néé,' zei ze. 'Gewoon nee.'

'*Zucht niet zo, maar laat ze gaan*,' vervolgde Poppy, die het gesprek om haar heen nauwelijks hoorde. '*En wees liever monter en blij, Laat al je treurnis overgaan...'*

Zou Shakespeare haar altijd aan Andrew doen denken? Zou álles haar aan hem doen denken?

'*In een fris fideldom, fideldij,*' besloot Georgie voor haar. Ze wierp Poppy een vreemde blik toe en wendde zich vervolgens tot haar vader. 'Dat stukje kende ik.'

Haar vader geeuwde en sloot zijn ogen.

'Hij valt altijd in slaap in rijtuigen,' zei Georgie.

'Het is een gave,' zei lord Bridgerton.

'Wel, het is een gave die vanavond niet beloond zal worden,' zei lady Bridgerton. 'We zijn er.'

Lord Bridgerton zuchtte hoorbaar en de rest pakte handschoenen, tassen en wat al niet bij elkaar om uit te kunnen stappen.

Zoals lady Bridgerton had voorspeld werden ze onder de bescherming van paraplu's naar binnen geleid, maar de wind was aangewakkerd en ze werden onderweg naar binnen allemaal een beetje nat.

'Dank je wel, Wheelock,' zei lady Bridgerton tegen de butler, toen die haar mantel aannam. 'Het is vreselijk treurig weer vanavond.'

'Inderdaad, milady.' Hij gaf de mantel aan een lakei en ging verder om Georgie en Poppy te helpen. 'We zullen deze tijdens het diner zo goed mogelijk drogen.'

'Is de familie in de salon?'

'Jawel, milady.'

'Mooi. Je hoeft ons niet naar binnen te brengen. Ik weet de weg.'

Poppy trok haar armen uit de mouwen van haar mantel en volgde haar oom en tante naar de salon.

'Ben je hier wel eens eerder geweest?' vroeg Georgie.

'Ik denk het niet. Ik heb niet zo veel tijd in Kent doorgebracht.' Dat was waar. Poppy zag haar neven en nichten veel vaker in Londen dan op het platteland.

'Je zult lady Manston heel erg aardig vinden,' verzekerde Georgie haar. 'Ze is als een tweede moeder voor mij. Voor ons allemaal. Het diner is hier altijd informeel. Het is net familie.'

'Informeel is een betrekkelijke term,' murmelde Poppy. Op de *Infinity* had ze een week lang geen schoenen gedragen. Vanavond had ze zich net zo chic aangekleed als ze voor elke maaltijd in hoog gezelschap zou doen. De roze jurk die ze van Georgie had geleend was een tikje te kort, maar daar zag je bijna niets van. En de kleur leek haar goed te staan.

Ze probeerde verder te gaan met haar leven. Dat probeerde ze echt.

Het moeilijke was dat ze niets kon doen. Ze wist niet waar Andrew vandaan kwam, wie zijn familie was. Het hielp echt niet dat de achternaam die hij gebruikte James was – ongetwijfeld een van de algemeenste namen van Engeland.

Hoeveel algemene achternamen werden er ook vaak als voornaam gebruikt? James, Thomas, Adam, Charles... Allemaal mannennamen, leek het wel. Zelfs Andrew kon een achternaam zijn. Had ze niet eens iemand met die naam ontmoet? In Londen misschien...

'Poppy!'

Ze keek op. Was ze al in de salon? Hoe kon dat? Haar nicht Billie sloeg haar geamuseerd gade.

'Neem me niet kwalijk,' mompelde Poppy. 'Ik was even in gedachten.'

'Ik durf niet te vragen waar je aan stond te denken. Het is

altijd iets geks.' Maar Billie zei het op allerhartelijkste toon. Ze nam Poppy's handen in de hare en boog naar haar toe om haar een kus op beide wangen te geven. 'Ik ben zo blij dat je er bent. Je gaat Georges broer ontmoeten.'

'Ja,' murmelde Poppy. Ze hoopte dat ze niet zouden proberen haar aan Nicholas te koppelen. Ze was ervan overtuigd dat hij heel aardig was, maar het laatste waar ze nu zin in had was flirten. En hij was toch ook nog heel jong? Maar een jaar ouder dan zij.

'Hij is nog niet beneden,' zei Billie. 'Hij was nogal verreisd toen hij arriveerde.'

Vanuit Londen? Hoe moeilijk was het om van Londen hiernaartoe te reizen?

'Ik zal een glas sherry voor je pakken. Ik weet zeker dat je dat nodig hebt. Het weer is afschuwelijk. Je zou niet denken dat het zomer is.'

Poppy pakte het glas aan en nam een slokje. Ze vroeg zich af wie de jongeman aan de andere kant van de kamer was, als het Nicholas niet was. Hij leek van de juiste leeftijd, en Georgiana en hij lachten als oude vrienden.

Maar Billie had gezegd dat hij nog niet beneden was.

Vreemd. Poppy haalde inwendig haar schouders op. Ze was niet nieuwsgierig genoeg om ernaar te vragen, dus ze deed een paar stappen verder de kamer in en glimlachte beleefd toen ze lady Manston door een deur iets verderop de salon binnen zag komen.

'Alexandra!' riep lady Manston uit, en ze haastte zich om lady Bridgerton te omhelzen. 'Je raadt nooit wie er vanmiddag is aangekomen.'

Georgie verscheen aan haar zijde en trok haar aan haar mouw. 'Kom mee, dan kun je Nicholas ontmoeten.'

Nicholas? Poppy fronste haar wenkbrauwen. Wie was er dan…

'Andrew!' riep lady Bridgerton.

Andrew. Poppy wendde haar ogen af van het gezelschap, ontzet door het vocht dat in haar ogen opwelde. Ook weer zo'n algemene naam, net als James. Waarom kon die ellendige vent niet Marmaduke heten? Of Nimrod?

Genoeg. Ze moest de avond zien door te komen. Met hernieuwde vastberadenheid draaide ze zich weer om naar de kamer en haar ogen vestigden zich op haar tante, die nu aan de andere kant van de kamer iemand omhelsde.

Iemand met bruin haar, met hier en daar wat goudblonde strepen erin door de zon.

Samengebonden in een keurige staart.

Goeie god, hij leek sprekend op…

Andrew.

Ze voelde het glas sherry niet uit haar vingers glippen, en merkte pas dat ze het had laten vallen toen Billie, die naast haar stond, uitriep: 'O!', het glas opving en hen van top tot teen met sherry besproeide.

Maar voordat ze iets kon zeggen, of zelfs maar iets anders kon dénken dan zijn naam, draaide Billie haar vliegensvlug om en voerde haar mee naar een deur vlak achter hen, waarvan Poppy niet eens had beseft dat hij daar was.

'We krijgen je wel weer schoon,' zei Billie. 'O, mijn hemel, het zit zelfs in je oogharen!'

'Billie!' riep iemand aan de andere kant van de kamer. 'Wat ga je…'

Billie veegde met haar mouw over haar gezicht en stak haar hoofd terug de salon in. 'Gaan jullie maar vast aan tafel, wij komen zo. Nee, nee, ik sta erop.'

Ze draaide zich weer om en nam Poppy kort op, waarna ze een dienstmeisje opdracht gaf water en een doek te halen. ‘We laten dit snel in orde maken en dan is alles weer zoals het was.’

Alles weer zoals het was.

Poppy begon bijna te lachen.

23

Vijf minuten later zat Andrew op zijn gebruikelijke plek aan de tafel in de formele eetzaal van zijn ouderlijk huis. Hij wist niet of hij ooit zo blij was geweest om thuis te zijn... Of zo erop gebrand om weer te vertrekken.

Het was verrukkelijk geweest om te baden in een grote badkuip en hij verheugde zich enorm op een fatsoenlijke maaltijd, maar zijn hoofd – en zijn hart – waren al half onderweg naar Poppy.

'George!' riep zijn moeder uit. 'We wachten op je vrouw. Ze zei dat ze zo zou komen.'

Andrew keek met een spottende grijns naar de andere kant van de tafel. Zijn oudere broer zat met een klein, half opgegeten broodje in zijn hand.

'Jij hebt net zoveel honger als ik,' zei George tegen hem. 'Je hebt alleen niet het lef om al te beginnen.'

'En tegen háár wensen ingaan?' antwoordde Andrew, met een knikje in de richting van zijn moeder. 'Nooit.'

'Daarom is hij mijn favoriet,' zei lady Manston tegen de tafel in het algemeen. 'Vanavond tenminste.'

'Voel u vrij om me morgen weer te degraderen,' zei Andrew opgewekt. Hij was ervan overtuigd dat ze dat zou doen als ze zou merken dat hij weer was vertrokken, maar het was niet nodig haar nu al over zijn plannen te informeren.

George nam een slok wijn. 'Billie kan over drie minuten

terug zijn, maar ze kan ook nog dertig minuten wegblijven. Ze zei dat we niet op haar moesten wachten.'

Lady Manston leek niet overtuigd, maar eventuele verdere bezwaren werden de pas afgesneden door lord Manston, die zijn broodje oppakte en zei: 'Ik verga van de honger. Ik zou zeggen: we gaan eten. Billie zal het wel begrijpen.'

En dus werd de soep opgediend.

Oestersoep. Andrews lievelingssoep. Hij kon nauwelijks de verleiding weerstaan om de kom op te pakken en hem in één teug leeg te slurpen.

'Dit is verrukkelijk,' zei lady Bridgerton tegen lady Manston. 'Is het een nieuw recept?'

'Ik denk het niet. Er zou misschien ietsje meer zout in mogen, maar verder...'

Andrew lette nergens op terwijl hij genoot van elke hap. Nadat hij het laatste druppeltje naar binnen had gewerkt, sloot hij vol waardering zijn ogen en zuchtte.

'Sorry voor het oponthoud,' hoorde hij Billie roepen. 'Ik ben zo blij dat jullie niet hebben gewacht.'

Andrew hoorde alle stoelen verschuiven terwijl de heren opstonden. Hij deed zijn ogen open en keek naar beneden om zijn servet te pakken terwijl hij ging staan. Er was tenslotte een dame binnengekomen.

En toen leek de tijd stil te staan. Billie kwam met vlotte tred de kamer in lopen en zei over haar schouder iets tegen een andere vrouw, die haar ogen neergeslagen hield en prutste aan iets op haar jurk.

En toch, zoals ze bewoog, zoals het licht op haar haar viel...

Zoals ze ádemde...

Hij wist het.

Het was Poppy.

Het was volkomen onlogisch, maar wacht even... Natuurlijk was het wél logisch. Ze was hun nicht. En als Poppy ook op een boot naar Kent was gezet in plaats van naar Dorset...

Maar het maakte niet uit waarom... Ze was híér.

Hij zou het liefst over de tafel springen om sneller bij haar te zijn.

Maar ze had hem nog niet gezien.

Dat dacht hij tenminste. Ze leek een bloemstuk aan de andere kant van de kamer te bestuderen.

Ze keek in ieder geval niet in de richting van de tafel.

Zelfs toen ze naar de tafel toe liep, hield ze haar ogen ervan afgewend.

Ze wist dat hij daar was.

Andrew werd plotseling overspoeld door de meest tegenstrijdige emoties: opluchting, vervoering en de grootste angst van alle mannen: die voor de woede van een vrouw.

Hij staarde naar haar alsof hij uitgehongerd was en een brede, onnozele glimlach deed zijn best om de nietszeggende gelaatsuitdrukking die de etiquette voorschreef te verdringen.

Hij had het gevoel dat de brede, onnozele glimlach aan de winnende hand was.

Maar ze zou hem niet de hele avond kunnen ontlopen. Er stonden maar twee lege stoelen aan de tafel: een links van hem en een recht tegenover hem. En hij was er vrij zeker van dat Billie van plan was de stoel tegenover hem te nemen.

'Poppy en ik vonden de sherry zo lekker dat we hem in onze kleding hebben opgenomen.' Billie maakte een zwierig handgebaar over haar lichaam, alsof ze wilde zeggen: kijk, zo.

'Is het me vergeven als ik jullie voorbeeld niet volg?' vroeg George plagend, en iedereen schoot in de lach.

Behalve Poppy, die ingespannen naar een punt op de muur achter Billie staarde.

En Andrew, die niet kon ophouden met naar Poppy te staren.

En Nicholas, die, zoals Andrew plotseling opmerkte, Poppy met grote interesse gadesloeg.

Dát moest in de kiem worden gesmoord. Het kon niet zo zijn dat zijn broer verlekkerd naar zijn vrouw zat te gluren.

Want jazéker, hij ging met deze vrouw trouwen. Deze fantastische, moedige, slimme en beeldschone vrouw zou zijn echtgenote worden.

Maar dan zou ze eerst naar hem moeten kijken.

Sterker nog, ze zou eerst nog formeel aan hem voorgesteld moeten worden.

'Poppy,' zei Billie, die bij Nicholas' stoel stil bleef staan, 'mag ik je voorstellen aan Georges jongste broer, Nicholas Rokesby? Hij is onlangs afgestudeerd op Cambridge. Nicholas, die is juffrouw Poppy Bridgerton uit Somerset. Mijn nicht.'

Nicholas beroerde met zijn lippen de rug van Poppy's hand.

Andrew knarsetandde. Draai je om naar míj, verdomme. Naar míj.

'En dit,' zei Billie, 'is een andere broer van George, kapitein Andrew Rokesby. Hij is juist vandaag teruggekeerd van een zeereis. Naar...' Billie fronste haar voorhoofd. 'Spanje?'

'Portugal,' zei Andrew, zonder zijn ogen ook maar een moment van Poppy's gezicht af te wenden.

'Portugal. Ja, natuurlijk. Het zal daar in deze tijd van het jaar wel heerlijk zijn.'

'Zeker,' zei Andrew.

Eindelijk keek Poppy op.

'Juffrouw Bridgerton,' murmelde hij. Hij drukte zijn lippen op de rug van haar hand, die hij langer bleef vasthouden dan geoorloofd was.

Ze ademde nauwelijks, dat zag hij. Maar hij kon niet zien wat zich in haar ogen afspeelde.

Woede?

Verlangen?

Allebei?

'Kapitein,' zei ze zacht.

'Andrew,' drong hij aan, terwijl hij haar hand losliet.

'Andrew,' zei ze, niet in staat haar blik van zijn ogen los te rukken.

'Andrew!' riep zijn moeder uit.

Want het was nog veel te vroeg om een dame te vragen zijn voornaam te gebruiken. Dat wisten ze allemaal.

'Geef juffrouw Bridgerton gelegenheid te gaan zitten,' voegde zijn moeder eraan toe. Ze sprak op bestudeerd milde toon, waarmee ze duidelijk te kennen gaf dat ze heel veel vragen had.

Het kon hem niet schelen. Poppy was zojuist naast hem gaan zitten. De wereld was een buitengewoon zonnige plek geworden.

'U had bijna de soep misgelopen, juffrouw Bridgerton,' zei Nicholas.

'Ik...' Haar stem sloeg over. Ze was duidelijk nerveus. Andrew verloor de strijd om zijn grijns te onderdrukken. Maar toen keek hij op en hij zag dat lady Bridgerton zeer opmerkzaam naar Poppy zat te kijken, en dat zijn moeder nog opmerkzamer naar hem keek.

O ja, er zouden ongetwijfeld vragen zijn.

'Hij is erg lekker,' zei Nicholas, terwijl hij een beetje onzeker de tafel rondkeek. Hij wist duidelijk niet wat hij van de vreemde sfeer moest denken. 'Oestersoep.'

Er werd een kom voor Poppy neergezet. Ze staarde ernaar alsof het haar ondergang zou betekenen als ze haar blik ervan zou afwenden.

'Ik hou van die soep,' zei Andrew tegen haar.

Hij zag dat ze slikte. Toch staarde ze nog steeds naar haar soepkom.

Hij vestigde zijn blik op haar gezicht en probeerde haar te dwingen op te kijken terwijl hij zei: 'Ik hou er echt heel veel van.'

'Andrew,' zei Billie bestraffend, terwijl ze tegenover hem plaatsnam. 'Ze heeft nog niet eens de kans gehad om hem te proeven.'

Poppy verroerde zich niet. Hij zag de spanning in haar schouders. Iedereen keek nu naar haar, en hij wist dat hij haar niet in het middelpunt van de aandacht had moeten plaatsen, maar hij wist niet wat hij anders moest doen.

Langzaam pakte ze haar lepel op en doopte hem in de oestersoep.

'Smaakt hij u?' vroeg Nicholas, nadat ze een heel klein hapje had genomen.

Ze knikte, met een nauwelijks merkbare, schokkerige beweging. 'Hij is heerlijk. Dank u.'

Andrew kon zich niet langer inhouden. Onder de tafel pakte hij haar hand.

Ze trok hem niet terug.

Zachtjes vroeg hij: 'Denk je dat je nog wat meer wilt?'

Haar hals leek te verstrakken, alsof het haar al haar wilskracht kostte om zichzelf overeind te houden. En toen leek ze te breken. Haar stoel schoot naar achteren en ze rukte haar hand los.

'Ik hou echt ontzettend veel van de soep,' riep ze uit. 'Maar ik haat hem ook heel erg.'

En ze rende de kamer uit.

Poppy had geen idee waar ze naartoe ging. Ze was nog nooit in Crake House geweest, maar waren al deze chique huizen niet een beetje hetzelfde? Er was altijd een lange reeks algemeen toegankelijke ruimtes, en als ze daar maar doorheen bleef rennen, zou ze uiteindelijk wel...

... ergens uitkomen.

Ze wist niet eens waaróm ze wegrende. Ze wist alleen dat ze geen seconde langer in die eetzaal kon blijven, waar iedereen naar haar keek, en waar Andrew zei dat hij zoveel hield van de soep, terwijl ze allebei wisten dat hij het niet had over de soep... Het was gewoon allemaal te veel.

Hij leefde nog.

Hij leefde nog en – verdomme nog aan toe – hij was een Rokesby. Hoe had hij dat voor haar geheim kunnen houden?

Had ze net tegen hem gezegd dat ze van hem hield?

Had ze dat net gezegd, waar zijn en haar familie bij waren?

Ze had ofwel dat gedaan, of het hele graafschap Kent zou binnenkort denken dat ze stapelkrankzinnig was geworden.

Wat heel goed mogelijk was.

Ze rende namelijk blindelings door het huis van de graaf

van Manston, ze zag geen hand voor ogen door de tranen die over haar wangen stroomden, en ze had net iets gejammerd over soep.

Ze zou nooit meer soep eten. Nooit meer.

Ze rende half glijdend een hoek om en kwam terecht in wat eruitzag als een kleinere salon, waar ze even stopte om op adem te komen. Het regende nog steeds, hard nu, en de druppels sloegen woest tegen de ramen.

Ze sloegen tegen het hele huis. Zeus of Thor of welke god er op deze ellendige dag ook maar de leiding had, haatte haar.

'Poppy!'

Ze schrok op. Het was Andrew.

'Poppy!' brulde hij.

Ze keek nerveus de kamer rond. Ze was niet klaar om hem te zien.

'Poppy!'

Hij kwam dichterbij. Ze hoorde gestommel en een kletterende klap, gevolgd door: 'Wel verdomme.'

Ze moest bijna lachen. Ze glimlachte misschien wel een beetje.

Maar ze huilde ook nog steeds.

'Pop...'

Een bliksemschicht schoot door de lucht en een fractie van een seconde werd de hele kamer verlicht. Dáár was de deur!

Poppy rende ernaartoe en kromp ineen toen er een krakende donderslag volgde. Lieve hemel, dat was hard.

'Dáár ben je,' gromde Andrew vanuit de deuropening aan de andere kant van de kamer. 'Jezus christus, Poppy, blijf je nou eens staan?'

Ze bleef staan, met haar hand op de deurknop. 'Loop je mank?'

'Ik denk dat ik de lievelingsvaas van mijn moeder heb gebroken.'

Ze slikte. 'Dus het komt niet door... Portugal?'

'Nee, het komt doordat ik in het donker achter je aan heb gerend, verdomme. Wat haal je je in je hoofd?'

'Ik dacht dat je dood was!' schreeuwde ze.

Hij keek haar aan. 'Ik ben niet dood.'

'Ja, dat zie ik nu ook.'

Ze stonden elkaar enkele seconden van weerskanten van de kamer op te nemen. Niet terughoudend, alleen maar... voorzichtig.

'Hoe ben je vrijgekomen?' vroeg ze. Ze had zo veel vragen, maar dit leek de belangrijkste.

'Meneer Walpole heeft het geregeld. Maar het heeft bijna veertien dagen geduurd. En daarna had ik enkele dagen in Lissabon nodig om mijn zaken te regelen.'

'Senhor Farias?'

'Die maakt het goed. Zijn dochter heeft de baby gekregen. Een jongen.'

'O, dat is fantastisch. Wat zal hij blij zijn.'

Andrew knikte, maar zijn ogen bleven op haar gericht, op een manier die haar eraan herinnerde dat ze andere dingen te bespreken hadden.

'Wat zei iedereen?' vroeg ze. 'Aan tafel?'

'Nou, ik denk dat ze hebben begrepen dat we elkaar kennen.'

Een lach vol ontzetting welde op in haar keel. Ze keek naar de deur – de deur waar Andrew en zij door waren binnengekomen. 'Komen ze achter ons aan?'

'Nog niet,' zei hij. 'George regelt het.'

'George?'

Andrew haalde zijn schouders op. 'Hij knikte toen ik hem aankeek en zijn naam zei toen ik de kamer uit liep. Ik denk dat hij begreep wat ik bedoelde.'

'Broers,' zei ze met een knikje.

Er schoot weer een bliksemschicht door de lucht en Poppy zette zich schrap tegen de donderslag. 'Mijn tante zal me vermoorden,' zei ze.

'Nee.' Andrew wachtte even tot het lawaai was afgelopen. 'Maar ze zal wel vragen hebben.'

'Vragen.' Er borrelde weer een hysterische lachbui in haar op. 'O, goeie god.'

'Poppy.'

Wat moest ze tegen haar familie zeggen? Wat moest hij tegen zíjn familie zeggen?

'Póppy.'

Ze keek hem aan.

'Ik ga nu naar je toe lopen,' zei hij.

Haar lippen gingen van elkaar. Ze wist niet goed waarom hij dit zo nadrukkelijk zei. Of waarom ze er zo nerveus van werd.

'Want,' zei hij, toen hij de afstand tussen hen had gehalveerd, 'als ik je nu niet meteen kus, denk ik … dat ik misschien…'

'Doodga?' fluisterde ze.

Hij knikte plechtig, en toen nam hij haar gezicht tussen zijn handen en hij kuste haar. Hij kuste haar zo lang en zo grondig dat ze alles vergat, zelfs de donder en de bliksem die om hen heen flitsten en kraakten. Hij kuste haar tot ze allebei buiten adem waren – letterlijk – en ze zich hijgend van elkaar losmaakten, alsof ze niet wisten wat ze meer nodig hadden: lucht of elkaar.

'Ik hou van je, domoor,' mompelde ze, terwijl ze haar arm over haar gezicht haalde om de tranen en het zweet en god mocht weten wat nog meer van haar gezicht te vegen.

Hij staarde haar verbijsterd aan. 'Wat zei je?'

'Ik zei: ik hou van je, domoor, maar ik ben op dit moment gewoon zo... verrekte kwáád.'

'Op mij?'

'Op iedereen.'

'Maar vooral op mij?'

'Op...' Wát? Haar mond viel open. 'Wíl je soms dat ik vooral kwaad ben op jou?'

'Ik probeer er alleen maar achter te komen wat me te wachten staat.'

Ze nam hem achterdochtig op. 'Hoe bedoel je?'

Hij pakte haar hand en strengelde hun vingers een voor een door elkaar. 'Je hebt gezegd dat je van me houdt.'

'Tegen beter weten in, kan ik je verzekeren.' Maar toen ze neerkeek op hun handen, besefte ze dat ze niet wilde dat hij haar losliet. Zij wilde hém niet loslaten.

En ja, zijn vingers leken de hare steviger beet te pakken. 'Was het tegen beter weten in om het te zéggen? Of om verliefd te worden?'

'Allebei. Ik weet het niet. Ik weet niets meer. Het is gewoon... Ik dacht dat je dood was.'

'Dat weet ik,' zei hij ernstig. 'Dat spijt me.'

'Jij weet niet hoe dat voelt.'

'Dat weet ik wel,' zei hij. 'Een beetje. Ik wist niet of je meneer Walpole veilig had weten te bereiken. Dat wist ik pas toen ik bijna twee weken later werd gered.'

Poppy was met stomheid geslagen. Het was nooit in haar opgekomen dat hij misschien dezelfde angsten had doorstaan als zij. 'Het spijt me,' fluisterde ze. 'O, mijn god, het spijt me. Ik ben zo egoïstisch.'

'Nee,' zei hij, en zijn stem trilde een beetje terwijl hij haar hand naar zijn mond bracht en er een kus op drukte. 'Nee. Dat ben je niet. Ik wist dat je veilig was zodra ik meneer Walpole had gesproken. Ik was onderweg om je te zoeken. Ik zou in de ochtend vertrekken. Ik dacht dat je in Dorset was. Of misschien in Somerset.'

'Nee, ik was hier,' zei ze, hoewel dat duidelijk was.

Hij knikte, en zijn ogen glinsterden toen hij zei: 'Ik hou van je, Poppy.'

Ze veegde haar neus onelegant af met de rug van haar hand. 'Dat weet ik.'

Er verscheen een verraste glimlach op zijn gezicht. 'Weet je dat?'

'Je moet wel van me houden, toch? Om achter me aan te gaan? Om zo met me te bekvechten?'

'Ik had geen moeite om met je te bekvechten voordat ik verliefd werd.'

'Ja, zo ben jij gewoon,' bromde ze. 'Jij bent dol op bekvechten.'

Hij leunde met zijn voorhoofd tegen het hare. 'Poppy Louise Bridgerton, wil je met me trouwen?'

Ze probeerde iets te zeggen. Ze probeerde te knikken, maar ze leek zichzelf niet onder controle te hebben, en hoe dan ook, op dat moment hoorden ze het geluid van mensen die hun kant op kwamen.

Heel veel mensen.

'Wacht,' zei Andrew. 'Geef nog geen antwoord. Kom met me mee.'

Waarheen je maar wilt, dacht ze, terwijl hij haar hand pakte. Waarheen je maar wilt.

Ze kwamen niet ver. Zelfs Andrew moest toegeven dat ze niets ondeugends konden doen met zijn moeder, zijn vader, twee van zijn broers, twee van haar nichten en haar tante en oom die allemaal hun best deden om hen te bereiken.

Zoals Andrew al had voorspeld, waren er vragen. Het verhoor nam meer dan twee uur in beslag, en uiteindelijk hadden Poppy en hij hun familieleden alles verteld.

Bijna alles.

Maar in de aanvankelijke opschudding was Andrew erin geslaagd lord Bridgerton opzij te trekken om hem ervan te verzekeren dat hij het vaste voornemen had met Poppy te trouwen.

Maar hij wilde zijn aanzoek niet doen in een overvolle salon. Of erger nog, direct nadat haar familieleden dat boos van hem hadden geëist.

Ze kwamen overeen dat Andrew haar de volgende ochtend een bezoek zou brengen, maar uiteindelijk bleken de Bridgertons die avond niet weg te kunnen. Het onweer verergerde en het werd voor hen niet veilig geacht om zelfs het korte ritje naar huis te maken.

En zo kwam het dat Andrew een paar uur na middernacht voor Poppy's slaapkamer stond.

Hij kon niet slapen. En zij evenmin, vermoedde hij.

De deur ging al open voordat hij aan kon kloppen. 'Ik hoorde je,' fluisterde ze.

'Onmogelijk.' Hij had heel behoedzaam gelopen, zich er goed van bewust dat haar slaapkamer niet de enige was in deze gang.

'Misschien heb ik geluisterd of ik je hoorde,' gaf ze toe.

Hij grijnsde terwijl hij naar binnen stapte. 'Je bent erg vindingrijk.'

Ze droeg een witte nachtpon – van wie wist hij niet – en ze had haar haar gevlochten voor de nacht.

Hij stak zijn hand uit om het puntje van haar vlecht te pakken.

'Ga je aan mijn haar trekken?' murmelde ze.

'Misschien wel.' Hij trok zachtjes, precies hard genoeg om haar een half stapje dichter naar zich toe te trekken. 'Of,' zei hij, terwijl zijn stem laag en hees werd van verlangen, 'misschien ga ik eindelijk doen wat ik steeds heb gewild.'

Ze keek naar het puntje van haar vlecht en toen op naar hem, met ogen die schitterden van plezier.

Hij begon de drie strengen langzaam los te maken, genietend van de zijdezachte lokken die tussen zijn vingers door gleden, tot haar haar in zijn volle lengte over haar schouders viel.

Ze was zo mooi. De hele tijd dat hij in Lissabon in die godvergeten kamer op zijn redding zat te wachten, had hij aan haar gedacht. Hij had zijn ogen dichtgedaan en zich haar gezicht voorgesteld – haar ondeugende glimlach, haar ogen die extra groen leken vlak voordat de zon onderging.

Maar zijn verbeelding viel in het niet bij de werkelijkheid.

'Ik hou van je,' zei hij. 'Ik hou zo veel van je.'

'Ik ook van jou,' fluisterde ze, en het zong in zijn hart.

Ze kusten en ze lachten en de regen sloeg onverstoorbaar tegen het raam. Het leek er op de een of andere manier bij te horen, maar niet omdat het stormachtig was.

Het was omdat ze hier, in deze kamer, warm en veilig waren.

En samen.

'Ik heb een vraag,' zei hij, nadat ze zich op haar bed hadden laten vallen.

'O?'

'Kunnen we het erover eens zijn dat ik je volledig in het verderf heb gestort?'

'Ik weet niet of ik het zo zou willen noemen,' zei ze, op een toon alsof ze hier ernstig over moest nadenken. 'Dat zou betekenen dat ik boos ben over de afloop.'

Hij wiebelde bedenkelijk met zijn hand. 'Maar toch...'

'En niet om het een of ander, maar de enige mensen die er enig idee van hebben dat er iets onbetamelijks is gebeurd zijn jouw familie en de mijne. Zij zouden er niet over peinzen om gemene roddels de wereld in te helpen.'

'Zeker, maar we mogen meneer Walpole niet vergeten.'

'Hmmm. Ja, die is een probleem.'

'Een enorm probleem.'

'Maar aan de andere kant,' zei ze, duidelijk genietend van het gesprek, 'hij is vrij onverzettelijk als het om de nationale veiligheid gaat. Ik denk niet dat hij er ooit voor zou uitkomen dat hij mij heeft ontmoet.'

'Dus je wilt hem niet uitnodigen op de bruiloft.'

'De bruiloft?'

Hij boog naar haar toe. Wolfachtig. 'Ik heb je natuurlijk wel in het verderf gestort.'

'Volgens mij waren we het daar nog steeds niet over eens.'

'Het is gewoon een feit,' zei hij vastberaden. 'Maar wat belangrijker is, we moeten beslissen wat we daar nú aan gaan doen.'

'Nu?'

Hij beet zachtjes op haar onderlip. 'Ik heb heel veel zin om de liefde met je te bedrijven.'

'O ja?' Het kwam er een beetje piepend uit. Hij vond het verrukkelijk.

'Jazeker,' bevestigde hij. 'En hoewel ik begrijp dat het niet volgens de etiquette is om zo vergaand op onze huwelijksgeloften vooruit te lopen...'

'Vergaand?' herhaalde ze. Maar ze glimlachte. Ze glimlachte onmiskenbaar.

'Als ik de liefde met je bedrijf,' zei hij, 'hoop ik daar heel ver in te gaan.'

Ze ving haar lip tussen haar tanden. Het maakte dat hij zin had om haar te bijten.

Goeie god, ze maakte hem gek.

Hij kroop over haar heen en grijnsde toen zij begon te giechelen.

'Stil,' fluisterde hij. 'Denk aan je reputatie...'

'O, ik denk dat ik die hoop wel kan laten varen, kapitein.'

'Hm, een maritieme woordspeling... Goed gevonden, juffrouw Bridgerton, erg goed gevonden.'

'Wie wind zaait zal storm oogsten.'

Hij trok zich iets terug. 'Ik weet niet goed waar dat op slaat.'

'Ik kon zo gauw niets anders bedenken,' gaf ze toe. 'En trouwens, je hebt me nooit antwoord laten geven op je vraag.'

'O nee?'

Ze schudde haar hoofd.

'En welke vraag was dat?'

'Je zult het nog een keer moeten vragen, kapitein.'

'Goed dan. Wil...'

Hij kuste haar neus.

'Je.'

Haar linkerwang.

'Met me.'

Haar rechterwang.

'Trouwen?'

Haar mond. Haar prachtige, perfecte mond.

Maar slechts een lichte kus. Snel. Ze moest nog steeds antwoord geven.

Ze glimlachte, en het was prachtig. 'Ja,' zei ze. 'Ja, ik wil met je trouwen.'

Hij wist niet of er woorden waren voor zo'n moment, zelfs niet tussen twee mensen die zo welbespraakt waren als zij. Dus in plaats daarvan kuste hij haar. Hij kuste haar mond, aanbad haar op alle manieren waarvan hij de afgelopen paar weken had gedroomd. Hij kuste haar wang, haar hals, de perfecte holte boven haar sleutelbeen.

'Ik hou van jou, Poppy Bridgerton,' murmelde hij. 'Meer dan ik ooit had kunnen denken. Meer dan ik zelfs maar kan bevatten.'

Maar niet, dacht hij, meer dan hij haar kon laten zien. Hij trok haar nachtpon over haar hoofd en op de een of andere manier smolt zijn eigen kamerjas weg. Voor het eerst lagen ze huid tegen huid.

'Zo mooi,' fluisterde hij. Hij staarde naar haar terwijl ze tegenover elkaar op hun knieën zaten. Hij wilde haar overal kussen, het zout proeven van haar huid, de romige kern tussen haar dijen. Hij wilde zijn tong ronddraaien om de strakke knopjes van haar tepels. Dat had ze heerlijk gevonden, herinnerde hij zich, maar wat als hij er zachtjes op knabbelde? Wat als hij eraan trok?

'Ga liggen,' beval hij.

Ze wierp hem een geamuseerde, vragende blik toe.

Zijn lippen vonden haar oor en hij gromde hunkerend. 'Ik heb plannen met jou.'

Hij voelde haar ademhaling versnellen en ze ging langzaam liggen. Toen haar billen het laken raakten, schoof hij haar benen onder haar vandaan, zodat ze ademloos op haar rug belandde.

'Je was te langzaam,' zei hij, met een wolfachtige glimlach. Ze zei niets, keek hem alleen maar met een waas van hartstocht in haar ogen aan, en haar borsten gingen met elke ademhaling op en neer.

'Ik weet haast niet waar ik moet beginnen,' murmelde hij.

Ze streek met haar tong over haar lippen.

'Maar ik denk...' Hij liet zijn vinger over haar lichaam glijden, van haar schouder naar haar heup. 'Ik begin...' Hij ging verder naar het midden, toen lager. 'Hier.'

Hij bracht zijn beide handen naar haar heupen en zijn duimen drukten tegen de zachte huid aan de binnenkant van haar dijen. Hij spreidde haar open en bracht zijn hoofd naar beneden voor de allerintiemste kus.

'Andrew!' hijgde ze.

Hij glimlachte terwijl hij haar likte. Hij vond het heerlijk om haar te doen hijgen.

Ze smaakte heerlijk, als zoete wijn en pittige nectar en hij kon de verleiding niet weerstaan zijn vinger in haar te laten glijden en genoot van hoe ze zich instinctief om hem heen klemde.

Ze was er bijna. Hij kon haar met een enkele aanraking van zijn tanden over het randje duwen, maar hij was egoïstisch. Als ze kwam, wilde hij in haar zijn.

Ze kreunde van frustratie toen hij zich terugtrok, maar hij verving zijn mond snel door zijn lid. Hij duwde tegen haar opening en haar lichaam trilde van verlangen terwijl ze haar benen om hem heen sloeg. 'Wil je dat ik stop?' fluisterde hij.

Hun ogen ontmoetten elkaar.

'Nooit,' zei ze.

En dus duwde hij door en hij vond zijn thuis in haar warmte. Hij vroeg zich af hoe hij negenentwintig jaar op deze aarde had kunnen leven zonder met deze vrouw de liefde te bedrijven. Hij pakte een ritme op, waarbij elke stoot hem dichter bij de rand bracht, maar hij hield zich in, hield uit alle macht zijn eigen ontlading tegen totdat zij de hare had gevonden.

'Andrew,' hijgde ze, en ze kromde zich onder hem.

Hij boog zijn hoofd naar beneden en gleed met zijn tong over haar borst.

Ze jammerde. Ze kreunde.

Hij richtte zijn aandacht op de andere borst en zoog dit keer zachtjes aan haar tepel.

Ze slaakte een klaaglijke kreet, hoog maar zacht, en haar lichaam verstrakte onder hem.

Om hem heen.

Hij hield het niet meer. Hij stootte naar voren, één keer, nog een keer. En toen explodeerde hij in haar en verloor hij zichzelf in haar geur, haar essentie.

In háár. Hij verloor zich in háár, maar op de een of andere manier vond hij op dat moment zijn thuis.

Minuten later, toen hij eindelijk weer op adem was gekomen en op zijn rug naast haar lag, tastte hij tussen hun lichamen door en pakte hij haar hand.

‘Ik zag sterren,’ zei hij, nog steeds verwonderd.

Hij hóórde haar glimlachen. ‘Aan de binnenkant van je oogleden?’

‘Ik denk dat ik ze aan de binnenkant van jóúw oogleden zag.’

Ze lachte en het bed schudde.

En toen, veel sneller dan hij had verwacht, lieten ze het bed nog eens schudden.

Epiloog

Negen maanden later

Andrew had gedacht dat hij een meisje wilde, maar terwijl hij zijn pasgeboren zoon in zijn armen hield, was het enige wat hij kon denken dat dit fantastische, wonderbaarlijke wezentje in elk opzicht perfect was.

Er zou meer dan genoeg tijd zijn om nog meer baby's te maken.

'Tien vingertjes,' zei hij tegen Poppy, die met gesloten ogen in hun bed lag uit te rusten. 'Tien teentjes.'

'Heb je ze geteld?' murmelde ze.

'Jij niet dan?'

Ze deed één oog open. 'Ik had het druk.'

Hij grinnikte terwijl hij het piepkleine neusje van zijn zoon aanraakte. 'Je moeder is erg moe.'

'Volgens mij lijkt hij op jou,' zei Poppy.

'Nou, hij is in ieder geval erg knap.'

Ze rolde met haar ogen. Zelfs met haar ogen dicht zag hij dat ze dat deed.

Andrew richtte zijn aandacht weer op de baby. 'Hij is erg slim.'

'Natuurlijk.'

Hij keek naar haar. 'Doe je ogen open, Pops.'

Ze deed het, met een verrast gezicht vanwege het koosnaampje. Hij had het nooit eerder gebruikt. Geen enkele keer.

'Ik vind dat we hem Roger moeten noemen,' zei hij.

Poppy's ogen werden groot en vochtig, en haar lippen begonnen te trillen voordat ze sprak. 'Ik vind dat een uitstekend idee.'

'Roger William,' besloot Andrew.

'William?'

'Dat zal Billy leuk vinden, denk je ook niet?'

Poppy glimlachte breed. Billy was enkele maanden geleden op Crake komen wonen. Ze hadden een baan voor hem gevonden bij de stallen, maar ze hadden ervoor gezorgd dat hij elke dag tijd zou krijgen om naar school te gaan. Hij deed het erg goed, hoewel de stalmeester klaagde over de vele katten die er hun intrek hadden genomen.

Andrew en Poppy woonden ook op Crake, hoewel dat niet lang meer zou duren. Het huis waar Andrew zo veel jaren in gedachten aan had gebouwd, was bijna werkelijkheid geworden. Nog een maand, misschien twee maanden, en dan zouden ze erin kunnen. Er was een grote, zonnige kinderkamer, een bibliotheek die er gewoonweg op wachtte om gevuld te worden met boeken, en zelfs een kleine broeikas, waar Andrew van plan was enkele zaden op te kweken die hij tijdens zijn vele reizen had verzameld.

'Als het warmer wordt zal ik je mee naar buiten moeten nemen,' zei Andrew tegen Roger, terwijl hij met hem de kamer rond liep. 'Dan zal ik je de sterren laten zien.'

'Ze zullen er niet hetzelfde uitzien als vanaf de *Infinity*,' zei Poppy zacht.

'Dat weet ik. We zullen het ermee moeten doen.' Hij keek naar haar over zijn schouder. 'Ik zal hem vertellen dat de oude goden een schip bouwden dat zo groot en zo sterk was dat de mast de hemel openscheurde en dat alle sterren er als diamanten uit vielen.'

Dat leverde hem een glimlach op. 'O, dus dat ga je hem vertellen, hè?'

'Het is de beste verklaring die ik ooit heb gehoord.' Hij liep naar het bed en legde Roger in de armen van zijn moeder voordat hij zich naast hen beiden uitstrekte. 'In ieder geval de meest romantische.'

Poppy glimlachte en hij glimlachte, en hoewel hij van veel vrouwen had gehoord dat pasgeboren baby's nog niet lachen, genoot hij van de gedachte dat Roger dat wel deed, net als zij.

'Denk je dat we de *Infinity* ooit terug zullen zien?' vroeg Poppy.

'Waarschijnlijk niet. Maar misschien een ander schip.'

Ze draaide zich om om hem aan te kijken. 'Voel je je rusteloos?'

'Nee.' Hij hoefde er niet eens over na te denken. 'Alles wat ik nodig heb is hier.'

Ze porde zachtjes met haar elleboog in zijn zij. 'Dat is een veel te gemakkelijk antwoord, dat weet je best.'

'Alles wat ik ooit heb gezegd over dat jij romantisch bent, neem ik terug,' zei hij. 'Zelfs dat over de sterren.'

Ze keek hem aan alsof ze wilde zeggen: ik wacht.

'Ik heb ontdekt,' zei hij nadenkend, 'dat ik het leuk vind om dingen te bouwen.'

'Ons nieuwe huis?'

Hij keek neer op Roger. 'En ons gezin.'

Poppy glimlachte, en zij en de baby doezelden weg. Andrew bleef lange tijd naast hen zitten en verwonderde zich erover hoe gelukkig hij was. Alles wat hij nodig had was écht hier.

'Het was geen gemakkelijk antwoord,' murmelde hij. Toen wachtte hij. Hij zag zijn vrouw er voor aan om zelfs in haar slaap te zeggen: 'Ja, dat was het wel.'

Maar dat deed ze niet, dus liet hij zich voorzichtig van het bed glijden en liep naar de openslaande deuren die uitkwamen op een klein Frans balkon. Het was bijna middernacht en misschien iets te koud om op kousenvoeten buiten te gaan staan, maar Andrew voelde hoe hij op een vreemde manier de inktzwarte nacht in werd getrokken.

Het was bewolkt en er glinsterde geen enkele ster aan de hemel. Totdat...

Hij tuurde met samengeknepen ogen omhoog. Er was een stukje hemel veel donkerder dan de rest. Blijkbaar had de wind een klein gat in de wolken geblazen.

'*En garde*,' murmelde hij, en met een denkbeeldig zwaard hield hij een steekspel met de hemel. Hij lachte terwijl hij een uitval deed, mikkend op dat ene plekje. En toen...

Hij bleef roerloos staan. Was dat een ster?

Hij twinkelde vrolijk, en terwijl Andrew verwonderd omhoog staarde, kwam er nog een bij, en nog een. Drie sterren in totaal, maar de eerste, besloot hij, was zijn favoriet. Het was een vechter.

Hij had niet echt een geluksster nodig.

Maar misschien...

Hij keek achterom door het raam, waar Poppy en Roger vredig lagen te slapen.

Misschien had hij er altijd al een gehad.

LEES MEER VAN

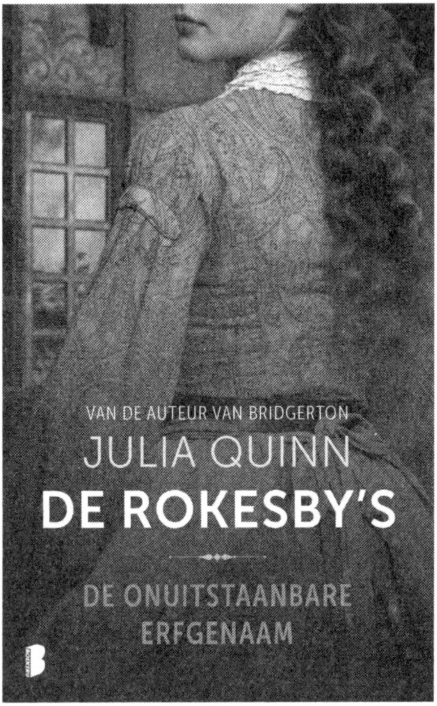

Billie Bridgerton zal ongetwijfeld een Rokesby trouwen, daar is iedereen het over eens. De vraag is alleen: welke? De Bridgertons en Rokesby's zijn al decennialang buren en goed bevriend. Al in hun kindertijd waren Billie Bridgerton en de broertjes Edward en Andrew Rokesby onafscheidelijk. Eigenlijk is er maar één broer die Billie echt niet kan uitstaan... George Rokesby is de oudste van de Rokesby-kinderen en erfgenaam van het graafschap, maar hij is ook arrogant, irritant en bepaald niet gecharmeerd van Billie – en dat is wederzijds. Maar wat als de enige persoon die je niet kunt verdragen degene blijkt te zijn die je niet kunt missen?

LEES MEER VAN

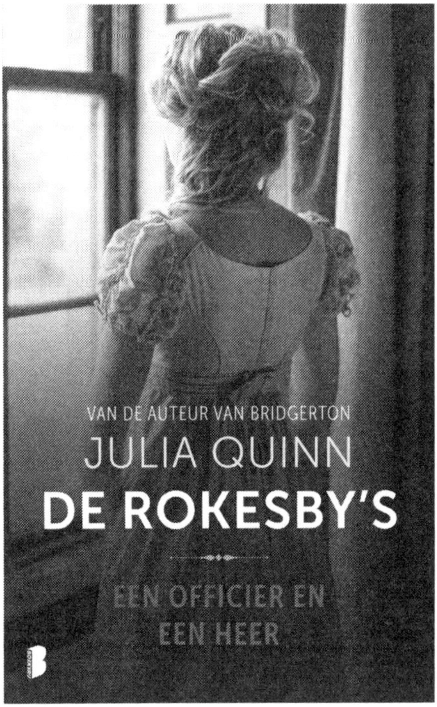

Cecilia Harcourt is wees. Ze heeft twee (in haar ogen ondraaglijke) opties: intrekken bij een vrijgezelle tante, of trouwen met een neef aan wie ze een hekel heeft. In plaats daarvan gaat ze voor optie drie en steekt ze de Atlantische Oceaan over, vastbesloten om haar broer Thomas, die aan het front in Noord-Amerika gewond is geraakt, te verzorgen tot hij weer beter is.

Maar na een week zoeken vindt ze niet haar broer, maar zijn beste vriend, de knappe officier Edward Rokesby. Hij is buiten bewustzijn en heeft dringend hulp nodig. Cecilia zweert dat ze zijn leven zal redden, al moet ze een klein leugentje vertellen om aan zijn zijde te mogen blijven...